정원에 물을 주며
관원 선생 문집 역주

일러두기

1. 현전하는 관원선생의 시문은 첫째, 『밀산세고(密山世稿)』, 2권 1
   책(상권은 『낙촌집』, 하권은 『관원집』)으로 편집된 목판본(국립중앙
   도서관 소장본), 둘째 이왕가장서(李王家藏書)본을 1925년 5월에
   영인한 본으로, 『낙촌선생유고』 권6에 부록으로 실려 있는 판
   본, 셋째 미국 버클리대학교 동아시아도서관 소장본으로 1927
   년 6월 25일 신연활자본으로 서울에서 간행된 단행본을 활용
   할 수 있다. 본 역주서에서는 세 판본을 모두 활용하되, 가장 많
   은 자료를 수록하고 있는 미국 버클리대학교 동아시아도서관
   소장본을 저본으로 삼았다.

2. 이왕가장서본에서 관원문집은 『낙촌선생유고』에 부록으로 수
   록되어 있으므로 '부록본'으로, 저본은 '단행본'으로 약칭한다.

3. 각 판본을 비교 교감하여 그 출입을 각주로 달아두었다.

4. 특히 다른 사람의 시운을 빌려 짓는 시편들은 저본에는 별도로
   권2 부록에 모아 수록하였지만, 내용분석과 이해를 돕기 위해
   해당하는 곳으로 이동시켜 역주했다. 말하자면, 다른 사람의 시
   운을 빌려 지은 것이라면 그의 원운시를 먼저 보고 관원의 차운
   시를 해설하는 방식을 취했다. 반대의 경우도 마찬가지이다.

5. 객관적 입장을 유지하기 위해, 모든 존칭은 가능한 쓰지 않고,
   호를 사용하였다.

6. 「연보」에서 근거한 『조선왕조실록』의 원문 번역은 국사편찬위
   원회의 국역본을 따르되 조금 수정하였다.

7. 책이름은 '『 』'로 편이나 장은 '「 」'를 사용했다.

관원 선생 문집 역주

정원에 물을 주며

저자 박계현   역주 박세욱

역락

얼마나 지독하게 외웠는지 "조상의 빛난 얼을 오늘에 되살려, 안으로 자주독립의 자세를 확립하고, 밖으로 인류 공영에 이바지할 때다."라는 말은 태극기만 보면 떠오릅니다.

'좋은'말이 있으면 당연히 '나쁜'말도 있습니다. 조상의 얼을 어떻게 오늘에 되살릴까요? 그중 효과적인 방법으로 선호되어 온 것이 바로 조상의 '글 뭉치'들을 번역하는 일일 것입니다. 과거의 일을 현재의 사람들이 추적해 가는 것인 만큼, 출발부터 '오해'의 가능성은 얼마든지 열려있습니다. 그럼에도 그 '글 뭉치'들이 온전한 모습으로 재현되는 것이 아니라, 주관적 득실에 따라 선별된 모습만 현시된다면 그 위험성은 더욱 커집니다.

후손들은 자신들의 조상이 아무런 흠결이 없는 '완인(完人)'으로 연출되기를 바랍니다. 그런 분이 있다면 그 분은 이미 '사람'이 아닐 것입니다. 조각된 인물상을 보고 어떻게 조상의 얼을 오늘에 되살릴 수 있겠습니까. 자기 조상에게 조금이라도 누가 되는 표현이나 주장에는 원수를 대하듯 하거나 심지어는 법적 소송까지 불사하는 경우도 있다고 합니다. 조상을 '신(神)'으로 추켜세우면 우리 인간들이 어떻게 그 분들의 얼을 되살릴 수 있겠습니까.

사람이라면 누구나 자신의 오감과 이성으로 사물을 접하게 됩니다. 세상은 '나'를 중심으로 전개되기 마련이니까요. 이미 남아있는 '글 뭉치'들은 이러한 세계관의 흔적이라고 생각합니다. '좋은' 기억은 오래 기억하려 하고, '나쁜' 기억은 빨리 잊으려 하는 것이 인정입니다. 그러나 잊었다고 잊힌 것이 아니라 그것은 여전히 용수철처럼 튀어 오르기 마련입니다. 그럼에도 '좋은' 기억만 부각시키는 것은 그야말로 '왜곡'이자 보편성을 담보할 수 없게 됩니다. 그러므로 있는 그대로의 모습으로, 말하자면 '인간답게' 재현해야 할 것입니다.

여기 역자의 15대조 관원 박계현의 '글 뭉치' 번역은 이러한 자세에서 출발했습니다. 우리에겐 이처럼 훌륭한 조상이 있었다는 '과시'가 아니라, 우리에겐 이러한 삶의 방식으로 살았던 분이 있었다는 '돌아봄'으로 말입니다. 이 책에서는 그 어떠한 부정적 평가라도 고스란히 노출시켰고, 그 어떠한 칭송도 과장하지 않았습니다. 이로써 현재적 담론의 작은 실마리라도 마련될 수 있다면 하는 바람만 남겨두었습니다.

조상 '글 뭉치'들의 번역은 대체로 각 문중의 후원아래 이루어집니다. 그러다보니 종종 객관성을 잃는 경우를 접할 수 있습니다. 이러한 단점을 보완하기 위해 여러 공적 기관들이 설립되어 보다 객관적인 자세를 유지하려 노력하고 있습니다. 여기에도 어느 문중의 글 뭉치를 선정해 데이터베이스를 구축할 것인가, 무엇을 우선으로 번역할 것인가라는 문제로 골머리를 앓고 있습니다. 운이 없는 것인지 저의 15대조 관원공은 이런 선택의 위치에도 오르지 못한 분이셨습니다.

관원공의 시문들은 말 그대로 '일고(逸稿)'의 형태로 남아 전합니다. 임진왜란으로 모든 기록을 잃었고, 여기저기에 남아 전하는 것을 손자인 퇴우당(退憂堂) 박승종(朴承宗, 1562~1623)이 『밀산세고(密山世稿)』로 엮었던 것에서 출발합니다. 이후 부친인 낙촌(駱村) 박충원(朴忠元, 1507~1581)과 송강(松岡) 조사수(趙士秀, 1502~1558)가 제주도와 영월을 사이에 두고 교우를 다진 『영해창수록(嶺海唱酬錄)』 부록으로 편집된, 『관원백호창수록(灌園白湖唱酬錄)』의 작품들을 가려내 문집의 형태를 갖춘 것입니다. 이 책이 바로 이씨 왕가(王家) 소장본[1925년 영인] 『낙촌유고(駱村遺稿)』인데, 관원공의 문집은 그 부록 1권으로 편제되어 있었습니다['부록본'으로 약칭함]. 이를 안타까워한 후손들이 1927년 『낙촌유고』에서 분리하여 별도의 문집으로 편집하면서, 다른 문집에서 몇 편을 더 수습하여 편제한 것입니다['단행본'이라 약칭함]. 이 단행본이 가장 많은 자료를 제공하고 있기 때문에 이를 저본으로 삼아 번역하고 해설하였습니다.

관원공의 삶과 글을 소개하는 저역서가 없었던 것은 아닙니다. 2006년 밀양박씨 관원공파 종친회에서 박봉규씨가 편저한 것을 『관원일록(灌園逸錄)』으로 펴낸 바 있습니다. 하지만 이 책은 무엇보다도 비매품으로 반질이 충분히 이루어지지 않았고, 또 서명에서 보는 바와 같이 문집의 완역본이 아닙니다. 본 역서는 이보다 한걸음 더 나아가, 문집의 형태를 갖추어 역주하였고, 부록본과 단행본에 수록된 자료 이외에도 다른 문집에서 찾아낸 일시들과 연관 자료들을 같은 비중으로 역주했으며, 보다 정확한 사실 고증에 힘썼습니다.

시작품 번역에는 많은 주석을 필요로 합니다. 그러나 그 상세한 주석은 한문을 전공하지 않는 일반 독자들에게는 별달리 도움 될 것이 사실상 없습니다. 그렇다고 번역만 하게 되면 시작품이 산문해설에 지나지 않을 것이므로, 적절한 선을 지키기 힘들었습니다. 궁여지책으로, 반드시 이해에 필요한 것들만 해설에 녹여 풀이하는 것으로 그쳤습니다.

관원공의 삶에 관한 것은 「행장」과 「신도비명」에 상세하므로 따로 중복되게 언급하지는 않겠습니다. 다만 관원공은 무엇보다도 시와 술을 사랑한 문학적이며 낭만적인 분이셨습니다. 정치적으로는 당시 폐해의 단초였던 당색에 빠지지 않고 중립적인 자세를 견지하면서 쌍방의 '소통'을 중시한 분이셨습니다. 바로 스승을 중심으로 무리 짓지 않은 것으로도 충분히 알 수 있습니다. 이러한 관원공의 중립적 자세는 양쪽 모두에게 지탄의 대상이 된다는 것을 의미하기도 합니다. 그래서 관원공은 그 고뇌를 시와 술로 풀어보려 했던 것은 아닐까합니다. 따라서 역자는 시편들을 해설하면서 이러한 '대립과 화해'라는 구조에 초점을 맞추어 소개하고자 하였습니다.

조상의 뜻을 제대로 헤아렸을까? 탈고하고도 맴도는 화두입니다. 나의 거친 초고를 꼼꼼하게 읽고, 바로잡아 주신 반농 이장우 선생님께 감사를 드립니다. 관원께서도 역자가 저지른 '불손함'을 색동옷 입고 춤추는 까마득한 손자의 서툰 재롱으로 받아 주시지 않을까 하고 위안을 삼아 봅니다.

2020년 2월 17일. 낙촌공 16대 후손 박세욱 삼가 씀.

『정원에 물을 주며—관원 선생 문집 역주』
초고를 읽어 보고서

이장우(李章佑, 영남대학교 중문학과 명예교수)

1.

요즘은 컴퓨터 기술이 전통문화산업과 결부되면서, 옛날 한문으로 된 선현들의 문헌, 자료들을 찾아내고, 그런 것을 번역하고, 주석하여내는데도, 이전 어른들이 수고하던 방법보다는 훨씬 단기간에, 많은 일을 처리하여 낼 수가 있다. 물론 이렇게 하는 데는 컴퓨터 같은 것도 잘 다루어야하지만, 어느 정도 한문에 대한 기본적인 소양은 갖추고 있어야 한다.

나 같은 80대의 사람은, 나보다 옛날 어른들에 비하여 한문 원전에 대한 암송실력은 턱없이 부족하지만, 중국어와 일본어 같은 한자 문화권의 언어로 된 책은 읽을 수 있었고, 또 그런 나라에서 나오는 여러 가지 편리한 사전, 색인, 번역서, 저술 같은 것을 입수하여 활용할 수 있다는 점에서는 옛날 어른들이 갖추지 못하고 있던 이점을 산만하게나마 좀 더 갖추었다고 말할 수도 있다.

그런데 요즘은 점점 더 종이 책을 활용하는 것 보다는 컴퓨터로 필요한 자료를 찾아내고, 그것을 다시 컴퓨터로 편집하여 내는 능력이 훨씬 더 아주 놀라운 위력을 발휘하는 시대에 이르게 되었다.

지금 이 책을 만들어 낸 박세욱 박사는 위에서 말한 동양 3국의 언어는 말할 것도 없고, 불어와 영어에도 정통하며, 또 컴퓨터로 한문 자료를 검색하여 내는 일에도, 나같이 겨우 컴맹을 면한 사람에 비하면, 놀라울 정도로 모든 것을 잘 찾아낸다.

이 사람이 프랑스에 가서 돈황의 필사 자료를 연구하여 박사학위를 받고 귀국한 뒤에, 여러 학교에 출강하면서도 나와 같이 중국의 명문 선집인 『고문진보』를 공역하였고, 또 우리나라 조선조에서 황희(黃喜, 1363~1452) 정승 다음으로 오랫동안 재상을 지낸 정태화(鄭太和, 1602~1673) 선생의 문집인 『양파유고(陽坡遺稿)』란 매우 분량이 두꺼운 책도 공역하여 내었다. 그 뒤에 몇 년 동안은 안동 국학진흥원의 전임연구원으로 본격적인 한문 고적 정리사업 실무와 연구에 종사하기도 하였다.

2.

지금 이 사람이 자기의 15대 선조인, 조선시대 전기 명종 선조 시대의 이름난 문신 관원 박계현 선생에 관련된 모든 자료를 수집하고 정리한 뒤에 그 내용을 번역하고 해설해 놓은 것을 보니, 정말 위에서 말한 것 같이 한문 고전에 대한 기본 실력은 말할 것도 없고, 이러한 자료를 검색하여 찾아내는 재주와 기술도 정말 대단하다는 것에 다시 놀라움을 느낀다.

관원선생은 찬성 벼슬에 대제학이란 명예직까지 누리었던 낙촌 박충원

선생의 자제로, 그 자신도 병조판서 자리까지 승진하고 대제학 다음 자리인 제학이라는 자리까지 겸임하였다고 하며, 젊을 때부터 임금님을 가까이 모시는 여러 가지 청요직을 두루 거치고, 무장으로서도 능력을 인정받아서 병권을 장악하는 지역의 수령으로 나가서 근무한 적도 몇 차례나 되었다고 한다. 그 중에서 특히 경상도 관찰사가 되었을 때에는 회재 이언적 선생, 충재 권벌 선생의 명예회복에도 매우 힘썼고, 퇴계 이황 선생, 남명 조식 선생 같은 분들에 대한 존경심도 대단하였던 것 같다. 그래서 이 책을 읽어보면 앞의 두 어른의 유촉지에 관하여 읊은 시들도 많이 보이고, 또 뒤의 두 어른들에게 직접 지어 보낸 시들도 보인다.

또 한 두 가지 이 분과 관련하여 눈에 띄는 일은, 기고봉(奇高峯) 선생과는 가까운 친척이 되기도 하는데, 나이로는 고봉이 연상이지만 홍문관에 근무할 때는 오히려 이 관원 선생이 윗자리에 있으면서 서로를 존경하며 지은 시들이 여러 편 남아 있다는 것과, 전라도 관찰사로 나갔을 때에는 왜구의 침탈에 대비하는 한편, 당대에 문명을 날렸던 젊은 백호 임제 선생을 후배로 만나게 되어, 자주 어울리면서 매우 여러 수의 시를 서로 주고받았다는 것도 특기할만한 일이라고 생각한다.

이 밖에도 그는 중국에 사신으로 다녀오기도 하고, 함경도, 평안도 일대에 나가서 출장, 또는 근무한 일도 있었기 때문에 이러한 잦은 행차와 관련하여 당대의 여러 명사들과 서로 나눈 시들이 여러 수 보인다.

3.

이렇게 자못 다채로운 경력을 갖추고, 당대의 문관들이라면 모두 선망하는 사관직, 홍문관직, 승지 벼슬 같은 것을 두루 그치고, 사가독서의 특전까지 누리었고, 여러 문인들과 자주 어울리어 시도 많이 지은 것이 분명한 분인데도, 어찌하여 그분의 글을 한꺼번에 잘 모아 놓은 문집이 진작 나오지 않았고, 겨우 남긴 시들만 더러 모아놓은 '일고(逸稿)'만 몇 차례 나오고 말았던 것인가? 어찌되어 시 말고 문장은 거의 전하지 않는가? 아마 이 분이 돌아가신지 얼마 되지 않아서 임진왜란이 발발한 것이 가장 큰 원인이 되겠지만, 이런 침통한 사실 자체가 아마 연구대상이 될 것도 같다.

지금 박군이 늦게나마 그가 가진 한학에 대한 깊은 소양과 새로운 안목과 날낸 솜씨로서, 반천 년 전의 일을 이렇게 꼼꼼하게 파 해쳐내어, 다시 번역하고 해설한 초고를 보니 정말 즐겁다. 아무쪼록 이 책이 비단 그 직계 자손들, 또는 관련되는 여러 가문의 후예들뿐만 아니라, 학계와 일반인들에게까지 두루 읽히게 되기를 빈다.

어떤 솜씨가 좋은 분이라면, 이러한 본인의 저술자료 이외에도, 『이조왕조실록』 같은데 수록된 이 분과 이 분의 가족들에 관한 적지 않은 자료들을 바탕으로, 이 관원선생에 대한 전기를 한 권쯤 써내어도 매우 재미가 있을 것 같다는 생각이 든다. 말하자면, 16세기 조선시대의 한 '경화사족(京華士族)' 가문을 모델로 삼아서 말이다.

몇 자 두서없이 적어 축하인사에 가늠한다.
2020년, 하지 다음날 저녁에.

국역 『관원 선생 문집』 출간에 부쳐[*]

박원순(朴元淳, 서울특별시장)

우리는 옛 사람들의 기록을 읽으면서 삶의 지혜를 많이 얻습니다. 그래서 역사를 잊은 민족에게 미래는 없다고 말하지 않을까 합니다.

우리 밀양 박씨 규정공파 조상들에 관한 기록은 『조선왕조실록』에 많이 등장하고 있지만, 그 비중에 비해, 그분들의 글은 단편적으로 여기저기 흩

. . . .

[*] 고 박원순 서울특별시장은 나의 사촌형이다. 문집의 출판 계획을 자랑스럽게 응원해 주었던 형은 이 글을 써놓고 얼마 되지 않아 느닷없이 나와 영결했다. 형은 탁월한 영민함과 굳은 의지로, 나의 학창시절을 열등감에 몰아넣었지만, 형은 나를 무척이나 아껴주었다. 처음 내가 유학을 떠날 때 사주었던 만년필, 런던에서 파리로 달려와 내 아들을 안아주며 아빠미소를 지어주던 그 다란했던 추억이 생생한데, 왜 그런 '이기적' 선택을 해야 했는지 아직도 믿기지 않는다. 형은 친족들보다는 언제나 약자들 편에서 매번 정의로운 선택을 했다. 이제 그러한 선택의 고독과 아픔을 이해할 나이가 되니, 형은 나를 기다려주지 않았다. 삶보다 큰 것이 어디 있을까. 형은 무엇을 말하려고 목숨을 내놓았는지는 몰라도, 형은 그것으로써 주변인들에게 해가 되지 않기를 어리석게 바랐던 것임에는 분명하다. 그야말로 소설같이 '아름다운' 끝맺음을 꿈꾼 것일까. 빈소에 "서울특별시 시민 박원순"이라는 위패를 사흘 동안 서서 지켜봤다. 그렇다! 이제 형은 '난 사람'에서 한 사람의 남편으로, 아버지로, 오빠로, 동생으로 돌아왔다. 형의 '귀환'을 맞이하며 형이 마지막으로 남긴 이 글을 싣는다.

어져 있는 실정입니다. 이 때문에 후손된 입장에서 참으로 송구하고도 안타까운 심정이었습니다. 다행히 저의 종제이자 동양학자인 박세욱 박사가 우리 15대조 관원 박계현 공의 시문을 모아 『관원 선생 문집』으로 출간하게 되었습니다.

우리 관원공은 영조대왕으로부터 시호를 받은 분이십니다. 이 영광은 종5대손 겸재(謙齋) 박성원(朴聖源) 공이 관원공의 장손자인 퇴우당 박승종(朴承宗) 공이 임진왜란 때 유실된 집안의 기록들을 모은 『밀산세고(密山世稿)』를 토대로 선양함으로써 이루어진 것입니다.

우리 관원공의 유문(遺文)들은 원래 부친인 낙촌 박충원 유고에 부록형태로 전해 오다가 20세기 초가 되어서야 단독 문집의 형태를 갖추게 되었습니다. 이 문집은 21세기 초에서야 국역되어 문중차원에서 소개되었으나, 반질이 충분히 이루어지지 못한 아쉬움이 컸습니다.

이제 보다 완정한 모습으로 다시 간행하는 우리 관원공의 문집은 이전의 성과들을 종합하여 학문적으로 고증하고, 보충하고, 현재적 시각에서 해설한 작업의 결실입니다. 이 책에는 관원공이 겪었던 현실과 이상 사이의 갈등, 무리 짓지 않고 중립의 소통을 추구했던 삶의 궤적이 고스란히 담겨있습니다. 특히 사육신(死六臣)을 재평가해야 한다는 용기 있는 직언과, 회재 이언적 선생과 충재 권벌 선생을 향한 학문적 흠모와 추숭의 과정에서는 관원공의 대승적 삶의 지혜를 충분히 느낄 수 있습니다. 이러한 소통과 화합의 지혜는 오늘날에도 여전히 유효하다고 생각합니다.

오랜 역사와 선조의 경험과 지혜를 잘 배우고 공부한다면 오늘날 우리가 겪고 있는 많은 위기와 도전의 과제들을 이겨나가는데 큰 도움이 되리

라고 확신합니다. 서울특별시장으로서, 한 사람의 책임 있는 정치인으로서
저 자신을 포함하여 우리 후손 모두가 이 책을 통해 조상에 대한 자긍심과
큰 가르침을 얻기 바랍니다.

2020년 6월 20일.

낙촌공 16대 후손 박원순.

차 례

관원
선생
문집
권1

시 |23

관원 선생 문집 권 1

시

1. 무제(無題)

「무제」라는 시는 부록본과 단행본에 2편이 수록되어있다. 부록본의 시제 아래에는 "오언절구이고, 『밀산세고』에서 뽑았다."라는 설명이 달려 있다. 현재 남아있는 『밀산세고』에 48번째로 수록되어있는데, '무제'라는 제목 아래 2수의 오언과 칠언의 절구를 싣고 있다. 부록본에서는 시의 형식에 따라 편제했으므로, 분리하여 수록하였고, 단행본도 부록본의 편제를 그대로 따랐다. 다른 한 편은 시[38]에서 해설하였다.

길고 긴 밤 언제 새벽이 오려나?	遙夜何當曉,
근심에 찬 이 사람 잠을 이루지 못하네.	愁人自不眠.
서쪽으로 가는 길에 역리는 없겠지만	西歸無驛使,
좋은 소식이라도 전해진다면.	芳信若爲傳.

관원은 긴 밤의 터널 속에서 새벽이 오기만을 기다리고 있다. 우연한 일치인가? 관원은 좋은 소식[芳信]을 기다리며 있는 우리에게 자신의 시 세

계를 열어 주려고 의도한 것처럼. 긴 밤과 새벽의 이미지는 근심과 불면으로 이어지며 양립하다가 '서귀(西歸)'와 '방신(芳信)'을 통해 하나로 화해된다. 이러한 '대립-화해'의 방식은 관원시의 중심 구조이다.

'서귀(西歸)'라는 표현은 『시경·회풍(檜風)』, 「비풍(匪風)」에 "누가 장차 서쪽으로 돌아갈까? 좋은 소식 있으려나(誰將西歸? 懷之好音)."라고 하였는데, 여기서의 '서귀'는 바로 주나라[중국]로 가는 것을 의미한다. 분명 이 시는 「비풍」의 구절을 원용하고 있다. 이로 비추어 보면, 중국에 사신으로 가는 주인공이 그곳에서 일이 걱정되어 잠을 이루지 못하는 장면을 연출하고 있다. 마지막 구에서 '방신(芳信, 좋은 소식)'을 기다린다고 하는 말은 이중적 함의가 있다. 『시경』의 뜻대로 중국에 가서 좋은 소식을 얻어 오는 것을 말하기도 하는 반면, 서쪽에서 돌아가는[오는] 길에는 역참의 관리들도 없을 테니 벗이나 가족에서부터 오는 소식을 기다리는 마음을 표현하고 있을 수도 있다.

2. 무오년 정시에서(戊午庭試)

이 시는『밀산세고』에서는 첫 번째로 수록되어있다. 부록본은『밀산세고』의 제목과 일치하고, "수석을 차지했다(居魁)"라는 부기를 달고 있다. 하지만 단행본에는 이러한 부기는 보이지 않는다.

서풍이 대궐 정원에 불어오니	西風吹禁苑,
풍경이 절로 이루어지는 구나.	景物自天成.
지팡이 밖에는 노란 꽃들 흐드러지고,	杖外黃花爛,
숲 속에는 비단 같은 잎사귀 선명하구나.	林間錦葉明.
층층의 성엔 지나는 바람 통과하니,	層城通御氣,
화려한 궁궐엔 가을 소리 흩어지네.	玉宇散秋聲.
원래 제왕이 노니는 곳이라서 그런지,	自是宸遊地,
초연히 종일토록 맑구나.	翛然盡日淸.

관원이 무오년(戊午年, 1550, 선생 27세) 4월 정시(庭試)에서 지은 작품으로 추정한다.『명종실록』, 10권, 명종 5년 4월 24일[무오] 첫 번째 기사에

따르면, "근정전(勤政殿) 뜰에서 유생들에게 제술(製述) 시험을 보였다."라고 한 뒤에 사관은 "진사 박계현, 윤주(尹澍)가 모두 '우등'했는데, 선생은 우등을 차지하여 곧바로 전시(殿試)에 응시할 수 있는 자격이 주어졌다. 윤주는 뒤에 대간(臺諫)에서 아뢰어 회시(會試)에 응시할 자격이 주어졌다."라고 기록하였다.

『밀산세고』와 부록본에는 제목아래 '거괴(居魁)'라는 설명이 보이는데, '거괴'란 수석, 장원을 차지하는 것을 의미한다. 『명종실록』, 10권, 명종 5년 4월 29일[계해] 기사를 보면, 경연자리에서 시강관 정유길(鄭惟吉, 1515~1588)은 "뜰에서 유생들에게 시험을 보이는 것은 본래 인재를 얻는 것이 급선무라고 생각해서입니다. 이번에 우등을 차지한 박계현은 바로 승지 박충원(朴忠元)의 아들로서 평소 문명(文名)이 있었으니, 인재를 얻었다고 할 만합니다. 제술의 등급은 당시 시험관이 정한 것이니, 일괄적으로 논할 수 없습니다."라고 하였다. 이 말을 하게 된 이유를 사관은 "당시 박계현의 제술은 삼상(三上)[1]인데도, 전시에 응시할 수 있는 자격을 주라고 명하시자 대간에서 제술 등급이 높지 않고 논하여 아뢰었기 때문이다."라고 하였다. 이로써 볼 때, 관원의 제술 시험 성적은 수석을 차지할 등급이 아

----

1 『용재총화(慵齋叢話)』 권6, 『증보문헌비고(增補文獻備考)』 「선거고(選擧考)」에 따르면, 각종 과거 시험의 종합 성적은, 가장 묘하게 지은 것을 상상(上上)·상중(上中)·상하(上下)로 분류하고, 그다음을 이상(二上)·이중(二中)·이하(二下)로 분류하고, 그다음을 삼상(三上)·삼중(三中)·삼하(三下)로 분류하고, 품제(品第)에 들지 못하는 것을 차상(次上)·차중(次中)·차하(次下)로 분류하고, 그다음은 갱등(更等)과 갱외(更外) 그리고 가장 졸렬한 것은 갱지갱(更之更)으로 등급을 매겼다. 보통 삼하(三下) 이상을 입등(入等), 즉 합격자로 하였다.

니었음을 알 수 있다. 두 사람이 우등으로 뽑혔는데, 관원만 전시에 응시할 수 있게 된 것은 정유길과 부친 박충원의 보이지 않는 힘이 작용했음을 짐작할 수 있다.

첫 구에서 서풍(西風)은 일반적으로 가을바람을 가리킨다. 또 3구의 황화(黃花)는 국화를 말하고, 이 국화와 짝을 이룬 '금엽(錦葉)'은 단풍잎을 의미하며, 결정적으로 6구에서는 '추성(秋聲)'이란 단어를 사용하고 있는 것으로 보아 시의 계절적 배경은 가을임이 분명하다. 『명종실록』에 따르면 무오년(1550) 정시는 4월에 있었다. 누가 보더라도 계절적 감각을 잃은 이 시를 으뜸으로 뽑을 수 있을까? 그렇다면 『밀산세고』의 부기가 잘못 되었을 가능성도 있다. 진짜 당시 정시에서 지은 시라고 한다면, 다음과 같은 설명은 가능할까? '가을'이라는 표상적 계절을 통해서, 누구나 다 느끼고 있는 현재의 '늦봄'으로 읽어 주기를 바란 것은 아닐까. 하늘은 땅을, 땅은 하늘을 마주하고 있는 이치로 말이다.

3. 함종현에서 제영한 시(咸從縣題詠)

이 제영시는 『밀산세고』에 7번째로 수록된 시이다. 부록본과 단행본에서도 시제는 일치한 모습을 보여준다. 함종현(咸從縣)은 『세종실록』154권, 「지리지」에 따르면, 평안도, 평양부의 속현이다. 1899년 작성된 『함종군읍지』에는 "동쪽으로는 강서(江西)까지 30리이고, 남쪽으로 용강(龍岡)까지 40리이며, 북쪽으로 증산(甑山)까지 30리이고, 서쪽으로 바다까지 20리이다."라고 하였다. 현재 태성호 서북쪽 지점으로 추정한다.

오늘로 경중을 따져보면	今日論輕重,
어찌 설산에만 갇힐 수 있으리오.	安能繫雪山.
부질없이 힘써 변새로 나왔지만	漫勞投塞外,
티끌 세상에 부역당할 뿐이네.	只爲役塵間.
근력을 언제 아끼려했던가.	筋力何曾惜,
충성은 한가로이 하는 것이 아니지.	忠誠不自閒.
형제들이 서로 만나는 곳이니,	鴒原相會處,
그래도 수심 찬 얼굴 달랠 수 있겠네.	猶得慰愁顏.

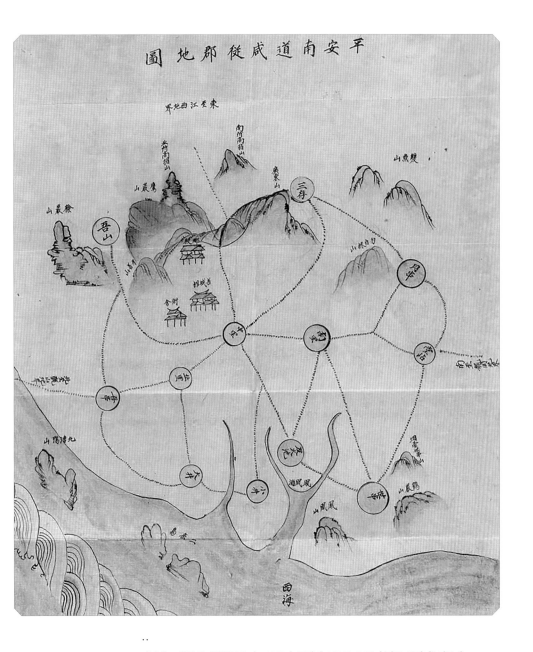

평안남도 함종군. 『함종군읍지』, 1899년, 규장각 10915. 1720년(경종 즉위년) 경종의
왕후 어씨(魚氏)의 성향(姓鄕)이어서 도호부로 승격.

'제영(題詠)'이란 한 고을의 중심지 또는 명승지를 주제로 시를 짓는 것을 말하는데, 주로 누정을 대상으로 짓는 것이 대부분이다. 당시 함종현 관아 옆에 있는 선성관(善城館)에 제영한 것으로 볼 수 있다. 따라서 이 시는 관원이 1555년[명종 10년, 을묘, 선생 32세] 4월 평안도 감군어사(監軍御史)로 있었을 때 지은 것으로 본다.

시기적 경중에 따라 감군어사로 북쪽에 와서 부지런히 돌아다니고 있지만, 자신의 능력으로는 감당하기 어렵다는 겸손의 표현일까. 어찌 할 수 없어 나오게 되었다는 직무의 부적합성을 언급하고 있는 것일까. 2구의 '설산(雪山)'이란 표현은 지도에서 보는 바와 같이 함종현은 사방이 모두 산으로 막혀있으며, 특히 북쪽으로 높은 산들이 길을 막고 있기 때문에 사용되었다.

그렇지만 현실적 책무를 방기하지 않고 충심을 다하려는 결심이 눈에 띈다. 한편으로는 형제들과 만날 약속이 된 곳이라는 점을 상기하면서 위안을 삼고 있다. 7구의 영원(鴒原)은 『시경·소아』「상체(常棣)」에서 "할미새들 들판에 있듯, 형제들은 급하고 어렵네. 언제나 좋은 벗 있다지만 그저 한숨만 길어지네(鶺鴒在原, 兄弟急難. 每有良朋, 況也永歎.)"라고 하였는데, 이로부터 할미새처럼 서로를 위해주는 우애 있는 형제를 상징하는 시어로 쓰였다. 낙촌(駱村) 박충원은 4남을 두었는데, 첫째가 관원 계현(啓賢)이고, 다음으로 응현(應賢, 별좌공), 용현(用賢, 참군공), 호현(好賢, 화록공)이 있다.

4. 내사 기명언대승 친척 어른께 써서 바침(錄奉內史奇明彦大升戚丈)

『밀산세고』에는 23번째로 수록되어 있다. 부록본, 단행본과의 다른 것은 '장(丈)'자가 '장(長)'자로 되어있다. 내사(內史)란 서주시대 춘관(春官)에 소속된 관직명으로, 제후국(諸侯國), 관부(官府), 채읍(採邑)의 정사와 회계 감사, 상주문(上奏文)의 접수와 입계(入啓), 책명(策命) 때 책서(策書) 작성, 녹봉(祿俸)이나 상사(賞賜)에 대한 문서의 작성 및 반포, 왕명을 베끼고 부본(副本)을 작성해 보관하는 등의 업무를 담당하였다.『승정원일기』영조33년 7월 27일 기사에 따르면 "이 납언(納言: 왕명의 출납)은 주나라 때의 내사, 한나라의 상서와 비슷하다. 그러므로 승정원 문미에 걸어 상서성이라 한 것입니다(此納言, 似是周之內史, 漢之尙書也. 故今政院揭楣, 稱以尙書省矣)."라고 하였다. 고봉 기대승의 「연보」에 따르면, 1563년(명종 18, 37세) 3월에 승정원주서가 되었고, 관원 박계현은 같은 해 1월에 우부승지를 맡고 있었으니 고봉에게는 직속상관인 셈이다.

우리는 서로 아주 가까운 친척으로	與子連枝後,
사귐의 정분은 저절로 친해졌네.	交情却自親.
흉금을 열자니 예법과 분수가 방해되고,	披襟妨禮數,
술잔을 들자니 저녁이든 새벽이든 겁이 나네.	持酒怯昏晨.
맑은 물시계 소리 들으며 함께 숙직하며	共直聞淸漏,
서로 옛사람을 닮아 감을 알겠네.	相知擬古人.
창문을 열고도 잠 못 이루니	拓窓仍不寐,
대궐의 달은 바퀴를 기울이려 하네.	宮月欲傾輪.

　부록본과 단행본에 수록되어 있는 관원과 고봉이 같은 운으로 화운한 시는 총 8편이다. 관원 문집에서는 이 8편을 1수와 7수로 나누어 수록하고 있는 반면,『고봉집』에는 한 편의 연작시로 8수가 한꺼번에「영감님의 안하에 화답하여 드림(和奉令案)」이란 시제로 되어있다. 관원문집에서 보는 바와 같이 같은 운으로 작성된 8수 율시가 다른 제목으로 나뉘었을 가능성은 적다. 부록본과 단행본의 근거가 되고 있는『밀산세고』에도 분명히 이처럼 나뉘어 있다.

　『밀산세고』, 부록본 그리고 단행본에서 총 8수중 첫 수에 해당하는 위의 시는 시제가 일치하고 있다. 따라서 관원이 먼저 세 살이나 어리고 부하 직원이었지만 친척 아저씨였기 때문에 고봉에게 깍듯이 시로 안부를 물었고, 이를 받은 고봉은 격의 없이 보내준 시에 화답하는 한 수를「영안께 화답하여 드림」이란 시제를 달아 보내왔다. 여기까지는 아무런 문제가 없다. 당연히『고봉집』의「영감님의 안하에 화답하여 드림(和奉令案)」 8수 중 제1수에 해당한다. 아래에서 보는 바와 같이 두 시는 주고받는 내용이 일관적이다.

「영감님의 안하에 화답하여 바침(和奉令案)」 8수 중 제1수

나의 졸렬한 솜씨 감추지 못해 부끄러운데,	愧我難藏拙,
고맙게도 그대는 친척의 의리를 버리지 않는구려.	多君不失親.
대궐의 숲 맑고 깊은 곳에서,	禁林淸邃地,
예법에 따라 새벽까지 숙직하네.	禮數啓居晨.
빈 말에도 뜻을 머금은 듯하니,	擬語空含意,
서로 따르다가도 되레 남의 눈을 경계하게 되네.	相隨却畏人.
언제 [일 없이] 맑은 밤에 만나	何當遇淸夜,
술잔 들고 얼음 수레[밝은 달] 보려나.	擧酒看氷輪.

　　관원 시의 첫 연과 여기 고봉시의 첫 연을 보면 화답하는 것을 충분히 확인할 수 있다. 고봉시 3구의 금림(禁林)이란 한림원(翰林院)으로 조선시대에는 홍문관(弘文館), 예문관(藝文館)의 별칭으로 쓰였으나, 여기서는 임금의 정원 즉 대궐을 범칭하면서 관원과 고봉이 같은 공간에 있으면서도 다른 사람들의 눈 때문에 조심하고 있다. 이는 관원 시의 3구와 고봉 시의 4구에 공통으로 등장하는 '예수(禮數)'라는 표현으로 알 수 있다. '예수'란 관직이나 품계에 따라 구분되는 예의범절 등을 말한다. 마지막으로 관원은 기우는 달을 혼자 바라보며 고봉을 생각하고 있지만, 고봉은 빙륜[밝은 달]이란 표현을 써서 언제 함께 만나 밤새도록 술을 마시며 새벽달을 바라보자고 호응하고 있다.

5. 명언(明彦)께 화답하여 바침 7수(奉和明彦七首)

[5-1]

함께 은대[승정원]에서 숙직을 서며,	并直銀臺日,
서로 바라보니 친해지지 않을 수가 있나.	相看不得親.
침상 앞에는 아직도 밤뿐이거늘	床前纔獨夜,
창밖에는 벌써 새벽이 오려하네.	牖外己將晨.
똑같이 이 바쁜 나그네들 중에	等是忙中客,
누가 속마음을 안정시킨 사람이리오.	誰爲定裏人.
탄식할 것은 임금님 은혜를 갚지 못한 것이니,	所嗟恩未報,
마음만 몹시 내닫는 수레바퀴로다.	心緖劇奔輪.

 앞서 언급한 것처럼『밀산세고』, 부록본 그리고 단행본은 왜『고봉집』에서 보이는 8편의 연작시를 나누어 제목을 달리 편집했을까? 관원의 시문집은『밀산세고』에서 근거하고 있다.『밀산세고』는 관원의 손자인 퇴우당 박승종이 임진왜란 이후 남아있는 유문들을 그대로 모아놓은 것이다. 이 시편들을 모으는 과정에서 잘못 제목을 붙인 것으로 보인다. 이러한 판단

의 근거로는, 첫째, 총 8수의 시들이 같은 운으로 오가고 있다는 점이다. 둘째,『고봉집』에서는 하나의 시제아래 '또[又]'라는 한 글자로 제목을 대신하고 있다는 점이다.

한편, 여기 [4]에서 [5]로 이어지는 8수의 시들이 같은 날, 하룻밤 만에 쌍방에서 지은 것으로 보기는 힘들다. 또, 시편들을 주고받을 때마다 각자 한 장의 종이에 시를 써서 보내지는 않았을 것이다. 마지막으로 8수의 내용들은 동일한 공간에서 화운이 이루어지고 있다. 정리해보면, 관원은 좀 넉넉한 시권(詩卷) 또는 시축(詩軸)에 [4]의 시를 지어 고봉에게 안부를 물었고, 고봉은 그 시권에 화답했다. 되돌아 온 시권은 관원에게 있다는 점을 상기하자. 관원은 고봉의 답시를 받아보고 두 번째 시를 썼는데, 그 시가 바로 [5-1]이다. 그러므로 관원의 시를 먼저 보고 아래 고봉의 시를 감상하는 것이 순서일 것이다.

「영감님의 안하에 화답하여 바침(和奉令案)」8수 중 제2수

본시 겉을 공경함이 없어야 할 것이요,	自應無貌敬,
진정으로 마음의 친함에 두어야 하리.	端要置心親.
빌빌 헛되이 날을 보내고,	脈脈虛經日,
실실 어느덧 새벽이 되었네.	依依謾達晨.
바람과 연기에도 고향이 그립고,	風煙思故里,
내려 보고 올려 봐도 그윽한 님 생각나네.	偃仰憶幽人.
[그대의] 맑은 시가 온 것을 계기로,	賴有淸詩至
착륜을 마주했나 한참을 의심했네.	渾疑對斲輪.

고봉의 마지막 구에서 착륜(斲輪)은 『장자·천도(天道)』에 나오는 고사를 환기하고 있다. 제 환공(齊桓公)이 당 위에서 책을 읽고 있었는데, 당 아래에서 수레바퀴를 깎던[斲輪] 윤편(輪扁)이 "임금께서 읽고 있는 것은 옛사람의 찌꺼기입니다."라고 하고는 그 이유에 대해서 "수레를 만들 때 너무 깎으면 헐거워서 튼튼하지 못하고 덜 깎으면 빡빡해서 들어가지 않습니다. 더 깎지도 덜 깎지도 않는 일은 손짐작으로 터득하여 마음으로 수긍할 뿐이지 입으로 말할 수가 없습니다. 거기에 비결이 있습니다만, 제가 제 자식에게 깨우쳐 줄 수도 없고 자식 역시 제게서 물려받을 수도 없습니다. 그래서 이 나이에도 늙도록 수레바퀴를 깎고 있는 것입니다. 옛사람도 그 전해 줄 수 없는 것과 함께 죽어 버렸습니다. 따라서 전하께서 읽고 계신 것은 옛사람들의 찌꺼기일 뿐입니다."라고 하였다. 바로 관원이 보내 준 절제 있고 적절한 시에 대한 고마움과 그에 대한 경의를 보이고 있다.

[5-2]

명마는 지금 얽매여 있지만,	名驥今正絆,
물새와는 예부터 서로 친했다네.	沙鳥舊相親.
대궐에서 밤새워 숙직을 서고도,	丹地通宵直,
창파에서 홀로 새벽 낚시 드리우네.	滄波獨釣晨.
타고난 재주야 원래 운수가 있으니,	生才元有數,
세상사에 대응에 어찌 사람이 없을쏘냐.	應世豈無人.
도를 근심하여 살적은 하얗게 바랬지만,	憂道宜霜鬢,
영달을 버렸으니 채색 수레 우습겠지요.	遺榮傲畫輪.

관원은 고봉을 '명기[천리마]'에 비유하면서 "물새들과 친했다"는 말로 고봉이 은자와 같은 인품을 가지고 있다고 선망하듯 높이 평가하고 있다. 고봉은 이러한 관원의 칭찬에 어떻게 답했을까? 천리마 같이 뛰어난 그대가 조정에 얽매여 있다는 부정적 이미지를 물새를 등장시켜 얽매임을 해소했다. 다음 연(聯)에서도 '단지(丹地, 대궐)'라는 공간적 제약을 '창파'라는 표현으로 대비시켰다. 이로써 벼슬살이에 찌든 관리의 모습도 아니요, 세상을 등진 은자의 모습도 아닌 '중(中)'의 자세를 견지하고 있는 고봉을 연출해 내고 있다. 이러한 칭송에 고봉은 어떻게 답했을까?

「영감님의 안하에 화답하여 바침(和奉令案)」 8수 중 제3수

벼랑과 산으로 서로를 보지는 못해도	崖嶷休相覿,
심장과 간처럼 일체되도록 친해지세.	心肝切作親.
큰 물고기야 비 내린 계곡에서 놀지만,	巨鱗遊雨壑,
외로운 학은 바람 부는 새벽에도 놀라네.	孤鶴警風晨.
탕평한 시절 일이 없는 것은,	蕩蕩時無事,
당당한 사람이 세상에 있기 때문이네.	頎頎世有人.
재주 없는 사람 어디에 보탬 될까?	不才何所補,
고관 옆에서 따라갈 뿐이지.	趨走傍朱輪.

고봉은 관원을 '거린(巨鱗)'에 비유했고, 자신을 들판에 홀로 선 외로운 학[孤鶴]으로 표현했다. 이어서 바퀴에 붉은 칠을 한 수레라는 뜻으로, 옛날에 왕후(王侯)나 고관(高官)이 탔기 때문에 고관대작을 비유하는 '주륜(朱輪)'이란 단어를 사용하여 관원이 자신의 든든한 후원자임을 토로하고

있다. 고봉의 '주륜'에 호응하는 표현이 바로 관원이 사용한 '화륜(畫輪)'이
다. 관원의 마지막 구는 고봉의 학문적 능력을 아주 높이 평가한 말이다.
말하자면 고봉 그대 같은 사람은 이렇게 작은 대궐에 얽매여 있을 사람이
아니라 더 큰 학문의 세계를 열어가야 한다는 조언으로 읽을 수 있다.

[5-3]

강호 밖 누추한 집에서	蓬蓽江湖外,
손님과 주인으로 처음 친해졌지.	賓主始得親.
비바람에 닭소리 그치지 않았고,	雨風鷄不已,
세밑에 밤은 새벽을 힘겨워했지.	遲暮夜難晨.
세상 속 흥취는 소략했고,	草草塵中趣,
옛 책속의 사람 고요했네.	寥寥卷上人.
그대 따라 학문의 오묘함을 알았으니,	從君知學妙,
서캐 같던 사람도 수레바퀴 되었네.	蟣蝨亦車輪.

관원은 고봉과 알게 된 것을 추억한다. 다행이도 고봉을 만나 학문적 고
독을 해소할 수 있었다고 고백한다. 5구의 '진중(塵中, 세속)'은 6구의 '권상
(卷上)'과 짝을 이루고 있다. 말하자면, 고봉이 벼슬자리에 연연하지 않고
옛 선현들의 책 속에 파묻혀 정진하는 모습이 관원에게 크게 감동을 주었
다는 말이다. 거꾸로 관원 자신은 그렇지 못하다는 솔직한 고백인 셈이다.
그래서 관원은 마지막 구에서 관원은 자신을 '기슬'이라 표현했다. 기슬이
란 사람의 옷이나 머리에 기생하는 서캐와 이로, 미천한 신하 내지 하찮
은 존재를 비유하는 말이다. 당나라 노동(盧仝, 795~835)의 「월식(月蝕)」에,

"땅 위의 서캐 같은 신하가 상제께 하소연합니다(地上蟣蝨臣, 告訴帝天皇)."
라고 한 시구가 잘 알려져 있다.

「영감님의 안하에 화답하여 바침(和奉令案)」 8수 중 제4수

형제가 하늘 남쪽 끝에 있으니,	兄弟天南極,
아득히 꿈속에서도 그립구나.	依依夢裡親.
몇 번이나 달 뜬 저녁엔 졸았고	幾回眠月夕,
다시 또 새벽 꽃길 걸었던가.	還復步花晨.
한 번 웃고 높은 베개에 기댔다가	一笑憑高枕,
남은 회한에 멀리 있는 사람에 아파하네.	餘懷愴遠人.
헤어짐과 만남을 물을 길 없으니,	無從問離合,
우러러 보며 풍륜을 생각해보네.	瞻仰想風輪.

고봉의 화답한 시는 어찌 보면 같은 대궐에 있으면서도 서로 만나지 못하는 상황에 대한 안타까움으로 시작한다. 첫 구에서 '천(天)'자는 대궐로 보는 것이 합리적이다. 말하자면 '형제'[관원과 고봉, 따지고 보면 숙질관계임]가 대궐의 남북으로 떨어져 있다는 말로 읽고 싶다. 즉 "벼랑과 산"처럼 서로 조심하여 만나지 못하는 '형제'에 '남북'으로 물리적 거리감을 부여한 것으로 생각한다. 관원이 보내 온 시를 기다리며 달빛 아래 졸기도 했고, 화답할 시제를 찾아 새벽 꽃길을 걷기도 했다는 고백이다. 이러한 사고의 흐름 속에서 6구의 '원인(遠人)'은 물리적으로 멀리 있는 사람이라기보다는 정신적으로 흠모할 만한 훌륭한 분이란 뜻으로 읽어야 할 것이다. 왜냐하면, 정말 거리상으로 멀리 있는 사람이라면, 이렇게 '또[又]'자 하나 만

으로 구분하지 않았을 것이다.

이 고봉의 화답시를 이해하기에 가장 어려운 것은 바로 마지막 구에 등장하는 '풍륜(風輪)'이다. 우러러 바라보는 행위를 뜻하는 '첨앙'이 있으므로 풍륜은 위에 있는 것이다. '풍륜'이란 첫 째, 사원 처마 밑에 달려 있는 풍령을 뜻하고, 둘째 우주에 존재하는 물체란 뜻으로 천체(天體)를 의미하기도 한다. 7구에서 헤어짐과 만남이란 뜻대로 되는 것도 아니고 그것을 물어볼 곳도 없다고 하였으므로, 시인에게 남은 것은 하늘을 바라보는 것뿐 무엇이 또 있겠는가.

[5-4]

오는 시에 따라가기 힘겨운데,	來詩追蔘蔘,
떨어지는 서리에 부모님 그립겠소.	霜落正懷親.
방에 들면 가르침을 받는 듯 하겠고,	入室如承咳,
하늘을 부르던 일 어제 일 같겠네.	呼天似隔晨.
마음은 반포하는 새에 부끄럽고,	心慚反哺鳥,
몸은 은혜를 저버린 사람 같겠네.	身擬負恩人.
그대 마음 선영으로 치달으니,	君意馳雙壠,
멀리서나마 가는 수레 따라가네.	遙遙逐去輪.

다섯 번째 보내는 관원의 시는 '부모생각[懷親]'에 초점이 맞추어져 있다. 관원은 양친이 살아계신 반면, 고봉은 이미 8세(1534)에 모친을, 29세(1555) 1월에 부친을 잃었다. 대궐에서 숙직을 서며 시를 주고받던 고봉은 대궐에 벗어나 있다. 그 이유는 바로 고봉 부모 제사와 관련이 있는 것으로

보인다. 그 분께 받았던 사랑을 떠올리며 선영으로 가있는 고봉을 마음으로 따라가 위로하고 있다.

「영감님의 안하에 화답하여 바침(和奉令案)」8수 중 제5수

일찍이 작은 집 지어볼까 하여,	小屋曾經始,
손으로 직접 안배해 보았지요.	安排手自親.
대나무 사이로 부는 바람 긴 밤에 울고,	竹風鳴永夜,
소나무 사이에 걸린 해는 어둔 새벽을 깨뜨리네.	松日破微晨.
이웃집 술로 함께 기울여보지만	共瀉鄰家酒,
자주 오는 이라고는 바깥사람뿐이라네.	頻來野外人.
서로 그리워만하다 온통 늙어가니,	相思渾欲老,
외로운 달 몇 번이나 둥글어졌던가.	孤月幾成輪.

고봉은 선영 근처에 작은 서재를 마련해 둔 것 같다. 주위에는 대나무와 소나무를 심어 군자의 도덕을 부각시켰다. 정작 만나고 싶은 사람은 만나지 못하고 이렇게 부친의 제사에 와서 만난 날을 기약하고 다짐하는 그리운 정서를 읽을 수 있다.

[5-5]

한 방에서 흉금을 풀던 곳에,	一室披襟處,
달만 유독 가까움을 허락하네.	嫦娥獨許親.
마음은 있으나 누구와 말할까?	有懷誰與語,
꿈도 없이 앉아서 새벽을 맞았다네.	無夢坐來晨.
따르는 사람들에게 한 번 물어보니	試問隨行者,

다투어 자유로운 사람 같다 하네.	爭如自在人.
내달아 달림에 함께 경계해야 하리니,	驅馳須共戒,
평지에서도 바퀴는 부러진다고.	平地亦摧輪.

관원은 3구에서 토로하고 있는 것처럼 고봉이 아직 돌아오지 않았다. 고봉은 고봉을 따라 갔던 사람에게 물어보니 고봉이 마치 자유인처럼 보였다는 것이다. 평지에서도 수레바퀴는 부러지니, 관로(官路)에 있는 사람으로 오래 자리를 비우지 말고 속히 돌아와 줄 것을 자신의 그리움을 빗대 권고하고 있다.

「영감님의 안하에 화답하여 바침(和奉令案)」 8수 중 제6수

아스라이 푸른 산색은	縹緲蒼山色,
성긴 창살에 가까운 듯하네.	疏櫺若可親.
깍은 홀처럼 밝은 해는 떠오르고,	刻圭浮晶日,
화장한 눈썹처럼 갠 새벽 드러나네.	凝黛露晴晨.
아침놀을 먹는 나그네 되지 못하고,	未作餐霞客.
부질없이 홀 잡고 있는 사람 생각하네.	空懷柱笏人.
남쪽 끝에는 방장산이 있다하니,	南厓有方丈,
조만간 신선수레 타리라.	早晚駕飆輪.

고봉이 돌아왔다. "깍은 홀처럼 밝은 해는 떠오르고"라는 표현은 대궐 뾰족한 지붕 사이로 해가 떠오르고 있는 모습이다. 또 아침노을을 먹는 나그네가 되지 못했다고 하는 것은 은거나 물러날 생각을 떨쳐버리고 돌아왔음을 아뢰는 말이다. 그렇지만 조만간 남쪽 끝으로[전라도 광주] 바람을 몰

아 달리는 신선 수레[飆輪]을 타고 떠날 것임을 예고하고 있다. 과연 고봉은 44세(1570년) 2월에 낙향한다.

[5-6]

참으로 묘한 자질의 그대를 만나	逢君眞妙質,
도탑게 논의하며 나날이 서로 친해졌네.	論篤日相親.
자기를 단속함에 힘입어 사물을 살폈고,	約己資觀物,
마음을 하나로 하여 앉자 새벽을 맞았네.	精心坐達晨.
천년의 단서를 나는 받들지 못하고,	未承千載緖,
헛되이 백년사는 사람 되었네.	虛作百年人.
도서를 논하는 것 가장 즐겼으니,	最喜圖書說,
한 밤중에도 월륜을 얻었다네.	中宵得月輪.

관원은 고봉의 탁월함을 알아보고 마음으로 응원한 사람 중의 하나이다. 고봉은 자신을 단속함에 사물의 이치에 따랐다는 평가는 고봉의 삶의 자세가 경지에 이르렀음을 단적으로 보여주는 말이다. 겸손하게 관원은 이러한 고봉의 학문적 크기를 다 받들지 못했다고 한다. 이는 단순한 겸손의 말만은 아니다. 시, 술 그리고 풍류를 즐겼던 관원에게는 매우 솔직한 말이다. 타인의 탁월함을 인정하고 격의 없이 허여하는 교우자세는 관원의 가장 든든한 정치적 토대였다.

「영감님의 안하에 화답하여 바침(和奉令案)」 8수 중 제7수

적막함을 달래는데 더 나은 것이 있다면,	撥寂存尤物,
이름 모를 꽃이라도 친해지는 것이 좋겠지요.	幽花好自親.
여린 가지에 세미한 운무 서려있고,	弱條縈細霧,
조각달은 청량한 새벽을 비추네.	殘片耀淸晨.
담담하게 아무런 말도 없다가	淡淡渾無語,
예쁘게도 짐짓 사람에게 향하는 구나.	娟娟故向人.
이르는 풍우를 어찌 견딜까?	那堪風雨至,
눈에는 이지러진 달이 보이는 걸.	眼看月摧輪.

관원의 과분한 겸손에 고봉은 자신이 적막함을 달래 주는 이름 모를 꽃에 지나지 않다고 한다. 그럼에도 과분하게 관원이 자신에게 아름다운 사랑을 내려주었다고 한다. 고봉과 관원은 이별을 앞에 두고 있다. 관원이 없는 대궐에서 하나의 꽃에 불과한 자신이 어떻게 풍우를 감당해 낼까 하며 지는 달을 바라보고 있다. 관원의 달은 고봉이었고, 고봉의 달은 관원이었다.

[5-7]

도를 들음에 어찌 늦음을 탄식하리오.	聞道何嗟晚,
성심을 다해 친근함을 허락해 주었네.	推誠肯許親.
책을 봄에 학 다리를 웅크렸고,	看書蟠鶴膝,
선을 행함에 새벽닭을 걱정했네.	爲善惕鷄晨.
나의 본성을 다할 수 있다면,	苟若盡吾性,
참으로 나를 열어 줄 수 있는 사람이네.	眞能開我人.
갈림길에서 오래토록 분별하지 못하니,	路歧久未辨,

뱃속에는 수레바퀴 휘감았네.   腸內繞車輪.

관원은 고봉을 통해 도를 들었다고 한다. 그만큼 고봉이 견지했던 삶과 학문의 자세가 관원을 사랑에 빠뜨리게 했던 것이다. 고봉에 대한 사랑은 절정으로 치닫는다. 자신을 열어 줄 사람이라고. 관원은 갈림길에 섰다. 고봉을 떠나야 하는 길목에서 방황하면 할수록 관원의 마음은 오롯이 고봉에게 향하고 있었다.

「영감님의 안하에 화답하여 바침(和奉令案)」8수 중 제8수

그대의 시는 들판의 학과 같으니,	君詩如野鶴,
그 탁월함 세상에 누구와 가깝겠나.	逈拔世誰親.
영해에 외로이 깃들어 살며,	瀛海孤栖處,
봉래산에서 새벽에 홀로 눈물지었다네.	蓬山獨唳晨.
몇 편으로도 세상을 상서롭게 할 수 있고,	數編堪瑞世,
한 글자로도 사람들을 놀라게 할 만하다네.	一字要驚人.
하늘을 뚫고 올라 갈 수 있게 되리니,	會作沖空去,
바퀴 같은 날개 펼 일도 없겠네.	無路翅若輪.

고봉은 관원이 떠나갈 것임을 미리 알고 있었다. 이 마지막 시는 이별시이다. 관원 당신이 보내준 시편은 군계일학이었다고. 그 속에서 자신은 저 적현신주(赤縣神州) 밖 구주(九州)를 둘러싸고 있는 영해도 가보았고 봉래산에서 눈물짓기도 했다고. 당신의 시라면 세상을 아름답게 할 수 있을 것이라고. 그러니 이 못난 사람에게 더 이상 날갯짓하지 말고 보다 넓은 세상

으로 가시라고. 관원과 고봉은 이렇게 헤어졌다. 두 사람의 시문집에 더 이상의 흔적은 없다. 과연 한여름 쏟아졌던 소낙비였을까.

6. '고열', 임평사제에게 드림(苦熱贈林評事悌)

여름에 남쪽지방으로 오니,　　　　朱明到南紀,

북쪽 나그네 타는 열에 괴롭네.　　北客困炊蒸.

바다 해는 아침부터 쏘아대고,　　海旭朝猶射,

계곡 안개 낮에도 오르지 못하네.　溪雲午不升.

금정(金井)의 물로 공훈을 세워　　策勳金井水,

옥호(玉壺)의 얼음으로 해갈하리.　解渴玉壺氷.

언제 원소(袁紹)를 만나　　　　　何日逢袁紹,

사람의 흥이 오르게 하려나?　　　令人興欲騰.

　이 시는 관원이 왜(倭)의 침입으로 1575년[선조 8년, 을해, 선생 52세] 여름에 나주로 내려갔을 때 지은 작품이다. 첫 구에서 주명(朱明)은 『예기(禮記)』「월령(月令)」에 "입하일(立夏日)에 남교(南郊)에서 여름 기운을 맞이하며「주명가(朱明歌)」를 불렀다."라고 하였고, 『이아(爾雅)』「석천(釋天)」에서는 "여름을 주명이라고 한다(夏爲朱明)."라고 풀이하고 있으므로, 시간적 배경은 여름이었음에 틀림없다. 또한 남기(南紀)란 『시경·소아』,「사월(四

月)」에서 "도도히 흐르는 양자강과 한수여, 남쪽 나라의 벼리가 되었네(滔滔江漢, 南國之紀)."라고 하였는데, 마지막 구의 '남국지기'의 줄인 표현으로 남쪽 지방을 가리키는 말로 쓰였다. 결국 여름에 남방으로 내려온 것을 짐작할 수 있다. 그리고 백호(白湖) 임제(林悌, 1549~1587)는 고향 나주에 와있었다.

한 여름에 전라도로 내려온 관원에게 닥친 폭염은 시원한 샘물, 얼음, 더위를 잊을 수 있는 술을 떠올렸을 것이다. 5구와 6구에서 보이는 '금정'이라든가 '옥호'라는 익숙한 대구는 대궐에 있는 것들이다. 이 두 이미지를 원소(袁紹)의 이야기로 연결시키고 있다. 『초학기(初學記)·세시부 상(歲時部上)』에서 여름에 피서하고 음주하는 것[夏避暑飲]을 기술한 바에 따르면, 후한(後漢) 말에 조조(曹操)의 명을 받은 유송(劉松)이 하삭(河朔, 하북)에 가서 원소(袁紹)의 자제들과 삼복더위에 술판을 벌이고 밤낮없이 마셨다고 한다. 중앙 조정에서 자신을 소환하는 소식을 들고 올 사람을 기다리고 있다는 간접적인 표현으로 읽힌다.

관원의 시에는 백호 임제와 주고받은 시가 가장 많이 남아있다. 당연히 『임백호집』이 그나마 온전하게 남아있기 때문일 것이다. 관원문집의 출발점에 있는 『밀산세고』에서, 27번째 시제인 「다시 유생 임제의 시운을 빌려(再次林生悌)」 6수 중 맨 마지막에 실려 있다. 이전 5수는 모두 칠언절구 형식에 같은 운자로 되어있지만, 이 마지막 수는 오언율시로 형식과 운자가 확연히 다르다. 그래서 『낙촌유고』 부록본과 단행본에는 이를 별도로 분리하여 편집한 것이다.

다시 1927년 단행본의 시제를 보면, '증임평사제(贈林評事悌)'라는 정보가 더 들어있다. 다행히 이 오언율시는 『임백호집』 권1에도 수록되어있는데, 백호의 시 「고열」을 먼저 수록하고 "관원의 시를 붙임(附灌園詩)"이라하고 "관원은 바로 감사 박계현이다(灌園卽監司朴啓賢)"라는 설명을 추가해 두었다. 백호의 시는 단행본 2권에 부록으로 수록되어있는데, 여기에 옮겨 편집하는 것이 시를 이해하는데 도움이 될 것으로 판단하여 단행본의 그 시를 그대로 옮겼다.

2-4. 「관원의 시에 차운하여 올림(次呈灌園)」-백호(白湖)

바다산도 말라 푸름과 멀어졌고,	海山乾遠翠,
천리의 장기(瘴氣)는 구름처럼 피어오르네.	千里瘴雲蒸.
붉은 해를 끄는 말들 불타는 듯하고,	紅日午如爍,
푸른 못의 용들도 오르지 못하네.	碧潭龍未升.
지독한 더위를 없앨 마음은 있어도,	有心消酷暑,
겹겹의 얼음 밟을 길 없네.	無計踏層氷.
곧장 바람을 몰아가	便欲冷風御,
학을 타고 푸른 하늘로 오르고 싶네.	靑冥控鶴騰.[2]

· · · ·

2 '공(控)'자는 저본에 '공(拱)'자로 잘못되어있어, 『관원백호창수록』과 『임백호집』에 따라 바로 잡았다. 공학(控鶴)이란 글자그대로 학을 타고 몰아가는 것을 말한다. 손작(孫綽)의 「유천태산부(游天台山賦)」에, "왕교는 학을 타고 하늘에 솟아오르고, 응진은 석장을 날려 허공을 밟고 다닌다.(王喬控鶴以沖天, 應眞飛錫以躡虛.)"라고 한 예를 들 수 있다. 현행복 역주, 『관원백호창수록』, 도서출판각(2010), 373쪽에는 원문과 달리 '공(拱)'자로 잘못 쓰고 있다.

분명 단행본의 편집자는 『임백호집』에 「고열」로 된 시제를 조정했다. 말하자면 관원이 먼저 「고열」시를 지어 백호에게 주자, 백호가 그 시운을 따라 관원에게 화답한 것으로 보고 있는 것이다. 이러한 시제의 보완 수정은 시의 내용으로 보아 적절해 보인다. 다시 단행본의 시제로 돌아가 보자.

　평사(評事)란 관직은 조선초 정6품의 외직무관으로 병마도사(兵馬都事)를 1466년(세조 12)에 병마평사(兵馬評事)로 고쳐 불렀다. 병마절도사의 보좌관으로 개시(開市)에 관한 사무를 담당했다. 관원이 전라도 나주에 감사로 내려왔을 때 백호는 대과 급제하기 전, 말하자면 포의로 있으면서 관원의 막료로 보좌하고 있었을 뿐이다. 백호가 북도병마평사가 된 것은 관원이 하세하는 해인 1580년(32세)이다. 따라서 단행본의 시제는 '고열'이라고만 하든지, 아니면 '고열, 증임생(贈林生)' 정도가 맞을 것이다.

7. 주청사 윤자고근수의 사신행을 송별하며(送別奏請使尹子固根壽之行)

『밀산세고』에 35번째 수록된 이 시의 제목은 「주청사 윤자고의 사신행을 송별하며(送別奏請使尹子固之行尹根壽)」로 되어있는데, 후세의 편집자들이 위와 같이 약간 조정한 것이다. 자고(子固)는 윤근수(尹根壽, 1537~1616)의 자로, 호는 월정(月汀)이고, 시호는 문정(文貞)이며 본관은 해평(海平)이다. 37세가 되던 1573년 3월 주청부사(奏請副使)로 연경에 갔다. 따라서 관원의 이 시는 1573년 3월에 지은 시일 것이다.

주청사란 중국 측의 항의에 해명하거나, 정치적 중대 사건을 보고하는 임시 사절로, 진주사(陳奏使) 혹은 주문사(奏聞使)라고도 하였다. 사신단은 정사·부사·서장관(書狀官)·통사(通事)·의원(醫員)·사자관(寫字官)·화원(畫員) 등으로 구성되는데, 1573년 당시 윤근수는 부사로 따라갔다.

참소하는 말들은 옛날 비단처럼 짜였으나,   讒口昔成錦,
사왕(嗣王)께서는 이제 마음 아파하시네.   嗣王方痛心.

무고를 당한 일이 아직 어제 같은데,	被誣猶似昨,
오늘 이처럼 수치를 씻었네.	雪恥在如今.
사신 길 내 일찍이 조심스러웠으니,	忝使吾曾懼,
사행에 응하는 그대도 경계하시게.	鷹行子又欽.
시서(詩書)는 충성을 아우르니,	詩書與忠藎,
어디인들 임무를 이기지 못하리오.	何地不勝任.

윤근수는 1562년(명종 17) 정암(靜庵) 조광조(趙光祖, 1482~1519)의 억울함을 신원하다가, 명종의 미움을 사 과천현감으로 좌천되는 불운을 겪었다. 이후에도 구설에 올라 관운이 형통하지는 못했다.『명종실록』29권, 명종 18년(1563) 8월 17일 계해 첫 번째 기사에서 헌부가 아뢴 바에 따르면, "삼척 부사 허엽(許曄, 1517~1580)과 과천 현감 윤근수(尹根壽)는 모두가 명성을 좋아하는 사람들로서 경연에 입시하였을 때에 애써 과격한 의논을 펴서 듣는 사람으로 하여금 지금까지 의심하고 놀라면서 오래도록 잊지 못하게 하였으니 이들 역시 죄 주지 않을 수 없습니다. 박소립(朴素立, 1519~1582)·기대승(奇大升, 1527~1571)은 그 관작을 삭탈하여 도하(都下: 한양)에 발을 붙이지 못하게 하여 몰려다니는 길을 끊으시고, 윤두수는 관직을 삭탈하고, 이문형·허엽·윤근수는 파직하소서."라고 기록하고 있다. 1구에서 말하는 '참구(讒口)'는 이를 말하는 것이리라. 이러한 억울함은 명종의 뒤를 이은 사왕(嗣王) 즉 선조에 의해 복권되어 당당하게 사신길에 오르는 감회가 시의 전반부에 묘사되었다.

1573년 이전 관원이 중국에 다녀온 것은 세 차례이다. 1556년[명종 11년, 병진, 선생 33세]에는 서장관으로, 1566년[명종 21년, 병인, 선생 43세]에는 성절사로, 1572년[선조 5년, 임신, 선생 49세]에는 진위사로 연경에 왕래했다. 관원은 첫 번째 갔을 때, 당시 관행으로 행해졌던 사신들의 밀무역을 방조한 것과 돌아오는 과정에서 중국측 하사품을 도난당한 일로 추고를 당한 경험이 있다. 그래서 관원은 후배 윤근수에게 이를 경계하고 있다[5구]. 이에 관한 자세한 내용은 부록의 「연보」를 참고하시오.

8. 스스로를 읊음(自詠)

이 오언율시는 『밀산세고』에 37번째로 수록된 시로, 「자영(自詠)」이라 제목이 달려있다. '영(詠)'자의 이체자가 '영(咏)'자이다. 따라서 '영(詠)'자를 따르는 것이 맞다. 부록본과 단행본의 편집자들은 왜 글자를 조정했는지, 또 순서를 무슨 근거로 바꾸었는지 의아하기 그지없다.

지은 집은 겨우 무릎을 허락할만하지만	構屋堪容膝,
몸을 편히 한지 십이 년이나 되었네.	安身十二年.
한가할 땐 달빛을 틈타 술을 마셨고,	閑來乘月飮,
나른할 땐 꽃을 마주하고 졸았었네.	懶去對花眠.
객을 사양하니 대문 항상 조용하였고,	謝客門常靜,
산을 바라보며 자리 자주 옮겨 다녔지.	看山席屢遷.
참새나 쥐처럼 창고를 훔치고 있으니,	偸倉同雀鼠,
벼슬살이 명현들에게 부끄럽네.	官職愧名賢.

이 시를 언제 지었는지는 제목에서처럼 정확히 알 수는 없다. 시의 내용을 보면, 관원은 겨우 무릎을 허락할 만한 작은 집을 지어서 그곳에서 12년을 편하게 지내왔다고 한다. 2연과 3연을 보면 마치 은거를 하고 있는 은자처럼 보이지만, 곧바로 관원은 나라의 곳간을 파먹고 있는 참새나 쥐처럼 자신을 부끄러워하고 있다. 조선왕조실록의 기록에 따르면, 관원이 처음으로 조정의 벼슬을 받은 것은 1552년(29세)이다. 그로부터 12년이라고 하면 1564년 정도가 될 것이다. 벼슬살이 12년 정도 될 즈음, 관원은 관로(官路)에 어떤 일시적인[길지 않은] 문제가 발생하여 집에 와 있었던 것으로 추측해 볼 수 있다. 사실 관원은 1559년(36세) 10월에 장단도호부사에 제수되었고, 이듬해 4월에는 만포진(滿浦鎭) 병마첨절제사로 부임하게 되는데, 그 과정에서 관원의 유임을 원하는 장단 사람들의 궐 앞 시위라든가, 윤원형과의 알력 등으로 정치적 고비를 겪는 과정이 있었다. 따라서 이 시가 1560년 봄에 지어졌을 가능성을 조심스럽게 제기해 본다.

한 가지 주목해야할 것은 관원이 시름을 달래거나 한적함을 즐길 때 등장하는 이미지들이다. '달-술-꽃-나그네-산'이라는 사고의 흐름에 따른 연상 작용이다. 특히 '달-술-산'의 유선형 구조는 관원의 시편에서 단골손님으로 등장한다. 하지만 관원은 그 속으로 빠져들지 않고 언제나 균형적인 자세[中]로 서있다.

9. 윤장원 시권 뒤에 지음(題尹長源詩卷後)

세 판본 모두에서 제목이 일치하고 있는 이 시는 『밀산세고』에 38번째 수록되어있다. 시제에 보이는 '장원(長源)'은 윤결(尹潔, 1517~1548)의 자이다. 호는 취부(醉夫) 또는 성부(醒夫)라 하였고, 본관은 남원(南原)이다. 벗 안명세(安明世, 1518~1548)가 을사사화 때 정순명(鄭順明) 등이 현신(賢臣)들을 많이 숙청했다는 사실을 「시정기(時政記)」에 기록한 일로 사형 당하자, 술자리에서 안명세가 죄도 없이 죽임을 당했다는 발언을 했다. 그 뒤 진복창(陳復昌, ?~1563) 등의 밀고로, 문정왕후(文定王后)와 윤원형을 비판했다 하여 국문을 받고 죽었다. 1543(중종 38)년 전시에서 을과로 급제하며 시문에 능했다. 『월정집』 별집 권4에 수록된 「만록(漫錄)」에는 윤장원(尹長源, 윤결)이 시험장에 들어가 노과회(盧寡悔, 守愼)의 글을 보고는 함께 시험장에 들어간 사람에게 말하기를, "뛰어난 문장가는 따라잡을 수가 없다. 표문은 노수신의 장기가 아닌데도 이렇게 잘 지었으니, 급제자가 발표되면 과회가 분명 장원할 것이고, 언구(彦久, 윤춘년)는 방안(榜眼), 나는 탐화(探花)를 차지할 것이다."라고 할 정도로 당시 문명을 떨쳤다.

적막하여라. 높은 뜻이여!	寂寞青霞志,
풍류는 후세에도 장구하리.	風流後世長.
평생 이태백이었는데,	平生李太白,
결국 낙빈왕이 되었다네.	畢竟駱賓王.
사람은 죽고 시편은 남았듯이	死去詩篇在,
산은 텅 비고 가을 잎 누렇네.	山空秋葉黃.
기특한 재주에도 애석하게 뜻을 얻지 못했으니	奇才惜不得,
청광을 나무랄 겨를도 없다네.	未暇誚清狂.

　2연에서 관원은 윤결이 평생 이태백과 같은 시재와 포부로 살았건만, 결국 40세 즈음에 죽은 낙빈왕(駱賓王, 640?~684?)이라고 안타까워하고 있다. 따라서 이 시는 윤결이 억울하게 죽은 해인 1548년 이후에 지은 작품임에 틀림없다. 윤결은 1567년(선조 즉위년)에 신원 회복되었다. 그의 시편들은 오늘날에는 전하지 않지만 당시 문인들 사이에서 상당한 호응을 얻었을 것으로 짐작된다. 이로써 관원이 윤결의 시권 뒤에 시를 지은 것은 1567년 이후로 보는 것이 타당할 것으로 판단한다.

　관원은 윤결의 시를 한마디로 '청광(清狂)'이라 평가하고 있다는 점에 주목할 필요가 있다. 청광(清狂)이란 표현은 일부러 미친 체하여 얽매임이 없음을 이르는데, 두보(杜甫)의 「하공아오어(賀公雅吳語)」시에 "하공은 본디 남방의 방언을 썼는데, 관직에 있을 땐 항상 청광이었네.(賀公雅吳語 在位常清狂)"라는 시구에서 나온 말이다. 관원은 '청광'이란 두 글자로 '이백-낙빈왕-윤결'을 하나의 선으로 연결하고 있다.

10. 만포 수항정에 제함(題滿浦受降亭)

관원의 시문집에서 유일한 형식인 이 오언배율(五言排律)은 『밀산세고』에 8번째 수록되어 있다. 먼저 만포(滿浦)는 평안북도 강계군 만포읍에 있었던 국경의 주요 진(鎭)으로 중국 지안[集安]과 마주보고 있다. 문관으로서 관원에게 이곳은 유배나 다름없는 좌천이자 종착점이었다. 1559년(36세) 10월에 장단도호부사로 나갔다가 이듬해 4월 만포진 병마첨절제사에 제수되었다. 이러한 관원의 발령 뒷이야기는 부록에 실린 「연보」를 참고하시오. 만포(滿浦) 수항정(受降亭)에 제영한 이 시는 관원이 만포진 병마첨절제사로 발령을 받은 1560년[명종 15년, 경신, 선생 37세] 4월 27일에서 동부승지로 돌아오는 그해 12월 3일 사이에 지은 시이다.

동남쪽 기운을 우러러 바라보니,　　　瞻望東南氣,
하늘의 위세가 마침 비추어주네.　　　天威正照臨.
어찌 감히 우국의 마음 잊었으리오.　　敢忘憂國念,
오히려 시국을 구제하려는 마음을 품었다네.　猶抱濟時心.

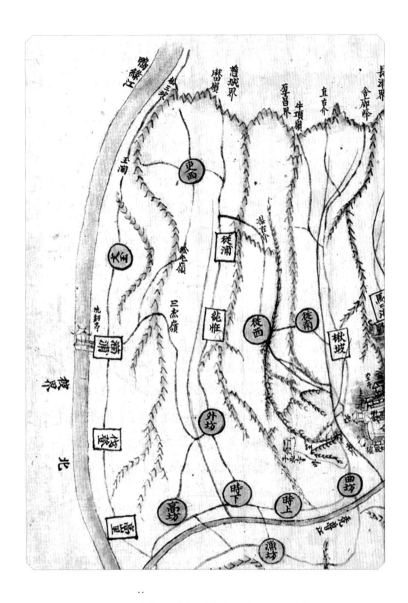

평안북도 강계군. 『강계군읍지』, 1899, 규장각 10951.

강한 오랑캐들 항상 몰래 약탈하니,	強虜元潛掠,
우환을 막는 것은 저절로 깊어져야 하리.	防虞故自深.
이 고립된 성을 굳게 지켜야만 한다면	孤城當固守,
선비 하나가 맡기에는 어려울 듯하네.	匹士恐難任.
또 다시 금쇄를 입고,	亦復披金鏁,
때가 오면 녹침을 시험하리.	時來試綠沉.
강연에서 몸은 이미 멀어졌고,	講筵身已遠,
변새의 공무는 날마다 밀려드네.	邊務日相侵.
충과 신은 응당 대체할 것 없으니,	忠信應無替,
성실하게 애쓰는 길 밖에 없다네.	勤勞苦不禁.
오랑캐 산은 안궤 오른쪽에 들어오고	胡山來几右,
압록강은 성의 음지를 둘렀네.	鴨水繞城陰.
삼략 병술은 도모해도 이루기 어렵고,	三略謀難就,
천 편 시는 병으로 읊조리지 못했네.	千篇病未吟.
지은 시는 길보에게 부끄럽지만,	題詩慚吉甫,
이름난 자취 어디에서 찾겠나?	名跡欲何尋.

우여곡절 끝에 강토의 끝으로 온 관원은 너무나도 뜻밖의 발령으로 남쪽이 그립다. 하지만 이곳은 국가 방위에 요지가 아닌가. 과연 일개 문신이 어떻게 이곳을 지킨단 말인가. 임금에 대한 충(忠)과 신(信)을 갚기 위해서라면 어떻게든 해봐야 한다. 갑편(甲片)에 금사(金絲)를 꿰어 장식한 갑옷[금쇄(金鏁)]과 녹색 칠을 먹인 창[녹침창(綠沈槍)]을 어루만진다. 만포는 군사적 요충지일뿐더러 교역의 중심지이기도 했기 때문에 밀려드는 공무에 골몰하느라 성 바로 뒤에 있는 이 수항정에 오를 시간도 없었다. 비로소 오

른 누정의 감회를, 비록 옛날 주 선왕(周宣王)의 대신 번목중(樊穆仲)이 선왕을 보좌하여 치적을 크게 이룬 것을 칭송하며 「증민(烝民)」이란 시를 지은 윤길보(尹吉甫)에게는 부끄럽지만, 그래도 시를 지어 스스로를 달랜다. 이만한 이름난 자취 어디에서 찾겠느냐고.

『강계지』(1877)에 따르면, "수항정은 만포진 성위에 있고, 토대는 현애(懸崖)를 누르고 있으며, 높이는 1천 인(仞)가량 되고, 서쪽으로는 압록강에 임해 있으며 앞쪽에는 쌍검(雙劍)이 있다."라고 기술하고 있다. 또 『강계군읍지』(1899)의 기록에, "전하기를, 만포첨사 심사손(沈思遜, 1493~1528)이 병사들을 인솔하여 강을 건너 땔나무를 하고 있을 때, 오랑캐가 불의에 돌출하여 공격하여 뿔뿔이 흩어지게 되었다. 첨사는 적의 화살에 맞아 말에서 떨어져 죽었다. 적들은 [그를] 거세하고 조용히 가버렸다. 이에 우리 조정에서 오랑캐 추장에게 통고하여 그 짓을 저지른 자를 죽이게 했다. 그 뒤에 그곳을 지나는 사신들이 수항정에 시를 지어 그 혼령을 위로했다."라고 하였다.

기대승(奇大升)의 『고봉집』 권3에는 장언량(張彦良, 1491~1560)의 묘지명이 실려 있는데, 고봉의 기술에 따르면, "경인년(1530)에 체직되고 대호군 겸 우림위장(大護軍兼羽林衛將)에 제수되었고, 신묘년(1531)에는 만포첨사로 임명되었다. 만포(滿浦)는 서방의 상류(上流)에 해당하여 오랑캐들이 날마다 와서 물건을 교역하였으므로 다툼이 일어나기 쉬웠다. ……한가한 틈을 타서 성의 동쪽 모퉁이에 한 누각을 세우고 이름을 수항정(受降亭)이라 하였다."라고 적혀있다.

11. 남명 조선생식 만사 2수(挽南冥曹先生植二首)

남명(南冥) 조식(曺植, 1501~1572) 선생을 애도하는 이 두 수의 만사(輓詞)는 1927년 단행본에만 수록되어있다. 『남명집』 권4에 실린 것을 가져와 문집에 보충한 것으로 보인다. 이 만사를 쓴 시기는 당연히 1572년(49세)일 것이다.

[11-1]

도와 의를 알고 즐기시며,	道義方知樂,
풍진세태에 벼슬하지 않으셨네.	風塵不拜官.
극언으로 임금을 감동시켰고,	危言動聖主,
냉정한 담력으로 간신들을 죽였네.	寒膽死權奸.
두 부의 책이 완성되어 있으니	兩部成書在,
천추만세에 구안자를 보게 될 것이네.	千秋具眼看.
천지의 기강이 쇠락하고 있으니,	飋零天地紀,
애도의 눈물이 줄줄 자꾸 흐르네.	哀淚重汎瀾.

[11-2]

하늘의 별빛이 사라지고,	天上星光滅,
인간세상의 대들보가 꺾였네.	人間樑木摧.
마음에 경세의 의무를 담아,	存心經世務,
시대를 구제할 인재로 촉망받으셨네.	屬望濟時才.
옛날에는 부들수레의 손님이었는데,	舊日蒲輪客,
오늘은 서주 술잔 슬프구나.	今悲絮酒盃.
많은 선비들 하나같은 아픔이 이리니,	一爲多士痛,
어찌 나의 애통함만으로 곡하리오.	不敢哭吾哀.

제1수에서는 남명선생이 한 번도 벼슬자리에 나오지 않고도 극언(極言)으로 임금님을 감동시켰고, 간신배들을 퇴치한 정치적 업적을 칭송했고, 제2수에서는 학문적으로 경세(經世)의 기둥이 꺾였음을 슬퍼하면서, 옛날 남명선생이 덜거덕거리지 않도록 부들 잎으로 바퀴를 싼 수레[蒲輪]로 자신을 우대해 주었던 사랑과는 맞지 않게 너무나도 초라하게 솜에 적신 술[絮酒]을 가져와 흐느끼고 있는 심정을 묘사했다.

남명선생과의 만남은 언제 이루어졌을까? 남명선생은 언제 관원에게 부들로 감싼 수레를 내어줄 정도로 우대하며 맞았을까? 남명은 합천 삼가면에서 태어났지만 부친을 따라 20세 중반까지는 서울에 살았다. 기묘사화(1519)에 대한 충격, 부친상(1526년) 등으로 벼슬길을 접고, 1530년(중종 25, 30세)에 모친을 모시고 김해 신어산(神魚山)으로 내려왔다. 그러므로 관원은 서울지역에서 남명선생과 조우했을 가능성은 전혀 없다. 관원이 남명선생을 만난 것은 관원의 벼슬경력으로 볼 때, 1567년[명종 22년, 선조즉위년, 정묘, 선생 44세] 겨울[12월?]에 경상도관찰사 겸 병마수군절도사로 내려와 이듬해 가을 무렵에 중앙 조정으로 복귀했다. 관원의 후임으로 임당 정유길(鄭惟吉, 1515~1588)이 1678년 7월에 부임하므로, 대략 이 6개월의 기간 동안 확인된 행적만 추적해 보면, 경주 옥산서원, 영남루, 진주 등지를 돌아보았다. 남명선생과의 만남은 바로 이 기간 동안 이루어졌을 것이다.

바로 이 시기 진주에서는 음부옥 사건이 벌어지고 있었다. 남명의 벗이었던 이희안(李希顔)이 죽고 그의 후처가 음행을 저지른다는 소문이, 하나는 구암(龜巖) 이정(李楨, 1512~1571)의 첩과 서매(庶妹)였던 하종악(河宗岳)의 후처가 음행을 저지른다는 소문이 파다하게 퍼지고 있었다. 이 소문은 먼저 구암(龜巖) 이정(李楨, 1512~1571) 쪽에서 당시 감사로 내려와 있던 관원 박계현에게 알리게 된다. 관원은 지역 상황을 자세히 몰랐기 때문에 김해부사 양희(梁喜, 1515~1580)에게 처리를 부탁하자, 양희는 사위였던 남명선생의 고제자 정인홍(鄭仁弘, 1536~1623)이 잘 알 것으로 생각하고 소문의 진위를 알아보게 하였다. 정인홍은 스승 남명에게 이 사실을 말하자 남명은 매우 불쾌해하며 구암 이정이 하종악의 후처 음행을 덮기 위해 의도적으로 소문을 퍼뜨린 것이라고 하며 이 사건에 개입하게 된다. 정인홍이 남명의 말을 감사 관원에게 보고하자, 하종악 집안사람들을 잡아들여 심문하는 과정에서 무혐으로 풀려나긴 했지만 사망하는 자도 있었다. 결국 남명이 이 옥사를 일으킨 셈이 되었다. 이 사건은 구암과 남명의 절교로 치닫고 종국에는 퇴계학파와 남명학파의 대립으로까지 치닫는 도화선이 된다. 바로 이 사건이 남명과 관원의 만남이 이루어지도록 한 계기가 되었을 것이다.

한양에서 이 사건의 파장을 직감한 고봉 기대승은 남명이 당대 최고의 명성을 누리고 있는 고절한 선비였기 때문에 조심스럽고 객관적인 자세를 취했다. 하지만 고봉은 가장 기본적인 사항만 확인해 둔다. 남녀간의 정사란 가장 알기 어려운 것이다. 그렇지만 이 사건은 분명 한사람의 입에서 나와 이런 옥사가 나온 것이라는 결론에 이르렀다. 말하자면 남명선생의 부적절한 처신 때문에 빚어진 일이라고 보는 입장에, 기대승, 이황, 윤근수, 홍섬, 노수신 등이 있었고, 남명선생이 억울하게 연루된 것이라고 보는 측에는 정인홍, 오건, 정탁, 정유길[관원의 뒤를 이은 경상감사] 등이 있었다.

관원은 어느 편에 섰을까? 어쨌든 소문의 실체를 파악해 달라는 구암 이정의 요청이 발단이다. 떠도는 소문이 구암 자신에게 유리했던 것이라면 관원에게 친구인 남명의 흠결을 고자질한 것이다. 분명 구암 자신의 위상과 도덕성에 치명적 손상이 되는 것이었을 것이다. 이처럼 한 사건에 대한 한쪽의 주장이 관원의 귀에 들어갔고 관원은 진상 파악을 위해 양희에게, 양희는 정인홍에게, 그리고 남명선생에게 들어갔다. 이 말이 건너가는 도중에서 화자의 입장에 따라 감정과 판단이 실렸을 것이다. 거꾸로 남명에게서 출발하여 관원에게까지의 과정도 마찬가지였을 것이다. 남명이 화를 낸 것은 관원에게 돌아와 옥사로 전개되었다. 옥사의 결과는 과연 아무런 혐의점이 없었으므로 관원은 이들을 풀어줬다. 남명선생의 호소와 문인들의 집요한 변호를 통해 책임자와 담당 조사관들이 경질되었다. 즉 경상감사 박계현은 임당 정유길로 교체되었다. 특정 관계인들의 이해관계에서 비롯된 갈등에서 나온 근거 없는 소문이 남명선생의 학문적 도덕적 권위에 편승하며 진실로 바뀌고 있었다. 관원은 구암 이정과 남명 조식의 중간에서 중립적 자세를 취했다. 쌍방의 단점을 부각시켜 저울질 한 것이 아니라, 쌍방의 장점들을 부각시킴으로써 쌍방의 화해를 이끌어내려 한 노력의 일환으로 볼 여지가 충분하다. 관원은 여기 남명선생, 구암선생, 퇴계선생을 애도하는 만사를 지으며 한결같이 장점으로 고인들을 추모했다.

12. 숭덕재 이판서윤경 만사 3수(挽崇德齋李判書潤慶三首)

이 만사는 세 판본의 제목이 조금씩 다르다. 『밀산세고』[50번째 시]에서
는 「평안감사 이윤경 만사(挽平安監司李潤慶)」로, 부록본에서는 「감사 이윤
경 만사(李監司潤慶挽)」로, 단행본에서는 「숭덕재 판서 이윤경 만사(挽崇德
齋李判書潤慶)」로 되어있다. 이윤경(李潤慶, 1498~1562)의 자는 중길(重吉)
이고, 호는 숭덕재(崇德齋)이며, 본관은 광주(廣州)이고 시호는 정헌(正獻)
이다. 1534년(중종 29)에 문과에 급제하여 예문관검열로 관직생활을 시작
해 조정의 청요직을 역임했으나, 1547년(명종 2) 아들 이중열(李中悅)이 을
사사화에 연루되어 사사되고 훈적이 삭탈되었다가 다시 좌우승지, 형조참
의, 전주부윤, 전라도관찰사(1555), 경기관찰사(1556), 함경도관찰사(1558),
형조판서(1560)를 역임했고, 마지막 벼슬로는 평안도관찰사를 지내다가 평
양에서 순직했다. 저서로는 유고로 남아있던 것을 1914년 13세손 이용태
(李容泰)가 활자본으로 간행하여 전한다. 관원은 그를 애도하며 3수나 되는
만사를 짓고 있고 당시 한성부 좌윤으로 있었던 관원의 부친 낙촌 박충원
도 숭덕재의 죽음에 7언율시의 만사를 쓴 것으로 보아, 대를 이어 돈독한

관계가 유지되었음을 짐작할 수 있다. 이로써 세 판본의 시제 모두 틀린 정보는 없다. 다만 마지막 관직이 무엇이었는지를 기준으로 삼는다면 『밀산세고』를 따라야 하나 연배가 30세정도 차이가 나므로 관호(官號)로 칭하는 것이 적절해 보인다.

[12-1]

무성한 회안리엔	鬱鬱淮安里,
어진 인재들이 대를 이어 나왔네.	賢才代有人.
조정에서는 두 분의 노재상으로,	大庭雙老相,[3]
민간에서는 순박한 두 유학자셨네.	委巷兩儒醇.
원대한 업적은 공께서 먼저 이루셨고,	遠業公先靳,[4]
높은 하늘을 나에게 펴주시려 하셨네.	高天我欲陳.
생추 한 단을 올리니,	生蒭一束奠,
기나긴 밤 도대체 언제 새벽될까.	長夜竟何晨.

이 만사는 관원이 성균관대사성, 승정원 우부·좌부승지를 차례로 지내고 있었던 1562년(39세) 때 지은 것이다. 숭덕재 선생은 훌륭한 인재들이 많이 난 '회안리'라는 지명을 들어 관원 집안과의 지역적 연관성을 표현했고, 이어서 조정에서는 영의정을 지낸 아우 동고(東皐) 이준경(李浚慶,

....

3 '쌍(雙)'자는 저본에 '확(靃)'자로 되어있는데, 이체자이다. 『밀산세고』, 부록본 그리고 『숭덕재선생유고(崇德齋先生遺稿)』권4 「부록」에도 정확히 '쌍(雙)'자로 되어있으므로 정자로 바꾸었다.

4 '근(靳)'자는 부록본에는 '근(靳)'자로 되어있다.

1499~1572)과 더불어 노련한 재상으로 후학들을 이끌어 주었고, 나가서는 두 분이 모두 훌륭한 학자로서 자신을 이끌어 주셨던 분이 이제 자신을 위해 자리를 비워주셨건만 미약한 제수[생추(生芻)]를 들고 와 조문하는 슬픔을 표현했다. 여기 언급한 두 분은 남명 조식 선생이 서울에 있을 때 함께 교유했던 동료들이기도 했다.

[12-2]

나라에 인재의 어려움이 있는 때에,	國在才難日,
서문 마굿간 말들이 놀랐네.	西門櫪馬驚.
죽을 때까지 청렴하고 충성스러웠으며,	淸忠終沒世,
평생토록 효도와 우애를 다하셨네.	孝友極平生.
누가 다시 생삼사일을 감당하랴.	誰復當三事,
헛되이 두 기둥 사이의 제수만 보이네.	空看奠兩楹.
어른께서 지금까지 해 오신 행적을	從來丈人行,
자손들에게 영광으로 남겨주시리.	留與子孫榮.

제2수에서는 옛날 한기(韓琦)가 죽기 전날 밤 마을에 큰 별이 떨어져 마구간의 말들이 놀랐다[역마경(櫪馬驚)]는 표현으로 죽음을 에둘러 표현하면서 숭덕재의 청렴함과 충성심, 그리고 효도와 우애를 칭송했다. 낳아준 세 사람, 즉 아버지와 스승과 임금을 섬기기를 똑같이 하는[생삼사일(生三事一)] 그 탁월한 행적은 두 기둥 사이[兩楹, 빈소]의 제수로 남았지만, 자손들에게는 영광으로 남을 것이라는 확신으로 죽음을 위로하고 있다.

[12-3]

타고난 기상 본디 세상에 드물었고,	間氣元稀世,
풍모는 아홉 척의 장신이셨네.	風姿九尺長.
기발한 전술은 적의 성채를 비웠고,	奇謀空敵壘,
시대의 명망은 조정에도 이어졌네.	時望屬巖廊.
뒤에 죽는 사람 결국 무엇을 의지하리오.	後死終何賴,
글을 짓는 것마저 상심케 하네.	修文亦可傷.
당당하게 더불어 함께하지 못하고,	堂堂難與幷,
옥수를 묻고 황천에 통곡하네.	埋玉痛泉鄕.

　예로부터 영웅과 위인은 위로 성상(星象)의 정기(精氣)에 응하여 천지산천의 특수한 기(氣)를 받아서 태어나되, 세대를 격하여[間世] 어쩌다가 나온다는 '간기(間氣)'라는 표현을 써서 일대의 보기 드문 9척 장신의 영웅임을 칭송했다. 이어서 변방을 지키는데 혁혁한 공을 세운 것을 손꼽으며, 함께 하지 못하고 뒤에 남은 사람[後死]은 장차 누구를 의지할까하는 막막한 슬픔에 이 만사를 짓는 것조차도 상심케 한다는 각별한 심정을 읽을 수 있다. 마지막 구에 보이는 '매옥(埋玉)'이란 표현은 옥 나무를 묻다[埋玉樹]라는 말로, '옥수'는 재능이 뛰어난 인물을 상징한다.『세설신어(世說新語)·상서(傷逝)』에, 유량(庾亮)이 죽었을 때 하충(何充)이 말하기를 "옥수를 흙 속에 묻으려니, 사람의 인정을 어찌 누그리게 할 수 있겠는가.(埋玉樹著土中, 使人情何能已己?)"라고 하였다.

13. 윤정 만사(挽尹侹)

이 만사는 『밀산세고』 51번째로 수록되어있다. 저본인 단행본과 부록본에는 '정(侹)'자가 '정(挺)'자로 되어있다. 왜 부록본과 단행본의 편자들은 '정(侹)'자를 '정(挺)'자로 바꾸는 실수를 반복했을까? 사실 관원과 부친인 낙촌 박충원의 시대에 '윤정(尹挺)'으로 기록된 사람은 어디에도 찾아 볼 수 없다. 분명히 『밀산세고』의 윤정(尹侹)이 맞다.

내가 연경에 가는 사신 임무를 맡았을 때,	我執燕都役,
그대는 모친의 상을 당했구려.	君遭大家憂.
바로 애통함으로 몸이 손상된 때에 맞추어	正當柴毀日,
죽음을 함께하려 했던가.	要與死亡求.
옛 역참에서 애통한 부고를 듣고,	古驛聞哀訃,
맑은 술잔은 옛 교유에 머뭇거리네.	清樽倘舊遊.
다만 지기의 눈물만 남아,	唯餘知己淚,
흐르는 눈물 거둘 수 없네.	沾洒不能收.

윤정(尹侹, 1515~1566)이, 비록 음서의 자제들이 벼슬길에 오를 수 있는 길을 열어주는 녹봉 없는 벼슬이지만, 별좌(別坐)로 있었던 것은 겨우 10개월도 되지 않았고, 그것마저도 부친의 음덕에 의한 것이었기 때문에 잘 알려지지 않았으나, 지극한 효성과 부모의 상을 치르는 태도가 주변인들의 많은 감동을 자아냈다. 동고(東皐) 이준경(李浚慶, 1499~1572)은 그에 대한 사랑이 각별했던 것으로 보인다. 『동고선생유고(東皐先生遺稿)』 권6에 수록된 윤정(尹侹)의 묘갈명에 따르면, 윤정은 함경도병마절도사를 지냈던 윤여해(尹汝諧, 1480~1546)의 둘째 아들이다. 부친 윤여해는 1545년 돈녕부도정(敦寧府都正)으로서 계림군(桂林君) 이유(李瑠)의 역모사건에 관련되어 충주에 유배되어 이듬해에 죽었다. 그로부터 20년 뒤인 1566년 9월 모친상을 당해 수개월을 애상하다가 결국 빈소 곁에서 운명했는데, 천거로 별좌(別坐)가 된지 10개월도 되지 않은 때였다는 정보를 제공하고 있다.

관원은 만사의 첫 구에서 자신은 사신임무를 맡고 있었다고 했다. 사실 관원은 윤정이 죽던 해 1566년 성절사(聖節使)로 9월에 연경에 갔다가 조정으로 돌아왔다. 이는 『명종실록』 33권, 명종 21년 10월 13일 경오 두 번째 기사에 분명하다. 제2연의 내용 역시 윤정이 모친상을 치르다가 애통해 빈소 옆에서 죽은 상황을 정확하게 언급하고 있다. 따라서 시제는 『밀산세고』의 '정(侹)'자에 따라 고쳐야 한다.

14. 참군 아우_{용현}를 곡함(哭參軍弟用賢)

여기 아우의 죽음을 애도하는 시는 『밀산세고』맨 마지막에 수록되어있
는데, 「참군 아우 만사(挽參軍弟)」로 되어있는 반면, 부록본과 단행본에서
는 「참군 아우를 곡함(哭參軍弟)」으로 되어있고 '용현(用賢)'이란 부기를 달
아주고 있다.

내 나이 열다섯에 네가 막 태어나서,	吾年十五汝初生,
사십일 년 형 아우가 되었었지.	四十一年爲弟兄.
색동옷 입고 재롱부릴 때는 부모님 기뻐하셨고,	彩服戲時歡二老,
자주색 꽃 피우며 세 형제 화락하였네.	紫花開處樂三荊.
하루아침에 정신과 혼백을 돌릴 줄 어찌 알았으랴!	那知一夜回精爽,
갑자기 천추에 지극한 마음으로 통곡하게 하는구나.	坐使千秋慟至情.
다음 생에는 쌓은 업이 있으리니,	來世定應緣業在,
다시 형제가 되어 함께 이름 날리세.	更爲兄弟共揚名.

용현은 낙촌 박충원의 3남으로, 자(字)는 명치(鳴治)이고 한성부 참군을 지냈으며, 사후 이조참판으로 증직되었다는 것만 알려져 있다. 『밀양박씨 규정공파대동보』에 따르면, 병신(丙申)생으로 되어있다. 형제들의 생몰년과 비교하여 적용 가능한 병신년은 1536년이다. 그런데, 이 만사의 첫 구를 보면, 관원이 열다섯 살 되던 해에 태어났다고 하였다. 이로써 근거하여 따져보면 용현은 1538년(무술년)에 출생했다. 그리고 2구에서 41년을 형제로 지냈다고 하였으므로, 몰년은 1579년(기묘년)이 된다. 임제(林悌)의 『임백호집』에는 관원선생의 죽음을 애도하는 시가 6수 수록되어 있는데, 제2수를 보면(단행본 권2에 수록되어있음) "황천에 자식들을 묻는 일이 작년에도 있더니 금년에도 있네(黃泉埋白璧, 前歲又今年)."라고 하였다. 관원은 1580년에 하세했으므로, 작년 즉 1579년에 죽은 형제가 누구겠는가. 바로 둘째 아우 용현임이 분명해진다. 따라서 『대동보』의 생년표기는 잘못되었고, 이 만사는 1579년에 지어진 것이라고 확언할 수 있다.

4구는 양(梁)나라 오균(吳均)의 『속제해기(續齊諧記)』에 나오는 고사를 배경으로 하고 있다. "전진(田眞) 삼 형제가 재산을 분배하면서, 집 앞에 있는 자형나무까지 3등분하여 나누어 갖기로 했더니, 그 나무가 갑자기 말라 죽었다. 이것을 본 전진이 뉘우치면서, 사람이 나무만도 못한 짓을 하였다며 흐느꼈고, 형제들이 서로 감동하여 다시 재산을 분배하지 않기로 하자, 그 나무가 다시 살아났다."라고 하였다. "자주색 꽃이 피었다"고 하는 것은 과거에 급제하는 것을 말하고, '삼형'은 세 형제를 표현하고 있다.

15. 희천군에서 죽은 벗 백평사광홍의 시에 차운하여
(熙川郡次亡友白評事光弘韻)

이 차운시는 『밀산세고』에 4번째로 수록되어있다. 부록본과 단행본에서의 차이는 없다. 여기 시제에 보이는 희천군(熙川郡)은 평안북도[자강도]에 있던 군으로 1413년 희주군에서 희천군으로 개칭된 군이다. 현 지도상에서 안주시와 강계시 중간 지점이다.

백광홍(白光弘, 1522~1556)의 자는 대유(大裕)이고 호는 기봉(岐峯) 또는 잠양희재(岑陽希齋)이며, 본관은 해미(海美)이다. 1552년 장흥(長興)에서 태어난 그는 신잠(申潛)에게 수학했고, 1549년(명종 4, 28세)에 사마양시에 합격하고, 1552년(명종 7, 31세)에 문과에 급제하여 홍문관 정자에 올랐다. 이듬에 사가독서에 뽑혔는데, 바로 이때 관원 박계현과 알게 되었을 것으로 보인다. 1555년(명종 10, 34세) 봄에 평안도 평사(評事)가 되었고 이때 「관서별곡(關西別曲)」을 지었다. 그 다음해(1556) 전라도 부안(扶安)의 처가에서 35세의 나이로 별세했다. 저서로는 『기봉집(岐峯集)』 5권 2책을 남겼다.

부생이 흘러가는 강물 같아 장탄식을 하던 차에,	長恨浮生若逝川,
궁벽한 변방에 그대가 남긴 시를 보았네.	看君遺句在窮邊.
향로봉의 진면목을 어찌 봤으리요.	香爐面目何曾見,
종일토록 하얗게 다한 꼭대기를 품고 있네.	終日懷哉白盡巓.

『명종실록』 18권, 명종 10년 4월 8일[임신] 두 번째 기사에 보면, 평안도 감군어사 박계현의 서장(書狀)에 따라 정원(政院)에 내린 전교가 보인다. 따라서 관원이 이 시를 지은 시기는, 기봉 백광홍이 평안도 평사가 된 시기와 일치한다. 하지만 시제에서 '망우(亡友)'라고 한 표현은 적어도 1556년 8월 27일 이후에 희천군으로 나가 이 차운시를 지었다는 말이 되므로, 후손들이 시제를 잘못 써 넣은 혐의가 있다. 아래의 원운시를 참고하면 그 정황을 어느 정도 짐작할 수 있을 것이다.

「**희천의 남헌에 지음** 박계현이 머물던 곳(題熙川南軒朴啓賢居)」

가파른 강 길을 따라 희천군에 들어오니,	崎嶇江路入熙川,
나그네 베갯머리엔 바람에 떨어진 배꽃.	風擺梨花客枕邊.
향로봉의 진면목을 마주하고 앉으니,	坐對香爐眞面目,
꼭대기까지 오르지 못한 나를 비웃는 듯하구나.	似應嘲我未窮巓.

기봉 백광홍의 원운시는 『기봉집(岐峯集)』(1899년본) 권2에 수록되어 있다. 시제와 부기에서 보는 것처럼, 관원이 1555년 4월 감군어사(監軍御史)로 희천군에 와서 남헌(南軒)에 머물 때 지은 시임을 확인할 수 있다. 『기봉집』과 『관원집』이 모두 후손들이 편집한 것이므로, 어느 문집이 정확한 지

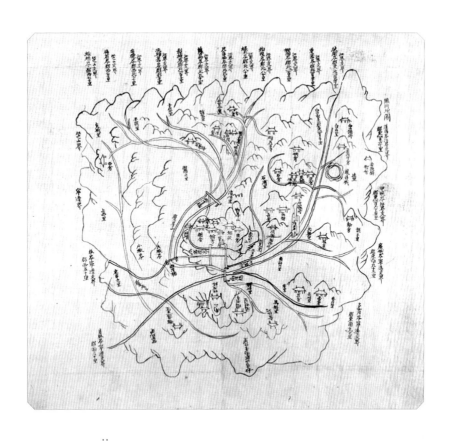

평안북도 희천군. 『희천군읍지책』, 1899, 규장각 10935.

는 판단하기 어렵다. 왜냐하면, 관원은 기봉 사후에도 이 지역을 지났을 가능성이 있기 때문이다. 말하자면 기봉의 이 시는 1555년 평안도 평사로 근무할 때 남헌(南軒)에 제영한 시일 것이고, 그 뒤 기봉이 죽고, 희천군을 지나게 된 관원이 친구였던 '망우(亡友)' 기봉의 제영시를 보고 차운하여 시를 남겼을 가능성이 남아있기 때문이다. 하지만, 기봉의 원운시에는 관원의 모습은 보이지 않고 있으며, 관원의 차운시 제2구를 보면 '남긴 시구(遺句)'라는 표현으로 봤을 때, 두 사람은 만나지 못한 것으로 보이므로, 이 설을 배제할 수 없는 것이다.

두 절구시를 보면 중심에는 향로봉이 있다. 관원은 산을 좋아했다. 희천군에서 눈에 들어오는 향로봉은 그대로건만 벗은 없다. 그래서 향로봉은 관원에게 더 크게 다가온다. 향로봉은 묘향산(妙香山)의 한 봉우리로 해발 1599미터이다. 『평안북도희천군읍지책(平安北道熙川郡邑誌冊)』(1899년)에 따르면, 묘향산은 희천군의 남쪽 59리 영변(寧邊) 경계에 있다고 하였다.

16. 강서현 시판의 운자를 차운하여 정경 사또님께 취해 올림 4수(江西縣次板上韻 醉奉靜卿使君四首)

『밀산세고』에 5번째로 수록된 시이다. 시제는 세 판본 모두 같은 형태를 보여주고 있는데, 부록본과 저본인 단행본에만 정경(靜卿)의 '경'자가 '향(鄕)'자로 되어있다. '정향'으로는 아무런 실마리를 찾을 수 없으므로, 여기서는 『밀산세고』의 '경(卿)'자를 따라야 한다. '사군(使君)'이란 사또를 지칭하는 말인데, 이곳은 현(縣)이므로 현령(縣令)을 의미한다.

정경(靜卿)은 조연(趙淵, 1489~1564)의 자(字)로 추정된다. 호는 내헌(耐軒)이고 본관은 함안(咸安)으로, 간송당(澗松堂) 조임도(趙任道, 1585~1664)의 증조부이다. 『간송집(澗松集)』의 세계도에 따르면, "자(字)는 정경(靜卿)이다. 정덕(正德) 경오년(1510, 중종5) 진사시에 합격하였다. 의금부 경력(義禁府經歷)을 지냈으며 호조 참의에 추증되었다. 호는 내헌(耐軒)이다. 글씨로 세상에 이름을 떨쳤다. 부인은 창녕 조씨(昌寧曹氏)로, 진사 치당(致唐)의 따님이다. 아들이 없어서 형님 우후공(虞侯公) 건(騫)의 넷째 아들 정언(庭彥)을 후사로 삼았다."

이와 같이 시제에서 말하는 정경(靜卿)이 조연이라면, 이 시는 조연이 죽은 1564년 이전으로 봐야 하는데, 관원의 경력을 고려하면, 1555년[명종 10년, 을묘, 선생 32세] 4월에 감군어사가 되어 평안도로 나갔을 때의 작품일 가능성이 크다.

[16-1]

강서에서 지기되어 잠깐 한 술상 앞에서　　　　西來傾盖一床前,

함께 어린 기생 붙들고 춤추며 노네.　　　　　共把靑娥踏舞筵.

그대의 도량이 바다와 같이 넓음을 알겠으니,　襟度知君寬似海,

머물며 술 마시는 신선이 되어도 괜찮으리.　　不妨留作飮中仙.

[16-2]

사또님 만나 뵈니 눈은 유독 빛나고,　　　　　使君相見眼偏明,

세상에 드문 고아한 이야기 꿈에도 맑네.　　　絶世高談入夢淸.

조용히 모시며 우스갯소리 할 수 없었는데,　　不得從容陪笑語,

앞산은 시름겹게 하고 비는 어둑어둑.　　　　　前山愁殺雨冥冥.

[16-3]

강서로 들면 제일의 고을에서,　　　　　　　　路入江西第一州,

각각의 풍경들 그대와 더불어 얻었네.　　　　　箇中風景與君收.

취하니 시적 영감 더 맑아지니,　　　　　　　　醉來便覺詩魂爽,

꽃 연못 다시 잡고 눈병을 씻어내리.　　　　　　更把芳塘洗病眸.

[16-4]

사람 일 여기에 이를 줄 어찌 알았으랴.	人事何知更到玆,
술 한 잔 나누자마자 곧 이별일세.	一杯相屬即相離.
그대와 더불어 친목 모임을 결성하여	共君擬結雞豚社,
사일주로 함께 노닐다가 죽어 볼까하노라.	社酒同遊抵死爲.

　관원은 감군어사로 평안도 일대를 돌다가, 앞서 본 함종현에서 동쪽으로 20리 떨어져 있는 강서현으로 들어가 현령 조현을 만났다. 이 만남을 '경개(傾蓋)'로 표현하며 풍류를 즐긴다. 경개란 경개여구(傾蓋如舊)의 준말로, 『사기·노중련추양열전(魯仲連鄒陽列傳)』의 "흰머리가 되어도 새로 사귄 사람 같은 경우도 있고, 수레 덮개를 기울일 정도의 만남에도 옛 친구 같은 경우도 있다.(白頭如新, 傾蓋如故)"는 말에서 나왔다. 길가에서 서로 만나 수레 덮개를 기울이고 잠깐 이야기하는 사이에 오랜 벗처럼 여기게 된다는 말로, 한 번 만나자마자 의기투합하여 지기(知己)처럼 된 것을 가리킨다. 얼마나 마음이 통했으면 어린 기생들과 춤까지 추며, 음중선(飲中仙)을 꿈꾼다. 술을 마시는 신선이라는 말은 두보(杜甫)의 「음중팔선가(飲中八仙歌)」에서 나온 말로, 두보는 이 시에서 당나라 때 술을 즐겨 마시며 풍류를 만끽하여 음중팔선(飲中八仙)이라 불렸던 이백(李白), 하지장(賀知章), 이적지(李適之), 여양왕(汝陽王) 이진(李璡), 최종지(崔宗之), 소진(蘇晉), 장욱(張旭), 초수(焦遂)를 들었다. 관원은 시화(詩畫)에 능했던 조연과 더불어 신선의 풍류를 공유하고 있다.

　이렇게 무르익은 시적 정취와 풍류는 어둑어둑 내리는 비를 통해 아쉬움으로 단절된다[제2수]. 비록 이렇게 짧은 만남이지만, 그래도 그대와 더불어 이곳의 정경들을 다 만끽했으니, 이 정감을 시로 잘 간직하였다가, 맑은 눈으로 다시 만나자는 행복한 기약을 표현했다[제3수].

관원은 자신의 풍류를 공감해주고 받아줄 수 있는 멋진 친구와의 우연한 만남을 감탄한 뒤에는 곧바로 이별의 정서가 찾아든다. 그리고 옛날 한유(韓愈)가 "바라건대 함께 모인 사람들과 닭과 돼지로 봄가을에 잔치를 하려네(願爲同社人, 鷄豚燕春秋)."라고 노래한 「남계시범(南溪始泛)」을 떠올리며 계돈의 계(契)라도 만들어, 봄가을로 토지신에게 제사지낼 때 만나 술[사주(社酒)]을 마시시자는 제안으로 이별의 마음을 달래고 있다. 관원의 풍류적 요소들 말하자면, 산-술-벗-가무의 이미지가 회화적으로 잘 어우러진 연작시라 할 수 있다.

17. 만포로 부임할 때 평산부에서 지음(赴滿浦時題平山府)

　『밀산세고』에 6번째로 수록된 이 시는 부록본과 단행본에도 시제상의 차이는 없다. 1925년 편찬된 황해도 『평산군지』에 따르면, 평산부(平山府)는 황해도 중동부에 있으며 동쪽으로 신계·금천, 남쪽으로 연안, 서쪽으로 해주, 북쪽으로 봉산·서흥과 접하는 곳으로, 1415(태종 15)에 도호부로 승격되었다. 후금의 침공 루트에 자리하고 있어 한양 방비에 있어 요충지이다.

유월에 서쪽으로 가니 마음은 편치 않고,	六月征西意未平,
풀 같은 나그네 근심 빗속에 자라나네.	客愁如草雨中生.
가슴에 감춘 수만 갑병 내 어찌 감당하리오.	胷藏萬甲吾何敢,
두 눈으로도 겨우 이름 분별할 수 있는 것을.	兩目纔堪辨姓名.

　관원은 1560년[명종 15년. 경신, 선생 37세] 4월 27일[임술]에 만포진(滿浦鎭) 병마첨절제사(兵馬僉節制使)에 제수되었다. 따라서 이 시는 1560년 6월 평산부에서 지은 시로, 권신세력들의 견제로 속수무책으로 변방 오지로 부

임하는 관원의 심경이 잘 묘사된 시이다. 관원은 북송시대 여러 차례 당쟁에 희생되어 좌천을 겪으면서도 국방과 정치개혁을 이루어낸 현신 범중엄(范仲淹, 989~1052)을 자신에게 견주어 본다. 특히 범중엄이 지연주(知延州)로 자청하여 나가서 수년 동안 변방을 지킬 때, 장수를 선발하고, 군졸을 사열하고 밤낮으로 훈련시켰으며, 여러 장수들을 경계하여 군졸들을 정예병으로 잘 훈련시키도록 단속을 엄하게 하였다. 그러자 서하(西夏) 사람들이 그를 두고 "배 속에 수만의 갑병이 들어 있다(腹中自有數萬甲兵)."라고 하면서 무서워했다는 이야기는 관원의 공감을 자아냈다.

관원이 만포진으로 부임하는 것은 관원 자신의 삶에 있어서도 중요한 사건이었고, 또 현직에서 활동하고 있었던 부친인 낙촌 박충원의 세력이 윤원형 중심으로 저울추가 기우는 시점이다. 낙촌은 장자의 오지 부임과 윤원형의 득세에 힘을 규합할 필요가 있었을 것이다. 낙촌의 대응 방법은 상당히 온건했지만 효과적이었다. 시축(詩軸)이라는 형식을 빌려 아들의 부임을 계기로 윤원형에 대항할 세력을 형성했다. 낙촌은 유력인사들의 시편을 받아 양곡(陽谷) 소세양(蘇世讓, 1486~1562)에게 찾아가 서문을 부탁한다. 이 시첩에 시를 남긴 인사로는 여기 소세양, 판중추부사 정사룡(鄭士龍, 1491~1570), 좌의정 홍섬(洪暹, 1504~1585), 예조판서 정유길(鄭惟吉, 1515~1588) 등이다. 이들의 시에 대해서는 「보유」에 역주해 두었다.

18. 눈금당에 제영한 시(嫩金堂題詠)

이 제영시는『밀산세고』에 10번째로 수록된 시로, 부록본과 단행본 모두에 "당은 영변에 있다(堂在寧邊)"라는 부기가 달려있는 것으로 보아 관원의 것으로 보인다.『영변지(寧邊誌)』(규17504, 1843)에 따르면, 영변에 당(堂)으로 이름을 달고 있는 것을 보면, 관아의 관덕당(觀德堂), 근민당(近民堂), 위화당(威和堂), 팔영당(八詠堂), 풍화당(風和堂)이 전부이다. 누정을 설명한 조목에서도 '눈금'이란 명칭을 찾을 수 없다. '눈금'이란 황금색의 버들 싹을 뜻한다. 시의 내용으로 보아 버들이 막 싹을 틔우고, 배꽃이 떨어져 뜰에 가득하다고 하였으므로, 당의 주변에는 버들과 배나무가 있는 장소일 것이다. 이를 특징으로 연관 지어 볼 때에도 적절한 곳이 없다. 다만 납취정(納翠亭)이 있는데 망의헌(望義軒, 관아의 동헌) 북쪽에 있었으나『영변지』를 쓸 당시에는 없어졌다고 기술하고 있다. 위의 시제에서 보는 바와 같이 당에 처음으로 제영한 것으로 보인다.

배꽃은 다 떨어져 눈처럼 뜰에 가득하여,　　　落盡梨花雪滿庭,
당 앞 버들 색은 더욱 푸르고 푸르구나.　　　堂前柳色更靑靑.
적선(謫仙)이 황금 버들 싹을 노래했었던가.　　謫仙曾詠黃金嫩,
긴 가지 잡고 서니 저물녘 비는 어둑어둑.　　攀立長條暮雨冥.

　흥미롭게도 임제(林悌)의 『백호속집(白湖續集)』 권1에는, 「눈금당(嫩金堂)」
이란 칠언절구가 수록되어있는데, 관원의 시와 동일한 운자를 사용하고 있다.

낮잠에서 막 깨 한적한 뜰을 바라보니,　　　午眠初罷眺閑庭,
문을 밀치면 산 빛은 만춘의 푸름 보내오네.　排闥山光送晚靑.
온 담장 안 떨어진 꽃에 봄은 적적한데,　　　一院落花春寂寂,
하늘 가득 날리는 버들 솜에 날은 그윽하네.　滿空飛絮晝冥冥.

　백호는 관원의 시운을 완벽하게 따르고 있다. 관원과 백호의 만남은
1575년이다. 당연히 백호가 차운한 것은 1575년 이후의 일이다. 백호는
1579년(당시 31)에 함경남도 안변(安邊)의 고산도(高山道) 찰방으로 부임했
고, 이듬해에는 서도병마평사로 나갔다. 백호가 관원의 제영시를 접한 시
기는 이 시기일 것이다. 한편 관원은 1579년 부친의 병구환에 바빴고, 형조
판서를 역임하고 있었으며, 몰년인 1580년 2월에는 병조판서에 제수되었
고 3월은 악성 종기를 앓는다. 그러므로 백호와 함께 영변의 눈금당을 찾
지는 않았을 것이다.
　이처럼 1575년 이전에 제영해 놓은 관원의 시를 발견하고 백호가 차
운한 것이 분명하다. 그렇다면 관원은 이 시를 언제 지은 것일까? 관원이

1575년 이전 영변의 눈금당에 제영했을 시기를 생각해보면, 1555년 4월~7월까지 평안도 감군어사로 나갔을 때, 1560년 4월 만포진 병마첨절사로 갈 때, 1573년 3월 함경감사로 부임해 갈 때를 들어볼 수 있다. 시기나 당시의 상황과 영변에서 지은 다른 시편들을 고려하면, 역시 1555년 감군어사로 있었을 때의 작품으로 보는 것이 적절하다.

시의 소재는 당-배꽃-버들-싹으로 이루어져있다. 백설에 견준 떨어진 배꽃은 막 싹을 틔운 노랗게 반짝이는 버들의 색을 더 밝게 해주는 봄의 정경이다. 이러한 이미지들은 당나라 하지장(賀知章)이 장안에서 이백(李白)을 보고 일컬은 '쫓겨난 신선[謫仙]'의 시어를 연상시켰다. 그렇다. 관원은 눈앞에 펼쳐진 봄의 장관을 마주하고 이백의 「궁중행락사(宮中行樂詞)」 8수 중 제2수를 떠올렸을 것이다. 봄은 조정으로 돌아가고 싶은 관원의 심정을 복선으로 깔고 있다.

버들 색, 황금색 싹	柳色黃金嫩,
배꽃, 백설의 향기	梨花白雪香.
옥루엔 비취가 둥지 틀었고,	玉樓巢翡翠
전각엔 원앙이 깃들었네.	金殿鎖鴛鴦
뽑은 기녀 아름다운 연(輦)을 따를 테고,	選妓隨雕輦
부른 가수 동방(洞房)에서 나오겠지.	徵歌出洞房
궁중에서 누가 제일일까?	宮中誰第一
소양전의 조비연이겠지.	飛燕在昭陽

관원은 이백 시가의 절반은 눈금당에 담았고, 나머지 반은 마음에 담아두었다. 백호의 차운시에 배꽃은 보이지 않고 관원이 사랑했던 '산'이 중심에 서있고, 버들 솜이 날려 날이 아득히 뿌연 모습을 표현했다. 백호는 관원의 시기에 맞추지 못하고 늦봄이었다. 눈앞의 산을 관원으로 보았지만, 이와는 정반대로 관원과의 만남은 아득했던 것이다.

19. 자계 열여섯 노래(紫溪十六詠)

저본인 단행본과 『밀산세고』의 제목은 일치하고 있고, 부록본에는 「자계곡구(紫溪谷口)」라고 하였고 아래에 '16영(十六詠)'으로 부기를 달아두고 있다. 아래에서 보는 바와 같이 「자계곡구」는 제1영의 제목이다. 한편 『밀산세고』에는 아무런 부연설명이 없지만 단행본에는 "경주 강서면 옥산동에 있다. 회재선생 별장으로 공이 경상도관찰사로 있을 때 독락당 현판을 달았다.(在慶州江西面玉山洞. 晦齋李先生別業, 公按節嶺南時, 揭板獨樂堂.)"라는 친절한 설명이 붙어있다. 이 열여섯 노래는 오운(吳澐, 1540~1617)이 1568년(선조 1) 4월에 관원의 답사에 참석하여 차운시를 남겼는데, 『죽유선생문집(竹牖先生文集)』 권1에 「박감사 계현의 '자계십육영' 시운을 빌려(次朴監司 啓贒 紫溪十六詠韻)」라는 시를 수록하고 있으며, 부기에는 당시를 '무진(戊辰)'이라 하였다. 따라서 관원의 자옥산 답사는 1568년 4월임에 틀림없고, 시제 또한 「자계십육영」이라고 확인할 수 있다.

위쪽으로부터 독락당(獨樂堂)과 계정(溪亭)을 찍은 두 사진은 일제강점기시기에 촬영된 것으로, 현재 국립중앙박물관에 유리건판으로 소장되어있다. 소장품 번호는 위로부터 건판110676과 건판260340이다.

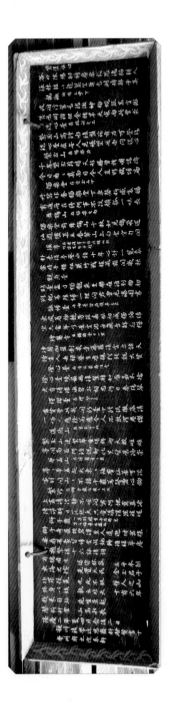

관원이 남긴 「자계 열여섯 노래(紫溪十六詠)」는 독락당 현판의 왼쪽에 걸려있다.

94

오운의 「연보」에 따르면, "2년(선조 소경대왕 원년), 무진(선생 29세) 4월에 감사 박공 계현(啓賢)과 함께 자옥산(紫玉山)에 노닐다."라고 하였고 주에 "박 공의 호는 관원으로, 이 때 선생을 불러 자옥산에 함께 노닐었는데, 박 공이 자계 16영을 지어, 선생이 그 시를 차운했다(朴公號灌園, 是時邀先生同遊玉山, 朴公賦紫溪十六詠, 先生次之.)"라고 하였다. 따라서 같은 시공간에서 화답하고 있는 두 시인의 열여섯 노래를 비교하며 감상할 수 있도록 배열했다.

[19-1]. 「자계 계곡 입구(紫溪谷口)」

곡구에선 말 탄 먼지를 날리지 마소.	谷口休揚駟騎塵,
언덕 끝 밭가는 사람들 더럽힐까 두렵소.	原頭恐浼耦耕人.
깊은 숲에서 종종 만난 도롱이 입은 사람들	深林徃徃逢蓑笠,
밝은 시절이니 정자진은 아니겠지?	莫是明時鄭子眞.

제1영의 제목은 저본에 빠져있다. 『밀산세고』와 『죽유선생문집』, 그리고 2세기 뒤에 뒤따라 차운시를 지은 박래오(朴來吾, 1713~1785)의 『이계집(尼溪集)』에 따라 제목을 보충해 넣었다. 회재 선생이 공부했던 장소로 들어가는 입구에서 관원은 몸가짐을 경건히 한다. 행여 이 선경같은 이곳을 더럽히지나 않을까하고 말이다. 이곳을 묘사하기 위해 관원은 정자진(鄭子眞)을 떠올렸다. 자진(子眞)은 한나라 때 은사(隱士)였던 정박(鄭樸)의 자(字)이다. 양웅(揚雄)의 『법언(法言)·문신(問神)』에 "[성제(成帝) 때 대장군 왕봉(王鳳)의 초빙에도 응하지 않은 채] **곡구**의 정자진은 뜻을 굽히지 않고 암

석 아래에서 밭을 갈며 살았는데 그 이름이 경사에 진동하였다.(谷口鄭子眞, 不屈其志而耕乎巖石之下, 名震于京師)"라고 하였다. 이로써 '곡구'는 은자가 사는 곳을 상징하는 표현이 되었다. 관원은 정확하게 딱 맞아떨어지는 전고를 찾아냈던 것이다. 따르던 죽유는 어떻게 화답했을까?

골짜기는 깊고 숲은 짙어 세속의 먼지 끊겼네.	谷邃林深絶世塵,
이 사이야말로 고인(高人)이 눕기에 제격이겠네.	此間端合臥高人.
수년을 꿈꿔오던 이 산중에 이르러,	幾季魂夢山中到,
오늘에야 진면목을 보게 되었네.	面目今看總是眞.

[19-2] 「용추(龍湫)」

파란이 멈춰 모이는 곳이 바로 용추라네.	波瀾停蓄是龍湫,
신물들이 꿈틀꿈틀 검은 곳에 머무네.	神物蜿蜒黑處遊,
[용이] 못에 잠겨 잠만 탐한다고 말하지 마소.	莫道淵潛但貪睡,
가뭄에 장맛비는 여기에서 구한다오.	旱天霖雨此曾求.

모든 판본에 "추에는 상하가 있다(湫有上下)"라는 설명이 달려있다. '추(湫)'란 깊은 소[潭]를 말한다. 송나라 증공(曾鞏, 1019~1083)은 「송문을 떠나며 개보에게 부침(發松門寄介甫)」에서 "사공이 나에게 손가락질 해주는 곳엔 사방으로 끝이 없고, 시커먼 곳엔 바닥이 없는, 교룡이 사는 추(湫)라네(舟人指我極四望, 黑處無底蛟龍湫)"라고 노래한 바 있다. 용추(龍湫)는 자옥산 계곡에서 흘러내리는 계곡물이 한 곳에 모여 큰 못을 이룬 곳을 말하는데, 예부터 용이 산다는 전설이 있어 용담(龍潭) 또는 용소(龍沼)라 불렸

다. 관원의 물음은 용은 어디에 있는가이다. 용은 잠자고 있다고 말한다. 언젠가 그 용은 날아오를 용이다. 설령 용이 날아오르지 못하고 잠만 자고 있더라도, 그 용은 이미 세상에 제 역할을 다하고 있다고 역설한다. 관원의 용은 회재 선생이었다.

거센 물줄기 우레처럼 울며 깊은 소로 흘러들어,	崩湍雷吼注深湫,
천년의 신룡이 이곳에서 노닌다네.	千載神龍此泳游.
놀러온 사람에게 밟았다고 성내지 마시게.	莫向遊人嗔蹴踏,
야광주를 구하려 훔쳐보는 것은 아니니.	來窺非爲夜光求.

관원의 행차에 불려 나와 수행하고 있는, 남명과 퇴계 선생을 따라 배웠던 죽유(당시 29세)는 야망에 차 있다. 관원의 용과는 달리 청운(靑雲)의 '용'으로 표현되었다. 여의주[야광주]를 물고 곧 튀어나올 듯한 자신의 '용'이다.

[21-3] 「세심대(洗心臺)」

자옥산은 높아 계곡 물 깊은데,	紫玉山高溪水深,
넓고 평평한 바위가 있어 올라 내려다볼만 하네.	盤陀有石可登臨.
세심대는 부서져 보는 사람 없으니,	洗心臺廢無人見,
마음 씻어내는 법, 물을 곳 없어 슬프게 바라만 보네.	悵望無由問洗心.

모든 판본에서 세심대는 "상용추와 하용추의 사이에 있다(在龍湫上下之間)"라는 설명을 붙여두고 있다. '세심'이란 『주역·계사전 상』에 "성인은 이로써 마음을 씻는다(聖人以此洗心)"에서 나온 말이다. 자옥산 아래에 있

는 너럭바위는 여전한데, 대(臺)는 사라지고 주인도 없으니, 찾는 사람도 없다. 더는 마음을 씻는 법을 물어볼 사람이 없기 때문이다. 관원의 시선은 정적인 이미지에 있었던 반면, 죽유는 산새 소리를 끌어들여 적막감을 깨뜨리고 있다.

벽옥 같은 냇물 맑고도 깊으니,	碧玉溪流淸且深,
옛 현자 얼마나 이곳에 올랐을까?	昔賢於此幾登臨.
객이 오자 기운 해는 대 주변에 서있고,	客來斜日臺邊立,
산새 소리에 만고의 마음 들어있네.	山鳥聲中萬古心.

[19-4] 「자옥산(紫玉山)」

일 천봉 자옥이 푸른 하늘에서 떨어졌네.	千峰紫玉落晴天,
형세의 빼어남은 일찍이 나라 기록에 전해지네.	形勝曾於國誌傳.
오늘 그 진면목을 보고 또 보니,	今日看看眞面目,
곧장 「귀거래사」를 짓고 싶어지게 하네.	令人直欲賦歸篇.

모든 판본에는 "독락당 오른쪽에 있다(在獨樂堂右)"라는 설명을 붙여두었다. 자옥산은 경상북도 경주시 안강읍 옥산리와 영천시 고경면 오룡리에 걸쳐 있는 높이 563m의 야트막한 산이다. 붉은 옥(玉)이 많이 나온 산이라는 뜻에서 이름이 유래하였다. 주능선을 따라 북쪽으로 도덕산(道德山)이 이어지며 동쪽 산자락을 따라 옥산천(玉山川)이 흐른다.

관원은 자옥과 청천으로 색의 대비를 이루어 놓고 그 사이를 천개의 봉우리로 연결했다. 그 장관이 얼마나 아름다웠으면 나라의 지리지에도 기록되었다고 하였다. 그 진면목을 보고나서 정말 도연명이 노래했던 「귀거래사」를 부르며 돌아가고 싶은 마음을 토로하고 있다.

붉고 푸른 절벽 하늘 가운에 꽂혀있으니,	丹崖蒼壁揷中天,
몇 세대나 명승으로 세상에 비전되었을까.	幾代名區秘世傳.
일단 선생께서 복거하신 뒤로는,	一自先生卜居後,
「고반」시를 길게 읊조리게 했었지.	令人長詠考槃篇.

죽유는 관원의 「귀거래사」 대신에 『시경』 위풍(衛風)에 수록된 「고반(考槃)」에서 나오는 "산골 시냇가에서 한가히 소요하노라니, 현인의 마음이 넉넉하도다(考槃在澗, 碩人之寬)."라는 시구를 떠올렸다.

[19-5] 「독락당(獨樂堂)」

단청 화려하지 않은 독락당에,	丹碧非奢獨樂堂,
내려 허리 굽혀 [그분의] 진솔한 마음에 감동하네.	下車磬折感衷腸,
궁함과 통함이 있을 때 결국 어찌 하셨던가?	窮通所在終何事,
변함없는 안빈낙도 한결같은 맛 길구나.	不改顔瓢一味長.

모든 판본에는 제목아래 "자옥산 아래에 있다(在紫玉山下)"라는 부연설명을 갖추고 있다. 회재선생 「연보」에 따르면, 1532년(중종 27, 42세) "자옥산에 독락당을 지었다."라고 하였고, 이어서 주에 "바로 양좌동(良佐洞)에서 서쪽으로 20리 되는 곳이니, 선생에게는 [주희의] 고정(考亭)과 같은 곳이다. 선생이 젊어서부터 자옥산의 바위계곡이 아름답고 시내와 소[潭]가

맑은 것을 좋아하셨다. 이 시기에 비로소 시냇가에 수십 칸의 집을 짓기 시작하였다. 그러나 가난해서 비용을 마련하지 못해, 오랜 뒤에야 완성하고, 독락당이라 이름을 지었다. 다섯 개의 대(臺)가 있으니, 탁영대(濯纓臺), 징심대(澄心臺), 관어대(觀魚臺), 영귀대(詠歸臺), 세심대(洗心臺)가 그것이다. 또 관어대 위에 작은 정자를 세웠으니, 첫째 칸이 정관재(靜觀齋)이고 둘째 칸이 계정(溪亭)이다. 정자 앞뒤에 소나무와 대나무와 화훼를 더 심고, 날마다 그 속에서 읊조리고 노닐고 낚시하면서 어지러운 세상사를 사절하고, 한 방 안에 단정히 앉아 좌우에 도서를 두고, 고요한 가운데서 이룬 공부가 이전에 비해서 더욱 깊고 전일하였다."라고 하였다.

독락당(獨樂堂) 현판은 아계(鵝溪) 이산해(李山海, 1539~1609)의 필적이다. 잠계(潛溪) 이전인(李全仁)에게 남겨지면서 사당, 어서각(御書閣), 동편의 계정 등등 20채에 이르는 커다란 별업을 이루고 있다. 울타리 안에는 회재가 손수 심었다는 주엽나무가 천연기념물로 지정되어 자리하고 있으며, 독락당 좌측 벽면에는 관원의 「자계십육영」의 시판이 걸려 있다.

관원은 독락당에서 경쇠 모양으로 허리를 굽혀[경절(磬折)] 회재선생의 진솔한 마음에 감동한다. 궁함과 통함에서 선생처럼 안빈낙도하는 것을 '안표(顔瓢)'라는 표현을 원용하여 앙모의 심정을 드러내고 있다. '안표'란 안회(顔回)의 바가지라는 뜻으로, 안빈낙도(安貧樂道)를 비유할 때 쓰는 표현이다. 『논어·옹야(雍也)』에 "어질도다 안회여. 한 그릇의 밥과 한 바가지의 물로 누추한 골목에서 사는 것을 다른 사람들은 견디지 못하는데, 안회는 그 즐거움을 한결같이 변치 않으니, 어질도다 안회여.(賢哉回也! 一簞食一瓢飮, 在陋巷, 人不堪其憂, 回也, 不改其樂, 賢哉回也!)"라고 하였다. 이 구는 송나라 도학자 나종언(羅從彦)의 「안락재(顔樂齋)」시에 "나를 알아주는 이 적으니 참으로 가소로우나, 그래도 안자(顔子)의 단표가 있어 한결같은 맛 길도다.(自知寡與眞堪笑, 賴有顔瓢一味長)"라고 하였다. 여기에서 관원의 마지막 구가 나왔다. 죽유의 시정도 비슷하지만 달과 냇물을 끌어들인 것이 다르다.

옷을 추어올리고 이 당에 오르지 마소.	無復摳衣升此堂,
당에 계시던 분은 갔으니 내 마음 아프네.	堂存人去感余腸.
당년의 '독락'을 어디에서 찾을 쏜가.	當秊獨樂尋何處,
달 밝은 당 앞 냇물은 장구한데.	月白堂前溪水長.

[19-6] 「무학산(舞鶴山)」

독락당 앞 무학산은	獨樂堂前舞鶴山,
천년세월 보는 듯 학이 날아 돌아왔네.	千秋如見鶴飛還.
신선놀이에 혹 왕교 무리라도 만날까?	仙遊倘遇王喬輩,
산마루 흰 구름 허공에 절로 한가롭네.	山上白雲空自閒.

모든 판본에서 "독락당 남쪽에 있다(在獨樂堂南)"라는 위치 설명을 붙여 두고 있다. 원래는 무릉산(武陵山)으로 불렸던 산으로 독락당 남쪽으로 보이는 433미터의 작은 산이다. 서쪽의 자옥산, 동쪽의 화개산(華盖山, 어래산 魚來山), 북쪽의 도덕산(道德山, 독덕산)으로 동서남북 '사산(四山)'을 구성하고 있다.

관원은 독락당 남쪽에 펼쳐진 춤추는 듯한 학-천년-신선-왕교-흰구름으로 이어지는 다소 진부한 연결고리를 구성하고 있다. 후한(後漢) 때 하동(河東)의 왕교(王喬)가 신선술을 익혔는데, 섭현(葉縣)의 현령으로 있으면서 초하루와 보름마다 수레나 말도 타지 않고 머나먼 길을 와서 조회에 참석하였다. 황제가 이를 괴이하게 여겨 살펴보게 하니, 그가 올 때마다 오리 두 마리가 동남쪽에서 날아오므로 그물을 쳐서 잡고 보니, 그물 속에 신발 한 짝만 있었다는 고사에서 신선을 대표하는 인물로 상징된다. 결국 왕교를 끌어와 독락당과 무학산을 연결시켰고, 그 사이에 회재선생이 있다는 설정이다. 이에 비해 죽유의 비유는 더 직설적이다.

신선의 경계가 어찌 무이산뿐이랴.	仙區豈獨武夷山,
무학의 봉우리에 갔던 학 다시 왔네.	舞鶴峯頭鶴去還.
바로 하늘 바람 기다렸다 소매에 가득 불면,	直待天風吹滿袖,
검은 치마[학] 타고 가서 더불어 한적해진다면.	玄裳跨去倘同閒.

[19-7] 「계정(溪亭)」

소박한 계정은 물길을 압도하고,	朴素溪亭壓水頭,
십년을 마음먹어 하나의 토구로다.	十年心計一菟裘.
당시 송과 죽을 손수 심으셨다는데,	當時手種松兼竹,
풍상을 극복하며 몇 년을 지나왔나?	戰勝風霜閱幾秋.

모든 판본에 "[계]정의 앞뒤에는 송죽을 심었는데 [회재] 선생께서 손수 심은 것들이다(亭之前後植以松竹 皆先生手種.)"라는 설명이 달려있다. 계정(溪亭)은 1532년(중종 27) 회재 선생이 독락당을 지을 때 함께 지은 정자이

다. 계정의 현판은 석봉(石峯) 한호(韓濩, 1543~1605)의 글씨이다.

관원의 시재(詩才)가 도드라지는 작품이다. 소박한 하나의 작은 정자가 유구하게 흐르는 물줄기를 누르고 있다고 표현하였고, 이어서 옛날 춘추시대 노나라 은공(隱公)이 환공(桓公)에게 자리를 물려주면서 "내 장자 토구 땅에다 집을 짓고 그곳에서 늙으리라"라고 했던 말을 빌려와, 10년을 마음먹은 것이 결국 작은 땅뙈기에 은거하는 것인가라고 하면서 강약의 극한 대립을 드러냈다. 이러한 역설적 대비는 송죽을 손수 심는 것으로 화해되며 그 힘은 결국 풍상을 극복하는 원천이 되었다고 노래하고 있다. 한편 죽유는 후한시대 양 갖옷을 입고 칠리탄에서 낚시질 하며 은거했던 엄광(嚴光)의 이야기를 회재 선생의 계정에 비유했다.

칠리탄에 일등자리 내놔야겠지만,	七里灘應讓一頭,
풍류는 양 갖옷 입는 것에 못지않네.	風流不減披羊裘.
서까래 몇 개의 정자에 사람은 어디에 있나?	數椽亭舍人安在,
고개 위에 한적한 구름 봄은 가을로 돌아가네.	嶺上閒雲春復秋.

[19-8] 「관어대(觀魚臺)」

대에 임하여 종일 혼자 물고기를 관상하니,	臨臺盡日獨觀魚,
지극한 즐거움은 사물의 근원에 이르러야 하네.	至樂應須到物初.
만 가지 다름을 잡으려 해도 하나의 이치로 돌아오니	欲把萬殊歸一理,
그대에게 묻나니. 장자의 책을 보았던가?	問君曾見漆園書.

관원의 철학적 사유가 잘 드러나는 시이다. '관어(觀魚)'란 『춘추』 은공 5년에 "은공이 당에서 고기잡이 하는 것을 구경하였다(公觀魚于棠)."라고 하였는데, 『춘추좌씨전(春秋左氏傳)』에서 "공이 당(棠)에서 물고기 잡는 것을 구경했다고 기록한 것은 은공의 행위가 예에 맞지 않고, 또 먼 곳까지 갔다는 것을 말한 것이다(書曰公觀魚于棠非禮也, 且言遠地也)."라고 풀이하였다. 여기에서의 '관어'는 '관어(觀漁)'이다. 이 대(臺)의 '관어'는 경서에서 말하는 '관어'일까 하는 의문에서 출발한다. 여기서는 그냥 물고기 노니는 것을 관조하면서 사유하는 행위에 초점이 맞추어져 있음을 깨닫는다. 2구에서 "지극한 즐거움은 사물의 근원에 이르러야 한다."는 말은 우주의 요소와 동일화하려는, 즉 자연과 합일의 경험을 말하고 있다. 이 담론은 다음 구에서 더욱 구체화 된다.

『주자어류(朱子語類)』에서 충서(忠恕)를 말하면서 서(恕)가 충(忠)에서 분파(分派)되는 것에 관하여 "만수가 한 근본이 되는 것과 한 근본이 만 가지로 다르게 되는 것이 마치 한 근원의 물이 흘러 나가서 만 갈래의 지류가 되고, 한 뿌리의 나무가 나서 허다한 지엽이 나오게 되는 것과 같다.(萬殊之所以一本, 一本之所以萬殊, 如一源之水流出爲萬派, 一根之木生爲許多枝葉.)"라고 하였다. 관원은 말한다. "만 가지 다름을 잡으려 해도 하나의 이치로 돌아온다."라고. 바로 2구의 영적 경험의 결실이다. 물고기를 보는 행위는 단순한 '보기'가 아니다 그것은 보고 깨닫는 '시각(視覺)'이다. 깨달음 그것은 사물 본질과의 심오한 일치를 말하는 것이다.

관원은 칠원(漆園)의 책[『장자』]을 끌어온다. 『장자·추수(秋水)』에 장자(莊子)와 혜자(惠子)가 호량(濠梁)의 위에서 노닐 때, 장자가 말하기를, "피라미가 나와서 조용히 노니, 이것이 물고기의 즐거움일세." 하자, 혜자가 말하기를, "자네는 물고기가 아닌데 물고기의 즐거움을 어떻게 알겠는가." 하므로, 장자가 다시 말하기를 "그렇다면 자네는 내가 아닌데 내가 물고기의 즐거움을 모르는 줄을 어떻게 안단 말인가."라고 한 대화를 참고할 만하다.

죽유도 이러한 관원의 사유를 읽고 그 담론에 참여하며, 회재선생과 관원이 고금을 두고 통한 사실에 경탄하며 시로 풀어내지 못한 아쉬움을 노래했다.

물고기가 아닌데 어찌 물고기를 알겠는가.	儻非魚也詎知魚,
물아(物我)[일치]는 그 본성을 봐야 한다네.	物我須看率性初.
옛날에는 선생이 계셨고 지금은 감사님이 계시지만,	在古先生今相國,
지극한 맛을 붓으로 써내기 어렵다네.	難將至味筆於書.

[19-9] 「영귀대(詠歸臺)」

동풍에 닿은 사물 다투어 향기로운데,	東風著物競芳菲,
봄옷이 마련되자마자 홀로 돌아옴을 노래했네.	春服初成獨詠歸.[5]
그 당시 도를 행했던 곳에서 한참을 앉았으니,	坐久當年行道處,
노니는 물고기 나는 새들 기심을 풀어 잊게 하네.	遊魚飛鳥解忘機.[6]

．．．．

5 '영(詠)'자는 저본인 단행본과 부록본에 모두 '영(咏)'자로 되어있다. 『밀산세고』에는 정자인 '영(詠)'자로 되어있어 고쳤다.

6 '기(機)'자는 부록본에는 '기(磯)'자로 잘못되어있다.

모든 판본에 "이 두 대(臺)는 계정의 동쪽에 있다(此兩臺在溪亭之東)"라는 설명이 달려있다. 바로 앞서본 관어대와 여기 영귀대를 말한다. 관원의 철학적 사유는 계속된다. '영귀(詠歸)'란 대의 명칭은 『논어·선진(先進)』에서 "늦봄에, 봄옷이 만들어지면, 관을 쓴 사람 대여섯 명, 동자 예닐곱 명과 함께 기수에서 목욕하고 무대에서 바람을 쐬고 [시를] 노래하며 돌아오겠습니다(莫春者, 春服既成, 冠者五六人, 童子六七人, 浴乎沂, 風乎舞雩, 詠而歸)."에서 따온 말임을 관원도 알고 있다. 그런데 '돌아온다(간다)'는 방향에 대해 고민한다. 공자는 다른 제자들의 화려하면서도 웅장한 포부를 들었음에도, 공자는 앞서 말한 증점(曾點)의 말에 동의하며, "나는 점과 함께 하겠노라"라고 하였다. 무엇으로 돌아가는가? 바로 자연으로의 돌아감이자 돌아옴이다. 관원은 다시 한 번 영귀대에서 관어대의 사고를 확신한다.

관원은 마지막 구에서 '망기(忘機)'라는 표현을 써서 다시 노장의 사고를 환기한다. 기심(機心)은 꾸미고 속이는 마음을 말한다. 『열자(列子)·황제(黃帝)』에 "바닷가에 사는 어떤 사람이 갈매기를 몹시 좋아하여 매일 아침 바닷가로 가서 갈매기와 놀았는데, 날아와서 노는 갈매기가 백 마리도 넘었다. 그의 아버지가 '내가 들으니 갈매기들이 모두 너와 함께 논다고 하던데, 너는 그 갈매기를 잡아와라. 나 역시 갈매기를 좋아한다.' 하였다. 다음 날 바닷가로 나가니 갈매기들이 날아다니기만 하고 아래로 내려오지 않았다.(海上之人有好漚鳥者, 每旦之海上, 從漚鳥游, 漚鳥之至者百住而不止. 其父曰, 吾聞漚鳥皆從汝游, 汝取來! 吾玩之. 明日之海上, 漚鳥舞而不下也.)"라고 하였다. 관원은 관어대와 영귀대에서 회재 선생의 치우침 없는 학문의 세계를 '시각(視覺)'했다.

죽유 또한 관원의 사유를 잘 따라가고 있다. 관원의 암시를 단박에 알아차려 화답했다. 그것은 마지막 구에서 말한 '천기(天機)'로 확인할 수 있다. 『장자·대종사(大宗師)』에 "[무엇인가를 하고자 하는]욕망이 깊은 자는 하늘이 내어준 천성(또는 타고난 근기)이 얕다(其耆欲深者, 其天機淺)."라고 하였기 때문이다.

대(臺) 주변에서 향긋한 꽃을 따라 모시고 감상하니,	臺邊陪賞趁芳菲,
기수에서 점(點)을 따라 돌아오는 듯하네.	沂上如從點也歸.
위아래의 같은 흐름 천년의 흥이 일고,	上下同流千載興,
소나무 그늘에 한참을 앉아있으니 천기가 이르네.	松陰坐久到天機.

[19-10] 「정혜사(淨慧寺)」[7]

정혜 가람이 언제 세워졌던가?	淨慧伽藍創幾年,
등라 덩굴 깊은 곳 하늘과 가깝구나.	藤蘿深處近諸天.
독서하던 사람은 가고 선방만 남았으니,	讀書人去禪寮在,
노승은 그래도 대현을 말해 줄 수 있으려나.	耆臘猶能說大賢.

시제 아래 "독락당에서 11리에 있다(自獨樂堂十一里)"라는 위치 설명이 달려있다. 정혜사(淨慧寺)는 『동경통지(東京通誌)』에 따르면, 신라 선덕왕 1년(780) 당나라 첨의사(僉議使) 백우경(白宇經)이 참소를 당해 신라로 와, 자옥산 아래 영일당(迎日堂)과 만세암(萬世庵)을 짓고 우거하였는데 신라

....

7 '혜(慧)'자는 『밀산세고』에 '혜(彗)'자로 되어있다. 또한 '정(淨)'자를 '정(定)'자로 쓰기도 한다.

왕이 친히 이곳까지 와서 '정혜사(淨惠寺)'라 하고 당의 이름을 경춘당(景春堂)이라 고쳐 불렀다고 한다. 현재는 소실되었고 13층 석탑만이 국보 40호로 지정되어 있다.

관원의 생각은 온통 회재선생에 매달려 있다. 정혜사를 하늘과 연결시키고 있는 것은 등라덩굴이다. 이로써 신비롭고 유구한 맛을 살려냈다. 그러나 그곳에서 독서하던 사람[회재]은 없고 인간의 근본을 탐구하는 선승들이 참선하는 곳만 남아있다. 그러므로 그곳의 노승은 회재선생을 기억하고 있을까. 여기 자계 16영중에서 유일하게 꼽힌 사찰은 정혜사이다. 관원에 의한 의도적 선택이라면, 유불도의 통섭을 말하려 했을까?

관원이 가람(伽藍)이란 범어를 들고 나오자, 죽유도 난야(蘭若), 즉 범어 아란야카(āranyaka)의 음역인 아란야(阿蘭若)를 들어서 승려들이 수행하는 선방을 지칭했다. 죽유는 3구에서 옛날 진(晉)나라 고승 혜원(慧遠)이 동림사(東林寺)에 있을 적에 손님을 전송할 때에도 호계(虎溪)를 건너지 않았는데, 도잠(陶潛)과 육수정(陸修靜)이 방문했을 적에는 서로 의기투합한 나머지 그들을 전송하면서 호계를 건넜으므로, 세 사람이 크게 웃고 헤어졌다는 '호계삼소(虎溪三笑)'의 이야기를 언급하고 있다. 그렇다. 관원은 유불도의 만남을 말한 것이었다.

난야엔 구름 깊어 세월을 기억하지 못하고,	蘭若雲深不記秊,
부들방석에 잠시 쉬며 천상의 이야기 듣고 있네.	蒲團蹔憇聽談天.
그때 세 사람이 웃었던 그 옛 흔적인가.	當時三笑成陳跡,
창가에서 시를 찾으며 현(賢)을 사모하네.	窓畔尋詩獨慕賢.

죽유는 마지막 글자를 관원 계현(啓賢)의 '현'자를 '현(賢)'이란 이체자를 사용하여 이중적 의미를 담는 시재(詩才)를 보여주고 있다. 한편 죽유는 시 끝에, "절의 창에는 [회재]선생이 '시내는 깊어 물고기가 거울에서 노는 듯 하고, 산은 어두워 새는 연무 속에 길을 잃었네(澗深魚戲鏡, 山暝鳥迷煙)'라 고 손수 쓰신 시구가 있었다(寺窓有先生手寫澗深魚戲鏡, 山暝鳥迷煙之句)." 라고 기록해 두었다. 이 두 구는 『회재집』 권2에 수록된 「징심대 즉경(澄心 臺卽景)」이란 오언율시의 3구와 4구이다. 죽유는 관원의 다음 발길을 징심 대로 이끌고 있다.

[19-11] 「징심대(澄心臺)」

징심대 경내는 가장 깊고 그윽하고,	澄心臺境最幽深,
병풍 같은 푸른 절벽엔 수목들 우거졌네.	翠壁如屛嘉木陰.
게다가 맑은 소는 벽옥을 품었으니,	更有淸潭涵碧玉,
그대를 생각하며 언제 요금이나 타봐야겠네.	相思何日奏瑤琴.

모든 판본에서 "절 앞에 가장 아름다운 곳에 있다(在寺前最佳處)"라는 주관적인 위치설명이 있다. 이로써 보건대, 16영에 달아놓은 위치설명은 관원이 기억을 위해 표기해 둔 것으로 보인다. '징심(澄心)'이란 마음을 명 징하게 유지한다는 말이다. 『문자(文子)·상의(上義)』에서는 노자의 말을 인 용하여 "무릇 배우는 사람은 하늘과 사람의 본분을 명백히 하고, 치(治)와 란(亂)의 근본에 통달하고, 마음을 명징하게 하고 뜻을 맑게 하여 그 시종 (始終)을 살펴 허(虛)와 무(無)로 되돌릴 수 있으면, [도에] 이르렀다고 할 수

있다.(凡學者能明於天人之分, 通於治亂之本, 澄心淸意以存之, 見其終始, 反於虛無, 可謂達矣).”라고 한 데서 따온 표현으로 보인다. 즉 이 대(臺)는 마음을 명징하게 유지시키는 곳이란 말이다.

관원의 절구가 '징심'을 이끌어내는 연쇄작용은, 징심(澄心)=취벽(翠壁: 푸른 절벽)-가목(嘉木: 아름다운 나무)-청담(淸潭: 맑은 소)-벽옥(碧玉: 푸른 옥돌)-요금(瑤琴: 옥으로 장식한 금)의 구조이다. 관원은 주희의 「이빈로의 옥간시를 읽고 우연히 읊음(讀李賓老玉澗詩偶吟)」이란 시를 떠올리고 있는 것 같다. “요금을 홀로 안고 옥계를 건넜던 것이, 찬란히 청명한 밤 달이 밝은 때였지. 지금은 무심(無心)한지 오래지만, 되레 산 앞 연 바구니가 알까 걱정이네.(獨抱瑤琴過玉溪, 琅然淸夜月明時. 祇今已是無心久, 却怕山前荷蕢知.)” 이러한 징심대에서 떠올린 주희의 시구를 죽유도 그대로 이어간다.

근원을 찾은 걸음걸음 점차 깊어지는데,　　　　尋源步步轉幽深,
수천 그루의 고목들 뒤의 그림자를 끼고 있네.　　古樹千章擁後陰.
연 바구니는 지금을 알지도 못할 텐데,　　　　荷蕢祇今知也未,
달은 밝아 나는 요금을 안고 싶어지네.　　　　月明吾欲抱瑤琴.

[19-12] 「탁영대(濯纓臺)」

옛 현자들 일찍이 이곳에서 얼마나 한적하였을까?　昔賢曾此幾閒行,
대 아래 시냇물 바닥이 보이도록 맑구나.　　　　臺下溪流徹底淸.
한번만 마셔도 만 가지 근심 없어지리니,　　　　一歠只應除萬慮,
감히 먼지 낀 갓끈을 씻지도 못하게 하누나.　　　令人不敢濯塵纓.

모든 판본에 탁영대는 "징심대 위에 있다(在澄心之上)"라는 위치설명을 붙여두고 있다. '탁영(濯纓)'이란『맹자·이루상』에 "창랑의 물이 맑으니, 내 갓 끈을 씻을 만하구나(滄浪之水清兮, 可以濯我纓.)"라고 한 것에서 나와 세속을 벗어나 고결함을 지키는 절조를 상징하는 말로 쓰였다. 관원의 시상도 이로부터 출발하여 백거이의「분옥천에 지음(題噴玉泉)」이란 시에서 "언제 이 바위 아래에서 탁영하는 노인네가 되리오(何時此巖下, 來作濯纓翁)"라는 구로 이어진다. 그러나 관원의 반전은 남아있었다. 자신의 갓끈은 세속에 너무 더럽혀져 있어 감히 바닥까지 다 드러내 보이는 이 맑은 물에 씻어볼 엄두도 내지 못하겠다는 것이다. 관원의 이 절구는 '행위' 말하자면 '탁영'하는 실천에 초점이 맞추어졌다. 그래서 모든 구에는 행위의 동사를 많이 넣어 시구를 구성했다. 청나라 대학자 위원(魏源, 1794~1857)은 관원의 생각을 공유하고 있다. 그는「무이구곡시(武夷九曲詩)」제5수에서 "먼지 낀 얼굴로 갓끈을 씻기도 부끄러워, 노 젓는 소리 들으며 노래하며 돌아가네(塵容愧濯纓, 詠歸聞扣榜)."라고 하였다.

한참 벼슬길에 올랐던 죽유는 탁영대를 어떻게 감상했을까? 관원의 16영에는 '나'가 없는 반면 죽유의 시에는 '나'라는 인칭대명사를 즐겨 쓰고 있다. 자연 속에 도드라져 우뚝하고 싶은 야망이 남아 있는 것으로 읽힌다. 30대의 죽유로서는 당연한 것일지도 모른다.

바위 돌아 후미진 곳에 사람 행적 드물고,	巖回境僻少人行,
시내는 대 앞에 이르러 밖과 분리되어 맑구나.	溪到臺前分外清.
산에 가득한 원학[군자들] 친구들에게 알릴 것이니,	爲報滿山猿鶴友,

다시 오면 내가 내 갓끈을 씻도록 해주려나.　　　　重來容我濯吾纓.

[19-13]「도덕산(道德山)」

자옥산 이어지니 자주비취색 겹겹이고,　　　　紫玉山連紫翠重,
두 산을 암수로 비교할 만하구나.　　　　　　堪將兩大較雌雄.
높은 두 산 어찌 소홀히 말할 수 있으리,　　　等閒高並何須說,
선현의 높은 도덕과 비할 만하다고.　　　　　却比先賢道德崇.

　앞의 노래들과 마찬가지로 도덕산은 "자옥산 북쪽에 있다(在紫玉山之北)"라는 위치표시를 해두고 있다. 마치 다음에 그림으로 그리기라도 할 듯이 말이다. 도덕산은 자옥산에서 북쪽으로 자리 잡은 산으로 경주시 안강읍과 영천시 고경면의 경계에 있는 702미터 솟은 산이다. 자계를 둘러싸고 있는 동서남북의 산 중에서 가장 높은 산이다. 도와 덕의 산이기 때문인지 모르겠다.

　관원은 산세가 그렇듯이 자옥산과 도덕산을 그 높이가 어떻던 같이 보고 있다. 마치 음양의 무게를 저울질하는 어리석음처럼 말이다. 관원은 이 음양의 대비를 '자웅(雌雄)'으로 표현했다. 그럼 어떻게 연결되는가? 바로 자옥(紫玉)과 자취(紫翠)이다. 자옥이 임금이라면 자취는 신하이다. 북에 있는 도덕산이 임금이면 남쪽에 있는 자옥산은 신하이다. '자(紫)'는 검은 색과 붉은 색을 섞어 놓은 것이다. 말하자면 검지도 붉지도 않은 도를 닮은 '현(玄)'이랄까. 또한 관리들의 인끈의 색이기도 하다. 따라서 '도덕'은 필수적인 가치이자 덕목이 된다.

112

다리 절며 시내 서쪽으로 가니 푸름이 몇 겹인가.	偃蹇溪西翠幾重,
뭇 산들 우뚝한 웅장함에 고개를 숙이고 있네.	羣山低揖獨專雄.
새 이름 고인[회재]의 모습으로 바꾸어 부르니,	新名換取高人象,
층층의 뫼와 봉우리 우러르며 높이네.	疊巘層巒仰更崇.

죽유의 도덕산은 회재의 산이다. 회재선생의 숭고한 도와 덕을 닮았다는 것이다. 그렇기 때문에 자계의 사방 산들이 읍을 하듯 우러르며 존숭한다고 표현한 것이다. 또한 죽유는 끝에 "세속의 명칭에는 아무런 뜻이 없어 이제 '도덕'으로 고쳤다(俗名無義, 今改道德)"라고 부연 설명을 붙였다. 이로써 현재 도덕산이라 부르는 것은 회재 선생의 도와 덕을 상징하는 명칭임을 알 수 있다.

[19-14] 「화개산(華盖山)」

우뚝한 꽃 덮개 하늘 동쪽에 솟아	亭亭華盖起天東,
동해의 신선들이 따를만한 듯하네.	東海群仙若可從.
내 산에 묻고자 해도 산은 말하지 않지만,	我欲問山山不語,
천암만학은 가슴을 씻어주네.	千嚴萬壑盪心胷.

마찬가지 방식으로 화개산은 "정혜사의 동쪽에 있다(在淨慧寺之東)"는 위치 설명을 붙여두고 있다. 이는 시인이 바라보는 위치를 말하기도 하므로 중요한 정보가 되기도 한다. 화개산(華盖山)은 옥산서원 뒤에 있는 산으로 어래산(魚來山)의 한 맥이 서쪽으로 뻗어 형성된 산이다. 그 모양이 일산(日傘)같아 붙여진 이름이라고 한다.

관원은 왜 산을 '꽃 덮개'라고 하는지 큰 모습을 눈에 먼저 담았다. 그러나 관원은 산에게 무엇을 묻고 싶었을까? 왜 동해의 신령들이 여기 자계로 몰려들지 못하게 막고 있는 것인가라는 물음일까? 동쪽으로 흘러야만 하는 도의 흐름을 어찌하여 막고 있는 것인가라는 물음일까? 어쨌든 관원은 해답을 찾았다. 푸름으로 회재 선생의 억울한 가슴을 씻어주려고 우뚝 서 있다고. 한편 죽유의 생각도 비슷한 맥락이지만, 여전히 '나'를 중심에 두고서 그의 희망은 이중적의미를 담고 있다.

눈썹을 그린 듯 구름을 뚫고 냇물은 동으로 흐르고,	掃黛穿雲溪水東,
천암과 만학이 서로 따라가는 듯하네.	千巖萬壑若相從,
참성을 만지며 어찌 봉우리에 올라설까?	捫參安得峯頭立,
평생의 가슴 응어리 다 씻어낼 텐데.	洗盡生平芥滯胸.

[19-15] 「자계(紫溪)」

위로 다한 맑은 시내는 고요히 시끄럽지 않네.	上盡淸溪靜不喧,
그대에게 묻노니. 진원을 어디에서 찾겠소.	問君何地覓眞源.
기운 해에 지팡이 짚고 망연히 있노라니,	倚筇斜日茫然久,
졸졸거림만 탐애해도 취한 마음 씻어주네.	只愛潺湲洗醉魂.

모든 판본에 자계는 "사자암 밑 계곡의 상류에 있다(在獅子巖底溪之上流)"라는 위치설명을 하고 있다. 자계는 앞서 본 다섯 대(臺)를 연결하는 시내로 이 골짜기의 핏줄인 셈이다. 관원의 발걸음은 회재의 근원으로 들어왔다. 입구에서부터 근원을 추적하는 여정으로, 곧장 다가선 것이 아니라

동서남북을 다 둘러보면서 전체를 다 파악하려 했던 것이다. 관원의 답사는 결론을 내야하는 지점에 와있다.

관원은 회재선생이 펼친 세계의 근원[도]은 그리 화려하거나 거창한 그 무엇이라고 생각하지는 않았을 것이다. 그러나 도대체 이러한 큰 세계를 형성하고 유지되는 힘의 원천이 무엇일까? 그 무엇을 확인하고 싶었을 것이다. 결국 절정으로 치닫는 관원의 관심은 어디에 자리를 잡고 회재선생이 남긴 학문의 향기를 따라 갈 수 있을까에 있었다. 관원은 탁영대에서도 갓끈을 씻을 엄두도 내지 못했다. 집요한 모색과 추구의 끝, 눈앞에 펼쳐진 광경은 졸졸 흐르는 미약한 물줄기뿐이다. 망연히 지팡이 짚고 가만히 바라보고 있다가 깨닫는다. 도의 모습이란 시끄럽지도 않고, 화려하지도 않고, 힘차지도 않지만, 그래도 쉼 없이 졸졸 흐르는 물줄기 그것이라고.

죽유는 사수(泗水)와 수수(洙水)에서 공자가 제자들을 가르치던 곳, 유학의 근원을 접했노라고 진부하면서 교조적인 표현을 썼다. 주목해 볼 만한 구는 제2구이다. 이곳은 자계를 노래하고 있다. 그것은 유구하게 흘러갈 것이다. 그러므로 죽유는 일곱 글자 중 다섯 글자에 '물'과 관련된 글자를 연이어 사용했다. 관원에게서 이러한 과장적이며 의도적 시도는 보이지 않는다.

작은 먼지도 받지 않고 세상의 들렘과 떨어져,　　不受纖埃隔世喧,
흐름은 유구한데 사수(泗洙)와 근원을 접했으니.　流長況接泗洙源.
미천한 걸음은 되레 세속 길을 밟고 있으니,　　微蹤却踏紅塵路,
훗날 시냇가 서면 꿈속 넋도 닳았겠네.　　　　他日溪頭費夢魂.

19-16] 「사자암(獅子巖)」

사자 같은 기이한 바위 맑은 소를 베게 삼아,　　　獅子奇巖枕碧潭,

지금까지 남기신 자취 찾아 무덤에 부쳐보네.　　　至今遺跡付冥探.

만상 모두 돌아가는 곳을 보려면,　　　要看萬象皆歸處,

이곳에 언젠가는 초막 얽어야겠네.　　　此地終須結草菴.

　　열여섯 노래의 마지막을 구성하고 있는 이 바위는 "한 구역의 빼어난 형색이 이곳에 이르러 더욱 절정을 이룬다. [회재] 선생께서 정자를 지으려 했으나 이루지 못했다고 한다(一區形勝至此尤絶, 先生欲搆亭不果云)"라는 부연 설명이 달려있다. 관원은 이 골짜기의 절정에 이르렀다. 자계의 근원에 가까울 뿐만 아니라, 회재 선생이 정자를 짓고자 했으나 이루지 못한 이곳이야 말로 자신이 자리할 수 있는 유일한 곳이라고 마음에 담아둔다. 관원은 세인들의 눈을 사자암으로 끌어들인 일등 공신이었다. 관원은 이곳을 만상이 모두 귀의하는 곳, 곧 도가 있는 곳이라 생각한다.

　　관원은 주희(朱熹)가 「와룡암무후사(臥龍菴武侯祠)」 시에서 "무릎을 안고 부르는 노래 길게 한번 읊조리니, 신묘한 사귐을 아득한 고인에게 부치노라.(抱膝一長吟, 神交付冥漠)"라고 했던 것을 떠올려, 자신이 '시각(視覺)'한 것들을 신묘한 도의 힘을 빌려 무덤에 부쳐[付冥], 선생을 위로하고 추모하면서 허락을 받고자 한다. 죽유는 참 근원[眞源]을 찾는 노력은 보다 적극적이고 직설적이다. 구름과 반반 나누어 작은 초가를 짓겠다고 한다.

비단 장막 병풍처럼 감돌아 푸른 소에 담겼고,   錦幛屛回蘸碧潭,

참 근원 여기에 이르러서도 끝까지 찾아보네.   眞源到此更窮探.

암 변에 혹 깃들 곳을 빌릴 수 있다면,   巖邊倘借幽棲地,

구름과 공평하게 나누어 작은 초막 짓겠네.   雲與平分築小庵.

[19-17] 「자계 뒤에 지음(紫溪後辭)」

유자가 태어나니	有儒者生,
동해의 물가라네.	東海之濱.
무성한 임천에서	婆娑林泉,
선각한 하늘이 낸 분이셨네.	先覺天民.
우리 왕조에 들어서는	立乎本朝,
금옥의 군자셨으나,	金玉君子.
죄 없이 버려져	非罪投荒,
수신하며 기다리셨네.	修身以俟.
아홉 번 죽어도 용납지 않았으니,	九死不收,
하늘이 아니라 하겠는가.	孰云非天.
철인의 불행함이	哲人之凶,
십하고도 육년이네.	十有六年.
내 북쪽에서 와	我自來北,
허리 굽혀 당에 올랐네.	磬折升堂.
선생께서는 일어나지 않지만	先生莫起,
산은 높고 물은 길어라.	山高水長.

융경 2년 무진(1568) 여름 4월 22일 응천[밀양] 후학 근사재 박계현이 경주부 영춘헌에서 쓰다(隆慶二年戊辰夏四月念後二日 凝川後學近思齋 朴啓賢書于慶州府 之迎春軒).

관원은 서문을 쓰지 않고 위와 같은 4언 시 형식[마치 제문(祭文)처럼]의 글을 붙여 두었고, 자신의 호도 근사재(近思齋)라 밝혔으며, 자신을 '후학(後學)'이라 표현했다. 관원은 경주부 객사 동쪽에 있는 대청[영춘헌(迎春軒)]에서 자신이 '시각(視覺)'한 것을 회재선생의 무덤에 서서 확인했고, 선생의 허여를 요청했다. 그리고 바로 다짐한다. 당신의 진실한 삶, 학문적 자세와 성취, 고결한 지조를 더는 버려둘 수 없음을. 관원이 회재선생의 신원 회복과 표창문제를 거론한 기록에 관해서는 부록으로 붙인 「연보」의 해당 연도를 참고하시오.

20. 이구암[의 자손들이] 여묘살이하는 곳에 들려 그 손 자 호섭과 곤섭에게 줌 3수(過李龜嚴守廬處贈其孫虎 變鯤變三首)[8]

『밀산세고』에 16번째로 수록된 이 3수의 시는 내용적으로는 만사이다. 그럼에도 제목을 만사가 아닌 것처럼 달고 있다. 구암(龜巖)은 이정(李楨, 1512~1571)의 호이다. 자는 강이(剛而), 본관은 사천(泗川)이다. 귀양 와 있 던 송인수(宋麟壽, 1499~1647)에게 수학했고 성장한 뒤에는 이황(李滉)과 교유하며 성리학을 닦았다. 1536년(중종 31) 진사로 별시 문과에 장원한 뒤 부모 봉양을 위해 중앙 조정보다는 선산과 청주 같은 곳에서 지방관을 역 임했고, 1555년 호남에 왜구침입에 전공을 세웠으며, 1559년부터는 우부 승지·형조참의·좌부승지 등을 거쳐 이듬해 병조참의·대사간·호조참의·예 조참의를 지내고, 경주부윤으로 나가 옛 신라의 열왕묘(列王墓)를 보수하

....

8 시제에서 나오는 두 손자의 이름에서 '섭(燮)'자는 세 판본 모두 '변(變)'자로 되어있어 『사천이씨대동보』에 따라 '섭(燮)'자로 고쳤다.

고, 서악서원(西嶽書院)의 창건을 주도했다. 1563년 중앙 요직으로 다시 복귀했다가 순천부사로 나가 갑자사화 때 사사된 김굉필(金宏弼, 1454~1505)을 위해 경현당(景賢堂)을 건립하고 제향했다. 1568년(선조 1) 홍문관부제학에 임명되었으나 취임하지 않고 고향에 구암정사(龜巖精舍)를 지어 동쪽에는 거경재(居敬齋), 서쪽에는 명의재(明義齋)를 만들어 후진 양성에 힘썼다. 사천의 구계서원(龜溪書院)에 배향되었다.

[20-1]

창해의 밝은 구슬 두 개 진귀하다 했으나,	滄海明珠兩箇珍,
이제 보니 집안에 선비들이 족하구나.	家庭今見足儒紳.
과거에 응한다고 우리 도에 해되는 것은 아니니	未應擧業妨吾道,
태평성대에 현자들의 뜻을 펼치려 하시게.	聖代群賢志欲伸.

[20-2]

구암의 동쪽 가 선생 선영에,	龜巖東畔子先塋,
천 리길 늦게 오니 거경께 부끄럽네.	千里來遲愧巨卿.
공연히 원림의 만 갈래 대나무 바라보니,	空見園林萬竿竹,
동풍의 향긋한 죽순 누굴 위해 자라는고.	東風香笋爲誰生.

[20-3]

숲 까마귀 울음 그치니 눈물이 가지를 적시고,	林烏啼盡血沾枝,
천년의 바람찬 나무엔 효성스런 생각 어렸네.	風木千年攬孝思.
이제야 무덤에 들려 통곡소리 들으니,	過墓如今聞一痛,
귀신도 공을 위해 슬퍼하리라.	鬼神須亦爲公悲.

『사천읍지(泗川邑誌)』(1899)에 따르면, 구암(龜巖)은 군의 북쪽 7리에 있는 만죽산(萬竹山)에 있는 구계(龜溪)에 있는 바위를 말하는 것으로 보인다. 만죽산은 만 그루의 대나무가 길게 자라 숲을 이루고 있으므로 그렇게 부른 것이라고 한다. 관원은 제2수 3구에서 이를 언급하고 있다. 이러한 묘사는 본인이 직접 오지 않고는 언급하기 힘들다. 그러므로 관원은 분명 이곳에 문상했을 가능성이 크다. 한편 구계서원도 이곳에 위치하고 있는데, 『사천읍지』에 따르면, 부제학 이정의 사우로, 만력 39년(1611)에 만죽산에 사우를 세웠으며, 강희 15년(1676) '구계'로 원호를 하사받았다.

구암은 1568년 음부사건과 연루되어 남명과 그의 문인들의 공격에 치명적 손상을 입었다. 그 뒤 3년 만에 별세했다. 이때만 하더라도, 정인홍을 중심으로 한 남명선생의 변호활동이 집요하게 이루어지고 있었다. 관원은 그 일의 한 중심에서 경질되어 조정으로 돌아와 있었다. 위의 시에서 보는 바와 같이 관원은 구암이 죽었을 당시 조문하지 않은 것으로 읽힌다. 사후 여묘살이를 하고 있는 후손들에게 뒤 늦은 만사를 남긴 것이다. 관원의 이러한 행위는 정리상 이루어진 것으로 보이며, 그 음부 사건에 희생된 것에 대해서도 심정적으로는 안타까움을 표하는 행위라고도 볼 수 있다.

관원의 「연보」에서 가장 내용이 빈약한 연도는 선조 4년(1571)이다. 당시 관원의 정치적 활동은 활용할 수 있는 자료들 속에서 침묵하고 있다. 분명히 구암의 자손들이 시묘살이를 하는 곳에 와서 뒤늦은 애도의 시를 지어준 것으로 내용은 말하고 있지만, 아무런 실마리도 찾지 못했다. 따라서 이 세 편의 칠언절구는 1571년 구암의 사후에 지어졌다는 것을 확인하는 것으로 만족해야 할 것 같다.

21. 안성 극적루 시에 차운하여(次安城克敵樓韻)

여기 안성 극적루 시운을 빌려 쓴 이 작품은『밀산세고』17번째 수록되어있는 시이다.『안성군읍지』에 따르면, 극적루는 관문 남쪽 1리에 있다고 하였고,『신증동국여지승람』권10에서는 객관 동쪽에 있다고 하였다. 2013년 복원된 극적루 안내문은 다음과 같다. "1361년 홍건적의 2차 침입 때 경기도의 30여 고을이 소문만 듣고도 항복하였으며, 어떤 관리는 관복을 갖춰 입고 맞아들이는 일까지 있었다. 이때 안성사람들은 거짓으로 항복한 후 연회를 베풀다가 적군이 취한 틈을 타 괴수 6인의 목을 베고 남아 있는 적군을 물리쳤다. 적군이 이로 말미암아 감히 더 이상 남하하지 못하고 고려군의 반격으로 크게 패하여 물러갔다. 이에 공민왕은 전쟁이 끝난 이듬해인 1362년 그 공으로 안성을 현에서 군으로 승격시키고 수원 관할인 양량, 감미탄, 마전, 신곡 등 4개의 부곡을 이속시켰다. 1363년 신인도(愼仁道)가 새로이 안성군수로 부임하여 적을 물리친 공로와 군으로 승격된 영예를 표창하고, 국가 중흥의 공을 이룬 것을 기념하기 위하여 이 누각을 건립했다. 그 후 1398년 정수홍(鄭守弘)이 부임하여 '극적루'라 이름 짓고 후대에 전하게 되었다. 원래의 누각 위치는 현재의 안성초등학교 근처였으나 1700년을 전후로 없어져 이러한 의미를 후에 되새기고자 이곳에 다시 복원하였다."라고 설명하고 있다.

쇠잔한 산과 물, 한 조각 성루에	賸水殘山一片城,
물 건너 산 넘어 달려와 중원을 바라보네.	驪來原隰望中平.
뜰이 비어 시 지을 것 없다 마소.	空庭莫道無詩料,
송죽 앞머리엔 눈과 달이 밝으니.	松竹前頭雪月明.

조선조에 들어서, 심의(沈義, 1475~?)의 『대관재난고(大觀齋亂稿)』권3에는 「안성적극루에 지음(題安城克敵樓)」이란 원운시(?)를 남겼다. 이후 관원도 이곳을 지나면서 시를 남겼는데, 이전 극적루에 쓴 시의 시운을 빌려 짓고 있다. 그러나 심의의 시운을 빌리지 않고 있다.

반면, 유희경(劉希慶, 1545~1636)의 『촌은집(村隱集)』권1에는 「극적루시에 차운하여(次克敵樓韻)」시가 두 수록되어있는데, 바로 관원의 시운을 빌려 지었다. 편집상의 문제인지는 모르겠지만 한 수는 9면에 실려 있고, 다른 한 수는 18면에 수록되어있다. 확실히 제1수의 내용은 관원의 시와 공감을 표하고 있다.

까마귀 우는 빈 숲, 눈은 성에 가득하니,	鴉噪空林雪滿城,
떠도는 심사는 더 편안하지 않구나.	旅遊心事轉難平.
그때의 승패를 누구에게 물으리오.	當時勝敗憑誰問,
극적루 앞 달만 홀로 밝구나.	克敵樓前月獨明.

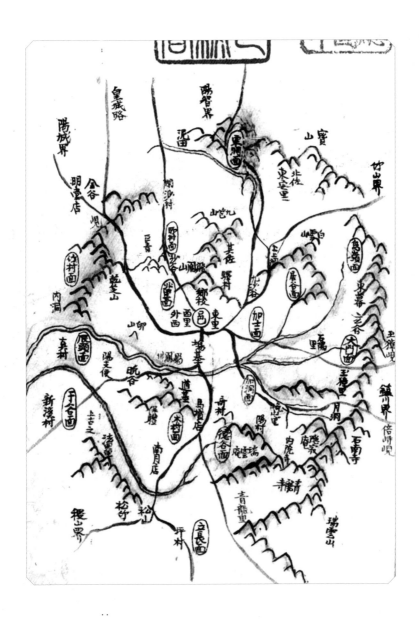

경기도 안성군. 『안성군읍지』, 1899, 규장각 10726. 오른쪽 아래 서운선과
청룡사의 위치를 확인할 수 있다.

촌은은 또 차운하기를,

객사는 황량하고 옛 무덤들, 旅寓荒凉古栢城,
새벽에 눈이 개니 계단 파묻혔네. 曉來晴雪沒堦平.
그윽한 심정 홀로 품고 물을 사람 없으니, 幽懷獨抱無人問,
벽 반쯤 지친 등불만 깜빡깜빡 거리네. 半壁殘燈滅又明.

확실히 이상 두 수의 차운시는 모두 관원과 같은 원운시에 따르고 있다. 이 밖에도 홍우정(洪宇定, 1595~1656)의 『두곡선생문집(杜谷先生文集)』 권1 에는 「극적루에 올라. 오숙우의 시운을 빌려(登克敵樓. 次吳肅羽韻)」란 시가 있는데, 심의의 시운도, 관원과 촌은의 시운도 아닌, 또 다른 시인인 오숙우 즉 오숙(吳翻, 1592~1634)의 시운을 따르고 있다. 이로써 볼 때 안성 극적루 에 제영한 시는 많았을 것으로 추정된다.

22. 퇴계 이선생_{退溪}께 받들어 드림(奉贈退溪李先生淣)

『밀산세고』에서 21번째 수록된 이 시의 제목은 「이퇴계께 받들어 드림(奉贈李退溪)」으로만 되어있다. 퇴계선생은 관원보다 22살이 많기 때문에, 이후 편집자들이 '선생'이란 표현을 제목에 추가했다. 퇴계선생과 관원의 관계를 짐작해 볼 만한 자료는 한 손가락에 꼽을 정도이다. 퇴계선생은 「역동서원기」에서 감사 밀양인 박계현이 힘써 준 일을 언급했고, 권벌(權橃)의 「행장」에서 박계현이 권벌 선생을 포장해야한다고 아뢴 일을 거론했을 뿐이다. 마지막으로 퇴계선생은 「박감사가 보내 온 시에 차운하여 2수(次朴監司見寄韻二首)」(단행본 제2권에 수록되어있음)를 지었으나 그중 제2수는 잘못 편집된 시이다. 이로써 짐작컨대 관원과 퇴계선생의 관계는 별다른 연결고리가 없었으므로 소원했다고 볼 수 있다.

일찍이 인효한 손자[순희세자]를 슬퍼하신 날은	曾孫仁孝含哀日,
문정왕후 우근하며 정사를 함께 할 때이네.	文母憂勤共政年.
산림에 오래 계시지 않아야 할 분이니,	未可山林長在手,

여력으로 하늘의 운행을 가지런히 잘 하시리.　　　　好將餘力整乾旋.

1544년 중종이 병사하고 병약했던 인종이 즉위한지 8개월 만에 의문의 변사를 당했다. 문정황후는 1545년 12살의 어린나이로 등극한 명종 뒤에서 대왕대비로서 수렴청정을 했다. 문정황후는 남동생인 윤원형, 윤원로 형제와 함께 조정을 장악했다. 1553년(명종 8)에 섭정에서 물러나지만 그것은 형식적이었고, 1563년 손자인 순희세자가 죽자, 실의에 빠진 명종은 정사를 돌보지 않았고 결국 다시 문정황후가 정사를 주관하게 되었다. 그만큼 윤원형의 세력도 절정으로 치닫고 있을 이때, 관원은 조정에서 우승지, 병조참의, 좌승지, 예조참의를 역임하며 활약하고 있었다. 윤원형의 실질적인 피해를 입었고, 당파색이 짙어지는 가운데 정계의 큰 어른의 필요성이 크게 부각되었을 것이다. 당시 퇴계선생은 65세의 나이로 동지중추부사를 사직하고 낙향해 강학활동을 이어가고 있었다. 따라서 실제 관원이 이 시를 지어 퇴계선생에게 보낸 것이라면 이 시는 1563년과 1565년 사이에 지어졌을 가능성이 크다.

23. 다시 임평사 시에 차운하여 5수(再次林評事五首)

백호 임제와 나눈 여기 다섯 편의 시는『밀산세고』에는「다시 임제 유생의 시운을 빌려(再次林生俤)」로 되어있다. 하지만『밀산세고』에서는 총 6수가 수록되어 있는데, 마지막 시는 앞서 보았던「'고열', 임평사제에게 드림(苦熱贈林評事俤)」[6]이다. 이후 부록본에서는「재차임생제(再次林生俤)」5수라고 하였고, 단행본에서는 위의 시제로 바로잡혀 있다. 앞서 언급했듯이 1575년(선조 8, 52세) 전라도 관찰사로 나왔을 때 임제를 만났으므로, '평사'라는 직함은 당시에는 맞지 않는다. 따라서 부록본의 시제를 따라야 할 것이다.

시제에서 보는 바와 같이 관원은 임제의 시운을 빌려 짓고 있다. 말하자면 백호가 먼저 시를 지어 올리자 관원이 그에 화답하는 형식이다. 따라서 백호의 원운시를 먼저 보고 관원의 시를 감상하는 것이 순서일 것이다. 백호의 원운시들은 단행본 권2에 부록으로 수록되어 있는데, 모두『임백호집』에서 가져온 것들이다. 시제는「불러드린 절구시를 기록하여 감사님께 바침(敬占絕句錄呈棠幕五首)」으로 되어있다. '[ ]'안의 순번은 '권수-수록시의 순번-편수'임을 밝혀 둔다.

[2-8-1]

용 깃발 옥 부절로 변방을 진압하니,	龍旌玉節鎭關河,
나라에 바친 웅심 나이 들어 더해지셨네.	許國雄心暮轉加.
조정과 부모님 향한 그리움으로 괴로우실 텐데,	戀闕懷親猶苦思,
푸른 연잎에 풍우는 밤이 되어 더 많이 들리네.	綠荷風雨夜聞多.

용정(龍旌)은 용이 그려진 깃발이고, 옥절(玉節)은 옥으로 만든 부절(符節)로 천자의 명령을 받은 자가 지니는 징표이다. 모두 관원이 호남을 방비하기 위해 관찰사로 내려와 웅심으로 나라를 보위하고 있음을 밝혔다. 그리고 조정과 부모님을 향한 관원의 그리움을 위로하면서 당나라 시인 위장(韋莊, 836~910)의 「요락(搖落)」시를 빌려 왔다. 황혼은 기둥에 기대 돌아가지 않으니 푸른 연잎에 드는 풍우 소리 애간장은 끊네(黃昏倚柱不歸去, 腸斷綠荷風雨聲.) 관원은 백호의 이러한 시재(詩才)를 사랑했다.

[23-1]

그대의 재주 넘쳐 강과 하를 터놓은 것 같아,	君才沛若決江河,
가뭄에도 마르지 않고 비에도 붓지 않네.	旱不能乾雨不加.
일가를 이룬 것이 어찌 치밀한 시율뿐이랴!	豈但成家詩律細,
산동 산서의 기질 원래부터 많았거늘.	山東西氣本來多.

백호에 대한 관원의 칭찬은 입이 마를 정도이다. 백호의 재주가 양자강과 황하를 터놓은 것 같다고 하면서 관원은 보란 듯이 폭넓은 독서를 자랑하고 있다. 『한서(漢書)·조충국전찬(趙充國傳贊)』에 "진한 시대로부터 이후로 산동에서는 재상이 나고, 산서에서는 장수가 나왔다.(秦漢以來, 山東出相, 山西出將)"라는 문장을 원용하여 백호 임제가 문무의 재능을 두루 갖추었음을 표현했다. 백호는 이러한 관원의 칭찬에 이렇게 대답했다.

[2-8-2]

하늘에 닿는 가을 물 황하에 자랑했는데,	黏天秋水謾誇河,[9]
종전의 억지웃음에 약(若)을 향한 탄식 더해지네.	強笑從前向若加.[10]
「양춘백설」곡에 화답할 수 있는 사람 적다했으니,	白雪陽春知和寡,[11]
나처럼 못난 글도 원래 많지는 않았지요.	雕蟲如我本無多.

송나라 황정견(黃庭堅, 1045~1105)은 「'존도 주부에게 받들어 답함' 시의 운을 빌려(次韻奉答存道主簿)」에서 나그네들 자리 다투다가 어느덧 돌아가니, 가을 물은 하늘에 닿아도 스스로 많다하지 않네.(旅人爭席方歸去 , 秋水黏天不自多)"라고 하면서 『장자·추수(秋水)』를 활용하여 노래한 적이 있다.

· · · ·

9 만과(謾誇)는 부질없이(또는 헛되이) 스스로를 자랑하며 으스대는 것을 말한다. 『임백호집』에는 '만과(漫誇)'로 되어있는데, '만(謾)'자와 '만(漫)'자는 통용하여 쓴다.

10 저본에는 세 글자가 빠져 '強笑從○○○加'로 되어있다. 『임백호집』에 따라 보충하였다. 국역본 『백호전집』에는 향(向)자가 '향(香)'자로 잘못되어있다(253쪽).

11 화과(和寡)는 『임백호집』에는 '과화'로 어순이 바뀌어 있다. 어느 하나를 선택할 수 없어 저본을 따른다.

확실히 백호의 1구와 2구는 장자의 이야기를 가져왔다. "가을 물이 이르러 온 시내가 황하로 흘러들어 그 흐름이 커져 양안(兩岸)과 모래톱 사이에서 [너무 넓어]소인지 말인지 구분할 수 없었다. 황하의 신인 하백(河伯)은 기뻐했다. 천하의 훌륭함이 모두 자기에게 있다고 여겼다. 흐름을 따라 동쪽으로 흘러가 북해에 이르렀다. 동쪽을 보니 (너무 넓어) 물의 끝을 볼 수도 없었다. 이에 하백은 얼굴을 돌리고 물끄러미 북해의 신인 약(若)을 바라보고 탄식하며 말했다. 속담에 '도를 들으면, 대부분이 자기만 한 자가 없다고 생각한다.'고 하더니 바로 나를 두고 한 말입니다."라고 하였다. 백호는 관원이 언급한 대로 내가 '황하'라면 관원 당신은 북해라는 것이다.

백호는 연이어 송옥(宋玉)의 「대초왕문(對楚王問)」에 나오는 이야기를 끌어와 관원의 시재(詩才)를 높이 평가한다. "손님 가운데 영(郢 초나라의 수도)에서 노래를 부르는 자가 있었습니다. 처음 부른 노래는 「하리파인(下里巴人)」이었는데, 나라 안에 모여서 노래에 화답하는 사람들이 수천 명이였습니다. 「양아해로(陽阿薤露)」를 부를 때는 나라 안에 모여서 화답하는 자들이 수백 명이었습니다. 「양춘백설(陽春白雪)」을 부를 때는 나라 안에 모여서 화답하는 사람들이 수십 명에 불과하였습니다.(客有歌於郢中者, 其始曰下里巴人, 國中屬而和者數千人. 其為陽阿薤露, 國中屬而和者數百人. 其為陽春白雪, 國中屬而和者不過數十人.)"라고 하였다. 여기의 「백설양춘」이란 노래처럼 못난 자신의 글도 화답하는 자가 드물었는데, 당신이 이렇게 화답해주니 당신의 시재(詩才) 역시 뛰어나다고 추켜세우고 있다.

[23-2]

목소리는 금석이요 입은 현하로다.	聲如金石口懸河,
나이 들어 만난 그대, 마음이 더해지네.	向老逢君意有加.
훗날 옥당에서 괄목상대하리니,	他日玉堂應刮目,
계림에 한 가지면 되지 많을 필요 있겠나.	桂林孤榦不須多.

관원은 다시 중국의 전례를 빌려와 백호의 재주를 칭찬한다. 진(晉)나라 곽상(郭象)이 도도(滔滔)하게 담론을 전개하자 태위(太尉) 왕연(王衍)이 "폭포수처럼 쏟아져 마를 줄을 모른다.(如懸河瀉水, 注而不竭.)"라고 했던 '현하[벼랑에 걸린 황하]'를 끌어들인 다음, 또 진(晉) 나라 극선(郤詵)이 현량(賢良) 대책(對策)에 급제하여 벼슬을 하게 되었는데, 스스로를 평가해 보라는 무제(武帝)의 말에, "대책(對策)으로는 천하제일입니다. 비유하자면 계수나무 숲속의 높이 솟은 한 가지요[桂林一枝] 곤륜산의 편옥(片玉)과 같다고 하겠습니다."라고 스스로를 평가했던 말 그대로 백호가 바로 '계림일지'라고 하며 훗날 괄목상대할 젊은이라고 칭찬을 아끼지 않는다. 이렇게 두 수씩 서로가 서로를 알아주는 지기(知己)임을 확인한 다음 백호는 시의 소재를 전환한다.

[2-8-3]

조각달은 어둑어둑 비 갠 강에 비껴 있으니,	片月依依橫霽河,
시인의 청아한 생각 십분 더해지네.	騷人淸思一分加.
자규는 이처럼 무정히 울건만,	子規若是無情哭,
쇠잔한 촛불 어이타 원망의 눈물 많은가.	殘燭如何怨淚多.

백호는 자규(子規)란 새를 통해 관원의 돌아가고 싶은 마음을 위로했다. 돌아감을 상징하는 시어들로 가득 차 있다. '조각달[편월]'은 차오르기 마련이고, 강물은 흘러간다. '소인(騷人)'은 굴원에서 나온 표현으로 역시 임금에게 돌아가고 싶은 갈망을 담고 있으며, 자규는 돌아감만 못하니[불여귀(不如歸)]라고 피를 토하도록 울어댄다. 백호는 관원의 돌아감에 대한 자신의 감정을 촛불의 눈물에 비유했다.

[23-3]

북극성과 남두성이 산하를 사이에 두니,	北辰南斗隔山河,
문득 돌아갈 마음 한층 더해지네.	斗覺歸心一半加.
나주의 옥장의 끝없는 한(恨)	玉帳錦城無限恨,
두견의 울음 다했으니 뉘에게 더 많이 일까?	蜀禽啼盡起誰多.[12]

관원은 돌아가야 하는 이유를 북극성과 남두성을 빌려 설명한다. '북신(北辰)'은 북극성으로 임금을 상징하고, '남두(南斗)'는 28수(宿)의 하나로서 승상(丞相)이나 태재(太宰)로 임금을 보좌하는 신하를 말한다. 따라서 임금을 보좌해야 하는 자신이 이렇게 멀리 내려와 있다는 것이다. 이렇게 돌아가고 싶은 마음에 고민하던 차에 그대가 보내 준 시는 나를 한층 더 시름겹게 한다고, 당나라 한유(韓愈)가 「공조 장십일에 답함(答張十一功曹)」에서

....

12 '기(起)'자가 『임백호집』에는 '보(報)'자로 되어있다. 3구 전체가 여기 '기'자와 '보'자의 주어가 되므로, '기'자 전체 문맥에는 더 부합한다. 신호열, 임형택이 공역한 『백호전집』(257쪽)에 따르면, "옥장(玉帳)이라 금성(錦城)의 무한한 이 내 한은 울다 지친 두견처럼 어느 뉘에 알려주리."라고 하였다.

"그대의 시를 읊고 나서 두 귀밑을 보니, 흰 머리털이 절반이나 더한 걸 갑자기 깨닫겠네.(吟君詩罷看雙鬢, 斗覺霜毛一半加.)"라고 한 시구를 떠올렸다.

금성(錦城)은 나주를 말한다. 관원은 이곳에 관찰사로 내려와 지휘하는 군막을 설치했고, 벼슬 이전의 백호를 막료로 삼았다. 비단[錦]에 어울리는 '막사'란 의미를 지니는 시어를 찾고 싶었던 관원은 '옥장(玉帳)'을 생각해냈다. '옥장'은 압승하는 방위로 이 방위에 막사를 세워야 견고하다고 하여, 대장의 막부를 일컫는 말로 쓰였다. 백호의 자규를 관원은 '촉금(蜀禽)'으로 받았고, 이 촉금이 다 울었으니, 남겨진 시름과 한은 누구에게 더 많이 일어날까?

[2-8-4]

수만의 성가퀴와 높은 담장 강물을 둘러있으니,	萬堞崇墉一帶河,
웅장한 변방 남국에 이 이상 더할 것 없네.	雄藩南國此無加.
시와 글 잘하시는 원수, 창을 비껴들고 오시어	詩書元帥來橫槊,
취한 김에 지은 시편들 백 편도 넘는다네.	倚醉新篇百首多.[13]

백호는 다시 화제를 전환했다. 관원 그대께서 내려와 영산강을 따라 방비할 시설물을 잘 갖추어 놓았으니 이제 더는 할 것이 없이 평화를 회복했다고 한다. 이렇게 된 것은 관원이 시서(詩書)에 능한 유장(儒將)이기 때문이라는 것이다. 그러므로 술에 취해 수백편의 시를 지어 노래하고 있어도

....

13 신편(新篇)은 새로 지은 시편들을 말하는데, 『임백호집』에서는 '신시(新詩)'로 되어있다. 여기서는 저본에 따랐다.

선정이 베풀어진다는 최고의 칭송이다.

[23-4]

그대는 쾌마처럼 빙하를 지났으니,	君如快馬度氷河,
닿는 곳마다 채찍질 더할 필요 없네.	着處長鞭不用加.
우연히 서로 만나 아교 같은 처지에,	忽漫相逢膠漆地,
경박하게 재주 많다 자랑하려 들겠소.	肯教輕薄詫才多.

관원은 백호가 훌륭히 학문을 연마하는 과정을 지났으니 더 이상의 채찍질은 무의미하다고 한다. 그러면서 자신이 이렇게 술에 취해 시편을 읊조리는 행위가, 그대에게 자랑하려고 하는 것은 아니라고 천명한다. 그리고 쌍방의 관계도 분명히 한다. 관원은 두보가 「조정으로 들어가는 노육시어를 전송하면서(送路六侍御入朝)」 "어린 시절 서로 친했던 이후 사십 년, 그사이 소식은 둘 다 깜깜했었지. 다시 후일의 만남은 그 어디가 될런고, 우연히 서로 만난 게 바로 이별의 자리로구려.(童稚情親四十年, 中間消息兩茫然. 更爲後會知何地, 忽漫相逢是別筵)."라고 했던 시구를 배경으로 깔고 있다. 말하자면 비록 우연히 만나 아교처럼 투합했지만 언제 다시 만날지 모르는데, 그대에게 시 자랑하려 하겠느냐는 말이다.

한편으로, 백호의 시구를 그 시대를 살았던 제3자가 읽는다면, 관원은 왜(倭)를 방비하러 호남에 내려가서는 경보가 잦아들자 술과 시만 지으며 조정으로 복귀할 생각만 하고 있었다고 읽을 수 있다. 또 백호도 이를 마음에 두고 둘러말했을 수도 있다. 백호도 이를 우려한 것일까.

[2-8-5]

시단에서 굳센 기운 중원을 압도하고,	詩壇勁氣壓三河,
맑은 물 연꽃에 보탤 것 없다네.	淸水芙蓉不足加.
조·회나라가 어찌 초나라 대국을 대적하리오.	鄶檜豈能當大楚,
싸워 이길 때는 적고 투항하는 일은 많다네.	戰勝時少乞降多.

백호는 관원의 시가 '삼하'를 압도할 만하다고 한다. '삼하'란 중국의 중앙이라 불리는 낙양(洛陽) 황하(黃河)의 남북 지역으로, 당요(唐堯)의 도읍지 하동(河東)과 은(殷)나라 도읍지 하내(河內)와 주(周)나라 도읍지 하남(河南)을 가리킨다. 백호는 비교영역을 크게 확장시킴으로서 관원의 시재를 높이 추켜세우는 효과를 노렸다. 더 보탤 것이 없다는 말도 이백(李白)이 강하 태수(江夏太守) 위양재(韋良宰)에게 지어 준 시에서 "맑은 물에서 연꽃이 피어나니, 천연하여 꾸밈이 없어라.(淸水出芙蓉, 天然去雕飾.)"라고 노래한 것을 연상시키도록 구성했다. 3구와 4구는 이중적인 함의가 있다. 조나라, 회나라는 자신과 같은 작은 시인들이요, 초나라는 관원과 같은 대시인으로 대입할 수도 있을 것이다. 왜구들이 감히 초나라 같은 대국에게는 상대가 되지 않는데다, 싸우지 않고도 투항해오니 충분히 술 마시고 노래할 수 있다는 것이다. 게다가 훌륭한 시재를 갖추었으니 더 보탤 것이 없다는 말일 것이다.

[23-5]

격렬한 싸움은 정말 양하를 낀 것 같으니,	鏖戰眞同夾兩河,
놀란 마음은 적병이 보태져서가 아니라네.	驚心不啻敵兵加.
그대의 견고함은 조후의 울타리 같으니,	推君堅似條侯壁,[14]
낡은 성채 지친 군사 많을 필요 있나.	殘壘疲軍不用多.

'양하(兩河)'란 일반적으로 황하의 북쪽과 남쪽으로 하남(河南)과 하북(河北)을 말한다. 즉 황하를 낀 격렬한 싸움이란, 단순히 왜구와의 격렬한 싸움을 의미하는 것으로는 읽히지는 않는다. 관원은 백호와 주고받은 시작(詩作) 행위를 이에 비유하면서 이중적 의미를 담아 두고 있는 것으로 보인다. 양쪽에서 풀어 놓은 시어들이 마치 두 황하를 터놓은 듯했기 때문이었으리라. 관원은 백호를 한나라 때 장군 주아부(周亞夫)에 비유했다. 조후(條侯)는 주아부의 봉호이다. 경제(景帝) 때 제왕(諸王)들이 서로 연합하여 모반하자[오초칠국의 난], 주아부가 태위(太尉)로서 명을 받고 그들을 정벌하러 나가 성벽(城壁)을 견고히 하여 지키고만 있는 지구전을 펼쳐 평정에 성공했던 사례를 근거로, 백호만 있으면 호남 방어는 문제없다는 관원의 칭찬이자 판단이다. 시로 봤을 때도, 자신의 뜻을 받아 호응해줄 사람으로, 백호 하나면 충분할 정도로 만족스럽다는 것이다. 관원은 백호의 문학적 재주를 처음으로 알아본 사람이라 할 수 있다.

• • • •

14 저본에는 '후(侯)'자가 '후(候)'자로 잘못되어있어 『임백호집』에 따라 고쳤다.

24. 유회부가 제주판관에 제수되었다는 소식을 듣고
(聞柳晦夫除濟州判官)

『밀산세고』에 30번째 수록된 시로, 세 판본 모두 제목이 동일하다. 시제에서 거명한 '회부(晦夫)'는 유근(柳根, 1549~1627)의 자이다. 호는 서경(西坰)으로 본관은 진주(晉州)로, 황정욱(黃廷彧, 1532~1607)의 문인이다. 관원이 죽기 전까지의 행적을 보면, 1572년(선조 5) 별시 문과에 장원하고, 1574년에 사가독서(賜暇讀書)를 하였다. 한국문집총간『서경집』해제(오세옥, 1998)에 따르면, 1576년(선조 9, 28세)에 질정관(質正官)으로 중국에 다녀왔다고 한 다음 관원이 하세한 해인 1580년(선조 13년, 32세)에는 선위사로서 일본사신을 영접한 사실을 기록하고 있다. 그런데 1577년에서 1579년 사이에는 정확한 연도표기가 없이 "濟州 判官에 제수되었으나 親老로 사퇴하다. 이로 인해 탄핵받고 파직되다. ○예조에 서용되었으나 곧 歙谷 縣令으로 나가다. ○지평, 정언, 종묘 영, 성균관 직강 등을 역임하다."라고 하였으므로, 유근이 제주판관에 제수되었다가 부모가 연로했다는 이유로 사직했다는 행적을 확인할 수 있다. 따라서 관원의 이 시는 1577년~1577

년 사이에 지어진 것으로 추정할 수 있다.

일개 선비 부절을 나누어 바다 밖 성으로 나가니,	匹士分符海外城,
백성들 이로부터 글을 알며 살겠네.	夷民從此識書生.
변함없는 충심에 고약한 풍파 두렵지 않겠지만	孤忠不畏風波惡,
인간세상 모자의 정을 어찌하겠는가.	其奈人間母子情.

관원의 이 시는 유근이 제주판관으로 좌천되어 갈 인물이 아니라는 전제를 깔고 있다. 게다가 그는 연로한 홀어머니를 모시고 계셨기 때문에 그 발령소식은 관원의 마음을 아프게 했다. 그렇지만 부임하게 되더라도, 그에 상응하는 충분한 보상이 있을 것이라는 관원의 위로가 도탑다. 특히 높은 학식으로 내려가게 되면 동이(東夷)의 백성들 즉 '이민(夷民)'들을 시서(詩書)로 잘 교화할 수 있을 것이라는 위안 말이다.

25. 유사익에게 드림 2수(贈柳師益二首)

　　『밀산세고』31번째 수록된 이 시는 부록본과 단행본 모두 '2수'라는 부기를 해두고 있다. 유사익, '사익'은 자(字)를 쓴 것으로 추정되나, 누구인지는 밝히지 못했다. 관원은 그의 문장이 옥을 깎은 듯하다고 했고, '유주(柳州)'라는 표현을 써서 당나라 유종원(柳宗元, 773~819)에 견주고 있다. '유주'는 당나라 유종원이 좌천되어 유주 자사(柳州刺史)를 역임했으므로 유종원을 가리키는 말로 쓰인다. 옥과 유종원의 연결은 한유(韓愈)가 「유자후제문(祭柳子厚文)」에서 "주옥같은 그 문장은, 몹시도 아름다운 말을 쏟아내었네.(玉佩瓊琚, 大放厥辭)"라고 한 시구에서 비롯되었다. 유주는 현 광서장족자치구에 위치한 곳으로 옛 초나라 땅이다. 유종원도 그곳에 좌천되어 굴원과 가의(賈誼)를 떠올렸듯이, 관원은 상강(湘江)과 대나무를 통해 유사익이 남방지역의 사람임을 암시하고 있다. 그렇다면 유사익이란 사람은 남방으로 좌천되거나 유배된 사람이라 볼 수 있다.

[25-1]

옥을 깎는 문장은 유종원에서 비롯하여,　　　　　　　削玉文章自柳州,

밝은 상강과 초나라 대나무 가을임을 훤히 알겠네.　　清湘楚竹曉知秋.

'눈 내리는 창에서 차를 끓여'란 시구를 '헤아려보지만',　雪窓烹茗'科'詩句,

이 늙은이 결국에는 한 걸음 양보해야겠네.　　　　　老子從當讓一頭.

[25-2]

내 그대의 백설 같은 소리에 수응하려고,　　　　　　我欲酬君白雪音,

항아리에 있는 술로 고상한 마음을 다했네.　　　　　樽中有酒馨芳襟.

사귐의 정은 주선하는 곳에 있는 것이 아니니,　　　　交情不在周旋地,

해를 이어온 담수지교 날로 더 깊어지리.　　　　　　淡水年來日益深.

　제1수의 3구는 '과시(科詩)'라는 용어 때문에 난해하다. '과시'란 과거시험을 위한 시를 의미한다. 이렇게 해석해보면 '눈 내리는 창에 차를 끓임[雪窓烹茗]'이라는 과거시험의 시제라는 의미이다. 유사익이란 사람이 누구인지 모르지만 과거시험 이야기는 전후 문맥과 따로 논다. 마지막 구는 확실히 구양수(歐陽脩, 1007~1073)의 말을 빌려왔다. 구양수는 매요신(梅堯臣, 1002~1060)에게 보내는 편지[與梅聖兪]에서 "소식의 글을 들고 읽으니 나도 모르게 땀이 흘렀다. 장쾌하고 장쾌하다. 이 늙은이는 응당 길을 피하여, 그에게 한 걸음 뒤로 양보해야 하겠네(取讀軾書, 不覺汗出. 快哉快哉! 老夫當避路, 放他出一頭地也)."라고 하였다. 이렇게 놓고 본다면, 관원 자신은 구양수에, 유사익은 소식에 비유하고 있다. 상대의 글을 따라가기 위해 진땀을 빼고 있는 상황이다. 다시 3구로 돌아가 보면, '과시'는 이를 연결해

올 수 없다. 게다가 '과(科)'자에는 동사적 의미로는 거의 쓰이지 않는다. 비록 세 판본이 모두 '과(科)'자를 제시하고는 있지만, '료(料)'의 잘못이 아닐까? '눈 내리는 창가에서 향긋한 차를 끓여'라는 시구를 아무리 헤아려보아도, 그대가 보내 준 시에는 도저히 따라갈 수가 없다는 항복 선언이 아닐까? 그래서 운을 빌려 쓰지 않고 답시를 보낸 것은 아닐까?

이러한 가정은 제2수에서 단서들을 찾을 수 있다. 관원은 옛날 춘추시대 너무 고상하여 보통 사람은 이해하기 어려웠다는 「백설곡(白雪曲)」을 불러와 유사익의 시를 견주었다. 그리고 자신은 이에 화답하기 위해 술 한 동이를 다 비웠다는 것이다. 결국 시상을 찾다가 취해버린 관원은 정말 한 걸음 물러서서, 그대가 보내준 시에 온전히 답하지 못한다고 나를 멀리하지 말고 예전처럼 "군자의 사귐은 담담하기가 물과 같고, 소인의 사귐은 달기가 단술과 같다.(君子之交, 淡若水, 小人之交, 甘若醴.)"고 한 말을 기억해 달라고 하였다.

26. 삭녕군 임지로 가시는 숙부님과 작별하며 지어드림 5수(奉別叔父赴朔寧郡任所五首)

이 시는 『밀산세고』에 33번째 수록되어 있는데 「삭녕군 임지로 부임하시는 숙부님을 전송하며(送叔父赴朔寧郡任所)」로 되어있다. 이는 부록본에서도 마찬가지지만, 여기 단행본에만 '송(送)'자가 '봉별(奉別)'로 바뀌어 있다. 의미상 차이는 없지만 원래 근거한 판본을 따르는 것이 좋겠다.

관원의 숙부는 박효원(朴孝元, 1511~?) 한 사람 뿐이다. 『사마방목』에 따르면, 자는 수초(遂初)이고, 1555년(명종 10) 식년 진사시에 3등으로 급제했다는 기록이 우리가 찾아 볼 수 있는 전부이다. 여기 5수의 송별시를 통해 박효원이 삭녕군수를 지냈다는 사실을 행적에 추가하는 것으로 만족하기로 한다. 삭녕군은 『삭녕지』(1871)에, 동쪽으로는 연천현과 22리, 강원도 철원부에서는 41리, 남쪽으로 장단부에서는 28리, 서쪽으로 황해도 토산현에서는 11리이고 북쪽으로는 강원도 안협현과 21리 떨어져 있다고 한다. 현재는 경기도 연천군과 강원도 철원군에 편입되었다.

[26-1]

사제의 정이자 부자의 은혜여!	師弟之情父子恩,
늘그막 이별의 한 말로 다할 수 있으리오.	暮年離恨不堪言.
몸의 병으로 찾아뵙지 못하고 동교에서 작별하니,	負薪未拜東郊別,
오마께서 돌아오실 땐 나의 눈물 닦아야 하리.	五馬歸時拭淚痕.

    관원과 숙부는 10여세 차이가 난다. 스승으로서 부모로서 따랐는데, 연로하신 나이에 이렇게 먼 곳에 부임하게 되니 이별의 한을 말로 다할 수 없는데, 직접 찾아뵙지도 못하고 부임해 가시는 길에, 병으로 누워있는[負薪] 조카를 찾아 동쪽 교외로 오신 숙부와 작별하게 되었다는 송구한 마음을 드러냈다. 그러니 다섯 필의 말이 끄는 수레를 타고[五馬, 군수를 지칭] 돌아오실 때는 반드시 내가 흘린 눈물 흔적을 닦고 맞이하겠다고.

[26-2]

송계의 숲 산수의 고을이여!	松桂林中山水鄕,
도골이 아니면 누가 감당할 수 있으랴!	自非道骨孰能當.
금을 타며 선약을 달이는 일 외엔 다른 일은 없으리니,	鳴琴煮藥無餘事,
생선 삶듯 하는 다스림 아전들이 좋아하는 바라네.	治似烹鮮吏所良.

    관원은 이미 1559년(명종 14, 36세) 10월에 삭녕군과 약 30리 떨어진 장단도호부사를 지낸 경험이 있으므로, 이 지역을 잘 알고 있었다. 관원은 숙부의 임지를 소나무, 계수나무가 우거진 산수의 고을이라고 표현하며, 이백(李白)의 「대붕부서(大鵬賦序)」에 나오는 '도골(道骨)'이란 표현을 써서

숙부를 위로한다. 이백이 일찍이 강릉(江陵)에 갔다가 천태산(天台山)의 도사(道士) 사마승정(司馬承禎)을 만났는데, 그가 이백에게 "선풍도골(仙風道骨)이 있어 함께 팔극(八極) 밖에 신유(神遊)할 만하다."라고 칭찬했었다. 이로써 숙부께서는 이러한 '도골'을 갖추었으니 그곳에서 신선처럼 선약이나 달이며 계시면 된다고 위로하였다. 게다가 "큰 나라를 다스리는 일은 마치 작은 생선을 삶듯 하여야 한다.(治大國, 若烹小鮮)"라고 노자가 말했으므로, 뭔가를 도모하시려 하면 아래 관리들이 싫어할 것이라는 말도 덧붙여 조언하고 있다.

[26-3]

백발의 늙은 얼굴 아우가 형 같으니,	蒼顔白髮弟如兄,
소자에겐 기쁘면서 두려운 마음 유독 많네.	小子偏多喜懼情.
이번 이별이 사흘만 마음이 좋지 않을 수 있을까.	此別可但三日惡,
뜰에 가득한 추월에 결국 시간만 깊어가네.	滿庭秋月坐深更.

[26-4]

운명이 원수와 도모하여 작은 관리된 것이니,	命與仇謀作小官,
언제나 영욕을 한가지로 보소서.	每將榮辱一般看.
백성과 사직에 자신의 뜻을 행하시리니	民人社稷行吾志,
기읍의 폐단들이 없어졌다는 소리 들리는 듯하네.	畿邑如聞類弊殘.

관원은 부친이 이곳에 부임하게 된 것은 운명이 원수와 도모해서[命與仇謀]라고 했다. 이 표현은 한유(韓愈)의 「진학해(進學解)」에 "잠시 어사가

되었다가 마침내 남쪽 오랑캐 땅으로 좌천되었고, 삼 년 동안 박사로 있었지만, 치적을 드러내지 못했다. 운명이 원수와 도모하여, 실패한 것이 그 얼마이던가(暫爲御史, 遂竄南夷, 三年博士, 冗不見治. 命與仇謀. 取敗幾時)."라고 한 데서 온 말이다. 관원은 이렇게 운명의 장난질을 당한 한유라는 시인도 있었으니 한 번의 좌절에 속상하여 건강을 해치지 마시라고 조언한다. 그리고 숙부님의 소신대로 다스리시면 경기 열읍의 폐단들이 모두 없어졌다는 소리가 들릴 것이라고 응원하는 마음을 담았다.

[26-5]

군의 북쪽 촌장엔 척박한 땅이 있으니,	郡北村庄有薄田,
매번 갈고 심어 풍년을 만나길 바라네.	每將耕稼願逢年.
훗날 임금님의 은혜 무거움에 감복하시리니,	他時會服君恩重,
관단마로 전원에 돌아가시는 것은 채찍 한번이면 되시리.	款段歸農只一鞭.

훗날 임금께서 당신의 수고를 다 알아주실 것이니 그 때는 농사일에나 쓸 작은 말[관단마]을 몰고 전원으로 돌아가시어 행복한 여생을 누릴 일은 채찍 한번이면 될 정도로 쉽다는 것이다. 그러면서 후한(後漢)의 명장 마원(馬援)이 신식후(新息侯)에 봉해졌을 때, 종제 소유(少游)가 "선비가 세상에 나서 의식(衣食)이나 해결할 만하거든, 하택거(下澤車)를 타거나 관단마(款段馬)를 몰며 군의 말단 관리가 되어 분묘(墳墓)를 지키더라도, 마을에서 선인(善人)이라는 말만 들으면 될 것이요, 넘치는 행복을 구하는 것은 스스로 괴로울 뿐이다.(士生一世, 但取衣食裁足, 乘下澤車, 御款段馬, 爲郡掾史, 守墳

墓, 鄕里稱善人, 斯可矣. 致求盈餘, 但自苦耳.)"라고 했던 옛 고사를 환기시켜 주고 있다.

27. 임평사와 이별하며 줌(贈別林評事)

『밀산세고』 36번째 수록된 이 시는 부록본에 「임평사 제와 이별하며 줌(贈別林評事悌)」으로, '제(悌)'라는 이름을 밝혀 두고 있다. 단행본의 시제에서는 편집하는 과정에서 빠뜨린 것으로 보인다. 관원은 1575년 전라도 관찰사로 내려갔다가 그해 12월에는 이미 조정에 예조참의로 돌아와 있었음을 확인할 수 있다. 호남관찰사로 있었을 때 백호와 주고받은 시편들에 대해서 『밀산세고』본은 백호를 '임생(林生)'이라 불렀다. 여기서는 정확하게 '평사'라고 하고 있다. 그렇다면 백호가 서도병마평사로 부임한 것은 1580년 봄인데, 죽음을 앞둔 관원을 만났다가 헤어지면서 준 시인가?

초록의 긴 제방, 길은 서쪽으로 향하는데,	草綠長堤路向西,
봄바람은 다 불고 새들만 자주 우네.	春風吹盡鳥頻啼.
동대(東臺)의 저녁 비 강 버들과 같으니,	東臺暮雨同江柳,
이곳에서 그대와 약속하네. 취해 길 잃지 않겠다고	此地期君醉不迷.

백호 임제와 주고받은 시들은 대부분 『임백호집』에 수록되어있다. 정지상(鄭知常)의 「송별」시를 연상시키는 이 증별시는 백호의 시집에서 찾을 수 없다. 다만 같은 운자를 사용하고 있는 7언의 절구시가 있다.

「촛불을 들고 홍작약을 감상하고 시를 지어 인웅 스님에게 줌(秉燭賞紅藥, 題贈印雄沙彌.)」

바람과 이슬 더 짙어지니 꽃은 점차 고개를 숙이고,	風露更深花漸低,
촛불 가에서 애가 끊어지게 꽃잎은 원망에 차 우네.	燭邊腸斷怨紅啼.
하늘이 준 자태 절로 경국지색에 부합하니	天姿自合傾城國,
혹 선심이 이를 마주하고 미혹될까 걱정이네.	恐有禪心對此迷.

다시 관원의 증별시로 돌아가 보면, 관원의 시선은 서로(西路)로 향하고 있다. 객지에서 한양으로 돌아가는 길임을 짐작할 수 있다. 그리고 백호와 관원의 시간적 공간적 배경도 상응한다. 그렇다면 귀경하는 관원을 배웅하러 나와 한양으로 가는 길에 있는 어느 절에 들려 함께 묵었다는 추측이 가능해진다. 따라서 시제에서 '평사'는 이번에도 '생(生)'으로 되어야 전후 정황에 부합한다.

28. 승려의 시축에 지어 김내한질충에 부쳐 보임(題僧軸 寄示金內翰質忠)

『밀산세고』에 39번째 수록된 이 시는 세 판본 모두 일치하는 제목을 보여주고 있다. 내한(內翰)은 한림(翰林)이라고도 하는데, 예문관(藝文館)의 대교(待教)와 검열(檢閱)을 일컫는 말이다. 김질충(金質忠, 1519~?)의 자는 직부(直夫)이고 본관은 광산(光山)이다. 1543년 식년 진사시에 3등에 올랐으며, 1548년(명종 3) 별시 문과에 병과로 급제하고 이듬해 예문관검열, 저작(著作)·대교(待教)등을 거쳐, 봉교(奉教)가 되어 『중종실록(中宗實錄)』·『인종실록(仁宗實錄)』편찬에 참여하였다.

옥 같은 그 사람 진정 나의 벗이여!   其人如玉眞吾友,

조정에서 이제 태사관이 되었네.   天上今爲太史官.

짧은 시 다 지었냐고 나에게 물으면,   題罷小詩如問我,

벽도화 아래서 금단을 제련한다고 하리.   碧桃花下鍊金丹.

시제에서 보여주는 바와 같이 이 시는 어느 승려가 시를 받으러 다니는 시축에 써준 작품으로 그를 통해 친구인 질충에게 보인 것이다. 첫 구에서 진정한 나의 벗이라고 하였다. 김질충은 관원과 함께 용문(龍門) 조욱(趙昱, 1498~1557) 선생의 문인이었고, 함께 한양에 살았다. 비록 나이는 다섯 살 많지만 동문수학하며 교유했던 것으로 보인다. 김질충의 몰년은 알려지지 않았다. 허균(許筠, 1569~1618)의 『성소부부고(惺所覆瓿藁)』 권26, 부록에 실린 「학산초담(鶴山樵談)」(1593)에는 "박사(博士) 김질충(金質忠)이 병이 위독하기 하루 전에 지은 시에 '삼년이나 약 먹고도 사람은 아직 앓고 있고, 하룻밤 빗소리에 꽃은 활짝 피었네(三年藥力人猶病, 一夜雨聲花盡開)'라고 하였으므로, 학사(學士) 김홍도(金弘度)가 보고는, '김모(金某)가 얼마 안 가서 세상을 뜨겠다.'라고 하더니, 이튿날 새벽에 돌아갔다."라고 하였다. 여기 김홍도(金弘度)는 1557년에 죽었으므로, 김질충은 그 이전에 죽은 것으로 추정된다.

마지막 구에서 언급한 벽도(碧桃)란 서왕모(西王母)가 한무제에게 주었다는 선도(仙桃)로, '벽도화 아래'란 표현은 선경을 나타낼 때 상징적으로 사용한다. 관원이 워낙 시 짓기를 좋아하여 이를 우려한 김질충이 내년 있을 정시(庭試)에 몰두하라는 뜻에서 던진 김질충의 농담이었을까?

김질충이 예문관 검열이 된 것은 1549년이므로 관원은 그때 26세의 유생으로 대과를 앞두고 있었다. 이러한 추정이 정확하다면, 이 시는 관원의 시편 중에서 가장 이른 시기의 작품일 것이다. 김질충은 1557년 전에 별세했을 것이므로, 관원은 틀림없이 벗의 죽음을 애도하는 글을 남겼을 것이다.

29. 『기재기이』권 뒤에 지음(題企齋記異卷後)

『밀산세고』에 40번째 수록된 시로, 이후 편집본들과 동일한 시제를 보여주고 있다. 『기재기이(企齋記異)』는 신숙주(申叔舟)의 손자 신광한(申光漢, 1484~1555)이 기이한 이야기들을 묶어 1553년에 간행된 일종의 소설집이다. 신광한의 자(字)는 한지(漢之) 또는 시회(時晦)였고, 호는 기재(企齋), 낙봉(駱峯), 석선재(石仙齋), 청성동주(靑城洞主)라고 불렸다. 본관은 고령이며 시호는 문간(文簡)이다. 1510년(중종 5, 27세)에 문과 을과에 급제한 뒤로 이후 조정에서 언관으로 청요직을 역임하다가 1521년(중종 16, 38세) 신사무옥(辛巳誣獄)으로 삭탈관직 되었고, 이듬해 모친상을 당하여 고양에서 여묘살이를 마치고 15년 정도를 여주(驪州) 원형리(元亨里)에 우거했는데, 『기재기이』는 바로 이때 지은 것으로 추정된다. 1538년(중종 33) 2월에 직첩을 환급받아 조정으로 복귀하여 대사성, 경기 관찰사, 대사헌, 형조판서, 이조판서, 홍문관 대제학, 예조판서, 좌우찬성 등을 두루 역임하고, 1554년(명종 9, 70세)에는 보국숭록대부(輔國崇祿大夫)에 오르고 영성부원군(靈城府院君)에 봉해졌다. 여주 우거 생활 이전에는 모재(慕齋) 김안국(金安國,

1478~1543), 호음(湖陰) 정사룡(鄭士龍, 1491~1570), 복재(服齋) 기준(奇遵, 1492~1521)등 한양에 살며 활동했던 사림파 학자들과 교유했다. 여기 복재 기준은 바로 관원의 부친 낙촌 박충원의 스승이기도 하고, 기재의 선영이 모두 고양에 있었던 것으로 보아 관원의 조부였던 박조(朴藻)와도 지연을 짐작해 볼 수 있다.

> 문장과 사업은 옛사람과 진배없고, 　　　　文章事業古人如,
> 우연히 한 편을 지었다고 하나 이런 글은 없었네. 偶一編成未見書.
> 차 사발을 마시고 놓으면 수 편을 이뤘으니, 　啜罷茶甌仍數遍,
> 소나무 서재는 봄날 낮잠만 자고 있네. 　　　松齋春日午眠餘.

『기재기이(企齋記異)』는 1553년(명종 8, 69세)에 간행되었다. 따라서 관원의 이 시는 1553년 이후에 지어졌을 것이다. 이 소설집은 당시 생소한 방식의 문학작품이었기 때문에 관원은 2구에서 이전에는 본적이 없다고 밝혔다. 그렇게 왕성하게 글을 쏟아내시던 분께서, 이제는 고인이 되어 그분이 계셨던 소나무 서재는 낮잠만 자고 있다고, 방문했을 때의 인상을 표현하고 있다.

30. 금오청사에 지음(題金吾廳事)

이 시는 『밀산세고』 41번째로 수록되어있으며, 이후 편집본과 동일하다. 금오청은 바로 의금부를 말한다. 일송(一松) 심희수(沈喜壽, 1548~1622)가 쓴 「관원박판서신도비명」에 따르면, 1568년[선조 1, 무진, 45세] 병으로 체직되었다가 곧이어 병·호조참판, 대사헌, 대사성, 지신사(知申事), 부학사(副學士) 등에 제수되었고 동지의금부, 오위부총관을 겸직했다고 한다. 의금부 당상은 겸직하므로, 다른 때에 지었을 수도 있다. 예컨대, 이이(李珥, 1536~1584)의 『경연일기』에 따르면, 1578년(선조 11, 55세)에 관원은 의금부당상관을 겸하고 있었다. 하지만 이때는 뇌물을 받았다는 혐의가 있었기 때문에 이러한 한적한 시와는 어울리지 않는다. 따라서 이 시는 1568년에 지었을 가능성이 제일 크다.

부들과 버들 물가와 모래톱에 비슷하고,	菰蒲楊柳似汀洲,
유월의 청풍은 가을처럼 서늘해지려 하네.	六月淸風凜欲秋.
게다가 푸른 연이 있어 향기는 누각에 가득한데,	更有碧荷香滿閣,

관아 술로 깊은 근심 씻어내지 못해 한스럽네.　　　恨無官酒瀉幽憂.

　　관원은 부들인지 버들인지 혼동되는 유월, 청풍이 연꽃 향기를 실어오
는 의금부 청사에 있다. 죄인들을 고신하고 다스리는 곳이라고는 볼 수 없
을 정도로 극한 대비를 이루어 놓았다. 이러한 모순관계를 설정하여 자신
은 이곳에 어울리는 사람이 아니란 말을 하고 싶은 것인가? 이런 날은 관
아의 술이라도 마시면서 아름다운 풍경을 맞이해야 하거늘 의금부에서 형
법서와 소송문서에 얽매여 있다는 푸념으로 읽어야 할 것인가? 3구에서
'푸른 연은 있는데[有碧荷]'와 4구에서 '관아의 술은 없다[無官酒]'라고 하
는 극한 대치는 결국 '한(恨)'을 만들어 내고 있는 구조이다.

31. 박훤 시고(詩藁) 권두에 지음(題朴萱詩藁卷面)

이 칠언절구는 『밀산세고』에 42번째로 수록되어 있고, 나머지 편집본과도 순서만 다를 뿐 다른 시제나 내용상의 변화는 없다. 문제는 박훤이 누구냐는 것이다. 『사마방목』에 따르면, 중종조에 사마시에 합격한 자들 중에 두 명의 박훤(朴萱)이 있다. 한 사람은 회재(晦齋) 이언적(李彦迪, 1491~1553)과 같이 1513년(중종 8)에 2등으로 합격한 사람으로, 자는 자방(子芳)이고, 본관의 문의(文義)이며 선산(善山)에 거주했다고 한다. 또 한 사람은 1534년(중종 29) 식년생원시에 3등으로 합격했고, 자는 낙이(樂而)이며, 부친은 박서림(朴書林)으로, 본관은 밀양이고, 삼가(三嘉)에 거주했다고 기록되어있다.

관서로 갔던 기록은 모두 주옥같아	關西行錄揔珠璣,
구름사다리에 앉은 듯 마음은 날아가네.	如坐雲梯意欲飛.
알려준 강산들 꼭 기억해 두었다가	爲報江山須記取,
재송정 옛 길로 취해 돌아가리.	栽松古道醉中歸.

시의 내용으로 보아 관원이 이 시를 지을 당시 시의 주인공은 살아있었던 것으로 보인다. 따라서 밀양박씨의 박훤일 가능성이 더 크다. 대관령을 중심으로 관서와 관동으로 나누는데, 이 시기에 '관서'라고 하면 평양부를 중심으로 한 평안도를 지칭하는 말로 쓰였다. 첫 구에 의하면 박훤이란 사람이 관서[평안도]에 다녀온 기록[기행시들이 수록된 시권 같은 것으로 추정됨]을 남겼다. 그 시권을 관원에게 보여주었고, 관원은 그 시권을 보고 구름 사다리[雲梯]에 앉은 듯 했다고 당시의 느낌을 적어 두었다.

　마지막 구의 '재송(栽松)'은 첫 구에서 '관서'라고 했으므로 재송원(栽松院)을 가리키는 것 같다. 『관서읍지(關西邑誌)』「평양1」에 따르면, 재송원은 부의 남쪽 11리에 있으며, 원 옆에는 소나무 수 십 그루가 심겨져 있는 전별의 땅이 있어, 재송정이라고도 한다고 하였다. 이로써 관원은 박훤 그대가 소상하게 알려준 그곳의 강과 산을 잘 기억해두었다가 훗날 재송정 옛 길을 따라 가보겠다는 바람이 담겨있다. 박훤이 보여준 시권 속에서 재송정에서 지은 시가 가장 마음에 들었던 모양이다.

32. 방가모정에 지음(題方家茅亭)

여기 모정(茅亭)에 지은 시는 『밀산세고』 43번째로 수록되어있고, 부록본과 단행본의 시제도 동일하다. 문제가 되는 것은 '방가'의 해석이다. '방씨의 집'으로 보아야 할 것인지, 학식이 있는 사람을 지칭할 때 쓰는 표현인 '대방가(大方家)'로 읽어야 할지부터 의문이다. 모정은 어디에나 있다. 그리고 관원은 경기, 전라도, 경상도, 평안도, 함경도 등 발걸음이 닿지 않은 곳이 없을 정도이다. 규장각 지리지 데이터베이스에는 방씨 소유의 모정은 찾을 수 없었다. 그렇다고 대방가의 모정이라고 하면 범위가 더욱 막연해 진다.

십이 년전 이 정자에서 술을 마시며 　　　　　十二年前飲此亭,
주인장의 풍도에 함께 형상을 잊었었네. 　　主翁風度共忘形.
산배나무 한 그루 꽃이 피어 두루 퍼지고, 　山梨一樹花開遍,
늙어감에 넓은 마음은 옛 법도이런가. 　　老去寬心是典刑.

관원은 첫 구에서 밝히고 있는 것처럼 12년 전에 이곳을 방문해 술을 마셨다. 그때 주인장의 풍도는 너무나 훌륭해 서로의 격식을 잊을 정도였다. 여기에서 관원은『장자·양왕(讓王)』에 "정신을 보양하는 자는 형체를 잊고, 형체를 기르는 자는 이욕을 잊으며, 도를 터득한 자는 마음을 잊는다.(養志者忘形, 養形者忘利, 致道者忘心矣.)"라고 한 말을 떠올려, 용모나 지위, 나이 등 외적 조건에 얽매이지 않고 의기투합한 절친한 교분을 상징하는 '망형(忘形)'이란 단어를 차용했다. 그리고 12년 뒤에 다시 찾으니, 돌배나무 한 그루 꽃이 피어 향기를 날리고, 주인도 변함없이 더 관대함으로 관원을 환대해주었다고 노래하고 있다. 지역을 특정할 만한 근거는 전혀 없다. 다만 돌배나무는 우리나라 중부이남 700미터 이하의 산록에 자생한다고 한다. 이로써 전라도나 경상도를 지역 범위로 잡을 수 있겠지만, 여러 연행록에서도 이 돌배나무[山梨]는 자주 등장한다.

김정(金淨, 1486~1521)의『충암선생집(冲庵先生集)』권2에는「원정에게 가서 지은 연구(足猿亭聯句)」란 시가 수록되어있다. 시 아래 달린 부기에는 "원정은 최수성(崔壽峸, 1487~1521)의 자호로, 고봉(孤峯)은 구병산(九屏山) 기슭에 있는데, 일찍이 이 아래 복거(卜居)했기 때문에 자호한 것이다."라고 하였다. '연구'란 시를 1연씩 번갈아 짓는 방식이므로, 최수성이 먼저 "고봉 봉우리에 원정이 있고, 정자는 고봉을 얻어 눈을 밝게 열어주네.(孤峯峯上有猿亭, 亭得孤峯眼割明.)"라고 하자 충암 김정이 "두 사람 마주 보고 무슨 말을 할까. 말도 잊고, 미소도 잊고, 감정도 잊었네(相對兩人何許者, 忘言忘笑又忘情.)"라고 시를 이어가고 있다. '망언', '망소', '망정' 잊을 건 다 있었다. 그래서 관원은 '망형'이라 하였을까? 분명 관원이 두 차례나 찾았을 때 원정 최수성도 충암 김정도 없었다. 그들이 남긴 연구는 정자에 남아 있었을 가능성이 있다. 이곳은 모정과 어떻게 연결될까? 이곳은 어디일까?

『경기지(京畿誌)』(규 12178)의 진위현(振威縣) 기술에 따르면, "모정령(茅亭嶺)은 현의 남쪽 11리에 있다. 용성군(龍城君) 최자반(崔子泮)이 모정을 지어 경영했으나 지금은 없어져 그 터를 고증할 자료가 없다.(茅亭嶺在縣南十里. 龍城君崔子泮刱營茅亭, 廢破積久, 無以憑驗基址.)"라고 하였다. 이어서 "원정령(猿亭嶺)은 현의 서쪽 11리에 있다. 산은 가파르고 웅장한 암반이 수 리에 걸쳐 있다. 동쪽으로는 모정(茅亭)의 고개에 접해있고, 서쪽으로는 항곶교(項串橋)를 빗겨있으며, 남쪽으로는 부락산(負樂山)을 끌어당기고, 북으로는 장호천(長好川)을 누르고 있다. 최수성(崔壽峸)과 최자반이 이곳에 올라 경치를 감상했다. 원천(猿泉)은 원정 북쪽 기슭에 있는데, 샘물이 솟아나고 푸른 원숭이가 자생했다. 최수성이 그림을 그리고 글을 쓸 때, 푸른 원숭이가 벼루 물을 받들어 서로 친해졌다고 한다. 지금도 옛 샘물이 있다. 광해군이 나라를 그르친 죄가 모두 최수성에게 나왔다고 하여, 조정에서 논의하여 극형에 처해졌다.(猿亭嶺在縣西十一里. 有山峭峻雄盤数里. 東接茅亭之嶺, 西控項串橋, 南引負樂山, 北抱長好川. 崔壽峸與崔子泮登斯, 翫景. 猿泉在猿亭北麓, 有泉湧出, 青猿自出. 崔壽峸啚畫作書時, 青猿奉硯水相親云. 今有古泉矣. 光祖誤國之罪, 皆出於壽峸云, 朝廷論以極刑.)"라는 기록을 남겨두고 있다.

여기 진위현(振威縣)은 오늘날 경기도 평택시와 오산시 남쪽 경계에 있던 현으로, 관원은 이곳에 제영시를 남기기도 했다[52]. 이 제영시를 쓸 때가 여기서 말한 12년 전일까? 이상으로 종합하여 볼 때, 여기의 모정은 진

경기도 진위군. 『경기도진위군읍지여지도
성책』, 1899. 규장각 10714. 언급한 지명들
은 이 지도에 나타나 있지 않다. 위치는 남
단 "평택계"로 표기된 부근이다.

위현 최자반이 지은 모정일 수 있다. 그 후 방씨 집에서 경영해오다가 퇴락한 것으로 추정해 볼 수 있다. 하지만 '방가'에 대한 해석은 여전히 의문으로 남는다.

33. '탄금도'에 지음(題彈琴圖)

그림에 시를 지은 일종의 '제화시(題畵詩)'는 『밀산세고』 44번째 수록되어있다. 또한 부록본과 단행본에도 "사람이 강가 누각에서 금을 타고 있고 울타리 밖에서 나그네가 몰래 듣고 있는 모습을 그리고 있다(題彈琴圖畵人彈琴江閣, 籬外有客竊聽)."라는 그림 설명이 부기되어있다. 이러한 제화시는 많이 남아있는 것은 아니기 때문에 상당한 가치가 있다.

다 타고 난 평상 맡의 녹기금!	彈盡床頭綠綺琴,
난간 밖 저녁 강이 깊은 줄 모르네.	不知欄外暮江深.
누가 경세(經世)에 마음 없어진지 오래다 했던가.	誰言經世無心久,
이미 울타리 가엔 몰래 음을 감상하는 자 있거늘.	已有籬邊竊賞音.

『명종실록』 30권, 명종 19년(1564) 6월 11일[신사] 첫 번째 기사에 따르면, 패초(牌招)를 받고 예궐하여 그림 23폭을 나누어 받고, 칠언율시 2수를 지어 바친 것을 확인할 수 있다. 이때 부름을 받은 신하들로는, 홍섬(洪

遲·윤춘년(尹春年)·정유길(鄭惟吉)·민기(閔箕)·박충원(朴忠元)·오상(吳祥)·심수경(沈守慶)·김귀영(金貴榮)·윤의중(尹毅中)·박계현(朴啓賢)·홍천민(洪天民)·정윤희(丁胤禧)·유전(柳㙂)·김계휘(金繼輝)·최옹(崔顒)·심의겸(沈義謙)·이산해(李山海)·이후백(李後白)·기대승(奇大升)·신응시(辛應時)등이 있었다. 이때 상은 "우리나라는 과거를 중히 여긴 까닭, 지난해에 이 그림을 그리고 시문(詩文)을 쓰려고 하였으나, 그렇게 하지 못하였다. 이제 비로소 경들에게 내려 주니, 칠언율(七言律) 2수(首)를 제진(製進), 각기 비단 위에 수필(手筆)로 쓰고, 또 말단(末端)에는 직함(職銜)을 갖추어 적고 봉교 제진(奉敎製進)이라고 쓰라."라는 어명을 내렸다고 기록하고 있다. 이로써 볼 때 관원은 이 「탄금도」란 그림을 받았을 가능성이 크다.

이 「탄금도」는 백아(伯牙)와 종자기(鍾子期)의 고사를 그린 「백아탄금도(伯牙彈琴圖)」였을 것이다. 홍귀달(洪貴達, 1438~1504), 『허백정집(虛白亭集)』 권1에는 「궐 안에 있는 '백아탄금도'에 제함. 분부를 받들어 지음(題內畫伯牙彈琴圖. 奉敎製)」라는 시가 보인다. 허백정은 다음과 같이 그림에 시를 지었다.

천장의 노목은 십무의 그늘을 드리웠고,	老木千章十畝陰,
대나무 울타리의 띠집은 운림을 사이에 두고 있네.	竹籬茅屋隔雲林.
모양은 둘 다 잊고 가까이 사슴이 놀고 있고,	形骸兩忘近遊鹿,
백년의 심사 꾸밈없는 금에 비껴가네.	心事百年橫素琴.
들 노인 찾아 와도 아는 얼굴인데,	野老來尋曾識面,
풍진세상 어디에서 지음을 찾을 쏜가.	塵寰何處訪知音.
상봉에 말하지 않고 서로 마주보니,	相逢不語但相對,

산은 절로 창창하고 물도 절로 깊어라.   山自蒼蒼水自深.

관원의 시는 절구로 여기 허백당의 칠언율시와 같은 운자를 사용하고 있음을 확인할 수 있다. 아마도 관원이 받은 「탄금도」에는 허백당의 시가 적혀져 있었을 것이다. 관원은 그 시에 영감을 얻어 이 시를 지었다고 생각한다. 관원의 시에는 그림 속의 금(琴)을 '녹기금(綠綺琴)'이라 표현하였는데, 이 금은 한나라 때 사마상여(司馬相如)가 「옥여의부(玉如意賦)」를 지어 양왕(梁王)에게 바치자, 양왕이 기뻐하여 하사했다는 금이다. 관원은 평상 끝에 연주를 다 마친 금을 의인화하여 난간 밖에 날이 저물었는지도 모른다고 서정미를 끌어올렸다.

이어서 관원은 『논어·양화(陽貨)』에 나오는 말을 상기시킨다. 공자가 자유(子游)가 다스리던 무성(武城)에 가서 거문고를 타며 노래하는 소리를 들었다고 한 것은 자유가 그곳을 잘 다스렸다는 말이다. 관원의 제3구에 나오는 '경세(經世)'는 이를 말하고 있는 것이다. 그리고 반문한다. 그 음을 알아듣고 있는 사람이 울타리 밖에 있거늘 누가 세상사에 마음 접었다고 하는가라고 말이다.

34. 아우 명치가 그린 대나무에 지음^{용현}(題舍弟鳴治畵 竹^{用賢})

『밀산세고』에 45번째로 수록된 시이다. '용현(用賢)'이란 부기는 달려있지 않다. 따라서 이후 편집하는 사람들이 넣은 것이다. 아우 용현은 앞서 14번째 시인 「참군 아우를 곡함^{용현}(哭參軍弟用賢)」에서 보았다. 명치(鳴治)는 관원의 둘째 아우인 박용현(朴用賢, 1538~1579)의 자(字)이다. 이 시제로만 볼 때, 용현은 그림을 그리는 재주도 갖고 있었던 것으로 보인다. 심지어 관원은 아우의 그림이 아계(鵝溪)의 그림과 견줄 만 하다고 평가한다. 아계는 이산해(李山海, 1539~1609)의 호이다. 선조시기 '문장팔가(文章八家)'로 손꼽혔고, 대자(大字) 글씨와 산수화에도 뛰어났다.

옥처럼 서있는 천 그루 대나무엔 안개 걷히지 않고,	玉立千竿烟未收,
바위 사이 세 물줄기 더 세차게 흐르고 있네.	石間三派更奔流.
청고한 기운과 색조는 있는 그대로이니,	清高氣色如平素,
한 폭의 아계그림 만 가지 시름 자아내네.	一幅鵝溪萬段愁.

관원의 아우는 셋이다. 위로부터 응현(應賢), 용현(用賢), 호현(好賢)이다. 이를 염두에 둔 관원은 옥처럼 서있는 천 그루의 대나무와 바위 사이로 세차게 흐르는 세 물줄기라고 하며 아우들의 군자다움을 대나무와 바위로 표현했다. 이어서 그림처럼 순결하고 고상하다[淸高]고, 부담 없이 소박하다[平素]고 하였다. 그러니 그 그림을 바라보고 있는 맏형의 가슴은 '안개가 걷히지 않았기' 때문에 아우들 생각으로 가득 차 있었다.

35. 원오(圓悟)의 시축에 지음(題圓悟詩軸)

승려의 시축에 쓴 이 시는 『밀산세고』에 46번째로 수록되어있다. 다른 판본과 상이한 점은 없다. 원오스님에 대해 알려진 것은 전혀 없다. 범해 (梵海)의 『동사열전(東師列傳)』 권2에 따르면, 벽송(碧松, 1464~1535) 선사의 제자로만 알려져 있다.

도봉산 산색은 천 길 푸르고,	道峯山色千尋碧,
절 밖 안개와 놀은 최상층에 있네.	寺外烟霞最上層.
나월과 송풍 청정한 경계에,	蘿月松風淸境界,
이제야 느끼겠네. 한적한 승려가 있음을.	如今始覺有閒僧.

관원은 원오스님에 있는 곳을 도봉산임을 밝히고 있다. 그곳을 '나월(蘿月)'이 우거진 곳으로 표현했는데, 나월은 여라(女蘿)의 덩굴 속으로 보이는 밝은 달을 가리킨 것으로, 전하여 고향의 풍광이나 은자(隱者)의 처소를 상징할 때 즐겨 사용한다. 도봉산의 산 색은 있는데, 최상층에 올라보니 안

개와 놀뿐 아무것도 없다. '유무'의 극적 대비를 이어 나월과 송풍 속에 어떠한 사람흔적 느끼지 못했는데, 그곳엔 스님이 있더라는 깨달음이다. 없으면서도 있고 없으면서도 있는 선승의 경계를 잘 표현한 절구이다.

관원의 부친인 낙촌 박충원의 스승이었던 복재(服齋) 기준(奇遵, 1492~1521), 『덕양유고(德陽遺稿)』권1에는「임방암(臨方菴)」이란 시가 실려 있는데, 관원과 같은 시운을 사용하고 있다. 같은 스님의 같은 시축에 관원이 복재선생의 운자를 빌려 지은 것이 아닐까 한다.

판잣집 쓸쓸하게 때 늦은 등라에 덮여있고,	板屋蕭條覆晚藤,
가을 봉우리 서로 돌아 푸름이 층층이네.	秋岑回互碧層層.
산새들 일모에 선방에 둥지를 틀었고,	山禽日暮巢禪榻,
꽃 떨어진 빈 연못엔 스님 보이지 않네.	花落空潭不見僧.

36. 지능의 시축에 차운하여 지음(次題智能詩軸)

『밀산세고』47번째 수록된 이 시는 「지능의 시축에 차운하여 지음(次題
智能詩軸)」이라고 하였지만, 부록본과 단행본에는 '차(次)'자를 빼버렸다.
단순한 실수인지 교정한 것인지 알 수 없다. 두 편집본이 모두『밀산세고』
를 기준으로 하고 있으므로, 그에 따라 '차'자를 보충하였다. 지능에 관한
사적은 전혀 알려진 바 없다.

공명에 취해 내 금어선화대를 찼지만,	功名醉我帶橫金,
사물 밖 구름 산을 오래 찾지 못했네.	物外雲山久莫尋.
문득 산승이 와서 시를 탐문하니,	忽有山僧來問字,
황홀하게 이 몸 숲속에 있네.	怳然身世在中林.

관원은 자신이 공명을 추구하여 횡금(橫金)의 지위에 이르렀음을 밝히
고 있다. '횡금'이란 직학사(直學士)·정시랑(正侍郎)·급사중(給事中) 등이 어
부(魚符) 없이 금어선화대(金御仙花帶)만 차는 것을 말한다. 한편 한림학사

이상 정상서(正尙書)들이 금어선화대에 어부까지 차는 것은 '중금(重金)'이라고 한다. 어부는 왕명을 받은 사신이나 지방관이 차고 다니는 부절(符節)인데, 호부(虎符)·죽부(竹符)와 같은 말이다. 이런 지위에 올랐건만, 평소 물러나 한적함을 누리려했던 소망은 희생되었다고 고백한다.

물외(物外)가 있으면 물내(物內)도 있을 것으로 생각하면 쉽다. '물외'란 세상 밖이란 뜻으로 세속 밖으로 초탈하는 것을 말한다. 관원은 당나라 왕유(王維, 699~759)의 「도원행(桃源行)」에서 "주민들은 모두 무릉도원에 살면서도, 또 사물 밖을 좇아 전원을 일으켰네(居人共住武陵源, 還從物外起田園)."라는 시구를 떠올렸다. 또 운산(雲山)은 먼지 세상을 벗어난 곳으로 은자들이 거처하는 곳을 상징한다. 관원은 다시 당나라 원진(元稹, 779~831)의 「수구산 어지에서 스님들에게 보여줌(修龜山魚池示衆僧)」에서 "운산에서 불경 보는 것을 싫어하지 마시오. [그것이]바로 부생들이 득도할 때이니(雲山莫厭看經坐, 便是浮生得道時)."라고 한 시구로 이미지를 이어갔다. 이러한 연상 작용을 통하여 관원은 이미 산 속에 들어가 있음을 느낀다.

마지막의 '문자(問字)'란 표현은 양웅(揚雄)의 고사를 담고 있다. 한나라 성제(成帝) 때의 문호 양웅은 사람됨이 소탈하였으며, 젊어서부터 문장을 잘하여 이름을 떨쳤다. 특히 고자(古字)를 아주 잘 알았다고 한다. 양웅이 병으로 인해 집에 있을 적에 집안이 아주 가난하여 좋아하는 술을 마실 수가 없었다. 그런데 거록(鋸鹿)에 사는 후파(侯芭)란 사람이 항상 술을 가지고 다니면서 양웅에게 어려운 고자를 물었으며, 『법언(法言)』, 『태현경(太玄經)』 등을 배웠다는 이야기에서 나온 표현이나, 여기서는 스님이 시축을 들고 다니면서 명사들의 시를 청해 받는 것을 말한다.

37. 이잠계전인 시에 차운하여 4수(次李潛溪全仁四首)

여기 잠계(潛溪) 이전인(李全仁, 1516~1568)의 시운을 빌려 쓴 4수의 연작시는 『밀산세고』와 부록본에 수록되지 않았다. 단행본으로 만들 때, 『잠계유고(潛溪遺稿)』에서 찾아 보충한 것으로 보인다. '잠계'는 이전인의 호이고 그의 자는 경부(敬夫), 바로 회재(晦齋) 이언적(李彦迪, 1491~1553)의 아들이다. 잠계는 부친의 신원회복과 임금의 은전이 내려지기까지 도와준 관원에게 감사의 시를 보냈던 것으로 추측된다. 불행이도 현전하는 『잠계유고』에는 찾을 수 없다.

[37-1]

공께서는 덕도 있고 문장도 있는데다	乃公有德有文章,
그대와 같은 아들이 있어 허물어짐이 없었네.	有子如君亦不亡.
집안에 전해지는 유물은 원래 변역이 있겠지만,	家傳靑氈元有易,
세심대의 물기는 긴 수원을 가지고 있었네.	洗心臺水有源長.

관원은 회재선생의 집안이 그 대에서 끝나지 않고 이렇게 이어지는 것은 잠계의 덕과 문장이 있었기 때문이라고 칭찬했다. 대대로 내려오는 유물[청전(靑氈, 푸른 담요)] 같은 것이야 시대의 흐름에 따라 바뀔 수 있지만, 회재가 남긴 정신적 가치는 유구한 것이므로, 부디 마음을 잘 씻어 잘 간직하는데 힘쓰라는 조언을 하고 있다. 주목할 만한 것은 '세심대'라는 하나의 고유명사를 시구에 활용해 넣어 또 다른 의미를 자아내는 방식이다. 3번째 시에서도 이러한 수사법은 활용되고 있다.

[37-2]

그대가 충효하여 가정을 얻은 것에 감동하노니,	感君忠孝得家庭,
초야의 절박한 생각을 마음으로 쏟아냈다네.	草野危悰寫出情.
한 번에 성명께서 포장하는 말을 내려 주셨으니,	一自聖明褒誥降,[15]
구천 황천길 또한 은혜롭고 영광스럽게 되었다네.	九原泉路亦恩榮.

부친인 회재 이언적이 양재역벽서(良才驛壁書) 사건으로 유배된 뒤에 화가 집안 전체에 미치지 않고 보전된 것과 유배지에서 지극정성으로 부친을 봉양한 것을 언급했다. 이어서 회재 선생이 폄적된 뒤 7년 만에 죽자, 1566년 회재 선생이 생전에 써 놓은 「진수팔조(進修八條)」를 중심으로 간절한 상소를 올려 임금을 감동시켰기 때문이 오늘날 이러한 영광이 있게 되었다고 잠계의 노고를 격려하고 있다.

••••

15 저본의 '고(誥)'자는 『잠계유고』에 '어(語)'자로 되어있다. 공교롭게도 자형이 비슷하고 문맥에도 큰 변화가 없어 어느 것이 선본인지 판단하기 어렵다.

[37-3]

몸은 고향과 고국을 떠나서 가는 길 얼마나 더뎠을까.	身辭鄕國去遲遲,
서쪽 변방에서 아홉 번 죽어도 나를 알아주지 않았다네.	九死西陲莫我知.
십오 년 이래 아름다운 시편을 읊조리니,	十五年來吟玉韻,
징심대로 흘러내리는 물소리 슬프구나.	澄心臺下水聲悲.

관원이 회재 선생의 포장(襃獎)을 임금께 아뢴 것은 1567년(선조 즉위년) 12월이고, 11월에는 이미 선생이 남긴 글을 수습하라는 명이 있었다. 이듬 해 2월에 대광보국숭록대부(大匡輔國崇祿大夫, 조선 최고의 품계) 의정부 영 의정에 추증되었다. 관원은 회재선생이 강계라는 서북방 모퉁이로 가는 유 배 상황을 떠올렸다. 아홉 번 죽었다는 것은 그곳에서의 유배기간을 암시 하고, 그러면서도 아무도 그를 알아주지 못했다는 점을 슬퍼하고 있다. 그 리고 관원은 15년을 회재 선생의 주옥같은 시문을 읽어보니, 그 마음을 맑 게 해주는[澄心] 소리가 자신을 감회에 젖게 한다고 하였다. 관원은 1555년 (명종 10, 32세) 7월에 경상좌도에 평사로 나갔었다. 그때 회재 선생의 시문 을 접했을 것으로 보면, 그로부터 15년이라면 1570년 정도가 이 시를 지은 시기로 추정해 볼 수 있을 것이다.

[37-4]

자옥 산중 정혜암에	紫玉山中定惠庵,
지인(至人)께서 독서하던 감실 아직 남아있네.	至人猶有讀書龕.
누가 옛날 명성(明誠)한 곳인 줄 알랴!	誰知昔日明誠地,
함양하신 이전 공(功) 한 아드님에게 남아있네.	涵養前功在一男.

174

관원은 자신이 직접 찾아 회재선생의 숨결을 느껴보았던 자옥산의 곳곳을 파노라마처럼 회상하면서, 세심대와 징심대를 언급했다. 이제는 정혜암을 언급하고 있다. 『잠계유고』에서는 정혜암의 '정혜'를 관원은 '淨慧' 또는 '淨莣'으로 표기했지만, 잠계는 '定惠'라고 옮겨 놓고 있다. 이곳이야 말로 회재선생이 진실한 본성을 궁리한[明誠] 곳이라고 천명한다. '명성'이란 『중용』의 핵심어로, "성실함으로 말미암아 밝아짐을 본성이라 이르고, 밝음으로 말미암아 성실해짐을 가르침이라 이르니, 성실하면 밝아지고 밝으면 성실해진다.(自誠明, 謂之性; 自明誠, 謂之敎. 誠則明矣, 明則誠矣.)"라는 의미를 담고 있다. 마지막으로 관원은 이렇게 훌륭하신 지인(至人)의 공을 잠계 그대가 잘 간직하고 있다는 자긍심을 일깨워 주고 있다.

38. 무제(無題)

『밀산세고』에 '무제'란 제목아래 48번째 수록된 2수는 시의 형식이 다르다. 첫 번째 시는 칠언절구이고 두 번째 시는 오언절구이다. 여기 칠언절구는 당(塘), 향(香), 상(裳) 모두 평성운인 양(陽)운에 속하지만, 오언절구는 면(眠)과 전(傳)자는 평성운 선(先)운에 속하므로, 사용하는 운자도 다르며, 내용 또한 완전히 다른 별개의 시이다.

바람은 조각 난간을 지나고 달은 못에 가득한데,	風度雕欄月滿塘,
이 세상엔 풀은 없어도 연꽃 향기 이르네.	世間無草到蓮香.
가련하여라! 한 밤중 연꽃 이슬이여!	可憐夜半紅衣露,
시선의 흰 연뿌리 같은 옷을 적시려하는가.	欲濕詩仙白藕裳.

한편 부록본에는 이 '무제'시 아래 "이하 5수는 관백집에서 뽑았다(以下五首選灌白集)"라는 설명을 붙여두고 있다. '관백집'이란 관원의 부친인 박충원(朴忠元)과 조사수(趙士秀)가 주고받은 시집인 『영해창수록(嶺海唱酬

錄)』부록으로 편집된,『관원백호창수록(灌園白湖唱酬錄)』을 말한다. '5수'
는 여기「무제」시를 포함하여「임평사의 '당귀초' 시운을 빌려(次林評事當
歸草韻)」[39],「임평사의 '화병의 연꽃' 시를 차운함(次林評事瓶蓮韻)」[40],
「임평사의 '술회' 시운을 빌려(次林評事述懷韻)」[41],「조송강사수께 올림(上
趙松岡士秀)」[42]를 말한다. 이「무제」시는『관원백호창수집』에 들어있는 것
이 아니라 정확히『밀산세고』에 들어있다. 부록본 편집자들의 착오로 생각
된다. 어쨌든 부록본의 편집자들이『밀산세고』의 두 번째 시를 따로 떼어,
오언시를 배열한 곳으로 옮겼던 것으로 본다.

　사실 이 시는『밀산세고』가 아니라면, 관원의 시로 추정할 만한 어떠한
단서도 담고 있지 않다. 바람은 조각한 난간을 지나고 달은 연못에 가득하
다고 하면서 동정(動靜)을 고루 분배했다. 밤이니 세상엔 풀은 보이지 않으
나 불어온 바람에 연꽃 향기가 전해진다. 여기서는 무(無)와 유(有)의 대비
를 이루고 있다. 3구에서는 당나라 허혼(許渾)이「늦가을 운양역 서정의 연
지(秋晚雲陽驛西亭蓮池)」에서 "안개가 취선에 걷히니 청풍 부는 새벽이요,
물이 홍의에 잠기니 백로 내리는 가을이로다.(煙開翠扇淸風曉, 水泥紅衣白
露秋.)"라고 묘사했던 것처럼 연꽃을 '홍의(紅衣)'라고 표현하며, 이슬에 젖
는 연꽃을 애달프게 바라본다. 시선(詩仙)이라고 하면, 곧 이백(李白)을 떠
올리는데 여기서는 백호 임제를 말하는 것으로 보인다. '백우(白藕)'란 흰
연뿌리로, '흰 연뿌리 옷[白藕裳]'이란 표현은 매우 보기 드문 조합으로, 여
름에 입는 헐렁한 옷을 흰 연뿌리에 비유한 것으로 생각한다. 한편 '백우'
는 또 다른 의미를 함축하고 있을 지도 모른다. '백우'는 결국 백련(白蓮)이
므로, 백련을 무척이나 사랑했던 백거이를 지칭하는 것으로 사용했을 수도

있다. 백거이는 소주(蘇州)에 있을 때 백련 몇 가지를 낙양에 부쳤고, 소주를 떠날 때에도 백련을 가져와 낙양에 심었다. 그 시가 바로 「종백련(種白蓮)」이란 걸작이다.

관원의 시어들은 진부한 것은 사실이다. 그러나 각 이미지의 조합들은 중국시에서도 찾아보기 힘든 창조적 결합이다. 만약 '백우' 또는 '백련'로서 백거이를 지칭했다면, 관원은 백거이의 또 다른 전형적 이미지를 창조해 냈다고 할 수 있을 것이다. 관원 시편들의 탁월함은 여기에 있다고 하겠다.

관원이 연꽃을 노래한 이 칠언절구 뒤에 나오는 40.「임평사의 '화병의 연꽃' 시를 차운함(次林評事瓶蓮韻)」시의 이전 작품으로 연결되는 것처럼 보인다. 연(蓮)을 무척이나 좋아한 것으로 보이는 백호 임제는 연못에서 연꽃을 따서 화병 속에 넣어두었고, 그 연꽃을 보며 관원에게 시를 보냈던 것으로 추측해 본다.

39. 임평사의 '당귀초' 시운을 빌려(次林評事當歸草韻)

    이 차운시는 『밀산세고』에는 들어있지 않고, 『관원백호창수집』에서 뽑아 온 것으로 부록본과 단행본에 수록되어있다. 제목에서 보는 것처럼 백호 임제의 '당귀초'란 시의 운자를 빌려 지은 것이므로, 백호의 원운시를 먼저 보는 것이 좋다. 원운시는 단행본 권2에 수록되어있지만, 여기에 옮겨 놓는다.

2-5. 「'당귀초' 절구 한 수를 지어 관원(灌園)께 올림(當歸草一絕奉呈灌園)」

거친 옷으로 공명을 도모하시던 웅지 시든 것은	短褐圖名壯志衰,
고향에서 늙어감이 이전 약속이기 때문이네.	故山投老本前期.
작은 화분에 당귀초를 직접 심어서	小盆手種當歸草,
깊은 암곡에 봄비 내릴 때를 상상해보네.	坐想幽巖春雨時.

관원이 호남에 내려와 돌아가지 못할까 내지는 이곳에 오래 머무르지는 않을까 걱정하는 심정을 백호가 알아채고, 작은 화분에 당귀[돌아가야 한다는 의미]를 심어 관원에게 위로차 전해주면서 보낸 시로 읽힌다. 최표(崔豹)의 『고금주(古今注)』에 따르면, "옛사람들은 작약으로 서로 이별하였고 문무(文無)로 서로 붙들었다. '문무'는 당귀(當歸)라고도 하는데 반드시 돌아온다는 뜻이며, 작약은 일명 장리(將離)라고도 하는데, 장차 헤어진다는 뜻이기 때문이다."라고 한 것을 참고할 만하다.

돌아가야 하나 가지 못하니 나는 더욱 시들어 가는데,　當歸不去甚吾衰,
풍진세상을 벗어날 기약이 없구나.　離却風塵未有期.
한 줌 흙, 외로운 뿌리 시들기 십상이니,　寸土孤根容易悴,
심산에서 비올 때를 기다려야 하겠네.　深山須待雨來時.

관원은 "돌아가야 한다[당귀]"는 말로 시작하는 것을 보면 백호가 관원의 마음을 잘 헤아리고 있음을 알 수 있다. 그렇지만 자신의 복귀를 알리는 메신저는 도착하지 않는다. 한 줌의 흙에 심어준 당귀는 시들기 십상이다. 하지만 관원은 그 화분에 물을 주는 것이 아니라 산 전체에 비가 내릴 때를 기다릴 것이라고 말한다. 말하자면 심산에 비가 내리면, 작은 화분에도 비가 내릴 것이므로, 왜구의 소동이 잦아들면 당연히 돌아가게 될 수 있을 것이라고 생각하는 것이다. '외로운 뿌리[孤根]'에서 '당귀(當歸)'로 이어지는 연쇄 고리는 비[雨]이다.

40. 임평사의 '화병의 연꽃' 시를 차운함(次林評事甁蓮韻)

이 차운시 또한 『밀산세고』에는 수록되어 있지 않지만, 부록본의 편집자들이 『관원백호창수집』에서 뽑아온 시이다. 백호가 보낸 시의 운자를 빌려 화답한 시이므로 백호의 원운시를 먼저 감상하는 것이 좋다. 단행본 권 2에 수록된 시를 여기에 옮겨 놓는다.

2-7. 「화병의 연꽃을 읊음(詠甁蓮)」 백호(白湖)

연못인들 어떻고 화병인들 탓하랴.	不怨池塘不怨甁,
농염한 꽃 쉬이 시들까 걱정일 뿐.	只愁濃艶易飄零.
붉은 얼굴엔 여전히 삼생의 취몽을 띠었으니	紅顔尙帶三生醉,
초택의 누군들 감히 홀로 깨어 있으랴.	楚澤何人敢獨醒.

백호는 연못에서 따온 연꽃을 화병에 꽂아두고, 이중적 의미를 담아 연 못이면 어떻고 화병이면 어떻겠는가? 문제는 연꽃이지라고 한다. 말하자 면 관원이 조정에 있건 남쪽 변방에 있건 무슨 상관인가. 바로 관원 당신

의 마음이 시들까 걱정이라는 말도 된다. 이어서 백호는 전생, 현생, 내생을 일컫는 '삼생'이란 불교 용어를 끌어와 연꽃과 연결하고, 이렇게 기나긴 삼생도 깨닫고 보면 한바탕 취한 꿈[醉夢]일 뿐이라고 하였다. 그러면서 백호는 다시 옛날 초나라 굴원이 시들어 갔던 모습을 '초택(楚澤)'이란 단어를 사용하여 환기시켰다. '초택'은 초나라에 있었던 일곱 호수(또는 못)를 말하는데, 이후로 초나라 땅 또는 초나라 땅의 호수를 지칭하는 말로 쓰였다[백호의 시에서는 호남지방을 의미함]. 이어서 '독성(獨醒, 홀로 깨어있음)'과 연결하여 굴원이 「어부사(漁父辭)」에서 "온 세상이 다 혼탁한데 나 홀로 깨끗하고, 모든 사람이 다 취했는데 나 홀로 깨었는지라, 이 때문에 쫓겨났노라.(擧世皆濁, 我獨淸; 衆人皆醉, 我獨醒, 是以見放.)"라고 표현했던 것을 묻고 있다. 이점을 알았다면 어찌 술을 마시지 않고 홀로 깨어있을 수 있겠느냐는 것이 백호의 권유이다. 백호의 이 시를 조금 돌려 말하면, 관원 그대 조정에서 쫓겨났다는 생각에서 좀 벗어나시오. 나라를 다스림에 조정이니 지방이니 따질 것이 뭐 있소. 이왕지사 여기에 오셨으니 더불어 동고동락할 생각을 하셔야지 그렇게 돌아갈 생각만 하며 홀로 고상한 척하면 안 된다는 충고로도 읽힌다. 관원은 어떻게 이해했을까?

연꽃을 꺾어 흰 옥 화병에 꽂았더니,	折揷蓮花白玉瓶,[16]
붉은 꽃의 촉촉함은 다하고 이슬 꽃 떨어지네.	紅花濕盡露華零.
속은 비었어도 밖은 곧은 것을 그대는 아는가?	中通外直君知否,

. . . .

16　저본과 『관원백호창수록』의 '절삽(折揷)'은 『임백호집』에 어순이 '삽절'로 되어있다.

염계의 꿈은 끊어지고 술은 반쯤 깼다네.　　夢斷濂溪酒半醒.

　아무리 좋은 화병이라도 연못에 있는 연꽃에 어찌 비유하랴! 결국 자리를 옮긴 연꽃은 시들게 마련이다. 그런데 어찌 연못이냐 화병이냐를 따지지 않을 수 있겠는가? 이것이 백호의 말에 대한 관원의 대답이다. 그리고 염계(濂溪) 주돈이(周敦頤, 1017~1073),「애련설(愛蓮說)」의 표현을 빌려와 솔직한 자신의 심경을 고백한다. 염계는 이렇게 말했다. "나는 유독 연꽃이 진흙 속에서 나왔지만 진흙에 물들지 않고, 맑은 잔물결에 씻기어도 요염하지 않으며, 줄기 속은 텅 비어 통하고 겉은 곧으며, 덩굴도 가지도 뻗지 않고, 향기는 멀수록 더욱 맑고, 우뚝이 깨끗하게 서 있어, 멀리서 바라볼 수만 있고 가까이 다가가 완상할 수 없음을 사랑하노라.(予獨愛蓮之出於淤泥而不染, 濯淸漣而不夭, 中通外直, 不蔓不枝, 香遠益淸, 亭亭淨植, 可遠觀而不可褻翫焉.)" 그러나 염계가 연(蓮)을 사랑하려 했던 꿈을 관원 자신은 부끄럽게도 따라갈 수 없다고. 그래서 백호의 충고에 술이 반은 깨버린 것이다. 말하자면 속은 비웠으나 겉은 곧은 저 연꽃의 덕성을 꿈꾸지 못하고 조정으로 돌아가려는 야망을 품고 있는 자신에 대한 진솔한 자기 성찰이다. 그것도 스무 살이나 적은 사람에게 이런 말을 듣고도 화내지 않고 자신을 돌아볼 줄 아는 관원의 인품이 돋보이는 작품이다.

　여기 백호와 관원의 창수(唱酬)에 제3의 인물이 끼어든다. 그는 바로 당시 나주(羅州) 목사로 내려와 있었던 주은(酒隱) 김명원(金命元, 1534~1602)이 차운한 시도『임백호집』에 수록되어있다. 전체적 이해를 돕고자 여기에 아울러 번역해 둔다.

어찌 청수를 싫다하고 은병으로 들어온 것인가?　何嫌淸水入銀甁,
향긋한 이슬 처량히 눈물 대신 떨어지네.　香露凄凄替淚零.
연못에서 떨어져 나왔으니 한이 있을 테지만　離却一塘應有恨,
또한 시인을 따라 취했다 또 깼다하겠네.　也從詩老醉還醒.

41. 임평사의 '술회' 시운을 빌려(次林評事述懷韻)

이 시 역시 백호가 관원에게 먼저 준 시에 운자를 빌려 쓴 작품으로『밀산세고』에는 보이지 않고『관원백호창수집』에 수록되어있는 것을 부록본 편집자들이 발췌하여 옮겨 놓은 것이다. 여기서도 시의 이해를 돕기 위해 백호의 원운시를 먼저 살펴보기로 한다. 백호의 시는 단행본 권2에 수록되어 있어 불편하므로 여기에 옮겨 먼저 감상하도록 한다.

2-6.「'술회' 관원께 올림(述懷呈灌園)」

대궐에 책문을 올리는 나그네 발걸음 지체되니,	獻策龍墀滯客蹤,
언제 옛날 구름 소나무로 돌아가 누울까?	幾時歸臥舊雲松.
대궐의 물시계 딩동거리는 울림도	禁城玉漏丁東響,
풍교의 한밤중 종소리엔 미치지 못하네.	不及楓橋半夜鍾.

백호는 호남 나주에 발이 묶인 관원을 위로하고 있다. 백호는 이백(李白)이「산에 사는 사람이 술을 권하여(山人勸酒)」라는 시에서, "구름 소나무

아래, 큰 뜻 품은 네 노인이 있었더니(蒼蒼雲松, 落落綺皓)"라고 한 것을 떠올려 '운송(雲松)'이란 은자(隱者)의 반려(伴侶)를 의미하는 이미지를 제시했다. 이어서 '딩동 딩동[丁東]'이라는 의성어를 사용하여 역동적으로 대궐을 연상시켰다. 이러한 대궐의 물시계 소리도 결국은 장계(張繼, 715?~779)가 「풍교야박(楓橋夜泊)」에서 "고소성 밖의 한산사에서, 한밤중 종소리가 나그네 배에 이르누나(姑蘇城外寒山寺, 夜半鐘聲到客船)."라고 한 종소리만 못할 것이라고 관원의 마음을 달래고 있다.

천 층 물결에 조심스런 발걸음을 맡겼지만,　　　　千層浪上寄危蹤,

언제 문 앞의 독송정을 보겠는가?　　　　　　　何日門前獨看松.

애군(愛君)만은 아직 마음에서 죽지 않아,　　　　只有愛君心未死,

몽중에도 오히려 새벽 종소리에 놀라 깨네.　　　夢中猶覺怵晨鍾.[17]

　관원은 이번 호남으로 내려온 것이 천 층의 물결위에 떠있는 것처럼 위태롭다고 생각하고 있다. 두 번째 구는 배열된 순서대로 해석해보면, "언제 문 앞에서 홀로 소나무를 보겠는가."라는 정도일 것이다. 백호의 2구와 비교해보면 의미가 확연하지 않다. 관원의 1구와 2구는 겉으로 잘 표시는 내지 않았지만 대구를 이루고 있다. 그 소리의 높낮이[平仄]를 따져보면, "○○●●●○○, ○●○○●●○"이다. 관원은 리듬을 맞추기 위해 '간독송(看獨松)'을 '독간송'으로 도치시킨 것으로 보인다. 바로 '독송'을 독송정(獨

<hr/>

17　저본에 '겁(怵)'자는 정자인 '겁(怯)'자로 되어있다. 『관원백호창수록』과 『임백호집』에 따랐다.

186

松亭)으로 읽을 수 있는 근거를 제공하고 있다.

독송정(獨松亭)은 조선왕조실록에 몇 차례 등장하는데, "간원의 의막(依幕)은 멀리 독송정(獨松亭) 아래에 있어서"(명종 6년 9월 23일), "바깥 담 서북쪽에는 독송정(獨松亭)이 있고 그 정자 아래로 나 있는 작은 길이 돌아서 사직동(社稷洞)으로 통해 있었습니다."(광해 10 윤4월 16일)라고 한 것을 들 수 있다. 대궐과 가까운 곳에 독송정이 있고, 그곳은 관원의 집과 가까웠기 때문에 이렇게 표현한 것으로 생각해 본다.

비록 무더운 호남 나주에 내려와 있지만 임금을 사랑하는 마음은 삭지 않아 꿈에서도 그 소리를 그리워하며 놀라 깬다는 마음을 언급했다. 결국 관원은 자나 깨나 조정으로 돌아가고 싶은 생각 밖에 없다. 그래서 백호는 관원을 위해 당귀를 화분에 심어주고, 연꽃을 화병에 꽂아주며 위로하고 있다. 반면 나이도 잊고 격식도 따지지 않은 채 오로지 시로서만 서로의 감정을 주고받은 관원의 탁월한 성품을 칭찬하지 않을 수 없다. 이러한 관원의 낭만적 행위들은 바깥 제3자들에게 '방종'으로 보였을 여지가 다분했던 것도 사실이다.

42. 조송강사수께 올림(上趙松岡士秀)

여기 1연(聯)의 '시'도 『관원백호창수집』에서 가져온 것이다. 백호 임제와의 직접적인 관계가 없어 보이는 이 작품이 왜 『관원백호창수집』에 수록된 것인지 의문이다. 또한 이 두 구의 시가 송강(松岡) 조사수(趙士秀, 1502~1558)와 연구(聯句)를 지은 한 부분인지, 아니면 제목처럼 송강에게 올리는 칠언절구 또는 칠언율시의 한 연만 남게 되어 이를 수록한 것인지도 모르겠다. 시의 내용으로 볼 때, 칠언율시로 쓴 송강 조사수를 위한 만사의 한 연으로 추정한다.

송강 조사수의 자는 계임(季任)이고 호는 송강(松岡)이며, 본관은 양주(楊州)로 한양에 거주했다. 1528년(중종 23) 식년 진사시에 3등으로 급제했고, 낙촌 박충원이 장원을 했다. 이후 조정의 청요직을 두루 역임하다가 권신들의 알력으로 1540년(중종 35) 9월에 제주목사로 좌천되어 나갔다가, 이듬해 6월 참의로 조정에 복귀했다. 또 『중종실록』에 따르면 1539년 11월 박충원이 직강(直講)으로 있다가 파직되어 이듬해 영월군수로 부임한 것으로 확인된다. 이때 제주에서 영월까지 시통을 주고받으며 남긴 시집이 바로『영해창수록(嶺海唱酬錄)』이라는 우정의 기록이다. 두 사람의 교유는 여러 가지 면에서 닮아있다. 송강의 외삼촌은 기재(企齋) 신광한(申光漢, 1484~1555)으로 기묘사화에 좌절을 겪었고, 낙촌의 외삼촌은 복재(服齋) 기준(奇遵, 192~1521)으로 역시 기묘사화에 희생되었다. 또 송강이 형인 조언수(趙彦秀, 1497~1574)와 나란히 청백리에 올랐고, 낙촌은 부자가 동시에 당상관에 올랐다.

관원은 이러한 두 사람의 인적 네트워크에서 크게 벗어나지 못했다. 송강과 관원은 공교롭게도 모두 57세로 생을 마감했다. 낙촌 생전에 완성되어 있던『영해창수록』은 임진왜란을 겪으면서 자취를 감추었다가, 1631년 다시 찾아내 필사본 형태로 전해졌다. 이후 1702(숙종 28)년에『관원백호창수록』이 부록으로 편제되었다. 이는 송강과 낙촌의 창수 방식이 관원과 백호의 창수와 비견될 만하고, 또한『영해창수록』이 낙촌 후손들에 의해 전승되었으므로 낙촌의 장남인 관원이 창수한 시편들도 아울러 추가해 넣은 것으로 추정된다.

시의 명성은 '일성죽'에 손색없고,	詩名不讓一聲笛,
정승의 업적은 '반부서'에 남아있네.	相業猶存半部書.

대구로 이루어진 이 연은 '일성죽'과 '반부서'의 고사만 알면 문제될 것은 없다. 관원은 먼저『당척언(唐撫言)·지기(知己)』에 "두자미(杜紫微, 두목 杜牧, 803~852)가 조위남(趙渭南, 조하趙嘏, 806?~853?)의 시권에서 「이른 가을(早秋)」이란 시에 '드물어진 몇 점의 별 하늘에 기러기는 변새를 가로지

르고, 장적(長笛) 한 자락이 사람을 누대에 기대게 하네.'라는 시구를 보고 음미를 그치지 않았다. 이에 조하를 보면 조기루(趙倚樓)라 했다고 한다(覽趙渭南卷早秋詩云, '殘星幾點鴈橫塞, 長笛一聲人倚樓', 吟味不已. 因目嘏爲趙倚樓)."는 고사를 빌려와, 송강 조사수의 시명(詩名)을 칭송했다.

'반부서'란 반쪽『논어』를 의미한다. 송나라 초기 재상 조진(趙普, 922~992)의 말과 관계된 것이다. 사람들은 읽을 것은『논어』뿐이라고 하여 태종 조광의(趙匡義, 939~997)가 그 말에 대해 묻자, 조진은 "신이 평소 안다고 하는 것은 사실 이 책에서 나오지 않았습니다. 옛날 그 책의 반으로 태조[조광윤]께는 천하를 평정하셨으니, 지금은 그 반으로 폐하를 보좌하여 태평시대를 이루려고 합니다(臣平生所知, 誠不出此, 昔以其半輔太祖定天下, 今欲以其半輔陛下致太平)."[송나라 나태경(羅太經, 1196~1252이후)의『학림옥로(鶴林玉露)』권7]라고 한 것을 근거로 조사수의 정치적 업적을 칭송했다.

이 연의 끝에는 "이 한 연(聯)을 송계(松溪) 권응인(權應仁)이 평하여 '사용한 전고가 딱 들어맞다.'라고 하였다(一聯松溪權應仁評曰, 用事切當)."이라는 설명이 달려 있다. 두 전고에 나오는 인물은 모두 조씨(趙氏)이고, 시에 있어서의 명성과 정치적 공업에 있어서도 완전히 부합함을 볼 수 있다. 관원은 이러한 적확한 전고 사용에 확실히 탁월한 능력을 갖춘 것으로 생각할 수 있다. 권응인의『송계만록(松溪漫錄)』권상에는 이 연과 평어가 그대로 수록되어있다.

43. 닭실 청암정에서 삼가 퇴계선생의 시운을 빌려 지음(酉谷靑巖亭敬次退溪先生韻)

여기 청암정의 시에 운자를 빌려지은 이 시는 단행본에만 수록되어 있다. 시제 아래에 "청암정은 충재 권벌선생이 지은 곳이다(靑岩亭冲齋 權先生撥所搆)"라는 부연설명을 붙여 두고 있다. 충재(冲齋) 권벌(權橃, 1478~1548)은 1507년(중종 2)에 문과에 급제하여 청요직을 두루 역임하며 강직한 자세를 견지했고, 훈구파와 사림파를 조정하려는 노력에도 불구하고 1519년 11월 기묘사화에 연루되어 파직되어 귀향했다. 이후 1533년 복직되어 밀양부사, 한성부좌윤, 형·병조 참판, 한성부판윤, 병조·예조판서 등을 역임했고 1545년 7월 명종이 즉위했을 때는 원상(院相)을 맡았다. 곧이어 위사공신(衛社功臣)으로 책록되고 길원군(吉原君)에 봉해지기도 하지만 10월 사간원의 탄핵으로 파직되었으며, 1547년에는 양재역벽서사건에 연루되어 삭주(朔州)로 이배(移拜)되어 1548년 그곳에서 별세했다. 그 후 충재선생의 신원회복을 주청한 사람이 바로 관원으로, 당시 경상도 관찰사를 지내고 있었다. 이에 관해서는 부록에 실은 「연보」를 참고하시오. 따라서 이 차운시는 관원이 경상감사로 내려간 1567년 겨울에서 1568년 여름 사이에 청암정을 방문하고 지은 시일 것이다.

'청암'이란 하당(荷塘) 권두인(權斗寅, 1643~1719)의 「청암정 기문」에 따르면, "정자의 북쪽에 바위가 높다랗게 솟아 높이가 약 한 길 가량으로 그 색이 매우 푸르렀기 때문에 '청암'이라 이름 했다."라고 하였다.

시제에서 말하고 있는 것처럼 이 시는 퇴계선생의 시운을 빌려 지은 것이다. 먼저 퇴계선생의 청암정 시를 먼저 살펴보고 관원의 시를 보는 것이 순서일 것이다. 퇴계선생의 원운시는 『퇴계선생문집(退溪先生文集)』 권4에 「유곡 청암정에 지어 부침(寄題酉谷靑巖亭)」 2수로 수록되어 있다. 그 아래에는 "을축년(1565). 고 권 이상(權貳相, 의정부 찬성) 중허(仲虛)의 아들 동보(東輔, 1518~1592)가 제영시를 요청했기 때문에 지은 것이다(乙丑. 故權貳相仲虛嗣子東輔爲求題詠)"라고 밝히고 있다.

「유곡 청암정에 지어 부침(寄題酉谷靑巖亭)」 제1수

지난날 우리 공 깊은 마음 품었었지만,	我公平昔抱深衷,
부침은 아득히 빈 하늘 번개 같았네.	倚伏茫茫一電空.
지금 정자의 기암에는	至今亭在奇巖上,
예전처럼 연이 옛 못에서 자라고 있다네.	依舊荷生故沼中.
눈에 가득한 운무 소박한 즐김을 생각나게 하고,	滿目烟雲懷素樂,
온 뜰에 난초와 옥돌 유풍을 드러내네.	一庭蘭玉見遺風.
소생이 얼마나 알아줌과 면려를 잘못 받았던가.	鰍生幾誤蒙知獎,
흰 머리에 시를 읊조리니 마음은 다함이 없네.	白首吟詩意不窮.

퇴계는 충재선생이 깊고 성실한 마음을 품고도 부침을 당한 것이 마른 하늘의 번개처럼 지나갔다고 회상하며, 당신이 남긴 연(蓮) 같은 덕이 여전히 남아있고, 그 유풍으로 자손들이 훌륭하게 집안을 이루었음에 감개하였다. 늘그막에 평소 자신을 알아주고 격려해주셨던 일을 생각해보면 추모의 정을 이 시 한편으로 끝낼 수 없다고 하였다.

[43-1]

청암정 편액은 내 마음을 일게 하고	靑巖亭扁起余衷,
사람은 갔어도 고명은 떨어지지 않았네.	人去高名不落空.
빼어난 모습 삼도 밖에서 찾지 마소.	形勝莫求三島外,
안개와 놀 한 구역에 절로 족하나니.	烟霞自足一區中.
도랑치고 물고기잡고 밭 갈고 김매기 모두 이전 업이요,	淘漁耕稼皆前業,
절개와 문장은 본래의 풍도였다네.	節義文章是素風.
몇 번이나 그만두려 했으나 끝내 이루지 못했으니,	幾欲停車終未逐,
지금에 남은 한이 더욱 무궁하구나.	只今遺恨更無窮.

관원의 충재는 별다른 직접적인 접촉이 없었으므로, 대학자로서 앙모의 대상이다. 관원은 '청암정' 현판을 보고 벌써 마음에 파란이 일어난다. 무엇보다도 권벌 선생이 평소 거처했던 곳은 충재(冲齋)로 평생 『근사록(近思錄)』을 즐겨봐서 충재에 '근사재(近思齋)'라는 현판을 걸었다고 하는데, 관원의 또 다른 호가 '근사재'이다. 관원도 충재선생처럼 『근사록』을 즐겨 읽었기 때문일 것이다. 또한 논란은 남아있지만 현판 글씨가 자신을 진정으로 우대해 주었던 남명(南冥) 조식(曺植, 1501~1572)이 쓴 글씨였기 때문일

…

이 두 장의 사진은 일제강점기시기에 촬영된 것으로, 현재 국립중앙박물관에 유리건판으로 소장되어있다. 소장품 번호는 건판18893과 아래 건판18579이다. 청암정(靑巖亭)의 관원이 퇴계선생의 청암정 제영시에 차운하여 지은 시의 시인(詩人)의 시안(詩眼)이라고 생각하는 돌다리이다. 다리의 앞 쪽 모퉁이가 보이는 건물이 중재(冲齋)이고, 뒤에 보이는 곳이 바로 암반위에 세워진 청암정이다.

[위] 퇴계선생의 읊은시판. 경북 봉화군 봉화읍 유곡1리 934번지 충재박물관에 전시되어있다.

[아래] 관원이 퇴계선생의 제영시를 차운하여 지은 시판으로 청운정에 걸려 있었을 때의 사진이다. 안타깝게도 현재 이 현판의 소재는 확인되지 않고 있다.

것이다. 이어서 관원은 시선을 밖으로 돌려, 이 구역이야말로 전설에서 말하는 봉래(蓬萊), 방장(方丈), 영주(瀛洲)로 신선이 산다는 바다의 섬인 '삼도(三島)'가 아니냐고 반문하다. 이러한 선경에서 충재선생은 도랑치고, 물고기 잡고, 밭 갈고, 김매는 것[도어경가(淘漁耕稼)]을 본업으로 삼으셨고, 절개와 문장은 그로부터 나온 풍도였다고 칭송한다. 그러나 자신은 충재선생과 같은 삶을 추구했으나 벼슬길에 취해 끝내 이루지 못하고 있으니 남는 아쉬움이 끝이 없다고 하였다. 이처럼 퇴계와 관원의 '끝이 없음'의 대상은 큰 차이가 있다.

「유곡 청암정에 지어 부침(寄題西谷靑巖亭)」 제2수

유곡 선공(先公)이 터를 잡은 것 관대하여,	西谷先公卜宅寬,
구름 산 감돌고 물은 굽이돌게 하였네.	雲山回復水彎環.
끊어진 섬에 정자를 열어 돌다리를 빗겨 들고,	亭開絶嶼橫橋入,
맑은 못에 연(蓮)을 비추니 움직이는 그림을 보네.	荷映淸池活畫看.
농사는 본디 능해 거짓으로 배운 것 아니고,	稼圃自能非假學,
수레와 관복은 동경하지 않아 상관치 않았네.	軒裳無慕不相關.
암석 구멍 작은 소나무 더욱 예쁘고,	更憐巖穴矮松在,
풍상은 거세지만 늙은 기세 서려있네.	激厲風霜老勢盤.

퇴계선생은 청암정이 자리 잡은 형세를 산이 감돌고 물이 굽어드는 자리에 잡아 충재선생의 넉넉한 마음을, 그리고 섬을 만들어 속인의 출입을 제한하였고, 못에는 연을 심어 그 덕이 물에 우러나오게 한 점을 높이 샀다. 그 속에서의 삶 또한 고관으로의 현달을 지향하지 않고 한 갓 농부로서

의 진실한 삶을 살았으니, 저 암반 구멍에서 온갖 풍상에도 극복하며 자라는 작은 소나무와 같다고 표현하였다. 강함과 부드러움, 제한과 소통, 현달함과 농부의 삶이란 극적인 대비가 제1수에서 본 '의복(倚伏, 부침)'과 호응하고 있다. 확실히 관원은 퇴계선생의 의도를 잘 파악하고 있다.

[43-2]

먼지 밖에서 만난 경계 저절로 편안하게 하고,	境逢塵外自平寬,
외로운 섬과 맑은 못 벽옥을 둘렀네.	孤嶼淸池碧玉環.
원로께서는 나라에 귀서를 보여주시고,	大老國將龜筮視,
작은 정자는 사람에게 그림을 보여주네.	小亭人作畵圖看.
옥 숲과 옥 풀에 봄은 늘 있고,	瓊林瑤草春長在,
대나무 집과 소나무 대문은 밤에도 닫히지 않네.	竹屋松扉夜不關.
황천에 곧은 기상 묻었다 말하지 마소.	莫道九原埋直氣,
나라 지켜 남긴 정열 반석처럼 편안하니.	保邦餘烈帖如盤.

관원은 공들인 수사로 퇴계선생의 대비를 더욱 극대화시키고 있다. 경계[境]는 끝이다. 그런데도 편안하다고 하고 있으며, 외딴 섬과 맑은 못을 벽옥으로 연결했다. 관원에게서 '벽옥'은 충재선생이다. 3구에서 귀서(龜筮)란 옛날에는 국가에서 중요한 일을 결정할 때에는 반드시 점을 쳤는데, 거북의 껍질로 점치는 것은 복(卜)이고, 시초(蓍草)로 점치는 것은 서(筮)이다. 이로써 충재선생은 나라의 비전을 제시한 공적을 언급했고, 반면 이 작은 정자도 사람마다 여실히 보여주는 그림을 제공하고 있다고 크고 작음의 대를 소통과 화합으로 승화시켰다. 옥 같은 숲과 풀들이 전경(前景)을 이룬

다면 대나무 집과 소나무 대문은 후경(後景)을 이루도록 배치하여, 충재선생의 기상은 황천에 묻어버린 것이 아니라, 저 암반이 남기신 정렬(貞烈)을 고스란히 드러내고 있다고 역설하고 있다.

44. 눈을 읊음(咏雪)

내리는 눈을 노래한 이 영물시는 『밀산세고』에 「영설(詠雪)」이란 시제로 2번째 수록되어있다. 부록본과 단행본에는 '영(詠)'자를 이체자 '영(咏)'으로 바꾸어 놓았는데, 의미상 차이는 없다. 영물 서정시로, 창작시기에 관한 단서는 없다. 다만 대궐에 있을 때의 지은 것만 알 수 있다. 형식은 정격의 칠언율시로 첫 구에도 압운하고 있다.

대궐의 구름 낀 경물 저녁엔 처연하더니,	禁城雲物夕悽然,
새벽 기운에 막 보니 눈이 하늘에 가득하네.	晨氣初看雪滿天.
눌린 대나무 숙인 소나무 빼어난 절개를 더하고,	壓竹低松添勝槩,
흩날리는 눈꽃은 상서로움 드러내 풍년을 알리네.	散華呈瑞表豐年.
다리에서 노래하며 나귀 타고 지나가는 나그네 있을 테고	吟橋定有騎驢過,
길이 묻혔으니 어찌 문을 닫고 잠자는 자 없겠는가.	沒逕那無閉戶眠.

내 본디 종이를 받을 만한 사람 아님에도,	愧我元非受簡手,[18]
양원의 시인들이 부질없이 끌어들일까 부끄럽네.	梁園才思漫相牽.

관원은 대궐에서 숙직을 섰던 것 같다. 저녁 대궐에서 바라본 날씨는 처연하기 그지없더니 아니나 다를까 숙직을 서고 새벽에 나와 보니 눈이 펑펑 내리고 있는 정경이다. 제3구는 관원의 조화로움을 추구하는 삶의 방식과 사고를 고스란히 녹여냈다. 눌린 대나무와 고개 숙인 소나무가 그것이다. 군자의 절개를 표상하는 두 사물은 꼿꼿이 서있다면 눈의 무게에 눌려 부러졌을 것이다. 사물의 변화에 따라 숙일 줄 아는 자세를 눈에 담은 것이다. 대설은 대지의 더러움을 덮고, 해충을 죽임으로써 풍년을 예고한다는 것이다. 그러므로 눈으로 인한 단절은 곧 희망이자 소통인 것이다.

아니나 다를까 관원은 탁월한 전고 응용력을 발휘한다. 당나라 시인인 맹호연(孟浩然, 687~740)이 눈이 내리는 속에 비쩍 마른 나귀를 타고 장안(長安)의 동쪽에 있는 패교(霸橋)에 가서 매화를 구경한 일이 있었으므로, 소동파(蘇東坡)는 「진경을 묘사하여 하수재에게 드림(贈寫眞何秀才)」이란 시에서 "또 보지 못했는가, 눈 속에 나귀를 탄 맹호연이 눈썹을 찌푸리고 시를 읊으매 쭝긋한 어깨가 산처럼 높네.(又不見雪中騎驢孟浩然 皺眉吟詩肩聳山)"라고 한 것을 하나로 꿰어 시의 후반부를 열었다. 눈 속에 다니는 사람이 거의 없어 하늘과 땅이 닿아있는 평온함을 문 닫고 잠을 잔다[閉戶眠]

. . . .

18 '수(受)'자는 『낙촌선생문집』본에는 '수(授)'자로 되어있다. 두 글자는 통용하므로 어느 것이 틀렸다고는 할 수 없다.

라고 표현하였다. 보통 "문을 닫고 잔다."는 저녁 비나 달 밝은 밤과 연결되지만 관원은 눈과 연결 지었다는 점 또한 관원의 시재를 짐작해볼 수 있는 대목이다.

시를 마무리하면서 관원은 절묘한 전고를 활용했다. '간(簡, 간찰)'이란 시문을 적는 종이로, '간찰을 준다[授簡]'라는 것은 서한(西漢)의 양효왕(梁孝王) 유무(劉武)가 양원(梁園, 토원兎苑이라고도 함)이란 호사스러운 자신의 정원에 당시의 대가들인 사마상여(司馬相如)·매승(枚乘)·추양(鄒陽) 등을 초대하였는데, 이때 사마상여가 늦게 와서 상객의 자리에 앉았다. 이에 유무가 이들과 함께 주연(酒筵)을 베풀고 놀다가, 눈이 오자 흥에 겨워 먼저 『시경』의 시를 읊고는 종이를 주면서[授簡] 사마상여에게 시를 짓게 하였다. 이로써 관원은 이렇게 아름다운 시회(詩會)를 기대하고 있었던 것일까?

45. 만포진 수항정 제영시에 차운하여(次滿浦鎭受降亭韻)

관원이 만포의 수항정에서 지은 시는 이미 살펴본 제영시와 이 차운시 두 편이 있다. 이 차운시는 『밀산세고』 3번째로 수록되어있는 시이다. 『고봉집(高峯集)』 권3, 장언량(張彦良, 1491~1560)의 「묘지명」에 따르면, "신묘년(1531)에는 만포 첨사로 임명되었다. 만포는 서방의 상류(上流)에 해당하여 오랑캐들이 날마다 와서 물건을 교역하였으므로 사건이 나기 쉬웠다. 공은 자신의 생활은 검소하게 하고 은혜를 베풀기를 힘써 군사들을 어루만지고 통제하기를 마땅하게 하니, 장사들이 다 쓰이기를 좋아했으며, 와서 물건을 교역하는 오랑캐들도 또한 원망함이 없었다. 그리하여 위엄이 잘 행해지고 정사가 제대로 시행되어 변경이 편안하였다. 공은 이때 한가한 틈을 타서 성의 동쪽 모퉁이에 한 누각을 세우고 이름을 수항정(受降亭)이라 하였다."라는 기록을 참고할 만하다. 관원의 이 차운시는 장언량의 시운을 빌린 것으로 추측하지만 그 원운시를 찾지 못했다. 이 차운시 역시 1560년(명종 15, 37세)에 지은 작품일 것이다.

서쪽 강토의 웅장한 번진 상류를 차지하고 있으니,	西服雄藩據上流,
성 모퉁이 관청 누각 아득히 시름을 더하네.	城隅官閣迥添愁.
천추의 훈업으로 거울도 보지 못하고,	千秋勳業休看鏡,
반평생 들락거린 몸 다시 누대에 기댔네.	半世行藏更倚樓.
눈에 가득한 오랑캐 산 장관을 제공하고,	滿目胡山供壯觀,
온 강의 얼음 물결 뜻밖의 유람을 돕네.	一江冰浪助奇遊.
가련하도! 글자를 아는 것이 무용함을 알았으니,	可憐識字知無用,
이 마음으로 결국 검술이나 배워야겠네.	此志終當學劍求.

관원의 이 작품은 사물을 의인화하는 수법이 인상적이다. '나'를 암시하는 글자는 철저히 숨긴 채 말이다. '나'로 특정하지 않았으므로 공감의 범위는 넓다. 서쪽 변방의 요충지 압록강 상류를 차지하고 있다는 말로 가장 끝임을 암시하여 시름의 고통을 부각시켰다. 이어서 관원은 두보(杜甫)의 힘을 빌려온다. 두보는 「강상(江上)」에서 "훈업을 염려해 자주 거울을 보고, 출처에 어두워 홀로 누각 기대노라(勳業頻看鏡, 行藏獨倚樓)."라는 말을 떠올린 것이다. 기가 막힌 상황과 적절함이다. '행장(行藏, 출처, 출입)' 즉 벼슬에 나아가고 머무름의 사이를 오가면서 반평생을 보내놓고 다시 또 시름에 누대에 기댔다는 말이다.

눈에 가득 들어오는 오랑캐 산들이지만 눈요기에 이바지하고, 얼음 물결은 보기드믄 구경거리를 제공한다. 성실한 공부와 충심으로 반평생을 응했건만 자신은 결국 이 먼 변방에 오게 되었다. 이럴 바에야 차라리 일찍부터 병법을 배워 나왔더라면 더 많은 전공을 세웠을 것인데 라고 하는 원망과 하소연이 잔뜩 묻어나는 작품이다.

관원보다 앞서 장언량(張彦良)과 동시대의 심언광(沈彦光, 1487~1540)도 「만포 수항정 시운을 빌려(次滿浦受降亭韻)」란 시를 짓고 있는데[『어촌집(漁村集)』권4, 「서정고(西征稿)」에 수록], 시간적으로 원운시와 거의 동시대에 이루어졌다고 볼 수 있다.

채찍만 던져 어찌 강물을 끊을 수 있겠는가?	投鞭那得斷江流,
눈 닿는 호산엔 곳곳이 근심이로다.	極目胡山處處愁.
문장 같은 작은 기예로 나라에 보답하기 어려워,	小技文章難報國,
멀리 떠난 신하의 회포 누대에 올라 헤아리려네.	遠臣懷抱擬登樓.
운신산에 진을 펴는 것이 참 좋은 계책이나,	陣開雲身眞長算,
공동산에 검을 거는 것 또한 장쾌한 유람이네.	劍掛崆峒亦壯遊.
말가죽에 시신 싸이는 것이 직분인데,	馬革裹屍皆職分,
천고의 복파장군이 먼저 구하였네.	伏波千古是先求.

심언광은 첫 구에서 전진(前秦)의 부견(符堅)이 동진(東晉)을 공격하려 할 때, 그의 부하 석월(石越)이 동진에는 장강(長江)의 험고함이 있어서 함부로 군대를 출동시켜서는 안 된다고 하자, 부견이 말하기를 "이렇게 많은 우리 군대로 장강에 채찍만 던져도 그 흐름을 단절시킬 수 있는데, 어찌 험고함을 믿을 수 있겠는가.(以吾之衆旅, 投鞭於江, 足斷其流, 何險之足恃?)"라고 했던 말에서 나온 표현을 사용했고, 마지막에서는 복파(伏波) 장군 마원(馬援)이 흉노(匈奴)를 정벌하러 갈 때 "남아는 의당 변방의 전쟁터에서 목숨을 바쳐 말가죽에 시체가 싸여 돌아와 장사 지내져야 할 것이다. 어찌 침상에 누워 아녀자의 손에 죽을 수 있으리오.(男兒要當死於邊野, 以馬革裹屍

還葬耳, 何能臥牀在兒女手中邪?)"라고 한 말을 전고로 사용하고 있다. 관원은 이러한 전고사용이 부적절하다고 생각했는지는 몰라도, 관원은 수항정의 시편들을 쇄신시켰다.

한편 관원이 지은 이 수항정 차운시에 화답하듯이 같은 운자로 쓴 백호 임제의 차운시도 있다. 『임백호집』권3에 수록된 「수항정 시에 차운하여만포(次受降亭韻滿浦)」이란 시는 다음과 같다.

한 조각 외로운 성과 만 리의 강물	一片孤城萬里流,
언덕의 구름과 관산의 달 변새의 근심 일으키네.	隴雲關月起邊愁.
부질없이 옥검을 차고 변방으로 나와,	空携玉劍來窮漠,
홀로 금성을 바라보며 수루에 오르네.	獨看金星上戍樓.
지금에도 청해는 살기가 얽혀있는데,	靑海至今纏殺氣,
무슨 생각으로 푸른 술바리로 호유를 일삼나.	綠尊何意辦豪遊.
이 서생 일찍이 오랑캐를 무찌를 계획 있었건만	書生早有呑胡計,
종정에 공명이 새겨지길 바랐던 것은 아니라오.	鍾鼎功名本不求.

46. 향설헌 제영시(香雪軒題詠)

이 제영시는 『밀산세고』 9번째로 수록된 시이다. 세 판본 모두 시제아래 "[향설]헌은 영변에 있다(軒在寧邊)"라는 위치 설명이 달려있다. 우리에게 잘 알려진 향설헌(香雪軒)은 안변(安邊)에 있는 아헌(衙軒)으로 당시 안변 부사였던 김상용(金尙容, 1561~1637)이 창건하였고, 배꽃나무를 많이 심어 '향설(香雪)'이라 손수 글자를 써서 편액하였다는 곳이다. 사실 관원의 행적에 안변(安邊)은 보이지 않는다. 뿐만 아니라 영변의 향설헌은 관서(關西) 읍지 등에는 보이지 않는다. 정말 영변의 향설헌은 있을까?

유랑이 오늘 옛 흔적을 찾노라니,	劉郎今日尋陳跡,
새긴 서까래와 단청 기둥 눈에 드는 것 새롭네.	刻桷丹楹入眼新.
달이 비추니 유독 백설의 격조 더해짐을 알겠고	月照偏知增雪格,
꿈이 깨니 꽃 요정에 번뇌가 먼저 느껴지네.	夢回先覺惱花神.
바람에 날리는 꽃 만 조각 시절 늦음에 놀라고,	風飄萬點驚時晚,

눈에 눌린 천 가지 잦은 봄비 겁내누나.　　雪壓千枝怯雨頻.[19]

게다가 장군의 예우 넉넉함을 즐기면서,　　更喜將軍寬禮數,

멋진 밤 유숙하노라니 온 헌이 봄이로다.　　良宵留宿一軒春.

　관원은 유랑(劉郞)이란 시인의 말을 빌려 제영을 시작한다. 유랑은 당나라 유우석(劉禹錫, 772~842)으로 자는 몽득(夢得)이다. 원화(元和) 10년(815)에 둔전원외랑(屯田員外郞)으로 현도관(玄都觀)을 구경하였는데, 이후 불우하여 지방관을 전전하다가 14년 만에 다시 주객 낭중(主客郞中)이 되어 장안(長安)으로 돌아와 현도관을 방문하고는, 감개를 이기지 못해 「현도관에 다시 노닐며(再遊玄都觀)」이란 시를 지었는데, "복숭아나무 심은 도사는 어디로 갔는가. 지난 번 왔던 유랑이 지금 또다시 왔노라(種桃道士歸何處, 前度劉郞今又來)."라는 구절을 불러왔다.

　전반 4구의 절정은 달과 눈 그리고 꿈과 꽃 요정으로 상하 좌우의 대비감을 입체적으로 살렸다. 후반 4구의 시작은 바람에 날리는 꽃과 눈에 짓눌린 나무 가지 극적인 분위기를 자아내도록 구성하여, 눈과 봄이 공존하는 또 다른 세계로 초대했다. 이것만으로도 충분한 보상이 될 수 있음에도, 다시 들린 그곳에 자신을 맞아주는 장군의 넉넉한 예우에 마음의 안팎이 모두 봄으로 가득 찬 행복감에 젖어있다.

　겉으로 보면, 이 시는 1555년(명종 10, 32세) 4월 평안도 감군어사로 나갔을 때 지은 것으로 보이지만 첫 구를 보면 분명 다시 찾아왔다고 한다.

19　'겁(怯)'자는 『밀산세고』 '겁(㤼)'자로 되어있다.

그렇기 때문에 눈에 닿는 모두가 새롭다. 따라서 첫 번째 방문은 1555년일 것이고, 두 번째 방문은 1573년(선조 6, 50세) 3월 예조참판에서 함경감사로 부임하면서 들렀던 것으로 추정한다. 한편 관원의 칠언율시에는 치명적인 결함이 있다. 바로 3구와 6구에 보이는 '설(雪)'자이다. 율시에서 이러한 중복은 금기시된다.

과연 향설헌은 영변에 있을까? 다행이도 동일한 운자를 사용하고 있는 작품을 찾을 수 있는데, 바로 양응정(梁應鼎, 1519~1581)의 『송천선생유집(松川先生遺集)』 권1에 수록된 「향설당(香雪堂)」이란 시이다. 제목 아래에는 "영변에 있다. 평양부에 제영한 시라고도 하고, 이 사또에게 올린 것이라고도 한다(在寧邊. 或云平壤府題詠, 而上李使君云)."라는 설명이 있다. 확실히 향설헌, 향설당은 같은 곳임을 확인할 수 있다. 송천(松川)은 1556년(명종 11, 38세)에 관서평사를 거쳐 관북평사를 지내면서 이곳을 찾았을 가능성이 크다. 송천의 제영시는 다음과 같다.

붉은 깃발 두 번 서쪽 변경을 진압했고,	紅旗再度壓西垠,
군신 감응함에 총애는 날로 새로워졌네.	感會風雲寵日新.
전술을 갖추어 시종 막부에 머물게 했고,	有術迄教留玉帳,
마음을 잡아 신명께 스스로 맹세했었네.	操心曾自誓明神.
조충국의 오랜 둔전을 알아야하고,	應知充國屯田久,
가서한의 잦은 첩보를 쓰지 마시게.	不用哥舒報捷頻.
틈이 많아 맑은 승경을 감상할 만하니,	多暇正堪淸勝賞,
헌 가득한 배꽃 한 해의 봄을 움직이네.	一軒梨動一年春.

이로써 영변에 향설헌(당)은 있었으며, 뜰에는 산배나무가 심어져 있었고, 봄이 되면 눈처럼 흩날리는 배꽃들이 인상적임을 알 수 있다. 그 향기로운 꽃잎을 '향설'이라 표현한 것이리라. 여기에서 한층 더 나아가, 관원은 공교롭게도 눈도 있고 향기로운 꽃잎이 떨어지는 절묘한 시점을 마주하고 있는 것이다.

마지막으로 두 시는 같은 운자를 사용하고 있다. 그렇다면 둘 중의 한 사람은 시운을 빌려 쓴 것이거나 두 사람 모두 또 다른 누군가의 시를 차운한 것이다. 관원은 영변의 향설헌을 두 번 찾았다. 첫 번째는 1555년으로 그 때는 송천이 관서평사로 부임하기 전이므로 관원의 시는 향설헌에 없었다. 그러나 1573년 관원이 다시 찾았을 때는 영변의 향설헌에는 송천의 제영시가 새롭게 걸려 있었으므로, 그의 운에 따라 지은 것일까?

47. 망경루 시에 차운하여 지음(望京樓次題)

요녕의 망경루에서 지은 이 차운시는 『밀산세고』 11번째 수록되어있으며, 부록본과 단행본에도 동일한 제목으로 실려 있다. 당연히 관원이 연경에 사신으로 갔을 때 작품임에 틀림없다. 1556년(명종 11, 33세) 동지사의 서장관으로 간 뒤로, 1566년(명종 21, 43세) 성절사(聖節使)로, 1572년(선조 5, 49세) 진위사(陳慰使)로 연경에 다녀왔다. 창작시기를 특정하기 어려워졌다. 이 망경루는 요양성 백탑사(白塔寺)의 팔각루(八角樓)를 말한다. 허봉(許篈, 1551~1588)의 「조천기(朝天記)」에서 "또 술성문(述成門)을 거쳐 망경루에 올랐다. 문은 바로 성의 서문(西門)이고, 루는 팔각이었기 때문에 팔각루라고도 부른다. 누각은 3층으로 드높이 치솟아 기세가 하늘에 닿을 듯하고, 성안을 굽어볼 수 있었다. 성의 둘레는 20리나 되고 민간인 집들은 연이어 있고 관공서들은 넓고 넓었다. 성 밖에는 동남으로 뭇 산이 둘러싸였고, 서북으로는 들판이 멀리 보였으니, 참으로 장관이었다."[20] 수많은 조선

••••

20   허봉(許篈) 『하곡집(荷谷集)』, 「조천기(朝天記)」상, 6월 26일 기사: 又由述成門登望京樓.

의 사신들이 이곳에 올라 고국을 향한 그리움을 시로 노래했었다. 간이(簡易) 최립(崔岦, 1539~1612)의 시 「동지사 평경 이 영공을 전송하며(送李平卿令公冬至使)」에는 "관해정 앞에서는 땅까지 다 보고, 망경루 위에서는 고향까지 그리워하리(觀海亭前觀地盡, 望京樓上望鄕兼)."라고 한 것을 예로 들 수 있다.

관원은 누구의 시운을 빌려 지었을까? 관원은 망경루에 올라 고국을 향한 그리움의 제영시들을 바라보다가 부친인 낙촌 박충원의 시를 발견하고 감회에 젖어 차운시를 남겼던 것이다. 먼저 낙촌의 시를 먼저 보는 것이 좋겠다. 또한 이전 시의 운자를 빌려 짓고 있는 낙촌의 망경루 차운시는 다음과 같다.

「망경루 시에 차운하여(次望京樓)」

아득한 홍루 멀어 그대로는 아니지만,	縹緲紅樓迥不依,
가둬 담은 경물들은 드러나면서도 희미하네.	牢籠物色顯兼微.
산은 북쪽 사막을 따라가고 뭇 봉우리 빽빽한데,	山從朔漠羣巒簇,
곤은 창명에서 변해 한 마리 새로 날아오네.	鯤化滄溟一鳥飛.
몇 가닥의 먼 나무들 옛 성가퀴에 헷갈리고,	遠樹數行迷古堞,
평지 십 리엔 햇빛은 비스듬히 비추네.	平蕪十里照斜暉.
삼 년간 명나라 수도를 바라본지 오래다했는데,	三年凝睇神京久,
가을바람에 부름을 받들어 말을 타고 돌아왔네.	承召秋風跋馬歸.

‥‥

門卽城之西門, 樓有八角, 故一名八角樓. 三層高聳, 勢入雲霄, 俯視城中. 城周可二十里, 閭閻接連, 館廨閎衍. 城之外東南, 群山環擁, 西北平蕪極目, 眞壯觀也.

낙촌은 망경루에 올랐을 당시의 주변 이미지들을 눈에 닿는 대로 한 폭의 그림처럼 펼쳐놓고 있다. 바라보는 경물들은 모두가 확연한듯하면서도 희미하다. 그것은 노안 탓만은 아닐 것이다. 완전히 고국과 멀어진 것도 아닌 지리적 위치가 그러하고, 사신의 임무 또한 어찌 될지 모르는 상황이 그러하며, 고향생각 또한 그러했던 것이다. 이러한 불투명성을 위로하는 것은 연경에 간지 꽤 오래되어 궁금했던 차에 이렇게 왕의 명을 받아 다시 오게 되었다는 것이다.

동남쪽 아름다운 기운은 멀리 자욱한데,	東南佳氣遠依依,
멀리 바라보려니 어찌 희미해진 시력이 감당하랴.	瞻望那堪眼力微.
나그네 마음 날아 요해로부터 가버리고,	客意翻從遠海去,
얽매인 영혼은 헛되이 재 구름 따라 날아가네.	羈魂空逐嶺雲飛.
높다란 난간으로 옮겨 기대니 흰머리 생겨나고,	危欄徙倚生華髮,
이역에서 누대 올라보니 또 해가 저무네.	異域登臨又落暉.
멀리 대궐 향해 충심을 다하려니,	遙向楓宸罄忠赤,
덜컹대는 수레로 언제나 돌아갈까.	間關車轄幾時歸.

확실히 관원은 부친 낙촌의 시상(詩想)을 그대로 따라가고 있다. 낙촌은 무엇인지를 특정할 수 없는 순전한 이미지들을 연출했다면, 관원은 나그네 마음[客意], 얽매인 영혼[羈魂] 등과 같은 주관적인 요소를 투입하여 객관적 이미지에 서정성을 부여하고 있다. 모든 경물들은 자신을 중심으로 연출된다. 요하(遼河) 동쪽 연해 지역을 말하는 '요해(遼海)'로 날아가는 마음과 '풍신(楓宸, 임금이 있는 궁궐)'으로 향하는 충심이 그 대표적인 예이

214

다. 마지막에는 청감을 자극하기 위해 '간관(間關)'이란 의성어를 사용했다. 『시경』「소아(小雅)·차할(車牽)」에, "덜커덩 수레 걸쇠여, 예쁜 막내딸을 생각하여 가도다(間關車之牽兮, 思孌季女逝兮)."라고 한 것에서 길이 험하여 가기 어려워 덜컹 거리는 모양을 형용하는 말이다. 낙촌의 시에서는 지긋한 연세가 든 분의 여유로움이 묻어나고 관원의 시는 젊고, 자기중심적이며, 희비의 감정이 분명하게 드러나고 있다.

48. 태안객관에 제영함(泰安客館題詠)

    이 시는 『밀산세고』에 12번째로 수록된 작품이다. 부록본과 단행본에도 동일한 제목을 보여주고 있다. 여기 태안(泰安)은 충청남도 서해안 태안반도 일대를 말한다. 『호서읍지(湖西邑誌)』(1871)에 따르면 남수문(南秀文, 1408~1442)과 신숙주(申叔舟, 1417~1475)의 「객관기(客館記)」가 있다고 한 것으로 보아 이곳 역시 문인 관료들이 즐겨 찾아 제영시를 지었던 것으로 보인다. 우선 시의 내용으로 판단하건대, 이 시는 1575년(선조 8, 52세)에 전라도 관찰사로 부임했을 때, 혹은 부임해 가면서 지은 작품으로 추정한다.

여섯 필 수레를 빨리 몰아 서쪽 변방을 아우르며,	疾驅乘傳幷西邊,
남쪽 변방을 다 둘러보니 해천이로구나.	閱盡狼荒是海天.[21]
혹시나 하는 걱정에 성벽과 보루를 둘러놓으니	漫有私憂嬰壁壘,
이 풍경을 기록할 만한 멋진 시구 없어 한스럽네.	恨無佳句記風烟.

․․․․

21 '낭(狼)'자는 저본에 '은(垠, 땅 가장자리)'자로 되어있고, 부록본에는 '한(狼)'자로 되어있는데, 모두 '낭(狼)'자의 잘못이다.

산은 운무를 따라 생겼다 없어졌다 하고,	山從雲霧生還滅,
길은 궁궁이 속에 들어가 끊겼다 이어졌다 하네.	路入蘼蕪斷復連.
잘 다스려 공효로 보답하고자,	經略欲將思報效,
머리 돌려 한양을 보니 마음은 아득해지네.	神京回首意茫然.

관원은 자신의 신분부터 암시하는 것으로 시작한다. 보통 오마(五馬)는 지방관 특히 태수(太守)의 상징이다. 그런데 여기서는 '승전(乘傳)'이란 표현을 썼다. 바로 육승전(六乘傳)으로 정부의 공문서를 신속히 전달하기 위하여 6마리의 말이 끌었던 전거(傳車)를 말한다. 이로써 관원은 자신이 태수가 아닌 관찰사임을 돌려 말했다. 관원은 왜경(倭警) 때문에 호남으로 내려갔으므로, 성벽과 보루를 보수하고 증축하는 것이 임무이다. 그렇지만 시인 관원의 눈을 자극하는 것은 바닷가에 펼쳐진 장관들이다.

산은 운무에 따라 보이기도 하고 사라지기도 한다. 그렇듯이 길도 풀에 따라 끊겼다가 이어졌다가 한다는 것이 벼슬길의 생리임을 간파했다. 그리고 다짐한다. 반듯이 공적을 세워 빨리 한양 조정으로 돌아갈 것임을. 그곳이 아무리 남쪽 후미진 지역일지라도 말이다. 관원은 그곳을 '낭황(狼荒)'이란 표현을 사용했는데 바로 먼 오랑캐의 황폐한 땅을 일컫는다. 이로써 관원은 한양과의 물리적 먼 거리를 환기시켰는데, '해천(海天)' 하늘과 바다가 닿는 곳이란 표현으로 그 거리감을 극대화시켰다.

49. 이잠계 시에 차운하여 2수(次李潛溪二首)

　　회재선생의 아들 잠계(潛溪) 이전인(李全仁, 1516~1568)의 시운을 빌려 쓴 이 시는 『밀산세고』에 14번째로 수록되어 있으며, 「잠계 이전인의 시운을 빌려(次潛溪李全仁)」라고 되어있다. 부록본에도 이를 따르고 있는데, 유독 단행본에만 시제가 약간 조정되어있다. 그 근거는 바로 『잠계유고(潛溪遺稿)』에 「'답잠계'에 차운하여(次答潛溪)」로 수록되어 있기 때문이다. 안타깝게도 잠계의 원운시는 남아있지 않아 이 시가 언제 지어진 작품인지 고증하는데 어려움이 있다. 다만 1568년 4월 경상도 관찰사로 회재선생의 자계(紫溪)를 방문한 뒤에 지은 것으로 보일 따름이다.

[49-1]

관직에서 물러난 그 해에 홀로 사립문을 닫고	官罷當年獨掩扉,
중당에 단정히 앉아 밝은 위엄을 마주하셨네.	中堂端坐對明威.
봄이 오니 자리에는 풍광 가득하고,	春來座上光風滿,
밤은 고요하여 누대에는 갠 달이 찬란하네.	夜靜臺邊霽月輝.

죽은 뒤의 선비는 명망이 더 무겁고,	身後儒紳名益重,
생전의 충효는 다시 헤아릴 길 없네.	生前忠孝計還非.
옛 법도 오늘에도 그대에게 있으니,	典刑今日君猶在,
가학으로 무엇이 선악인지 능히 밝힐 수 있겠네.	家學能明善惡幾.

관원은 먼저 회재선생이 파직되어 자계(紫溪) 독락당으로 돌아와 밝은 위엄[明威, 임금의 처분]을 평소대로 담담히 받아들였던 그 순간을 회상했다. 그리고 이제 "봄이 왔다"는 말은 신원이 회복되어 선생이 계신 이 자리가 빛나게 되었고, 밤에도 달이 밝아 훤하다는 이중적 의미를 살려냈다. 선비는 죽어서 이름이 더 무거운 법이고, 선생께서 남기신 충효는 무량하지만, 그래도 그 분의 법도가 잠계 자네에 있으니, 가학(家學)으로 세상을 선악으로부터 훤하게 밝혀달라는 부탁을 담고 있다. 분명 자옥산을 둘러본 이후의 작품임을 짐작할 수 있다.

[49-2]

평소 꿈에도 자옥산(紫玉山)을 그리워하다가,	夢想平生紫玉巒,
오늘에야 그대를 찾아 구름 낀 관산에 들었네.	訪君今日入雲關.
저녁 되면 옷깃을 여미고 반석에 임하고	晚來歛袛臨盤石,[22]
취해서는 옷을 걷고 얕은 내를 건넜네.	醉裏褰衣涉淺灘.
한결같은 명성(明誠)은 세속의 학문이 아니요,	一味明誠非俗學,
십년의 문장들은 [우리]유생들을 비웃도다.	十年章句笑儒冠.

. . . .

22 저본과 『잠계유고』에는 모두 '감(歛)'자로 되어있는데 이 글자는 '렴(斂)'자의 이체자로도 쓰인다. 따라서 문맥에 따라 '렴'자로 읽어야 한다.

지음으로 허여함은 참으로 행운이나,	知音相許眞堪幸,
이별 뒤엔 다시 얼굴 뵐 길이 있겠나.	別後何方更對顔.

　관원은 꿈에도 그리던 회재선생의 유적을 더듬어 보도록 해준 잠계에게 감사의 뜻을 다시 표명하고 있다. 주목할 만한 것은 '운관(雲關)'이란 표현이다. 글자그대로 구름 자욱한 관문(關門)이란 뜻으로, 여기서는 회재선생이 도학을 연마하며 보낸 자옥산(紫玉山)을 지칭하고 있다는 것은 분명해 보인다. 그런데 이 단어는 남제(南齊) 주옹(周顒)이 북산에 은거하다가 뒤에 뜻을 바꿔 벼슬살이를 하러 나갔다가 다시 돌아오자, 북산에서 계속 은거하고 있던 공치규(孔稚圭)가 주옹이 발을 들여놓지 못하게 막는 글인 「북산이문(北山移文)」에 사용되었다. 관원은 자신과 회재선생과의 관계가 주옹과 공치규를 떠올릴 수 있도록 설정했다.

　관원은 한 번 더 '명성(明誠)'이란 표현을 써서 회재선생의 유훈을 강조한다. 『중용장구(中庸章句)』 제21장에서 "성으로 말미암아 밝아지는 것을 성이라 하고 명으로 말미암아 성해지는 것을 교라 이르니, 성하면 밝아지고 밝아지면 성해진다.(自誠明, 謂之性, 自明誠, 謂之敎. 誠則明矣, 明則誠矣)"라고 한 것을 상기시켜, 이에 따르지 못하는 우리 후학들의 부끄러움을 시인하고 있다. 마지막으로 자신을 알아주고 융숭한 대우를 해준 것도 고마운데, 지음의 친구로 허락해 준 것을 행운으로 표현하며, 앞으로 만날 일이 없을 것으로 예상하는 이별의 아쉬움을 전하고 있다.

50. 서극일 시에 차운하여 2수(次徐克一韻二首)

이 차운시는 『밀산세고』 15번째로 수록되어있다. 단지 부록본, 단행본에서 시의 편수를 표기한 것만 다르다. 서극일(徐克一, ?~1589)이 누구인지는 자세하지 않다. 『국조문과방목(國朝文科榜目)』에 따르면, 서극일의 자는 선원(善原)이고 본관은 이천(利川)이며 1546(명종 1년) 식년시 병과에 1위로 합격한 사람으로 추정될 뿐이다. 또한 제2수 3구에 "봄날 하양 한 현에 꽃들 만발했네."라는 표현을 볼 때, 작은 하양(河陽) 고을의 현감을 지낸 것을 알 수 있다.

[50-1]

그대의 시를 받으니 구슬을 이어놓은 듯한데,	淸詩入手若珠聯,
올 해에 교화를 선양하지 못해 부끄럽네.	慚愧當年化未宣.
교제란 오래 흉금을 터야 할 것이고,	交際會須長坦蕩,
성인의 법도는 또한 받들어 주선해하네.	聖謨應亦奉周旋.
세속에 찌든 백발에 앙상한 뼈 가엾고,	塵侵白髮憐殘骨,

꿈에 떨어진 청산에 동부의 신선을 추억하네.　　　　　　夢落靑山憶洞仙.

망중한이 상책임을 익히 알고 있으니,　　　　　　　　久識偸閒爲上策,

조생의 채찍을 먼저 들었다고 말하지 마시게.　　　　莫言先著祖生鞭.

　관원은 분명 서극일이 보내온 주옥같은 시편을 받았다. 그 시편을 통해
본 서극일은 하양에서 선정을 베풀고 있다는 것을 확인하고, 이내 별다른
치적을 내지 못하고 있는 자신의 처지를 부끄럽게 여기고 있다. 이어서 우
리의 교제는 『논어·술이(述而)』에서 가져온 '탄탕(坦蕩)'이란 표현으로 규
정했다. '탄탕'이란 탄탕탕(坦蕩蕩)으로, "군자는 마음이 평탄하여 넓디넓
고, 소인은 불만스러워 항상 근심만 한다.(君子坦蕩蕩, 小人長戚戚)"라는 공
자의 말대로 유지되어야 한다고 하면서, 다시 『서경·이훈(伊訓)』에 보이는
'성모(聖謀)'란 단어를 써서 성인이 천하를 다스리는 큰 법칙이나 법도 또
한 잘 받들어야 한다고 서로에게 당부하고 있다.

　시의 후반부는 오롯이 자신의 처지를 설명하는데 할애했다. 세속에 찌
들려 백발이 되어버린 자신은 앙상한 뼈만 남아 가여울 지경이고, 꿈에서
청산을 보고 난 뒤로 동부(洞府)에 사는 신선[洞仙, 바로 서극일을 지칭함]을
추억하게 되었다고. 자신도 바쁜 가운데에도 틈틈이 즐기는 것[忙裏偸閒]
이 상책임을 알지만, 그래도 조생의 채찍을 그대보다는 먼저 잡았다는 것
을 잊지 말고 분발하라고 친구에게 농담을 던지고 있다. 조생의 채찍[祖生
鞭]이란 동진(東晉)의 유곤(劉琨)과 조적(祖逖)이 벗으로 지내면서 중원(中
原)을 회복할 뜻을 지니고 있었는데 조적이 조정에 기용되었다는 말을 듣
고는, 유곤이 "나는 항상 그가 나보다 먼저 채찍을 들게 될까 걱정해 왔다

(常恐祖生先吾着鞭).”라고 한 일화에서 나온 표현이다.

[50-2]

담금질 해낸 시봉은 비단 물결에 씻어	淬出詩鋒濯錦波,
문장은 하나하나 참으로 옥에 티가 없구려.	文章眞箇玉無瑕.
백성들은 삼년 정치에 소신신과 두모를 노래하고,	民歌召母三年政,
봄날 하양 한 현에 꽃들 만발했네.	春滿河陽一縣花.
술을 빚으려면 팽택의 차조 많이 거두고,	釀酒多收彭澤秫,
마음을 맑게 하려면 무이차를 자주 따르시게.	清心頻點武夷茶.
닭을 잡는데 어찌 소 잡는 사람을 쓰리오.	割雞焉用牛刀手,
산성을 실컷 얻었으니 빨리 관아를 파하시게.	贏得山城早放衙.

두 번째 시도 역시 서극일의 시를 '시를 지어내는 칼날[詩鋒]'이라 표현하며 그의 시재(詩才)를 칭찬한다. 티끌조차 없는 완벽히 주옥같은 시편이라고 한다. 그리고 행정능력을 평가하면서 소모(召母)라는 상징적 두 인물을 조합하고 있다. 바로 서한(西漢) 때 소신신(召信臣)의 '소'와 동한(東漢) 때 두모(杜母)의 '모'를 병칭한 것으로, 이들 모두 남양 태수(南陽太守)가 되어 선정을 베풀어서 백성들을 편안하게 했다. 관원은 두 사람을 한사람처럼 만들어 3년 만에 치적을 올리고 있는 서극일의 능력에 견주었다.

후반부 시작인 제5구는 도연명이 차조를 심게 하여 술을 담가 자족했다는 고사를 끌어들였다. 『용재수필(容齋隨筆)』권8「도연명(陶淵明)」조목에 "연명이 팽택에 있을 때, 공전마다 차조를 심게 하고 말하기를 '내가 항상 술에 취할 수 있으면 족하리라.' 하였다.(淵明在彭澤, 悉令公田種秫曰, 吾常

得醉於酒, 足矣.)"라는 기록이 있고, 도연명의 시에도 "차조 찧어 맛난 술 담 았다가, 술 익으면 내 자작하리.(春秫作美酒, 酒熟吾自斟)"라고 하였다. 작은 고을에 갇혀 있는 근심을 도연명처럼 차조 술로 풀고, 무이차를 많이 마셔 마음을 달래라고 권유한다. 큰일을 할 그대가 그런 곳에 있어서는 안 될 일 이고, 이미 그대는 산성(山城, 작은 고을)을 충분히 얻었으니 얼른 공무를 파 하고[放衙] 즐기면서 돌아올 준비나 하라는 희망찬 메시지를 담았다.

51. 안성 객헌에서 청룡사 스님을 만나서(安城客軒遇靑龍寺僧)

『밀산세고』에 18번째로 수록된 시로, 부록본과 단행본에도 편차만 다를 뿐 아무런 차이가 없다. 『안성군읍지』에 따르면 "청룡사(靑龍寺), 은적암(隱寂庵), 내원사(內院寺)는 군의 남쪽 30리에 있다"고 하였고, 객사(客舍)는 대청 6칸, 동무(東廡) 6칸, 서무(西廡) 6칸으로 되어있다고 한다. 시제에서 말하는 '객헌'은 바로 대청을 말하는 것으로 보인다. 관원은 1566년(명종 21, 43세) 10월에 경기관찰사에 제수되었고, 이듬해 4월 조정으로 돌아와 경기도내의 농사상황을 보고하였다. 따라서 이 시는 이 시기에 지었을 가능성이 크다.

서운산 아래 있는 청룡사는,   瑞雲山下靑龍寺,
십팔 년 전에 책을 짊어지고 유학했던 곳이지.   十八年前負笈遊.
쓸쓸한 책상 가에 촛불 밝혀 책을 읽었고,   明燭看書孤榻畔,
작은 계단 머리에서 두건을 제치고 술을 빚었었지. 岸巾釀酒小階頭.

벽에 남긴 시들 지금은 기억하기 어렵고,	留詩在壁今難記,
숲을 뚫고 지팡이 짚는 일 해보고 싶었으나 말미가 없었네.	扶杖穿林久未由.
옥절을 잡고 달려감에 한가롭게 할 수 없어,	玉節驅馳閒不管,
이번 행차에는 온천을 찾아 쉴 길 없네.	此行無路訪湯休.

『안성군읍지』에 따르면, 서운산(瑞雲山)은 군의 남쪽 20리에 있으며 서봉(西峯)에는 단(壇)이 있고, 그 단 아래에는 삼정(三井)이 있어 가뭄에도 우물을 치고 기우제를 지내면 응험이 있다고 하였다. 그 아래 청룡사에서 옛날 공부했던 일을 추억한다. 등불 밝히며 공부했던 일과 두건을 제쳐 쓰고[안건(岸巾)] 계단에서 술을 빚었던 일들을 말이다. 관원은 그곳의 스님을 만난 것이다. 지금의 자신은 세속의 먼지에 휩쓸려 바쁘게 살다보니, 그 때 벽에 적었던 시조차 떠오르지 않는다고 수다를 떨고 있는 관원의 모습이 그럴법하게 그려진다. 당신을 따라 옛 추억을 좀 더 더듬어 보고 싶지만, 왕명을 수행하고 있다는 신표인 옥으로 만든 부절(符節)을 차고 있기 때문에 온천을 찾아 쉴 겨를도 없다고 푸념한다.

52. 진위현 제영시(振威縣題詠)

이 제영시는 『밀산세고』에 19번째 수록된 작품으로 부록본과 단행본에서도 시제는 동일하다. 역시 앞서 본 「안성 객헌에서 청룡사 스님을 만나서(安城客軒遇靑龍寺僧)」지은 시와 같은 시기의 작품으로 추정된다. 여기 진위현(振威縣)은 오늘날 경기도 평택시와 오산시 남쪽 경계에 있는 현이다.

관각에 바람은 미미하고, 자주색 제비들 바쁜데,	官閣風微紫燕忙,
청화절 저녁이나 낮이 유독 길구나.	淸和節暮晝偏長.
사또의 선정은 삼 년이 절정이라,	使君善治三年最,
나그네 한가로운 졸음에 걸상하나 서늘하네.	客子閒眠一榻凉.
들 밖 강줄기 띠처럼 둘렀고,	野外川形圍似帶,
하늘 가 산세는 담장처럼 감쌌네.	天邊山勢繞如墻.
시구를 지으려 이전 작품 따라가지만,	欲題詠句追前作,
노필엔 본디 만 길 빛남은 없다네.	老筆元無萬丈光.

관각(官閣)은 관에서 지은 누각을 말하는데, 『진위현읍지』에 따르면 여기의 관각은 관아 동헌(東軒)을 말하는 것으로 보인다. 관원은 이때를 묘사하여 바람도 포근하고 제비들이 부산하게 나는 청화절(淸和節)이라 밝혔다. 바로 음력 4월 또는 4월 초하루로, 음력 4월의 이칭이다. 1566년(명종 21, 43세) 10월에 경기관찰사에 제수되었고, 이듬해 4월 조정으로 돌아왔으므로, 돌아올 때 제영한 시로 보인다. 관원은 누각에 홀로 앉아있다. 사또의 임기는 3년이므로, 한창 마무리에 진력하느라 관원은 오롯이 혼자 봄 경치를 완상하고 있다. 시선은 강줄기에 머물렀다 다시 산으로 올라가고 하늘에 닿는다. 한적함을 달래려 제영된 시들을 따라 시를 지어본다. 시운을 따라 지으려니, 나른한 졸음을 망칠 것 같다. 그래서 눈에 들어오는 순서에 따라 지어놓고는 노둔한 필치[老筆]로는 어디 길이 빛나는 시야 되겠는가 하며 너스레를 떨고 있다. 이러한 여유로움도 곧 끝나게 되리니 이 만춘의 정경을 그냥 두고 갈 수는 없다고.

53. 신 매제 집 잔치에 가서(赴宴申妹第)

『밀산세고』20번째 수록된 이 시는 남아 있는 것이 의아할 정도로 흥미로운 시이다. 부록본과 단행본에도 순서만 다를 뿐 아무런 조정도 보이지 않는다. 여기 신씨 매제(妹弟)는 관원의 여동생 남편인 신사정(申士楨, 경헌공주의 아들)으로 보인다. 외조부는 문종이고, 외조모는 문정왕후(文定王后)이다. '한국역대인물 종합정보시스템'의 자료에 따르면, "국상(國喪) 중에 기생 석빙정(惜娉婷)과 함께 음란한 행동을 하였고, 모친의 재물은 물론 외조모가 하사한 물건까지도 석빙정에게 갖다 주는 등, 도가 지나치자 기생에게 전해진 물건들은 압수되었고, 기생은 제주(濟州)에 유배되었다. 그리고 자신은 국상 중에 간음한 죄로 의금부(義禁府)에서 추고되었다. 1568년(선조 1) 평소 부친을 원망하고, 부친이 귀양을 갈 때도 나와 보지도 않는 등 불효한 행적이 조정에 알려져 사판(仕版)에서 이름이 삭제되고, 의금부에서 추문을 당하였다. 정배된 지 10년이 지난 1588년(선조 21)에 부인 박씨의 사면요청으로 유배지에서 풀려났다." 관원은 이런 인품의 매제집 잔치에 가고 있다.

중대는 출입을 제한하는데다 묘신에 얽매여	中臺地禁卯申纏,
오늘에야 형제로서 성대한 잔치에 가네.	今日鶺原赴盛筵.
눈을 들어보고서 춘사가 무르익었음을 알겠고,	擡眼始知春事晚,
마음에 두고 가장 아끼는 이에게 술잔을 전하네.	關心最愛酒杯傳.
꽃은 저녁 물색을 맞아 눈같이 밝고,	花迎暮色明如雪,
새는 온화한 바람을 희롱하며 현처럼 우네.	鳥戲和風咽似絃.
골육이 된 백년의 정은 다함이 없으니,	骨肉百年情不極,
그댈 위해 붓을 적셔 새로운 시를 지어보네.	爲君濡筆賦新篇.

관원은 먼저 자신이 홍문관의 별칭인 중대(中臺) 소속이라고 밝히면서 시작한다. 묘신(卯申)이란 '묘'는 오전 5~7시이고, '신'은 오후 3시~5시를 말하므로 관원들이 출퇴근 시간의 대칭으로 사용하였다. 이러한 엄격한 출퇴근 시간에 얽매여 있다가 오늘에야 틈이 나서 형제의 잔치에 가게 되었다고 당당하게 밝혔다. 이윽고 연회의 정경을 묘사하면서 '춘사(春事)'가 무르익었을 때, 그는 가장 사랑하는 사람에게 술잔을 전했다.

꽃은 밤이 되니 더 눈처럼 밝다는 시각적 이미지를 보여주고, 새는 온화한 바람을 타고 현처럼 운다고 청각을 자극한다. 이 시청각의 정보들은 다중의 의미를 전달한다. 마치 숨기고 싶은 남녀 간의 정사처럼 말이다. 이렇게 시를 지어 남기는 것은 바로 오랜 골육의 정 때문이라고 마무리했지만, 시에 들어있는 관원의 모습은 이미 '봄 일[春事]'의 한 장면을 구성하고 있다.

54. 노소재수신께 드림(贈盧蘇齋守愼)

『밀산세고』22번째 수록된 시이다. 부록본과 단행본에서만 '수신'이란 이름을 부기로 밝혔다. 소재(蘇齋)는 노수신(盧守愼, 1515~1590)의 호이다. 자는 과회(寡悔)이고 본관은 광주(光州)이며 시호는 문의(文懿)이다. 장인 이연경(李延慶, 1484~1548)에게 수학하고 1541년부터는 회재 이언적을 따라 학문적 길을 걸었다. 1543년 식년문과에 장원급제 한 후 중앙의 청요직을 역임했다. 이후 을사사화에 파직되어 순천으로 유배(1547)되었고 이후 양재역벽서사건(良才驛壁書事件)에 연루되어 더 멀리 진도에 이배되어 19년간 귀양살이를 했다. 1567년 선조가 즉위하면서 유배에 풀려나 조정의 요직을 역임하고 1578년에는 영의정에 올랐다. 이후 기축옥사로 파직되었다. 충주의 팔봉서원(八峰書院), 상주의 도남서원(道南書院)·봉산서원(鳳山書院), 진도의 봉암사(鳳巖祠), 괴산의 화암서원(花巖書院) 등에 제향되었다. 이 시의 창작시기는 시의 내용으로 보아, 소재가 유배에서 풀려난 1567년, 관원이 경상도 관찰사로 내려가기 전으로 추정한다.

하늘 남쪽의 장독이 공께 너그럽지 않았지만,	天南瘴毒不饒公,
이십 년 만에 돌아오나 뺨은 예전처럼 붉으시네.	廿載還家頰故紅.
기쁨과 두려움 날짜를 아껴야 함을 아셨고,	喜懼應知當愛日,
나아감과 어긋남도 결국 충성을 쏟으려 함이셨네.	行違終亦要輸忠.
맑은 명성 뭇 유생 중에서 으뜸으로 부합하니,	清名合在諸儒上,
우러러 처다봄도 다른 시대에 계신 것 같았다네.	景仰猶如異代中.
늙어서 만난 것이 우연한 것이 아니니,	投老相逢非偶爾,
[제가] 돌아오면 나를 춘풍에 앉게 해주소서.	北歸容我坐春風.

천남(天南)은 소재 노수신이 을사사화로 1547년(명종2) 순천으로 유배되었다가 다시 양재역벽서사건(良才驛壁書事件)에 연루되어 진도로 유배되어 19년을 보냈는데, 여기서는 바로 진도를 가리키는 말로 사용하였다. 희구(喜懼)는 「논어·이인(里仁)」에 "부모의 연세에 관심을 두지 않을 수 없으니, 한편으로는 오래 사셔서 기쁘기도 하지만 또 한편으로는 살아 계실 날이 얼마 남아 있지 않을까 두렵기 때문이다.(父母之年, 不可不知也, 一則以喜, 一則以懼)"라고 한 공자의 말에서 비롯한 표현이다.

55. 전라도관찰사로 부임하며 오매역에 지음(赴按湖南 題烏梅驛)

오매역에 쓴 이 제영시는 『밀산세고』 25번째 수록된 시이다. 부록본과 단행본에도 다른 부기사항은 없다. 이 시를 쓴 시기는 당연히 1575년(선조 8, 52세) 전라도 관찰사로 부임할 때이다. 문제는 '오매역'은 어디에 있는지 모른다는 것이다.

하늘은 두터운 구름 퍼져 열리지 않아,	天上頑雲撥不開,
바삐 역마 몰아 오매역에 들렀네.	忽忽郵傳過烏梅.
높이 올라 시절을 상심하는 눈물 흘리나,	登高灑盡傷時淚,
멀리 가는 것 당초 어모의 재주가 아니었다네.	適遠初非禦侮才.
말을 타고 부질없이 남북 길에 수고로워	鞍馬空勞南北路,
원림에서 성현의 술잔을 공연히 저버렸네.	園林虛負聖賢杯.
드넓은 강과들에 쌍 깃발 날리니,	川原浩浩雙旌發,
평생을 활과 화살로 사는 것도 통쾌하구나.	弧矢平生亦快哉.

관원은 구름이 흩어지지 않고 뭉쳐있어 비가 올 것을 직감하고 역말을 몰아 오매역에 들어왔다. 풍광을 감상하려 누대에 올라 두보처럼 시절에 상심하는 눈물을 흘린다[傷時淚]. 자신의 이번 부임이 적의 침입을 물리쳐 모욕을 당하지 않는다는 절충어모(折衝禦侮)하는 재주와는 관계가 없는데, 왜 이 길을 가고 있는지 스스로에게 묻고 있다.

말을 타고 남쪽 갔다[1567년 경상도관찰사를 지냄], 북쪽 갔다[1555년 평안도 감군어사, 1560년 만포진 병마첨절제사로 나감] 하면서 수고로웠지만, 원림(園林)에서 성현들에게 술 한 잔 올리지도 못했다. 즉 성현들에게 나아가 도학을 공부하는 것을 저버렸다는 말이다. 그렇지만 강과 들에 관찰사의 상징인 쌍 깃발 휘날리며, 무장의 모습을 갖추고 사는 것도 그에 못지않게 통쾌한 면도 있다고 스스로를 위로하고 있다. 마지막 구의 '호시(弧矢)'는 '상호봉시(桑弧蓬矢)'의 준말로, 천지 사방을 경륜할 남아의 큰 뜻을 상징하는 말이다. 옛날에 사내아이가 태어나면 뽕나무로 활을 만들고 쑥대로 화살을 만들어 천지 사방으로 쏘면서 장차 이처럼 웅비(雄飛)할 뜻을 품었다고 한다.

56. 임평사에게 화답함(和林評事八首)

백호 임제의 시에 차운한 이 연작시들은 『밀산세고』 26번째 「임생 제에 화답함(和林生悌)」이란 제목으로 8수 모두 수록되어있다. 부록본의 시제도 이와 같지만, 단행본에서만 '생'자를 '평사'로 바꾸어 놓고 있다. 앞서 백호와 관원이 주고받은 시에서 언급한 것처럼 여기서는 '임생'이라고 해야 맞다. 한편 『관원백호창수집』에도 앞 4수만 수록되어있다. 당연히 이 시편들은 관원이 전라도관찰사로 내려왔을 때인 1575년(선조 8, 52세)의 작품들이다.

여기 백호가 보내 준 8수의 시가 『임백호집』에서도 하나로 묶여져 있는 것은 아니다. 먼저 전반 3수는 「박 감사님께 올림(呈朴使相)」[2-3(1-3)]로 수록되어 있는데, 3수를 백호가 써서 올리자 관원이 그에 답하는 3수를 지은 것으로 되어있다. 바로 『관원백호창수집』에 선록된 차례대로 3수와 동일하다. 이처럼 백호의 시에 답하는 형식으로 되어있으므로, 백호의 시를 먼저 감상하는 것이 순서일 것이다. 백호가 관원에게 보낸 시는 단행본 권2에 수록되어있지만, 여기에 옮겨 주고받은 느낌을 조금이라도 이해하도록 구성하였다.

[2-3-1] 「박 감사님께 올림 4수(呈朴使相四首)」

편지엔 「황화」와 「운한」의 말들 가득하고,	滿紙皇華雲漢詞,
눈에는 봉황과 난새의 모습을 마주하고 있네.	眼中猶對鳳鸞姿.
태연히 영균이 매였던 원망의 강물을 삼켰고,	平呑怨水靈均纍,
곧바로 길보가 노래한 맑은 바람을 눌렀네.	直壓淸風吉甫詩.
베갯머리에 기운 천리의 몽상	千里夢想欹枕處,
누대에 기댄 백년의 훈업이여!	百年勳業倚樓時.
큰 종이 울린 뒤라 작은 울림 부끄럽고,	洪鍾撞後羞鳴瓦,[23]
내가 읊은 풍월이야 어찌 기특타 여기리오.	抹月如吾敢自奇.

백호는 관원에게 시를 올리면서, 관원이 시에 조예가 깊었던 점을 칭송하고 있는데, 그 연원은 바로 『시경(詩經)』의 권위에 호소하고 있다. 「황화」는 소아(小雅)에 나오는 편명이고, 「운한」은 대아(大雅)에 나오는 편명이다. 말하자면 자신은 관원의 시를 통해 봉황과 난새를 보았다고 한다. 이어서 애국시인 굴원(屈原)의 이미지를 불러왔다. '루(纍)'자는 '루(纍)'자와 통용하여 쓰므로, 여기서는 후자의 의미로 파악해야 할 것으로 보인다. 루(纍)는 '~에 얽매이다. 묶이다'라는 뜻이다. 영균(靈均) 즉 굴원이 유배되어 억류된 상수(湘水)와 원수(沅水)를 여기서는 '원망의 강물'이라 표현한 것이

••••

23 현행복 역주, 『관원백호창수록』, 도서출판각(2010), 364쪽에는 '명와(鳴瓦)'를 '명미(鳴尾)'로 읽었다.

바로 '굴원 불러오기'이다. 이러한 굴원도 결국은 다시 『시경』에 뿌리를 두고 있음을 천명한다. 「대아(大雅)·증민(蒸民)」에서 "길보(吉甫)가 송시(誦詩)를 지으니 의미심장함이 청풍(淸風)과 같도다(吉甫作誦, 穆如淸風)."라고 했던 길보라는 시인의 이야기를 끌어온 것이 그것이다.

이러한 크고 아름다운 소리[洪鍾]가 울렸으니, 자신이 지은 작은 소리[鳴瓦, 기와를 울리는 소리]가 부끄럽다고 하면서 역시 『초사·복거(卜居)』의 용어를 빌려 왔다. "웅장한 소리를 내는 황종은 버림을 받고, 질그릇 두드리는 소리만이 요란하게 울려 퍼진다(黃鍾毀棄 瓦釜雷鳴)."라고 하였다. 마지막으로 백호는 자신이 지은 시야 말로 말월비풍(抹月批風), 즉 음풍농월(吟風弄月)의 '말월(抹月, 달을 쓰다듬다)'에 지나지 않는다고 관원의 시를 추켜세우고 있다.

[56-1]

호남의 멋진 선비 아름다운 시어도 풍부하여	南湖佳士富姸詞,
천마인지 학인지 세속의 자태 벗어났네.	天馬仙禽絕俗姿.
문장이 도를 배우는데 방해된다 하지 마오.	莫謂文章妨學道,
절차탁마가 시를 말하는데 있음을 오래전에 알았네.	久知磋切在言詩.
강을 낀 성엔 흰 백사장과 푸른 대나무,	白沙翠竹江城日,
상쾌한 누각엔 시원한 대자리와 성근 발.	淸簟疎簾快閣時.
시를 주고받음에 천 자루 붓 닳지 않으랴.	安得唱酬千管禿,
봄 하늘 안개 낀 사물들 신기하게 보이는데.	春空雲物看新奇.

관원은 자신이 이전에 지어 보내 준 시를 인정하며 칭송하고 있는 백호에게 감사하는 말을 전한다. 백호를 호남 최고의 미남이며 그가 풀어낸 시어도 너무 훌륭하여 천마(天馬), 학은 다른 조류와는 달리 새끼를 태생(胎生)한다는 전설을 빗댄 '선금(仙禽)'처럼 세속의 더러움을 벗어나있다고 극찬한다. 이어서 관원은 자신의 '시학(詩學)'을 소개한다. 사람들이 시를 짓는 것은 도를 공부하는데 방해가 된다고 시 창작을 꺼리는데, 시를 통해서 절차탁마하는 것이 오랜 전통이라고 역설하고 있다.

흰 백사장과 푸른 대나무를 통한 색감 대비, 누각과 발을 통한 가시(可視)와 비가시(非可視)의 대립 구도. 이를 소통시키는 시인이야 말로 붓 천 자루가 어찌 닳지 않겠느냐고 한다. 게다가 저기 바라보는 봄 경치가 우리를 부르고 있는데, 어찌 그냥 놔둘 수 있느냐고.

[2-3-2]

범중엄의 가슴에 수만의 병사가 들어있어,	范老胸中數萬兵,
일찍이 도읍에서 명성 자자했던 일 기억나네.	憶曾都下慣雄名.
긴 성곽 시서(詩書)의 장수에게 맡기니,	長城有寄詩書將,
먼 변방 검극(劍戟)의 울리는 수고로움 없네.	絶徼無勞劍戟鳴.[24]
술동이 자주 열리니 깃발 그림자 나부끼고,	樽蟻屢開旗影轉,[25]

••••

24 저본에는 '요(徼)'자가 '격(繳)'자로 되어있어,『임백호집』과『관원백호창수록』에 따라 바로 잡았다.

25 '준(樽)'자는 저본과『임백호집』에 따른 것으로,『관원백호창수록』에는 모두 '준(尊)'자로 되어있다. 두 글자는 술바리란 의미에서 같은 글자로 쓴다. 준의(樽蟻)란 술바리에 뜬 개미 같은 밥알 같은 것을 말한다. 문제는 구의 마지막 글자인 '전(轉)'자인데,『임백호집』

바다고래 움직이지 못하니 군진 구름 평화롭네.	海鯨難動陣雲平.
남방 황폐한 땅에 어찌 염매 같은 인재를 시험하랴.	炎荒詎試鹽梅手,
머지않아 조정에서 갱재가를 부르시리.	未久虞庭乃載賡.

관원이 '시를 통한 절차탁마'란 말에 힘이 난 백호는 시적 날개를 활짝 펴고 관원에게 날아든다. 백호는 관원을 범중엄(范仲淹, 980~1052)에 맞대었다. 범중엄이 연주 지사(延州知事)가 되어 변방을 다스릴 때 병사들을 엄격히 단속하자, 오랑캐들이 범중엄을 용도노자(龍圖老子)라 일컬으며 "연주를 마음에 두어서는 안 된다. 지금 소범노자[범중엄]의 가슴속에는 절로 수만의 갑병이 들어 있으니, 우리가 속일 수 있는 대범노자[북송의 장군 범옹(范雍)]에 비할 바가 아니다(毋以延州爲意, 今小范老子胸中, 自有數萬甲兵, 不比大范老子可欺也.)"라고 하였기 때문이다.

이러한 문무를 겸비하여 범중엄에 비견되는 분이 호남에 내려오자 바다고래[海鯨]들이 꼼짝하지 못한다고 부연한다. '해경'은 글자그대로 바다고래를 뜻하지만 종종 해적(海賊) 즉 왜구의 전선(戰船)을 지칭하는 표현으로 쓰였다. 그러면서 『서경(書經)』의 표현들로 관원의 학문적 깊이에 감복한다. 「열명(說命)」 하에 은(殷)나라 무정(武丁) 임금이 재상인 부열(傅說)에게 말하기를, "국에 간을 맞추려면, 그대가 소금과 매실이 되어 주오(若作和羹, 爾惟鹽梅)."라고 한데에서 '염매'를 가져와 관원에 대입시켰다. 이러한 재능을 갖추고 있으니 순(舜) 임금이 신하를 권면하는 뜻의 노래를 부르자 고요

<hr>

에서만 '정(靜)'자로 되어있다. 두 글자 모두 의미가 통한다. '전'자에 따르면 깃발 그림자가 나부낀다는 의미이고, '정'자로 읽으면 깃발 그림자 고요하다는 뜻이다.

(皐陶)가 임금을 권면하는 뜻으로 화답한 노래인 갱재가(賡載歌)를 부르게 될 것임을 확신하고 있다.

[56-2]

산서의 가세(家勢) 병법을 즐겨 말하니	山西家勢好談兵,
서울의 서생은 부질없이 이름만 적었네.	洛下書生漫記名.[26]
느슨한 허리 띠 가벼운 갖옷 나에겐 어울리지 않으니,	緩帶輕裘吾不稱,
긴 창과 큰 칼일랑 그대가 잘 울리겠네.	長槍大劍爾能鳴.[27]
남해의 왜구들아 염탐하지 말라.	南溟倭寇休廉偵,
북극의 조정에선 토벌코자 하노니.	北極朝廷要討平.
강한의 풍류 아직 없어지지 않았으니	江漢風流今未喪,
막부의 많은 여가엔 만남이 이어지네.	幕中多暇會相賡.

　관원과 백호의 서로를 칭찬함이 지나칠 정도로 느껴지기도 하지만, 두 시인이 서로를 '칭찬하는 놀이'는 쌍방의 여러 장점들을 다 아우르고 있다. 관원은 백호의 과분한 칭찬에, 백호가 병서(兵書)에 해박한 것을 들고 나온다. 양숙자(羊叔子)는 진(晉)나라 양호(羊祜)인데, 도독형주제군사(都督荊州諸軍事)로 재임하는 동안에는 둔전(屯田)을 실시하여 식량을 비축하면서

· · · ·

26　'만(漫)'자는 『임백호집』과 『관원백호창수록』에 '만(謾)'자로 되어있는데, 두 글자는 통용하며 '부질없이', '헛되이' 등의 뜻을 가진다.

27　'창(槍)'자는 『관원백호창수록』에 '창(搶)'자로 되어있는데, 필사본에서 손수변[扌]과 나무목변은 잦은 혼동을 보인다. 창(槍)자가 맞다. 또한 저본에는 검(劍)자가 '일(釼)'자로 되어있는데 자형에서 비롯된 오자로 판단하여 『임백호집』과 『관원백호창수록』에 따라 고쳤다.

오(吳)나라를 정복할 계획을 하였다. 평일에는 갑옷을 입지 않고 가벼운 갖옷[輕裘]에다 허리띠를 느슨히 맨[緩帶] 차림으로 오나라 장수 육항(陸抗)과 사신을 교환하면서 원근을 안심시켜 강한(江漢)과 오나라 사람의 마음을 수습하였다. 또 양양(襄陽)을 다스리면서 인정(仁政)을 베풀었기에 그가 죽자 백성들이 저자를 파하고 통곡하였으며 그가 평소 노닐던 현산(峴山)에다 비석을 세우고 사당을 건립하였는데, 그 비석을 보는 사람들이 모두 눈물을 흘렸다 하여 두예(杜預)가 그 비를 타루비(墮淚碑)라고 하였다는 이야기를 배경으로 깔고, 자신은 양숙자의 자질에 미치지 못하지만, 백호 그대야 말로 진정한 이 시대의 양숙자가 될 것이라는 덕담을 주었다.

양숙자 같은 백호가 자신의 곁에서 든든히 보좌하고 있다는 것을 자랑이라도 하듯이, 왜구들에게 염탐(廉探)하거나 정탐(偵探)하지 말라고 경고한다. 이어서 북극(北極) 즉 북극성으로 은하수가 이 별을 중심으로 돈다는 표현으로 임금과 대궐을 암시하여 백호가 국가 방어에 중요한 인재가 될 것임을 예고하고 있다. 게다가 백호 같은 인재의 활약으로 막부의 일이 한가해졌으니 강호에 풍류가 없어졌다고[과거에만 몰두하며 시 창작을 멀리하는 세태] 한탄할 필요가 없겠다고 자신의 행위에 정당성을 부여하고 있다. 겉으로는 이를 표현한 제7구에는 숨겨진 전고가 있다. '강한'은 곧 장강(長江)과 한수(漢水)의 부근 지역인 무창(武昌)을 가리킨다. 진(晉)나라 재상 유량(庾亮)이 일찍이 정서장군(征西將軍)이 되어 무창에 있을 때 장강 가에 누각을 세우고 이를 남루(南樓)라 하였는데, 어느 가을날 밤에 달이 막 떠오르고 날씨가 쾌청하자, 유량이 남루에 올라가서 그의 좌리(佐吏)인 은호(殷浩), 왕호지(王胡之) 등과 함께 시를 읊조리며 고상한 풍류를 만끽했다는 이야기가 있다. '강한의 풍류[江漢風流]'란 수장(首長)이 소속 관료들과 주연(酒宴)을 열고 시를 읊조리며 풍류를 즐기는 것, 여기서는 관원과 백호의 주연과 시를 짓는 행위를 의미한다. 이 유량의 풍류는 두보가 「강릉절도사 겸 양성군왕이 새로 누각을 낙성하고 시어 엄판관을 초청하여 7언의 시구를 짓게 하여 함께 지음(江陵節度使陽城郡王新樓成王請嚴侍御判官賦七字句同作)」이란 시에서 "퇴청한 여가에는 막료들을 맞아 즐기니, 강한의 풍류가 만고에 길이 전하리로다(自公多暇延參佐, 江漢風流萬古情)."라고 하면서 많은 호응을 받았다.

[2-3-3]

한 여름 남쪽 고을에서 무더위로 괴로워하시는	半夏南州苦鬱蒸,[28]
옥루의 감사님을 모시고 올랐던 일 추억하네.	玉樓仙節憶陪登.
변방의 비 갠 날씨 구름이 막 걷히니,	關河霽色雲初斂,[29]
대궐로 돌아가려는 마음 학을 타고 오른 듯 하겠지요.	霄漢歸心鶴擬乘.
고요한 절간의 향 등불 시름겨운 나그네를 잡아두니,	孤寺香燈淹病客,
한 편의 주옥같은 시 맑은 얼음 마주한 듯.	一篇珠玉當淸氷.
투호하는 좌막으로 응당 무사할 테이니,	投壺蔡幕應無事,
젓가락을 빌려 결국에는 백승을 꾀하리.	借箸從當運百勝.[30]

· · · · ·

28 반하(半夏)는 『임백호집』에만 '하반'으로 어순이 바뀌어 있다. 여름의 반 즉 성하(盛夏, 오뉴월)를 말한다.

29 저본에는 '제(霽)'자가 '제(齊)'자로 되어있고, '렴(斂)'자가 '감(歛)'자로 잘못 되어있어, 『임백호집』과 『관원백호창수록』에 따라 바로 잡았다.

30 종당(從當)은 『임백호집』에만 종당(終當)으로 되어있는데, '나중에', '이 뒤에 마땅히', '즉

242

백호는 시제를 전환하여 무더위로 고생하는 관원을 모시고 등고(登高)했던 일을 추억한다. 관원을 지칭하면서 '옥루선절(玉樓仙節)'이라 하였다. '옥루'는 천제 또는 신선이 산다고 하는 천상의 낙원을 말하고, '선절'이란 표현은 글자그대로 신선의 부절을 쥔 사람이란 뜻이다. 백호는 관원을 옥과 신선 같은 사람으로 따르고 있다. 그리고 '소한(霄漢)'-은하수-임금이 계신 곳을 암시하면서 관원이 조정으로 돌아가고 싶은 마음을 위로했다.

두 시인은 무더위를 피해 높은 곳에 올랐고, 어느 절간에서 하룻밤을 보내는 여유를 즐긴다. 그 가운데 이루어진 주옥같은 시는 무더운 날 맑고 깨끗한 얼음을 마주한 것 같은 신선함을 주었다. 이러한 행복을 유지하고 싶었던 백호는 관원을 채준(蔡遵)에 비유하고 있다. '채막(蔡幕)'이란 표현이 그것인데, 채준(蔡遵)의 좌막(佐幕)이란 뜻이다. 바로 채준은 박감사이고 막료는 백호 자신을 표현하고 있다. 『후한서』「채준열전」에 "곽준은 장군이 되어, 선비를 등용함에 유술(儒術)로 하였고, 술과 음악을 베풀며 반드시 고아한 노래와 투호를 즐기게 했다(遵爲將軍, 取士皆用儒術, 對酒設樂, 必雅歌投壺.)"라고 한 것을 떠올린 것이다. 백호의 전고사용은 계속된다. '차저(借箸)'란 '차저(借筯)'는 '자저(藉箸)'라고도 쓰는데, 한 고조(漢高祖)가 막 밥을 먹고 있을 때 장량(張良)이 밖으로부터 들어와서 뵙고 말하기를, "신은 청컨대 앞의 젓가락을 빌려 주소서. 대왕(大王)을 위해 계책을 보여드리겠습니다(臣請藉前箸, 爲大王籌之.)"라고 한 것으로 마지막 구를 조합해 냈다. 결국 관원이 이렇게 한가롭게 지내고 있지만, 서로 좋은 계책을 마련하여 승

• • • •

시' 등등의 뜻이다.

리를 얻게 될 것이라는 확신을 말한 것이다.

[56-3]

남방의 솔개 무더위로 떨어지니,	跕鳶南服困炎蒸,[31]
높은 누대에 매일 자주 오르는 것을 아끼지 마오.	莫惜高樓日屢登.
푸른 대나무와 오동나무엔 바람이 일지 않고,	翠竹碧梧風不起,
붉은 구름과 태양 한낮에 함께 떠오르네.	彤雲赤日午相乘.
잔을 채워 삼위산의 이슬 찾으려,	盈杯欲覓三危露[32]
계곡을 벗어나니 한 덩어리 얼음 그립네.	出壑還思一段冰.
피서엔 하삭의 음주를 들어왔으니	避暑久聞河朔飲,
경계하는 마음 뒤집어져 이기지 못할까 걱정일세.	戒心翻動恐難勝.

　백호의 경계어린 조언에 관원은 '접연(跕鳶)'에 얽힌 전고를 들고 나온다. 후한(後漢)의 복파장군(伏波將軍) 마원(馬援)이 교지(交趾, 베트남)를 정벌하러 갔을 때, 남방의 찌는 듯한 더위와 독기(毒氣)로 인해 소리개가 물속으로 힘없이 떨어지는 것을 바라보았다는(仰視烏鳶跕跕墮水中)말을 소환한다. 보라! 푸른 대나무와 오동나무에도 바람 한 점 없고, 작열하는 태양이 무섭지도 않은가. 여기에도 관원은 복선을 깔아 놓았다. 당나라 대문호 한유(韓愈)가 「당고전중소감 마군 묘명(唐故殿中少監馬君墓銘)」에서 "물

....

31　'접(跕)'자는 저본에 '첩(帖)'자로 잘못되어있어,『임백호집』과『관원백호창수록』에 따라
　　바로 잡았다.

32　저본에는 '위(危)'자가 '치(厄)'자로 잘못되어있어『임백호집』과『관원백호창수록』에 따
　　라 바로 잡았다.

244

러나 소부(少傅)를 뵈니, 푸른 대나무와 푸른 오동나무에 난새와 고니가 우
뚝 선 듯하였으니, 능히 그 가업을 지킬 수 있는 분이었다(退見少傅, 翠竹碧
梧, 鸞鵠停峙, 能守其業者也)."라고 한 것에서 영감을 얻어 백호를 염두에 두
고 있다. 이처럼 훌륭한 그대여! 무더위에 나는 솔개마저 떨어진다고 하지
않았는가. 관원은 또 백거이(白居易)에게 도움을 청한다. 「한열(旱熱)」에서
"붉은 구름 흩어져 비는 내리지 않고, 뜨거운 햇볕 참으로 무서워라. 가만
히 앉았어도 땀을 뿌리는데, 문밖 나가기가 어찌 용이하랴.……어떻게 알
랴 북창 아래 늙은이 누워 있는 곳에 바람 솔솔 부는 것을. 푸른 용의 비늘
대자리를 깔고, 흰 학의 날개로 활활 부채질하네. 어찌 몸만 서늘할쏜가, 마
음 또한 무사하다네. 누가 더위를 괴롭다 말했나, 원래 청량한 땅이 있거늘
(彤雲散不雨, 赫日吁可畏. 端坐猶揮汗, 出門豈容易.……安知北窓叟, 偃臥風颯
至. 簟拂碧龍鱗, 扇搖白鶴翅. 豈唯身所得, 兼示心無事. 誰言苦熱天, 元有清涼
地.)"라고 한 것을 백호에게 환기시켜 준 것이다.

관원은 더위를 잊는 방편으로 '삼위로(三危露)'를 제시한다. '삼위로'란
삼위산의 이슬로, 가장 맛좋은 물을 가리킨다. 『여씨춘추(呂氏春秋)·본미
(本味)』에 이윤이 탕 임금에게 "맛좋은 물로는 삼위산의 이슬이 있습니다
(水之美者, 有三危之露)."라고 했기 때문이다. 관원은 백호에게 질세라, 끊임
없이 전고를 불러 백호의 더위를 덜어 준다. '하삭(河朔)'은 중국의 황하(黃
河) 이북 땅을 가리킨다. 후한(後漢) 말에 유송(劉松)이 하삭에 가서 원소의
자제들과 삼복더위에 술판을 벌이고 밤낮없이 마셔 댄 이야기를 연상시킨
것이다. 더위를 피한다는 명분으로 주연을 열고 있지만. 백호의 경계대로
우리의 본분을 잊어서는 안 될 것이라고 서로에게 약속하며 백호를 안심시

키고 있다.

　여기까지 관원과 백호는 같은 운자로 서로 창수(唱酬)하고 있다는 것을 내용으로도 확인할 수 있다. 『임백호집』에는 앞의 시제 즉 「박감사님께 올림(呈朴使相)」을 '또[又]'라고 이어간다. 이러한 나눔은 운자가 달라지기 때문일 것이다. 그런데 백호가 보낸 시는 6수이고 관원의 시는 5수만 남아있다. 이들은 같은 운자로 이루어진 작품들이므로 다르게 분리해 낼 수도 없다. 『임백호집』의 편집에 따르면, 백호가 관원의 화답을 고대하면서 올린 시는 2수이고, 관원이 화답한 시는 1수로 되어있다. 백호와 관원이 시를 주고받으면서 이런 경우는 한 번도 없었다. 왜 이런 편집을 시도했을까? 백호는 6수, 관원은 5수라면 한 차례에만, 즉 2/1, 1/1, 1/1, 1/1, 1/1로 배치하면 된다. 그런데 『임백호집』의 편집자들은 2/1, 2/1, 2/1식으로 배열해버렸다. 그러자 관원의 시 두 편이 짝을 잃게 되었다. 가장 합리적인 분배 방식은 '1/1'로 대응하는 방식이다. 백호가 1수많으므로, 마지막 백호의 시에 관원이 답하지 않았거나, 그 시가 없어진 것으로 봐야 한다. 따라서 『임백호집』에서 '2/1'로 분배한 2수 중에는 관원의 차운시와 부합하는 한 편의 '짝'이 있을 것이다. 여기서는 관원의 차운시를 기준으로, 상응하는 내용에 따라 백호의 시를 골라 편집한다. 이전에 '원운시-차운시' 순서로 감상했던 방식을 거꾸로 '차운시-원운시' 순서로 보도록 한다.

[56-4]

두 달 내내 역마가 지체되니　　　　　　兩月悠悠驛騎淹,

공무 여가에 늘 방안에 홀로 침체되어 있네.　公餘一室獨常潛.

고아한 선비 오지 않아 걸상은 비었고,	高人不至空懸榻,
먼 봉우리 무심히 바라보다가 매양 발을 걸었네.	遠岫平看每掛簾.[33]
나를 돌아보면 거칠과 게으름은 성벽이겠지만,	顧我踈慵應性僻,
그대를 생각해보면 문무에 자질까지 더했네.	推君文武本資兼.
재주는 세금 걷는 일에 부끄러워 그만둘까 생각하니,	才慚賦政思投劾,[34]
일에 어려운 것을 피한다는 혐의되는 바도 있네.	臨事辭難亦所嫌.

관원은 역마가 지체되는 바람에 아무런 내왕 없이 혼자 공무만 보고 빈 방에 홀로 있다. 아예 '고상한 선비'[백호]가 오지 않아 걸상이 비었고, 발까지 내렸다고 한다. 이렇게 백호를 기다리는 마음을 '현탑(懸榻)'의 고사를 끌어와 표현했다. 후한 말 진번(陳蕃)이 예장 태수(豫章太守)로 있을 때, 당시 고아한 선비인 서치(徐穉)를 위한 걸상 하나를 마련해 놓고는, 서치가 찾아올 때에만 내려놓았다가, 그가 돌아가면 다시 걸어 놓아 아무에게도 내려 주지 않았던 것 말이다. 그리고 백호가 문무를 겸비한 재능을 떠올리면서, 자신은 게으른 사람이라 이렇게 세금이나 걷고 있는 일이 맞지 않으므로 스스로를 탄핵하는 소장을 올려 벼슬을 그만두려[投劾] 해도 힘든 일은 피하고[辭難] 쉬운 일만 하려 한다는 손가락질이 맘에 걸린다는 심정을 토로하고 있다.

다행이도 백호에 화답한 관원의 시 네 편은 『관원백호창수록』에도 수

· · · ·

33 『관원백호창수록』에 '수(岫)'자가 '수(樹)'자로 되어있다. 문맥은 통하지만, 『임백호집』에도 '수(岫)'자로 되어있으므로 바로잡는 것이 좋겠다.

34 저본에는 '핵(劾)'자가 '효(効)'자로 잘못되어있어 『임백호집』과 『관원백호창수록』에 따라 바로 잡았다.

록되어있다. 『관원백호창수록』에 따르면, 관원의 이 차운시는 다음의 백호
시에 화답한 것으로 되어있다.

[2-3-4]

풍호에 무릎을 끼고서 세월이 지체된 데다,	抱膝楓湖歲月淹,
기질이 인의를 고집하니 어찌 침잠하지 않으리.	質頑仁義奈沈潛.
보국하려는 마음에 공연히 칼등을 튕기고,	心存報國空彈鋏,
성벽이 산을 보는 것이라 발을 내리지 못하네.	性僻看山不下簾.
사나이의 출사와 은거 결국 정해진 것이 있나니,	男子行藏終有定,
운림과 종정 어찌 함께할 수 있겠는가?	雲林鍾鼎若爲兼.
뉘라서 나와 함께 흉금을 같이하며	誰人與我同襟袍,
함께 천 잔을 기울여도 싫지 않으리오.	共倒千觴也未嫌.

백호는 제갈량(諸葛亮)이 출사(出仕)하기 전 남양(南陽)의 와룡강(臥龍
崗)에서 몸소 농사를 지을 때 매일 새벽과 저녁에 무릎을 감싸 안은 채 길
게 불렀다는 노래인 포슬음(抱膝吟)을 빌려 천하에 뜻을 품은 선비의 울울
한 심정을 말하면서 시를 시작한다. 자신을 제갈량에 맞추기 위해 회진 앞
으로 흐르는 영산강의 별칭인 '풍호(楓湖)'를 명시했다. 이처럼 인의를 고
집하니 자신이 침잠해 있는 것이 당연하다는 스스로를 위한 말을 한다. 이
러한 자신을 알아주는 사람이 관원임을 '탄협(彈鋏)'이란 표현으로 암시한
다. '탄협'이란 긴 칼의 코등이를 손으로 튕긴다는 뜻으로, 전국 시대 제(齊)
나라 풍환(馮驩)이 일찍이 제나라 맹상군(孟嘗君)의 문객(門客)이 되었는데,
맹상군이 후하게 대우하지 않고 좌우로부터 천시를 받자, 풍환이 불만을

품고 손으로 칼을 두드리며[彈鋏] 노래하기를, "긴 칼아, 돌아가야겠다. 먹자 해도 생선이 없구나. 긴 칼아, 돌아가야겠다. 밖엘 나가려도 수레가 없구나(長鋏歸來乎! 食無魚, 長鋏歸來乎! 出無車)."라고 하니, 맹상군이 좌우에게 명하여 풍환의 요구를 들어주게 하였다는 이야기를 들려주고 있다.

후반부에서는 사람의 들어가고 나감, 출사와 은거[行藏]에는 정해진 운명이 있다고 확신하면서, 운림(雲林)과 종정(鍾鼎)은 하나를 선택해야 하는 것이지 둘 다를 취할 수는 없다는 것이다. 운림이란 구름이 끼어 있는 숲이라는 말로, 처사(處士)가 은둔하고 있는 곳을 의미하고 종정(鍾鼎)은 종과 솥으로, 나라에 공로가 있는 사람은 그 공적을 종과 솥에 새겼다는 사실에서 벼슬살이를 상징하고 있다. 관원 당신만이 자신의 이러한 마음을 헤아려 줄 수 있으니, 그대라면 천 잔의 술인들 어찌 물리랴! 라고 하며 관원에 대한 믿음과 희망을 드러냈다고 할 수 있다.

이처럼 두 사람의 시적 대화는 초점이 맞지 않는 이미지를 바라보는 것 같다. 관원은 백호가 와주기만을 고대하고 있는데, 백호는 출사와 은거를 고민하는 운명론에 빠져있다. 운자를 공유하고 있기 때문에, 큰 틀에서 볼 때 어울리지 않을 것도 없지만, 우리에게는 남아있는 백호의 여섯 편 중에서 하나를 선택할 수 있는 기회가 있다.

[2-9-5]

수문에서 옥을 끌어안고 얼마나 머물렀나.	脩門抱玉幾時淹,
녹록하니 산야에 잠겨있는 것이 맞겠지.	碌碌端宜山野潛.
고요히 물소리 들으려 작은 걸상 옮겨 놓고,	靜聽水聲移小榻,

구름 모습 실컷 보아 겹겹의 발을 내리네.	厭看雲態下重簾.
유생으로 자리 잘못 잡아 흐르는 세월 급하고,	儒冠坐誤流年急,
시인으로 시절을 상심함에 소갈병이 더해졌네.	詞客傷時病渴兼.
만약 천궁의 자하액을 빌린다면,	倘借淸都紫霞液,
천 일을 취해 보낸들 어찌 마다하리오.	醉經千日豈爲嫌.

관원이 차운한 [56-4]의 원운시는 바로 이 시이다. 백호는 먼저 초나라 도읍인 영(郢)의 성문인 '수문(脩門)'을 제시하여, 초나라 사람 화씨(和氏)가 박옥(璞玉)을 얻어 왕에게 바치자 그 진가를 알지 못하고 속였다는 이유로 뒤꿈치를 자르게 하자 그는 수문 밖에서 옥을 끌어안고[抱玉, 抱璞, 抱璧] 통곡했다는 이야기를 연상시켜, 자신의 체류가 길어지고 있음을 탄식하고, 자신이 녹록하므로 산야에 잠겨 있는 것도 당연하다고 체념한다. 그리고 경치를 구경하던 작은 걸상마저 치워버리고 발까지 내려 세계와의 차단을 암시했다.

백호는 두보(杜甫)가 「위좌승 어른께 받들어 드림(奉贈韋左丞丈)」에서 "귀족들은 굶어 죽지 않지만, 선비는 몸을 그르친 이 많다네(紈袴不餓死, 儒冠多誤身)"라고 한 표현을 들어서 유생으로 가려던 자신의 길이 잘못되어 시간만 흘려보내고 있으며, 시인으로써 시절을 상심하는 것조차도 소갈병 때문에 어려워졌다고 자신의 처경을 묘사했다. 저기 천제가 사는 궁궐[淸都]에서 신선들이 마신다는 자하액(紫霞液)이라는 영약을 빌려 낫기만 하면, 그대와 천 일 동안 취한들 마다할 게 뭐가 있냐고 반문한다. 결국 백호는 관원에게 병 때문에 이렇게 체류하고 있는 것이지 다른 이유는 없으니 자신이 나을 때까지 기다려 달라는 부탁의 시를 보냈던 것이다.

[56-5]

강가에서 병들어 오랫동안 체류되니,	臥病江潭久滯淹,
되레 늙은 잠부의 논저와 같구나.	還如著論老夫潛.
청산은 문 가까워 구름이 평상에 일고,	青山近戶雲生榻,
벽수는 창 마주하여 이슬이 주렴에 드네.	碧樹當窓露入簾.
풍호 밖에 돌밭 일구며 자득하다면,	湖外巖耕君自得,
바쁜 이은(吏隱)인 나도 함께할 수 있네.	忙中吏隱我能兼.
청담하는 달밤 의당 아무런 거리낌 없을 테니,	清談月夕宜押蠡,
위아래로 재어 보는 것에 혐의 둘게 있을까?	上下停秤在不嫌.[35]

관원은 먼저 강가에 병들어 누워있는 백호의 체류가 길어짐을 염려하면서, 자기보다 훨씬 젊은 사람이 노인네 목소리를 낸다고 탓한다. 관원은 '잠부(潛夫)'를 압운하기 위해 '부잠'으로 바꾸었다. 후한(後漢) 때 왕부(王符)가 일찍이 난세(亂世)를 만나서 강직한 지조(志操) 때문에 세상에 용납되지 못함을 분개하여 은거하면서 당시의 폐정(弊政)을 통렬하게 비판하여 『잠부론(潛夫論)』을 저술한 데서 온 말이다. 여기에서 관원은 한 걸음 더 나아가, 두보(杜甫)의 「만청(晚晴)」 시에 "때로 잠부의 남긴 논을 들어 보니, 노부가 은거함이 괴이치 않도다(時聞有餘論, 未怪老夫潛)."라고 노래한 것을 연상하여, 백호가 은거하려는 것은 아닌지 의문을 감추어 두었다. 그런데 관원이 있는 여기에도 청산도 있고 벽수도 있으니 은거하는 사람 모습

••••

35 저본에 '칭(秤)'자가 '평(枰)'자로 잘못되어 있어 『임백호집』에 따라 바로 잡았다. 정칭(停秤)은 바로 칭정(稱停)으로 양을 재고 짐작하는 것을 말한다.

을 하고 있지 말고 속히 자신의 곁으로 와 달라는 메시지를 전했다.

시의 후반에 접어들면서 관원은 그대가 정녕 은거에 뜻이 있다면, 자신도 함께 하겠다는 강렬한 그리움을 드러냈다. 관원은 백호가 있는 곳을 '호외(湖外)'라고 하였는데, 바로 풍호(楓湖)를 말하고 있다. 그곳에서 그대와 청담을 나누노라면, 옛날 전진(前秦)의 왕맹(王猛)이 소년 시절에 대장군(大將軍) 환온(桓溫)을 알현했을 때, 한편으로는 담론을 유창하게 하면서 또 한편으로는 이를 더듬어 잡으면서 방약무인한 태도를 지었던 것처럼 해도[捫蝨, 이를 잡고 있어도], 개의치 않겠다는 친근감을 표했다. 그러면서 왕안석(王安石)이 "푸른 산에서 이를 잡으며 앉았다가, 꾀꼬리 울 때는 책 베고 잠을 자네(靑山捫虱坐, 黃鳥枕書眠)."라고 했던 유명한 시구를 백호에게 제시했다. 그러니 자신과의 만남에 뭘 그리 재고 말고 할 것이 뭐가 있느냐. 그대는 속히 내 곁으로 오라. 아니면 내가 그대에게 갈 테니. 백호는 아파 관원에게 나오지 못하고 있는 상황이어야만 한다.

[2-9-1]³⁶

| 강가 절 그윽한 누대에 오랜 체류 탄식하노니, | 江寺幽樓嘆久淹,³⁷ |
| 풍뢰가 잠긴 용을 일으키지 못함이 애석하네. | 惜無雷雨起淵潛。³⁸ |

••••

36 저본에는 「박감사님께 올림 5수(呈朴使相五首)」라는 시제가 붙여 마치 하나의 연작시처럼 편집했는데, 『임백호집』과는 다르다.

37 '루(樓)'자는 『임백호집』에는 '서(棲)'자로 되어있다. '서'자를 넣게 되면 '엄(淹)'자와 의미가 중복되므로, 여기서는 저본을 따르는 것이 맞다.

38 저본에는 '연(淵)'자가 '혼(渾)'자로 되어있는데, 문맥이 통하지 않는다. 『임백호집』에 따

계곡 바람 산들산들 풍경(風磬)을 날리고,	溪風颯颯初飛磬,
산 아지랑이 부슬부슬 주렴을 채우려 하네.	山靄霏霏欲滿簾.
고적한 웅심 가난에도 굴하지 않고,	牢落壯心貧不屈,
적막한 신세에 병까지 함께 하였네.	寂寥身事病相兼.
암자승려 밤마다 등불 들고 지키니,	巖僧夜夜懸燈宿,
한 권의 능가경 들어도 싫지 않네.	一卷楞伽聽不嫌.

백호는 먼저 강가에서 오래 머물며 관원에게 가지 못하는 마음을 양웅(揚雄)의 표현을 빌려 설명하고 있다. 여기서 '연잠(淵潛)'이란 심연에 잠겨 있는 것을 말하는데, 양웅이 「반이소(反離騷)」에서 "아름답도다! 신룡이 심연에 잠겨서, 상서로운 구름을 기다려 날아오르려네(懿神龍之淵潛兮, 竢慶雲而將舉)."라고 한 것을 활용하였다. 그렇지만 그곳에서의 생활도 바람이 풍령을 흔들고, 아지랑이가 주렴에 가득한 정경이야 말로 무료함을 달래줄 만하다고 안부를 전하고 있다.

풀어낼 곳 없는 웅심(雄心)을 가난에도 접지 않고 생활하다가, 설상가상 병마저 들어버렸다는 것이다. 꼼짝하지 못하고 있는 적막함을 절간의 승려가 독송하며 자신을 달래주고 있으니, 스님이 들려주는 저 『능가경』소리 자꾸 들어도 물리지 않는다는 표현으로 나아갈 수 없다는 의지를 표명하고 있다. 이렇게 관원의 간절한 기다림과 백호의 미안함은 한 수의 시를 더 짓도록 이끌었다. 백호는 관원의 기다림을 다름과 같이 위로하고 있다.

••••

라 바로 잡았다.

[2-9-3]

적적하구나! 누가 나의 오랜 머무름을 가련해 하리오.	寂寂誰憐我獨淹,
온 숲의 우는 새들 나의 침잠을 희롱하네.	一林啼鳥玩幽潛.
구슬 신발 신은 삼천의 객은 아니지만,	自非珠履三千客,
일찍이 신선누대의 열 두 주렴 안에 들었네.	曾入仙樓十二簾.
호방한 흥취 점차 따르니 시적 흥취 빼어나고,	豪興轉隨詩興逸,
맑은 광기 보태져 취한 광기도 겸했네.	清狂添得醉狂兼.
골짜기 구름과 관도의 나무 이제 요락했으니,	洞雲官樹今寥落,
베갯머리에 돌아가는 넋은 비를 탓하네.	枕上歸魂雨作嫌.

백호는 자신도 정말 적적하기 그지없다. 심지어 숲에서 우는 새들도 자신의 지루한 체류를 희롱하는 것 같다고 고백한다. 이어서 관원을 옛날 초나라 춘신군(春申君)에 비유하고 자신을 그의 식객으로 설정하도록, 춘신군이 식객들에게 '주리(珠履, 구슬로 꾸민 화려한 신발)'를 내어주며 우대했다는 이야기를 풀어냈다. 나아가 '선루(仙樓)'라는 이중적 의미의 단어를 선택했다. 즉 선루는 관찰사나 지방관이 머무는 곳을 상징하는 말로, 백호는 이미 관원이 있는 곳을 '선루'라고 표현했었다. 또한 선루는 평안도 성천 도호부(成川都護府)에 있는 강선루(降仙樓)를 가리킨다. 그 아래에는 대동강(大同江)이 흐르고, 강 건너편에 유명한 무산(巫山) 12봉우리가 병풍처럼 둘러싸고 있다. 여기서 백호는 그 봉우리들을 '12주렴[十二簾]'으로 표현했다. 백호는 관원이 가장 좋아하는 것 중에 선택을 받았다는 말이다.

관원의 호방한 세계에서 시로서 나눈 정취가 빼어났고, 청광(清狂)뿐만 아니라 취광(醉狂)까지도 만끽했다고 그때의 행복감을 나열했다. 여기서

청광이란 일부러 미친 체하여 얽매임이 없음을 이르는데, 두보(杜甫)가 「하지장(賀知章, 659~744)이 잘한 남방 사투리(賀公雅吳語)」시에서 "하공은 본디 남방의 방언을 썼는데, 관직에 있을 땐 항상 청광이었네(賀公雅吳語, 在位常淸狂)."라고 하면서 잘 알려진 표현이다. 말하자면 관원의 호방한 세계에 홀려, 어디에도 구애받지 않는 호기도 부려봤고, 취기도 부려봤다는 말이다. 그런데 지금은 자신이 병이 들어 청운의 꿈도 시들해졌다는 안타까운 좌절감을 하소연하러 그대를 찾아가고 싶지만, 갈 수 없으니 괜스레 비를 탓해본다고 미안함을 전하고 있다.

이상 백호의 두 시는 관원이 [56-5]로 답하게 만들었다. 백호는 관원에 대한 미안함과 고마움을 두 편의 시에 담았고, 관원은 1수의 시로 답한 것으로 읽어야할 것 같다. 만약 백호의 두 연작시를 떼어 놓게 되면 관원이 화답한 내용이 사라지게 된다. 따라서 앞서 '1:1' 대응과 남게 되는 백호의 1수의 시에는 관원이 답하지 않은 것으로 보았던 가설은 수정되어야 할 것이다.

[56-6]

서쪽 고을 경략함은 범중엄에 부끄럽고,	經略西州愧仲淹,
옛 동산으로 돌아감은 도잠에 부럽구나.	故園歸去羨陶潛.
이곳에서 병법을 이야기하니 바람이 검에 일고,	談兵是處風生劍,
술을 빚을 때마다 달은 주렴에 가득하네.	釃酒多時月滿簾.
집과 나라 생각 깊어지니 근심이 반반 차오르고,	家國念深愁半注,
질병과 재난 다 처리하고 나니 늙음이 더해지네.	疾災悟盡老幷兼.
흠뻑 취하는 것이야 어려운 일은 아니니,	能成取醉非難事,
공융과 이응의 망년지교 혐의되지 않으리.	孔李忘年不作嫌.

관원은 자신이 호남의 서해안을 방비하고 경략하고 있지만, 이를 송나라 범중엄에 어찌 비할 수 있겠느냐며 겸손해 한다. 범중엄이 일찍이 지연주(知延州)로 자청하여 나가서 장수(將帥)를 선발하고 군졸(軍卒)을 사열하여 밤낮으로 훈련시키고, 또 여러 장수들에게 경계하여 군졸들을 정예(精銳)하게 잘 기르도록 단속을 엄격히 하자, 하인(夏人)들이 그 소문을 듣고 서로 경계하여 말하기를 "연주는 마음에 두지 말아야 한다. 지금 소범 노자의 가슴 속에는 절로 수만의 갑병이 들어 있어, 우리가 속일 수 있는 대범 노자에 비할 바가 아니다."라고 한 말을 관원과 백호는 공유하고 있다.

관원은 범중엄만 못하지만 그래도 호남에 내려와 군대를 순무하고 방비를 마치니, 더 늘어 진 것 같다고 하면서 그대와 흠뻑 취하여 공융(孔融)과 이응(李膺)처럼 망년지교를 맺어도 오해 살 일이 없을 것이라고 하며 술자리를 요청하고 있다. 관원은 공융과 이응을 '공리(孔李)'라고 합칭했다. 공융이 나이 10세에 아버지를 따라 도읍에 가서 당시 고사(高士)로 이름난 하남 윤(河南尹) 이응을 찾아가서 자신을 통가(通家)의 자제라고 소개하였다. 그러자 이응이 묻기를 "그대의 조부가 나와 친구의 정이 있는가?" 하고 물으니, 공융은 "그렇습니다. 우리 선조 공자는 당신의 선조 노자(老子)와 덕도 같고 의(義)도 비슷하여 서로 사우(師友)가 되었으니, 나 공융과 당신은 수 세대에 걸친 통가입니다."라고 하여 좌중을 감탄시켰다. 이로써 두 집안이 서로 친하게 지내는 것을 공리지호(孔李之好)라 일컫는 말이 생겨났다는 이야기를 제시하며 관원이 이응이면 백호는 공융이라고 교우의 정을 표현했다. 관원이 사용한 전고를 통해 백호가 어떤 시를 제시했을지 고르는 것은 크게 어려운 일이 아니다. 백호는 다음과 같은 시를 보냈을 것이다.

[2-9-2]

강남에서 부절을 잡으시니 지금의 범중엄이요,	按節江關今仲淹,
막부 손님의 풍취는 옛날의 도잠이네.	幕賓風味古陶潛.
연주와 섬서를 다스리며 큰 계책 품었고,	知延撫陝懷長算,
지친 새와 한가한 구름 걷은 발에 들어오네.	倦鳥閒雲入卷簾.
남쪽의 재와 북쪽 언덕 돌아갈 꿈 함께하고,	南嶺北京歸夢共,
벽오와 창죽에 빗소리 더해지네.	碧梧蒼竹雨聲兼.
미천한 이 몸 외람되이 영웅과 담소하며,	微生倘忝英雄話,
술을 데워 청 매실을 먹은들 혐의되지 않겠지.	煮酒靑梅却未嫌.

백호는 정확히 1구와 2구에서 범중엄(范仲淹)과 도잠(陶潛)의 이야기를 제시했다. 다시 3구에서는 범중엄을 4구에서는 도잠의 구체적인 사례를 예로 들며 관원의 동참을 구하고 있다. 특히 도잠의 경우 '권조한운(倦鳥閒

雲)'이란 네 글자로 「귀거래사(歸去來辭)」에서 "구름은 무심히 봉우리 위에서 나오고, 새는 날다 지치면 돌아올 줄을 안다(雲無心以出岫, 鳥倦飛而知還)."라는 구절을 압축해 놓았다. 이어서 자신을 '남쪽의 재[南嶺]'로 관원을 '북쪽 언덕[北京]'로 표현하며, 자신은 과거급제를, 관원은 조정으로 영전되는 것을 꿈꾸고 있으니, 벽오동과 푸른 대나무엔 빗소리가 더해진다고 쌍방의 상징성을 부각시켰다.

백호는 마지막 구에서 "청 매실을 안주삼아 데운 술을 마시다[煮酒青梅]"라는 표현으로 송나라 소식(蘇軾)의 「재에서 매화를 줌(贈嶺上梅)」이란 시를 떠올려 줄 것을 요청하고 있다. 여기 '재'는 남창(南昌)의 매령(梅嶺)을 말하는데, 중국의 역대시인들에게 유명한 장소이다. 소식은 1094년 신종을 비방했다는 이유로 영남에 귀양 갈 때 매령을 지났지만 매화를 보지 못했고, 7년 후에 사면을 받아 돌아오는 길에 매령을 지나게 되었을 때도 핀 매화를 보지 못했다. 그때의 아쉬움을 노래한 것이 바로 「증영상매」이다. "매화가 피었다 져야 흰 꽃들이 피어나고, 행인들이 다 지나가도 그대는 오지 않는구나. 청매실이라도 찾아서 데운 술을 마시지 못한다면, 가랑비에 익은 황매실이라도 봐야 겠네(梅花開盡百花開, 過盡行人君不來. 不趁青梅嘗煮酒, 要看細雨熟黃梅)."라고 하였다. 백호는 영웅 같은 관원과 담소하며 술이라도 마시지 않으면 소식이 매화를 보지 못한 아쉬움으로 남을 것이라는 말이다. 이러한 제의에 관원은 공융과 이응처럼 망년지교 맺어보자고 화답했던 것이다. 이상으로 볼 때, 여기 관원의 여섯 번째 차운시는 그 '짝'을 찾았다.

[56-7]

객관에 수레를 멈추고 몇 달을 머무르니,	賓館停驂數月淹,
누대에 기대 경물을 바라봄에 새·물고기에 이르렀네.	倚樓觀物到飛潛.
함께 먼지떨이를 흔들 나그네 그 누구도 없어,	稍無客子共揮塵,[39]
산광(山光)에 힘입어 주렴을 걷었네.	賴有山光與捲簾.
근심과 즐김의 선후를 누가 다했으랴.	憂樂後先誰盡了,
강호와 묘당(廟堂) 겸하기 어렵지 않을까.	江湖廊廟恐難箖.
시로 만호후를 가볍게 본 것은 유래가 있는 일이니,	詩輕萬戶由來事,
편지 통에 넣어 자주 부치는 것 행여 싫다 마시게.	頻寄郵筒幸勿嫌.

　나주에 내려와 객관에서 수개월 체류하고 있는 관원은 무료하여 누대에 기대 새나 물고기를 바라 볼 정도로 오래 되었다고 한적함을 토로하고 있다. 관원에게 필요했던 담론의 상대는 진(晉)나라 사람들이 청담(淸談)을 할 때 항상 주미(麈尾, 먼지떨이)를 휘두르며 담론을 보조했던 것을 떠올려 '휘진(揮塵)'으로 표현되었다. 적막한 관원은 그래도 산 빛이 남아있으니 백호가 오기만을 기다리며 발을 걷어두고 있다.

　후반부로 들어서며 관원은 백호가 보내 온 시에 화답하는 내용이 드러난다. 근심과 즐김의 순서를 누가 과연 제때 했을까 하는 의문에서 관원은 범중엄(范仲淹)의 「악양루기(岳陽樓記)」를 떠올린다. "묘당에 높이 있을 때는 그 백성을 근심하고 강호에 멀리 있을 때는 그 임금을 근심하니, 이는 나아가도 근심하고 물러나도 근심하는 것이다. 그렇다면 어느 때 즐거워할

⋯⋯

39　'공(共)'자는 『임백호집』에 '공(供)'자로 되어있다.

것인가? 반드시 천하가 근심하기 전에 근심하고 천하가 즐거워한 뒤에 즐거워할 것이다.(居廟堂之高 則憂其民 處江湖之遠 則憂其君 是進亦憂 退亦憂 然則何時而樂耶 其必曰先天下之憂而憂 後天下之樂而樂歟)"라고 하였다. 그러므로 아무래도 그대가 말한 강호에서 은거하는 삶과 조정에서 벼슬하는 삶은 함께 갈 수 없는 길이 아니겠는가. 이는 『관원백호창수집』에서 관원의 네 번째 차운시에 짝지어 놓은 백호의 시 제 5구에서 말한 '운림(雲林)'과 '종정(鍾鼎)'에 호응하고 있는 표현이다. 마지막으로 관원은 두목(杜牧)이 「지주의 구봉루에 올라 장호에게 부침(登池州九峯樓寄張祜)」에서 "누가 우리 장 공자와 비슷한가? 천 수의 시로 만호후를 가볍게 보니(誰人得似張公子, 千首詩輕萬戶侯)."라고 하지 않았던가. 그러니 그대는 시라도 자주 부쳐달라고 권유하고 있다.

[2-9-4]

광려산 걸상은 세월에 잠기는데,	匡廬一榻歲將淹,
오히려 동파의 벗 도잠이 없겠네.	却欠坡翁友道潛.
벽수의 저녁 바람에 홑옷을 열고,	碧樹晚風披短褐,
청산의 가랑비에 성긴 주렴 말아 올리네.	青山微雨卷疎簾.
차 솥과 금갑(琴匣)이면 평생 족한데,	茶鐺琴匣生涯足,
호략과 용도를 사업에 겸하라 하시네.	虎略龍韜事業兼.
본디 장부에게 방촌(方寸)의 땅만 있으면 되니,	自有丈夫方寸地,
지기에게 허락한 이 몸 또 뭘 싫다 하리오.	許身知己更何嫌.

백호는 중국 강서성(江西省) 구강시(九江市) 남쪽에 있는 광려산(匡廬山)을 자신과 관원이 함께 완상했던 산으로 이미지를 중첩시키면서 시작한다. 주무왕(周武王) 때 광속(匡俗) 형제 7명이 모두 도술이 있었는데, 이곳에 오두막을 짓고 은거하다가 신선이 되어 떠나고 빈 오두막만 남았다 하여 광려라는 이름이 생겼다고 한다. 당나라 이백(李白)은 「여산의 폭포를 바라보며(望廬山瀑布)」에서 "나는 물결이 곧장 삼천 자를 떨어지니, 마치 은하수가 하늘에서 떨어지는 것 같구나(飛流直下三千尺, 疑是銀河落九天)."라고 그 아름다움을 노래했고, 소식(蘇軾)은 「서림의 벽에 제하다(題西林壁)」란 시에서 "가로로 보면 고개요 옆으로 보면 봉우리, 멀리 가까이 높은 데 낮은 데 각각 다르네. 참으로 여산의 진면목을 알 수 없으니, 단지 내가 이 산 속에 있기 때문이라오(橫看成嶺側成峰, 遠近高低各不同. 不識廬山眞面目, 只緣身在此山中.)"라고 하였다. 여기까지 연상한 백호는 과연 파옹(坡翁, 소식)을 거명하고 이어서 그의 친구 도잠(道潛)을 부른다. 도잠은 호가 참료(參寥)라는 시에 능했던 스님으로, 마치 관원과 백호처럼, 소식(蘇軾)과 시우(詩友)로서 친하게 지내며 많은 시를 창수(唱酬)했다. 관원과 함께 했던 그곳도 좋지만 여기도 푸르른 나무[碧樹]에서 부는 저녁 바람에 옷섶을 열고, 청산에 내리는 가랑비를 보려 주렴을 걷어 올리게 하는 정취가 있다고 스스로를 위안한다.

　　백호는 시의 후반에 접어들면서 자신은 차 끓이는 솥[茶鐺]과 금(琴)만 있어도 족한데, 『육도삼략』에 나오는 「호략(虎略)」이나 「용도(龍韜)」 같은 병법도 갖추라고 하던 관원의 높은 기대에 부응하지 못하는 미안한 감정을 표시한 것 같다. 결국 백호는 관원에게 모든 것을 허락하면서 송나라 나대

경(羅大經)이 지은 『학림옥로(鶴林玉露)』 권6에 나오는 말로 마감한다. "다만 방촌의 땅을 보존하여 자손에게 경작하도록 남겨 준다(但存方寸地留與子孫耕)"라는 세간의 말을 풀이하면서, "이 땅을 갖고도 제대로 다스리지 못하는 사람이 있지만 다스려도 그 방법을 모르는 사람은 비록 이 땅을 다스리더라도 다스리지 않는 것과 같다. 그러므로 공자와 맹자는 땅을 다스리는 농사의 스승이자 텃밭의 스승인 것이다(有此地而不能治, 治而不知其法者, 雖治此地, 亦猶不治. 是故孔子孟軻, 治地之農師圃師也)."라고 한 것에서 '장부에게 방촌지(方寸地, 마음)'만 있으면 된다고. 그리고 지기(知己)에게 모든 것을 허여한 이상 마다할 것이 없다고 한다.

[56-8]

풍호의 낚시 어찌 더 지체되나.	楓湖魚釣豈長淹,
예부터 낚시하여 잠긴 것을 다 드러냈거늘.	自古垂綸盡發潛.
양보의 노래 초옥에서 한가롭지만,	梁甫吟餘閒草屋,
은거와 출세 누런 발로 통한다네.	橫門名振徹緗簾.
하늘의 때와 인간사 본디 틈이 없어,	天時人事元無間,
육기의 바다와 반악의 강도 겸비할 만하네.	陸海潘江亦可兼.
막부의 훌륭한 인재 이처럼 드문데,	幕府才良獨少此,
그대가 충성을 다하니 걱정할 필요 있을까.	盡君忠益不須嫌.

관원의 기다림은 끝이 없다. 낚시란 잠긴 것을 드러내는 것이거늘, 왜 아직 낚시만 하고 있는가라는 원망으로 시작한다. 옛날 제갈량이 출사(出仕)하기 전 남양(南陽)에서 농사지을 때 불렀다던 「양보음(梁甫吟)」 바로 「포

슬음(抱膝吟)」만 초가집에서 한가로이 부르고 있으니, 은거와 출세의 사이에 누런 발하나 걸쳐놓고 있다고 한다. 하늘과 인간의 일에는 간극이 없으므로, 남조(南朝) 양(梁)나라 종영(鍾嶸)이 『시품(詩品)』에서 "육기(陸機)의 문재는 바다와 같고, 반악의 시재는 강과 같다(陸文如海, 潘藻如江)."라고 평가한 것처럼, '육해반강(陸海潘江)'의 재주를 갖출 만하다고 권유한다. 마지막으로 관원은 이러한 재주를 품고 자신에게 충심을 다해 주는 백호에게 고마움을 표했다. 이러한 관원의 화답을 이끌어낸 백호의 시는 위에서 이미 살펴봤으므로, 여기에는 번역문만 참고로 붙여 둔다.

[2-3-4]

풍호에 무릎을 끼고서 세월이 지체된 데다,	抱膝楓湖歲月淹,
기질이 인의를 고집하니 어찌 침잠하지 않으리.	質頑仁義奈沈潛.
보국하려는 마음에 공연히 칼등을 튕기고,	心存報國空彈鋏,
성벽이 산을 보는 것이라 발을 내리지 못하네.	性僻看山不下簾.
사나이의 출사와 은거 결국 정해진 것이 있나니,	男子行藏終有定,
운림과 종정 어찌 함께할 수 있겠는가?	雲林鍾鼎若爲兼.
뉘라서 나와 함께 흉금을 같이하며	誰人與我同襟袍,
함께 천 잔을 기울여도 싫지 않으리오.	共倒千觴也未嫌.

57. 성남장 작은 술자리에서 이장윤의 시운을 빌려(城南庄小酌次李長胤韻)

이 차운시는 『밀산세고』에 28번째로 수록되어있으며, 부록본과 단행본에도 "당시 형조판서였다(時判刑曹)"였다는 부연 설명이 달려있다. 여기 성남장(城南庄)은 성남에 있는 별업(別業)으로 보이지만 확인되지 않는다. 이장윤(李長胤)의 '장윤'은 자(字)로 보이지만, 부기에서 당시 형조판서를 지냈다면, 조선왕조실록의 명종과 선조조에서 찾아 볼 수 있는데, 형조판서 중에 '장윤'이란 자나 이름을 가진 사람은 없다. 아마도 이 부기는 관원이 형조판서를 맡았을 때(1579년)를 말하는 것으로 보인다. 사마방목에 따르면, 이장윤은 1533년에 태어났으며, 선조 즉위년 식년 진사시에 2등을 차지한 사람으로 되어있다.

매번 형전(刑典)을 들고 여유를 찾을 새 없이,　　每把刑書不博閒,
백운관을 쓰고 붉은붓으로 가볍게 줄여 판결했네.　　白雲丹筆聽輕刪.
창자는 술 때문에 항상 열이나 힘들었고,　　腸因酒惱尋常熱,

264

머리털은 시를 짓느라 반백이 되었네.	髮爲詩魔半一班.
물고기는 본디 강해의 밖을 잊고 사는데,	魚自相忘江海外,
사람은 그래도 명리사이를 떠나지 못하네.	人猶不去利名間.
우리 집 탁주가 장구한 계책은 아니라도,	吾家濁酒無長策,
다만 술동이 앞에 고꾸라진 옥산이나 될까하네.	只要樽前倒玉山.

 관원은 형사소송이 너무 많아 일일이 법전을 들고 따져 판결하지 못하고, 백운관을 쓰고 붉은붓을 들고 가볍게 죄목을 줄여 판결했다고 자신의 형조판서 시절을 회상하면서 시작한다. 괴로운 판결 때문에 언제나 술을 마셨으니 속에서 열이 날만했고, 게다가 시마귀[詩魔]에 홀리어 시를 짓느라 머리털이 허옇게 되었다고 자신의 관직생활을 표현했다.
 만족스럽지 못한 벼슬살이를 되돌아보던 관원은 물고기는 강이나 바다를 인식하지 못하고 사는데, 사람은 명리를 염두에 두고 사니 괴로움의 연속이라고 한다. 이러한 괴로움에는 술이 최고이고, 그것은 순간뿐임을 분명히 알고 있지만, 그래도 다른 방법이 없으니 옥산(玉山) 앞에 고꾸라지는 수밖에 없다고 몸부림친다. 술자리의 쾌락 이면에 숨어있는 괴로움을 관찰하고 있는 관원은 낭만주의자였다. 관원은 시를 지을 때마다 항상 전고를 사용하는 방법론을 택했다. 그것이 구설을 피하기 위한 방편이었는지, 아니면 자신의 학식을 드러내려는 것이었는지는 모르지만 말이다. 이 시에도 "옥산에 엎어지다[倒玉山]"라는 전고를 끌고 왔다. 『세설신어(世說新語)·용지(容止)』에, 혜강(嵇康)의 사람됨은 마치 우뚝하게 빼어난 낙락장송 같아서, 그가 취했을 때는 또한 마치 옥산이 곧 무너지려는 것과 같았다. 이에

산도(山濤)는 "평소에는 오연(傲然)한 모습이 마치 외로운 소나무가 홀로 서 있는 것 같은데, 술에 취하면 한쪽으로 기울어지는 것이 마치 옥산이 무너지려는 것 같았다.(巖巖若孤松之獨立, 其醉也, 傀俄若玉山之將崩)"라고 한 고사에서 비롯된 표현이다.

관원은 화려한 관직생활을 하면서도 끊임없이 중앙 조정으로의 복귀를 지향했다. 그 강한 야망 뒤에는 그만큼 강한 물러남에 대한 동경도 있었다. 여기 전고를 통해 숨겨 놓은 것처럼 그는 죽림칠현처럼 술이나 마시며 시를 마음껏 즐기고 싶어 했다. 관원이 꿈꾸는 은거는 도연명 같은 전원적 삶이 아니라, 죽림칠현의 자유분방함에 있었다. 이러한 성향은 관원의 평가에 부정적인 실마리를 제공했음에 틀림없다. 관원은 훌륭한 정치가도, 만세절창의 시인도, 학문적 성취가 있는 학자도, 밭 갈며 자연의 섭리에 살아가는 농부도, 세속을 떠나 신선술을 공부하는 도사도 아닌, 그냥 보통 사람이었다. 이것이 관원의 매력이자 탁월함이요, 인간다움이다.

58. '동교'시를 차운하여(次東郊韻)

기본정보가 너무나 부족한 이 차운시는 『밀산세고』에 29번째로 수록되어있고, 부록본과 단행본에도 아무런 다른 추가사항이 없다. 우리가 확인할 수 있는 것이라고는 시의 제7구에 추조(秋曹)라는 형조의 이칭을 쓰고 있다는 것이 전부이다. 관원은 1564년(명종 19, 41세) 5월 11일에 형조참의에 제수되었다. 이후 형조의 일을 맡은 것은 고종 한 해 전인 1579년이므로, 이 시를 지은 시기는 적어도 1564년 이후일 것이다.

산 아래 인가에서 밥 짓는 연기 강을 너머 오는데,	山下人家隔水炊,
'닭을 잡고 기장밥 지어' 라는 말로 아침 허기를 달래네.	殺雞爲黍慰朝飢.
마을 깊으니 일찍 벼슬 그만 둔 것 의아하게 여길 테고,	村深錯訝休官早,
재목이 크니 그릇됨도 늦어져야 하겠네.	材大應須作器遲.
늙어가며 왕래하는 것도 원래 적당하면 좋으니,	投老過從元適可,
앞으로 추위와 더위 저절로 추이할 것이네.	向來寒暑自推移.
형조에서 공무가 한가해질 수만 있다면,	秋曹倘得閒公事,
반드시 그대와 더불어 매일 시나 지으리라.	準擬同君日課詩.

관원은 밥 짓는 연기가 강물을 넘어 오는 서정적 이미지에 이별을 담아 두었다. 『논어·미자』에서 하조장인(荷蓧丈人)이 공자의 제자 자로(子路)를 만류하여 묵게 하면서 "닭을 잡고 기장밥을 지어 대접하였다(殺鷄爲黍而食之)."라고 한 문장을 불러와, 정성을 다한 아침식사를 통해 헤어진다는 말을 떠올리며, 그렇게 대접하지 못하고 떠나보내는 아쉬움을 표현했다. 떠나가는 사람은 생각보다 이른 나이에 벼슬을 그만두고 떠나가는 연하의 남자이며, 그의 재목이 크므로, 그 사람이 그릇되는 것도 시간이 필요하다는 말로 그를 위로하고 있다.

관원은 남는 자신에게도 위로의 말을 전한다. 늙어가며 서로 오고가는 것[과종(過從)]도 적당해야지 너무 잦으면 좋지 않다고, 그렇게 추위와 더위[시간]은 서로를 밀어내며 갈 것이니, 이 헤어짐의 아쉬움도 저절로 치유될 것이라고 한다. 마지막 연에서 관원은 떠나가는 사람과 남은 사람 모두를 달랬다. 형조[秋曹]에서 공무가 한가해진다면 그대와 함께 시나 짓고 살리라고 한다. 그러나 형조에 일이 없을 수 없다. 결국 이번 이별은 다음의 만남을 기약하지 못한다는 역설을 담고 있다. 관원의 채널 전환은 단조롭고 평범하다. '떠나가는 사람-남는 사람[자신]-불투명한 약속'이 전부이다. 그러나 이러한 단조로움을 관원은 자연의 순리에 투영시키면서 극복했다.

59. 연경으로 가시는 숙부님과 작별하며 드림(奉別叔父 赴京)

이 전별시는 『밀산세고』에 32번째로 수록되어있고, 부록본과 단행본에도 순서상의 변화는 있지만 그대로 편집되어있다. 관원의 숙부(叔父)라고 하면 박효원(朴孝元) 한 분 뿐이다. 앞서 「삭녕군 임지로 가시는 숙부님과 작별하며 지어드림 5수(奉別叔父赴朔寧郡任所五首)」[26]에서와 동일 인물이다. 숙부의 행적은 자료의 유실로 연경에 갔다는 사실은 확인되지 않는다. 우리는 관원이 시를 통해, 그는 사신을 수행하여 연경에 다녀왔고 삭녕군수를 지냈다는 것만 알 수 있을 뿐이다.

마음은 바람 찬 깃발 같아 매번 근심이 이니,	心如風旆每悠揚,
만리 강남으로 한도 함께 길어지리.	萬里江南恨共長.
홍안의 그림자 연경의 달로 돌아가고,	鴻鴈影歸燕市月,
척령의 비행 계문의 서리에 급해지시리.	脊鴒飛急薊門霜.
큰 걸음에 건강하다 들었으니 무탈하실 테고	壯遊聞健宜無恙,

두루 살펴 본 새로운 이야기 향기 넉넉히 담으시리.	新語觀周贐帶香.
외람되이 강연에 입시하여 멀리 송별하기 어려우니,	忝侍講筵難遠別,
이 조카는 눈물을 머금고 홀로 서성이고 있나니.	阿咸含淚獨彷徨.

　마음은 깃발처럼 수시로 근심이 일어나는 법인데, 이렇게 하나뿐인 숙부께서 만 리길을 가신다니 걱정도 된다는 말로 시작한다. 이어지는 대구에서는 '홍안(鴻鴈, 기러기)'들이 줄지어 나는 것처럼 형제분들이 연이어 '연시(燕市)'로 가는 것을 표현했다. 여기의 '연시'는 전국 시대 연나라의 수도 또는 그 도성의 저잣거리란 뜻으로 오늘날의 북경을 지칭하고 있다. 또 '홍안'과 같은 상징어인 척령(脊鴒)으로 짝을 지어 '계문(薊門)'으로 급하게 날아간다고 하면서 한 번 더 형제분들의 사신행을 강조하고 있다. '계문'이란 연경[북경] 덕승문(德勝門)의 서북쪽에 위치하고 있는 문으로 북경을 상징한다.

　관원은 숙부의 건장함을 잘 알고 있어 무탈할 것이고, 또 그곳을 두루 살핀 견문들은 그 향기를 담아 올 것이라고 위로한다. 이렇게 멀리 원대한 포부를 품고 떠나는 길[壯遊]에, 외람되이 경연에 참여하고 있어 멀리까지 나가 전송하지 못한 마음을 피력하며, 이 조카[阿咸]는 눈물을 글썽이며 서성이며 있다는 것으로 석별의 정을 대신했다. 참고로 『조선왕조실록』에서 관원이 경연에 참여하여 중심적으로 기록된 것은 1562년(명종 17, 39세), 2월 어전에서 '정일집중(精一執中)'에 관하여 문답했을 때이다.

60. 문서린의 시권에 지음(題文瑞麟詩卷)

　　『밀산세고』에 49번째로 수록되어있다. 부록본과 단행본에도 시제와 내용이 고스란히 옮겨져 있다. 문서린(文瑞麟)이 누구인지는 잘 알려지지 않았다. 단지 『미암집』 권10 「일기」 계유년(1573) 4월 26일 기사에 따르면, "문서린(文瑞麟)을 불러다가 『백천학해(百川學海)』의 제목을 쓰게 했다."라고 하였고, 정유길(鄭惟吉)의 『임당유고』상에 「차운하여, 사자관 문서린의 첩에 지음(次韻, 題寫字官文瑞麟帖上)」이란 시가 있다. 또한 여기 관원의 시 2구에서도 글씨를 쓰게 했다고 하는 것으로 보아 이때 문서린은 사자관(寫字官)으로 대궐에 근무했음을 알 수 있다. 사자관이란 글씨를 잘 쓰는 사람을 뽑아 군직(軍職)의 직함을 주고 대궐에 상주하게 한 승문원이나 규장각에 소속된 하급 관원을 말한다.

삼십 년 전 외람되이 홍문관에 들었을 때,	三十年前忝玉堂,
그대에게 글씨를 쓰게 하며 글을 지었었지.	令渠寫字作文章.
사귄 정이 어찌 보통 사람사이였겠는가.	交情豈以常流間,

진실한 마음은 못난 나보다 훨씬 나았었네.	誠意能於拙者長.
아들 다섯 타고난 가업을 전했지만,	有子五人傳素業,
새 집을 마련할 한 꿰미의 돈도 없었네.	無錢一貫辦新庄.
다만 나와 더불어 청고(淸苦)를 밑천삼아	只應同我資淸苦,
쓸쓸한 백발에 태창의 쌀알이나 먹읍시다.	白髮蕭蕭食大倉.

관원은 문서린을 처음 만났을 때를 추억하면서 시작한다. 관원이 홍문
록에 든 것은 1552년(명종 7, 29세)이다. 1580년 고종했으므로, 만 29년 정
도 된다. 그래서 첫 구에서 '30년'이라고 한 것이다. 따라서 이 시권에 쓴
시는 1580년 하세하기 직전에 지은 것으로 추정한다. 문서린을 향한 관원
의 애틋함은 각별했던 것 같다. 직함이야 아랫사람이겠지만 관원은 그에게
받은 진실한 사랑을 잊지 않고 있다. 관원은 마음으로 맺은 교유에 어떠한
사회적 신분이나 격식을 따지지 않았던 소탈한 가치를 읽을 수 있다.

관원은 문서린의 다섯 아들들이 가업을 전해가는 과정을 응원하면서 변
변한 집 한 채 마련하지 못한 문서린의 가난한 예술적 발자취에 갈채를 보
내고 있다. 관원은 이러한 가난하면서도 재물에 구애받지 않고 가업을 이
어가는 깨끗한 행위를 '청고(淸苦)'라 표현했다. 그리고『장자(莊子)·추수
(秋水)』의 말을 가져와 서로에게 위로의 말을 건넨다. 바로 태창제미(太倉
稊米)의 '태창(大倉)'을 근거로, "중국이 해내 안에 있는 것을 헤아려 보면,
좁쌀 한 알이 태창에 있는 것과 비슷하지 아니한가.(計中國之在海內, 不似稊
米之在大倉乎)"라고.

272

61. 황경문정욱을 전송하며(送黃景文廷彧)

　　관원의 시편 중에서 두 번째로 긴 이 송별시는『밀산세고』에 34번째로 수록된 작품으로, 부록본과 단행본에도 언급할 만한 차이는 없다. 경문(景文)은 황정욱(黃廷彧, 1532~1607)의 자(字)이다. 호는 지천(芝川)이고 본관은 장수(長水)이며 시호는 문정(文貞)이다. 1558년(명종 13) 식년시 문과에 병과로 급제하여 검열, 대교, 봉교, 시강원 설서, 호조좌랑, 예조좌랑 등을 역임하다가 1562년에는 해미(海美) 현감, 이듬해에는 공청도 도사로 나갔다. 이후 조정으로 돌아와 청요직을 거쳐 1567년 겨울에는 서장관으로 연행(燕行)하기도 하였다. 1575년(선조 6)에는 양주(楊州) 목사로 나갔다가, 이듬해 다시 조정으로 돌아와 군기시 판관, 내자시(內資寺) 정이 되었고, 1579년에는 진주목사가 되었다고 곧바로 해주(海州) 목사가 되었다. 이 때 해주에 탁열정(濯熱亭)을 지었다고 한다. 관원이 하세하던 해(1580) 여름에 파직되어 영평(永平) 지천 별업으로 돌아갔다. 관원의 전별시 제2구를 보면 "해서(海西)의 바닷가에 목사로 나갔다"고 하였으므로, 이 전별시는 1579년의 작품으로 추정한다. 이 시는 20구로 이루어진 배율(排律)이다. 시가 너무 길어 4구씩 떼어 살펴보도록 한다.

지난날 도성에서 임금을 시종하던 신하	舊日淸都侍從臣,
부절을 나누어 해서 바닷가 목사로 가시네.	分符出牧海西濱.
부침은 본디 시론을 따르는 것이요,	升沉自是因時論,
얻고 잃음은 원래 바른 사람에게 흠이 아니라네.	得喪元非疚正人.

중앙 조정에서 임금을 가까이서 모시던 훌륭한 사람이 바닷가 한 고을의 목사[해주목사]로 나간다는 상황을 기술하고, 순리에 따라 위로한다. 부침이란 것은 시론을 따르는 것이고 득실은 바른 사람[正人]에게는 문제될 것이 없다고.

공명이 삼 사(舍)나 물러나도 한스러워 말고,	不恨功名三舍退,
민물(民物)이 한시에 새로워지도록 해야 하오.	要將民物一時新.
고상한 문장과 깊은 학문을 그대를 밀어줘야 하는데,	高文邃學推吾子,
영광스런 벼슬과 화려한 직함 나를 부끄럽게 하네.	榮窟華啣愧此身.

그러니 공명이 3사(舍)나 멀어지더라도 한탄할 필요도 없으니, 다만 백성과 사물이 일시에 새롭게 피어나도록 선정을 펴라는 조언을 한다. 관원이 대구를 맞추기 위해 사용한 '삼사(三舍)'는 1사(舍)가 30리를 말하므로, 90리 정도의 거리를 의미하는데, 여기서는 보일 듯 말 듯 한 거리가 아니라 완전히 멀어진 곳에 있는 것처럼 보여도 낙담하지 말고 그 고을의 민물(民物)을 살피라는 말이다. 그러면서 훌륭한 문장과 학문을 밀어줘야 했건만,

벼슬살이에 찌들어 영달에 찬 자신이 부끄럽다고 하였다.

> 충심을 다하면 나감과 머무름이 연이을 수 있으니,   忠藎可能聯出處,
> 돌아오시거든 쉬면서 함께 세속먼지 피하세.   歸休行共避埃塵.
> 늙은 모습 맑은 강물에 비춰보려 하니,   衰容欲寫淸江水,
> 봄날 광석천에 병든 발 담그기도 어렵겠네.   病足難投廣石春.

성심으로 행하면 나왔다가 들어갔다가 하는 것이 쉼 없이 이어지는 것이니 만큼, [전원으로] 돌아가 쉬면서 함께 세속의 먼지가 없는 곳으로 달아나자고 제의하면서도 이렇게 세속에 찌든 모습을 강물에 비춰보니, 황해도 해주에 있는 광석천(廣石川)에 발도 넣기 어렵겠다고 탄식하고 있다.

> 신령스러운 무소뿔은 폐부와 통할 뿐 아니라,   不啻靈犀通肺腑,
> 돌 같은 벗이 정신을 비춰줌을 알겠네.   應知石友照精神.
> 관아의 공적은 어진 명성에 흡족할 것이니,   黃堂政績仁聲洽,
> 벽해 유람 꿈에서도 자주 그려보시게.   碧海遊觀夢想頻.

관원은 신기한 무소뿔[靈犀]을 들어서 황정욱과의 서로 거스름 없이 투합한 교유의 정을 표상했다. 무소뿔은 한가운데에 구멍이 뚫려 있어 양방이 서로 관통하기 때문에 상징으로 들 수 있는 것은 정의(情誼)가 금석(金石)과 같이 단단한 벗[石友]인 그대가 정신을 비춰준 덕택이라고 평가한다. 그리고 그대의 명성이라면 관아[黃堂]의 공적은 문제없을 테니 벽해(碧海)를 돌아보며 마음을 잘 달래라고 권유하고 있다.

가의에게 선실전의 부름 오래도록 없었고,　　　　賈傅久無宣室召,

소식은 이영각의 가까움을 우두커니 바라만 보았네.　　蘇仙佇見邇英親.

조회에서 미황색 조서를 내리셨으니,　　　　　　　聖朝會下微黃詔,

집안에 경륜을 전하시며 더욱 자중자애하시라.　　家傳經綸益自珍.

가부(賈傅)는 중앙 조정에 있다가 장사왕(長沙王)의 스승으로 좌천되었던 가의(賈誼)를 말하고, 선실(宣室)은 한(漢)나라 미앙궁(未央宮) 안에 있던 선실전(宣室殿)이다. 가의가 좌천되어 장사왕의 스승으로 있다가 1년 남짓 만에 소명(召命)을 받고 조정으로 돌아오자, 문제(文帝)가 선실에 있다가 그에게 귀신의 본원(本源)에 대해 물었다. 이에 가의가 귀신의 유래와 변화 등을 자세히 이야기하다가 한밤에 이르자, 문제가 그 이야기에 빠져서 자기도 모르게 자리를 앞으로 당겨 가의 가까이로 다가왔다고 하는 고사를 들었다. 또 소선(蘇仙)은 송나라 소식(蘇軾, 1037~1101)을 말하는데, 궁전이었던 이영각(邇英閣)의 뜻이 영재(英才)를 가까이한다는 의미였지만 소식은 우두커니 바라만 보고 있었다는 일을 상기시켜 주면서 이번 부임이 오래 걸릴 수도 있다는 것을 예상하고 그에 맞게 처신하라는 선배로서의 배려이다. 어쨌거나 왕명은 떨어졌으니 집안에 전해지는 경륜대로 자중자애하라고 작별의 정을 표현했다. 시가 긴 만큼 소상한 감정표현이 돋보인다. 이는 결국 관원과 황정욱의 관계가 유난히 각별했음을 시의 형식 자체가 대변하고 있다.

62. 북방 병영으로 부임하는 정공언신입부를 봉별하며
(奉別鄭公彦信立夫赴北兵營)

관원의 시 중에서 가장 긴 이 작품은 『밀산세고』에는 들어있지 않다. 부록본 편집자들이 『관원백호창수집』에 수록된 것을 가져온 것이다. 사실 이 시가 『관원백호창수집』에 왜 들어가 있는지도 의문이다. 정언신(鄭彦信, 1527~1591)의 자는 입부(立夫)이고, 호는 나암(懶庵)이며 본관은 동래이다. 1566년(명종 21)에 별시문과 병과로 급제하여 전라도도사·장령·동부승지 등을 거친 다음 가선대부(嘉善大夫)에 올라 함경도병마절도사로 나가 공적을 올리고 돌아와 대사헌, 부제학을 지낸 인물이다. 이 전별시 또한 24구로 이루어진 배율(排律)로 너무 길므로 4구씩 나누어 살펴보기로 한다.

> 북방의 관문을 지키는 것은 오늘날 더 막중하여, 　北門鑽鑰今尤重,
> 승정원의 상공께 여망을 부탁하는 것이네. 　屬望銀臺內相公.
> 태평성대에 단에 올라 왕성한 지략을 내었고, 　聖代登壇生競略,
> 외가 선조를 계승하여 웅장한 풍모를 떨쳤네. 　外家繩武振雄風.

여기서 말하는 승정원의 상공(相公)이란 당상관, 즉 동부승지, 우부, 좌부, 우승지, 좌승지, 도승지에 해당한다. 정언신이 순무어사, 순찰사, 도체찰사로 나가기 전에는 대부분 사간원의 헌납(獻納)을 역임했다. 관원은 정언신이 외가의 웅대한 풍모를 이어받았다[승무(繩武)]라고 했는데, 그의 '외가'라면, 어머니가 허확(許碻, 1466~1537)의 따님으로, 허확은 돈녕부동지사(종2품)를 지냈다는 것만 알려져 있다.

범중엄과 한기(韓琦)를 변방에 머물게 한 것과,	范韓要使留邊上,
염파와 이목(李牧)을 대궐에서 내보낸 것을 아시게.	頗牧須知出禁中.
북방엔 이전보다 급박한 경고가 많아졌는데,	朔北比多虜警急,
하늘의 때 그 어찌 궁핍한 흉년이 들게 하겠는가.	天時其奈値窮凶.

중앙 요직에서 변방으로 나가는 것을 좌천이나 내쳐짐으로 생각하지 말라고 하면서 범중엄(范仲淹)과 한기(韓琦)를 왜 변방에 머물게 했으며, 염파(廉頗)와 이목(李牧)을 왜 대궐 밖으로 나가게 했는지를 잘 생각해 보라고 달랜다. 게다가 북방엔 오랑캐의 경보가 잦고 흉년까지 들었으니 그대가 아니면 안 된다는 당위성을 내세우고 있다.

숨어든 오랑캐가 병영 성 아래까지 몰려들고,	潛胡攔入營城底,
오랑캐 기병들은 설령 동쪽을 항시 엿보고 있네.	虜騎常窺雪嶺東.
관의 창고는 다스리지 못해 모두 무도하게 되었고,	公廩政亡皆板蕩,
군과 백성 역질 이후로 더욱 지치고 병들었네.	軍民厲後轉疲癃.

뿐만 아니라 몰래 오랑캐들이 산 아래까지 침입하고 동방을 호시탐탐 노리고 있는데다, 관아의 창고도 방치되어 있으며 군민들도 역질을 겪어 지치고 병든 상태임을 한 번 더 상기시키며 부임의 필요성을 강조하고 있다. 관원은 그곳의 정치력이 황폐한 것을 『시경·대아』에 나오는 「판(板)」과 「탕(蕩)」이란 편명을 들어 묘사했다. 이 두 편의 시는 무도한 정치로 나라를 패망하게 한 주나라 여왕(厲王)을 비판하는 내용이 담겨있기 때문이다.

어루만지고 위로함은 시서를 공부한 장수가 맞으니,　　　拊循合付詩書將,
문과 무가 몸에서 나왔다 들었다해야 하리.　　　　　　　文武宜爲出入躬.
관새 멀리 옥 장식 검을 휘두르며,　　　　　　　　　　關塞迢遙揮玉劍,
변방 가까이서 조각한 활을 잡으시게.　　　　　　　　窮荒密邇握雕弓.

백성들을 어루만지고 위로하는 데는 시서에 능한 유장(儒將)이라야 되고, 문무가 한 덩어리가 된 사람이어야 하는 법이오. 그러니 변방 멀리 나가 유장으로서 선정[揮玉劍]과 장군으로서의 지략을 펼치라[握雕弓]고 이번 인사의 정합성과 중요성을 부각시키고 있다.

어린 시절 의기로 깊이 서로를 허여했으니,　　　　　　少年意氣深相許,
나이 들어 성심과 충심 또한 대략 같다네.　　　　　　老日誠忠亦略同.
이별에 끝없는 마음을 견딜 수 없지만,　　　　　　　分手不堪無限意,
그대 빌어 시대를 구제한 공을 보고 싶네.　　　　　　憑君欲見濟時功.

여기에서 관원은 정언신과 죽마고우였음을 밝히고 있으며 나이 들어서도 같은 성심과 충심을 품었다고 동지임을 확인했다. 그대를 보내는 것이야 말로 견디기 힘든 일이지만, 장차 그대가 세울 공을 생각하면 충분히 그 아픔에 보상이 될 것이라고 용기를 북돋우고 있다.

조정과 변방의 일에 득을 따져 말하기 부끄러우니,	應令列鎭羞言利,
우리들이 힘써 충성을 다해야 하는 것만 알면 되지.	更識吾儕務盡忠.
단박에 성명께 공효로 보답할 것을 생각해야 하니,	端白聖明思報效,
지극히 알겠네. 은혜로운 계합이 예지를 움직일 수 있음을.	極知恩契動昭融.

조정에서 임금의 명령을 받드는 일과 변방에 나가 진영을 안정시키는 것으로 무엇이 더 득인지 어찌 따져 말할 수 있겠는가. 자네는 밖에서 나는 안에서 충성을 다해야 한다는 것만 알면 되는 것 아니겠는가. 부디 임금님께 성과로 보답할 것만 생각하시게. 임금님을 모시면서 서로 투합한 것이 바로 임금님의 예지력[昭融]을 움직인 것이 아니겠는가. 관원은 이 마지막은 두보의 「개부 가서한에게 드리는 시 20운(投贈哥舒開府二十韻)」에서 "모책이 시행되니 전쟁을 안 해도 되었고, 마음이 서로 맞으니 소용을 움직였네(策行遺戰伐, 契合動昭融)."라고 한 표현을 활용했다.

서
간
書
·
갈
碣

이잠계에게 보냄정묘시월회일(與李潛溪 丁卯十月晦)

이러한 뜻으로 전형(典刑)을 받들려 했으나, 그대가 쇠약해져, 책상에 두고 이루지 못했습니다. [결락……다행으로 생각합니다.] 지필묵 약간을 올려 보내니, 정으로 받아 주시길 바랍니다. 병중이니 날이 따뜻해지기를 기다려 말씀드리겠습니다. 다른 것은 준(浚)에게 입으로 전했습니다.

＊

來此意奉典刑, 因君淸贏,[1]在床未克果焉, 缺想幸. 將紙墨筆若干送上, 乞領情而已. 竢病間天暖奉叙. 他在浚之口傳.

. . . .

1　청리(淸贏)란 도(道)를 구하느라고 몸을 괴롭혀서 파리하고 수척한 것을 말한다.

이잠계에 답함(答李潛溪)

어진 맏아드님 오는 편에 좋은 소식을 받아 마주하니 그립고 위로가 됩니다. 선대인(이언적을 말함)이 남긴 글은 그대로 올려 보냅니다. 그 나머지 몇 단락의 글은 현재 「행장」에 넣지 못했지만 훗날 「비명」을 지을 때 수록하면 좋겠습니다. 그리고 비문과 묘갈은 요즘 지을 만한 사람들이 많으므로 다 거행할 수 있을 것이니 염려하지 않아도 됩니다. 나머지 생각은 많지만, 봄이 오면 자계(紫溪)에서 한 번 뵙는 것으로 하고, 서식을 생략하고 우선 답을 보냅니다.

*

賢胤來兼承好音, 如對仰慰仰慰. 先大人遺書, 當依示上送. 其遺行數段, 今雖不入于行狀, 他日續撰碑銘亦可幷錄. 且碑文誌碣, 當今多有可撰之手, 行將畢擧, 不須費慮. 餘思悠悠, 春來一奉紫溪上, 不備姑復.

증 정부인 황씨 묘갈(贈貞夫人黃氏墓碣)

현 호조판서 박호원(朴好元)[2] 공은 같은 집안 어른이다. 하루는 나를 찾아와 "돌아가신 어머니 정부인 황씨의 묘갈에 징험할 것이 없어 오랫동안 마음에 걸렸네. 이제 남쪽 고향으로 성묘 가는 데 도리에 합당한 일을 도모하고자 하니 자네가 글을 지어주지 않겠는가?"라고 하여 나는 감히 사양할 수 없었다.

삼가 생각건대, 장수 황씨는 대성(大姓)으로 대방군(帶方郡, 남원)에서 나누어져 여러 대에 걸친 문벌이다. 조선조에 들어와서는 어진 재상 희(喜)는 영의정 익성공(翼成公)이시다. 그 훈업과 덕업은 역사서에 넘쳐나는데, 바

....

2 박호원(朴好元, 1527~?)은 자가 선초(善初)이고, 호는 송월당(松月堂)이며, 관원 박계현의 당숙부이다. 1552년(명종 7)에 식년시 문과에 병과로 급제하여 1555년 함경남도 평사를 시작으로, 조정의 청요직을 역임했다. 1563년 세자시강원보덕, 예빈시정을 거쳐 동부승지, 우부승지, 좌부승지 등을 지내며 1576년에는 대사헌에 올랐고 이어 호조판서를 지냈다.

로 부인의 오대조이시다. 고조부는 전첨(典籤) 보신(保身)으로, 바로 익성공의 아드님이시다. 전첨은 부정(副正) 종(從)을 낳으셨고, 부정은 부사 관(瓘)을 낳으셨으며, 부사는 판윤 맹헌(孟獻)을 낳으셨으니, 바로 중종 정국공신에 들어 장원군(長原君)에 봉해지셨는데, 바로 부인의 부친이시다. 어머니는 종사랑(從仕郞) 이희손(李喜孫)의 따님으로, 2남과 부인을 낳으셨다.

부인은 정덕(正德) 신유년(1501)에 태어나, 영특함이 예사롭지 않았고, 단정 온순하며, 말하고 웃는 것은 때에 맞았고, 동정에는 법도가 있었다. 계례를 올리고 박씨에게 시집왔으니 밀양 또한 명망 있는 문중이었다. 휘가 이(坮)이신 분은 약관에 병자년 사마시에 재행(才行)으로 합격하여 세상에 이름이 알려졌으나, 누차 대과에 급제하지 못하여 선비들이 애석해 하였다. 늦게 음직으로 벼슬에 나가 내자시(內資寺) 부정(副正)에 이르렀고, 참판으로 추은(推恩)되어 이조참판 겸 동지의금부사로 추증되셨다.

당초 대부인(大夫人, 부인의 모친)이 외가인 단성현(丹城縣) 땅에 살았는데, 부인이 한양에서 뵈러 갔다가, 조석으로 곁에서 시중들면서 [병이 들어] 신묘년(1531) 7월 27일에 고종하니 향년 31세였다. 현의 치소 서쪽 원당리(元堂里) 미귀산(彌鬼山) 기슭에 장례를 치렀다. 33년이 넘어 계해년(1563) 증 참판공이 한양 집에서 별세하여 경기 고양군 선영 옆에 묻히시는 바람에 합장해드릴 수 없었다.

부인께서는 1남 1녀를 낳으셨는데, 아들이 바로 효원(好元)으로, 병자년 과거에 급제하여 지금 호조판서이시다. 따님은 생원 심용(沈蓉)에게 시집 갔으나 일찍 죽고 후사가 없다. 참판공께서는 급제한 김명윤(金明胤)의 따님에게 장가들어 4남 2녀를 낳으셨다. 장남 시현(蓍賢)은 진사로 생원 조지

(趙摯)의 따님께 다시 장가들어 2남 1녀를 낳았다. 귀현(龜賢)은 군수 이조(李詔)의 따님을 맞아 2녀를 낳았다. 다음 태현(台賢)은 선무랑 허경필(許鯁弼)의 따님에게 장가갔고, 다음 정현(鼎賢)은 좌랑 조수곤(趙壽崑)의 따님에게 장가들었다. 따님은 사인(士人) 윤홍의(尹弘毅)에게 시집갔고, 나머지는 어리다.

돌아가신 참판공께서는 재덕(才德)이 있었으나 세상에 크게 쓰이지 않으셨다. 돌아가신 부인 또한 현숙하셨으나 일찍 돌아가셨으니 또한 규방의 예를 다하지 못했다. 뜻있는 자들이 "하늘이 덕을 내림에 불행하면, 대를 이어서 다시 펴진다."라고 하였는데, 아! 그 아들들은 얼마나 존귀해졌고, 또 손자들은 얼마나 많은가. 이것이 바로 어질면 오랜 경사가 끊어지지 않는다고 한 증거가 아니겠는가. 이에 명(銘)을 짓는다. 그 명문은 다음과 같다.

*

今戶曹參判朴公好元, 同宗尊屬也. 一日來諗曰, 先姚貞夫人黃氏墓碣無徵, 久歉于心. 將省掃南鄕, 以謀宜道之事, 子盍爲文, 啓賢不敢辭. 謹按黃長水大姓分自帶方累代冠閥. 入我朝有賢相喜, 領議政翼成公也. 其勳名德業溢于史册, 實夫人五代祖也. 高祖典籤保身, 即翼成之子. 典籤生副正從, 副正生府使璀, 府使生判尹孟獻, 參中廟靖國功臣, 封長原君, 夫人之考也. 妣乃從仕郎李喜孫之女, 生二男及夫人. 夫人生於正德辛酉, 穎異脱凡, 端正溫順, 言笑以時, 動靖(靜)有儀. 既笄歸于朴氏, 亦密陽望族. 諱苂, 弱冠中丙子司馬以才行, 知名於世, 屢擧不第, 土流惜之. 晚以蔭筮任官, 至內資副正, 推參判恩追, 贈吏曹參判 兼同知義禁府事. 初, 大夫人李氏, 居于其外鄕丹城縣地, 夫人自京歸寧, 朝夕於側, 辛卯七月二十七日以疾終, 享年三十一. 葬于縣治西元堂里彌鬼山之麓. 越三十三年, 癸亥贈參判公, 逝于京第, 葬于京畿高陽郡先塋之側, 不克同附焉. 夫人生一子一女, 子即好元, 登壬子科, 今爲原職. 女適生員沈蓉, 早卒无后. 參判娶及第金明胤之女, 生四男二女. 男長蓍賢, 進士, 娶生員趙摯之女, 生二男一女. 次曰龜賢, 娶郡守李詔之女, 生二女. 次曰台賢, 娶宣務郎許鯁弼之女. 次曰鼎賢, 娶佐郎趙壽崑之女. 女適士人尹弘毅, 餘幼. 先考參判公, 既有才有德, 不大用於世. 先夫人賢而早世, 亦未盡閨閫之禮. 意者, 天之酬德於不幸, 必於繼世焉發之, 何其子之貴而孫之多! 此賢也, 綿遠之慶, 盖未艾也, 是宜銘. 銘曰,

혁혁한 장원 땅	赫赫長原,
재상 집안 후예시네.	相門之裔.
부인의 태어남도	夫人之生,
또한 그 세대였네.	亦克其世.
일찍이 여자의 규범을 닦아	早修女範,
공경과 장엄함이 한결 같았네.	齊莊端一.
군자에게 시집와서는	旣歸君子,
현부인의 길상이셨네.	哲婦之吉.
장수를 누리지 못했으나	未享遐算,
낭군께 복을 심으셨네.	種福郎君.
배움이 돈독하여 벼슬길에 오르니,	學優而仕,
명성이 자자하네.	蔚其人聞.
무엇으로 후손을 넉넉히 하셨는지	何以裕後,
자손들 뜰에 빽빽하네.	玉蘭森庭.
남기신 음덕이,	餘慶綿綿,
백년 천년까지 이어지리.	彌百千齡.

비석을 우뚝 세워   貞珉有屹,

여기 새긴 비명을 보이노라.   視此刻銘.

관원 선생 문집 권2

저본인 단행본 『관원 선생 문집』 권2는 동시대의 문인들이 관원에게 보낸 시문들로 구성되어있다. 특히 백호 임제와 주고받은 시편들이 수록되어있다. 모두 단행본 편집자들이 자료를 모아 정리해둔 것이다.

2-1. 박감사가 보내온 시에 차운하여 2수(次朴監司見寄 韻二首)

퇴계 이선생(退溪李先生)의 차운시는 『퇴계선생문집』 권5에 수록되어 있고, 그 주석서인 『퇴계선생문집고증(退溪先生文集攷證)』, 권3에서, "감사의 이름은 계현이고, 자는 군옥이며, 호는 관원이며 관직은 병조판서를 지냈다(監司名啓賢, 字君沃, 號灌園, 官兵曹判書.)"라고 설명하고 있다. 이 시는 퇴계선생이 관원에게 보내는 유일한 시로 남아있다.

[2-1-1]

천년의 국운이 태평성대를 맞으리니,	千年國運應河淸,
구름처럼 일어난 현자들 경전(慶典)을 거행하네.	雲起諸賢慶典行.
부끄럽네. 세상의 밀침을 초래한 방황했던 자취	自愧迷蹤招世擯,
우두커니 듣네. 대간의 평가로 나온 엄중한 견책	佇聞嚴譴出臺評.
윤음이 잘못 내려져 궁벽한 마을 부풀려졌고,	綸音誤作窮閭賁,
고질병에도 여전히 북궐을 향한 마음 감돌고 있네.	痼疾仍纏北闕情.

감사님의 선정에 감사드림이 진실하고 지극한 마음이지만,　報謝棠陰勤至意,

현귀하신 분 어찌 초라한 이집에 왕림하실 만 하리오.　　干旄豈足枉茅荊.

퇴계선생은 '하청(河淸)'이란 단어로 천년의 국운을 짐작한다. 삼국 시대 위(魏)나라 이강(李康)은 「운명론(運命論)」에서 "황하가 맑아지면 성인이 나온다(黃河淸而聖人生)."라고 하였는데, 그 주석에 "황하는 천 년 만에 한 번 맑아지는데, 황하가 맑아지면 성인이 그때에 나온다(黃河千年一淸, 淸則 聖人生于時也)."라고 한 것에서, '백년하청'이라는 용어로 많이 쓰인다. 황하는 본래 흐린 강이어서 맑아질 리가 없으므로, 부질없이 오랜 세월을 기다리는 것을 비유한다. 『퇴계선생문집고증(退溪先生文集攷證)』, 권3에서는 '하청'에 대하여, "생각건대, 무진년(1568)은 선조 원년이기 때문에 이렇게 말한 것이리라(案戊辰爲宣廟元年故云)"라고 했다는 설명을 찾을 수 있다. 퇴계선생은 회재선생과 충재선생을 포장(襃獎)하는 경사로운 일을 언급하며 자신의 방황했던 거취와 그 때문에 대간으로부터 엄중한 견책을 들을 수밖에 없다고 미안함을 내보였다.

그럼에도 윤음[어명]이 잘못 내려져 자신의 사는 궁벽한 마을이 황공하게도 부풀려졌는데, 이 몸은 고질병으로 북궐에 가지 못하는 마음을 피력했다. 그리고 관원의 선정에 조금이라도 도움이 되고 싶은데, 이렇게 관원이 오는 것은 미안한 일이니 오시지 말라고 한다. 퇴계선생은 이러한 마음을 『시경·용풍(鄘風)』「간모(干旄)」의 표현을 빌려 왔다. "쫑긋 솟은 간정(干旄)이여, 준의 성에 있네. 흰 실로 깃발을 장식했는데, 좋은 말 여섯 필이 끄는구나. 저 아름다운 그대, 무엇을 말해 주려는가(孑孑干旄, 在浚之城. 素絲

祝之, 良馬六之. 彼姝者子, 何以告之.)"라고 하였는데, 간정은 깃대 머리 위에
꿩 깃털을 갈라서 꽂아 놓은 것을 말한다. 「시서」에서 위문공(衛文公)의 신
하가 많고 호선(好善)한 것[衛文公臣子多好善]을 칭송한 노래라고 하였다.
이로써 호선(好善)하고 현귀(顯貴)한 사람을 지칭하였다. 이 시로만 놓고 보
았을 때, 퇴계선생에게 비친 관원의 모습은 그렇게 부정적인 것은 아니었
음을 알 수 있다.

[2-1-2]

임금님의 은혜 잘못 입어 놀라운 이때	聖主誤恩驚此際,
미천한 신하 병이 들어 수년을 탄식하네.	微臣沈疾慨長年.
원접사로 떠날 것을 권하니 그저 부끄러워,	空慙勸駕皇華使,
밤에 산 어귀에 이르렀다가 한밤중에 돌아왔네.	夜到山門夜裡旋.

　두 수의 차운시임에도 형식이 다르고, 내용도 제1수와 어울리지 않는
다. 『퇴계선생문집고증)退溪先生文集攷證)』, 권3에 "연보에 따르면, 무진
년(1568) 정월에 우찬성에 제수되었으나 사직하고 나가지 않았다. 다시 교
서를 내려 재촉하고, 각 도에 내려간 감사들에게 수로든 육로든 수레와 말,
배로 호송(護送)하라 했다고 운운했다. 이 시는 틀림없이 이때 지어졌을 것
으로 아마도 잘못 편집된 것 같다(案年譜, 戊辰正月, 拜右贊成, 辭不赴. 再下
教書促行, 且下各道監司, 於水陸一路, 以輿馬舟船護送云云. 此作當在是時, 恐
亦誤編.)"라고 설명하고 있다.

2-2. 박판서께 드림(贈朴判書) 조사 장영(張詔使 寧)

단행본 편집자들은 시제에서 '박판서(朴判書)'라고 하였기 때문에 칙사 장영(張寧)이 관원 박계현에게 주는 시로 판단하여 2권에 수록하였으나, 여기의 박판서는 박계현이 될 수가 없다. 첫째 장영(張寧)의 자는 정지(精之)이고 호는 방주(方洲)로, 경태(景泰) 5년(1454)에 진사에 급제했으며, 1496년에 죽은 사람이다. 둘째, 『해동역사』 69권에서는 『정지거시화(靜志居詩話)』를 인용하여 "……4년(1460, 세조6)에 사신으로 간 사람은 예과 급사중(禮科給事中) 해감인(海監人) 정지(靖之) 장영(張寧)이었는데, 박원형(朴原亨)【살펴보건대, 박원형(朴元亨)의 잘못이다.】이 모두 세 차례 관반(館伴)에 충임되었다. 정지(靖之)가 준 시에 이르기를, "조선의 어진 신하 박 판서께선, 노성하고 문아하니 비범한 선비이네(朝鮮賢臣朴判書, 老成文雅非凡儒)." 하였으니, 대개 그 나라 안에서 가장 뛰어난 사람이다."라고 하였다. 그러므로 여기의 '박판서'는 박원형(朴元亨, 1411~1469)임에 틀림없다. 따라서 장영(張寧)의 이 시는 문집에서 삭제한다.

[2-9-2]

[2-9-3]

[2-9-4]

[2-9-5]

2-10. 취해 박 감사님께 올림 2수(醉呈朴使相二首) 백호 (白湖)

이 시는 『임백호집』 권3에 「관원께 올림(呈灌園)」라는 제목으로 수록되어 있다. 관원도 틀림없이 화답했을 것으로 보이지만 현재로서는 산실되었다. 아래 백호의 부기에서 확인할 수 있듯이, 이 시는 '을해년(1575)'에 지은 작품이다.

[2-10-1]

남방을 안정시키는 막부에 포의인 사람이	征南幕府布衣人,
거리낌 없이 자주 고운 자리에 앉았네.	捫虱頻時坐綺筵.
계획한 웅대한 지략을 매번 말하게 해주고,	借箸每容談壯略,
술잔을 당겨 시편에 창화를 항상 허락해 주셨네.	引盃常許和淸篇.
변방의 백성들 농사를 즐기며 편안함을 생각하고,	邊民樂業思高枕,[1]

....

1 『임백호집』에는 '민(民)'자가 '맹(氓)'자로 되어있는데, 뜻도 같고 평측도 같으므로 아무런 문제가 되지는 않는다.

열렬한 선비들 은혜를 품고 채찍을 들려 하네.　　　烈士懷恩要着鞭.
5년의 공명으로 관직은 팔좌신데,　　　　　　　　　五載明公官八座,
관새의 벼슬살이 유독 처량하네.　　　　　　　　　窟遊關塞獨凄然.

　백호는 제1수의 끝에 "지난 을해년(1575)에 왜구의 경보가 있어, 공이 이때 호남을 안정시키기 위해 나오셨는데, 나는 포의로 막부에 출입하게 되었으므로 이른 것이다(徃在乙亥, 有倭寇之警, 公時出鎭湖南, 余以布衣出入幕府故云.)"라고 부연설명을 달아 두었다.

　백호는 자신이 포의(布衣)로 관원의 막부에 참여하게 된 것을 영광스럽게 생각하며, 관원이 자신을 알아봐 주고 시까지 주고받는 영예를 입었다고 하며, 그 관계를 '문슬(捫虱)'이라 표현했다. '문슬'은 이를 더듬어 잡는다는 표현으로, 여기서는 어떠한 격의에도 얽매이지 않고 거리낌 없이 대해 주었다는 말이다.

　백호는 또 백성들의 입장에서 관원의 선정을 칭송하였고, 이어서 선비들의 입장에서 독려해 준 것을 유곤(劉昆)과 조적(祖逖)의 이야기로 재구성했다. 동진(東晉)의 유곤이 젊었을 때부터 벗 조적과 의기투합하여 오랑캐를 물리치고 중원을 수복할 뜻을 지니고 있었는데, 조적이 먼저 기용되었다는 말을 듣자 다른 친구에게 보낸 편지에서 "나는 창을 베고 아침이 오기를 기다리면서 역적의 머리를 효시하려는 생각뿐인데, 항상 조생이 나보다 먼저 말채찍을 잡을까 걱정하였다(吾枕戈待旦, 志梟逆虜, 常恐祖生先吾着鞭.)"라고 하였다. 후에 이를 '착편(着鞭)' 또는 '조생편(祖生鞭)'이라 하여 어떤 일을 맡아 남보다 먼저 공을 세우는 것을 뜻하게 되었다. 마지막으로 관원의 입장에서 이러한 변방에 내려올 분이 아니라는 말로 관원의 훌륭함을 칭송했다. 여기에서 '팔좌(八座)'는 팔좌 상서(八座尙書), 즉 육조(六曹)의 상서(尙書)와 좌우 복야(僕射)를 가리키는데, 흔히 판서(判書)의 지위를 뜻한다. 물론 관원이 당시 판서에 오른 것은 아니지만 높여 그렇게 표현한 것이다.

[2-10-2]

한양에서 사시며 시절을 느낌이 늦어	京國栖遲感歲華,
옛 동산 아름다운 절기에 노란 꽃 저버렸네.	故園佳節負黃花.
뜬 구름 해를 가려 나그네를 슬프게 하고,	浮雲蔽日悲遊子,
가랑비 추위를 재촉하여 저녁 까마귀 젖게 하네.	小雨催寒濕暮鴉.
거문고로 이따금 옛 가락 퉁겨보지만,	玉軫有時彈古調,
도검으로 변방에서 나갈 계책이 없네.	金刀無計出邊沙.
한강의 남쪽 시인께서 소식 적어지니,	漢陰詩老音書少,
객지의 또렷한 수심에 변방 피리소리 들려오네.	客路清愁聽塞笳.

백호는 관원이 한양에서 바쁘게 사느라 시절의 느낌도 그만큼 늦어져, 이 아름다운 절기에 피어난 노란 꽃들에도 무관심한 관원의 심리를 파악하고, 「고시십구수(古詩十九首)」에 나오는 시구를 떠올려 관원의 심사를 대변한다. 「행행중행행(行行重行行)」에 "뜬구름이 밝은 해를 가리니, 쫓겨난 신하 다시 돌아오지 않는다(浮雲蔽白日, 遊子不顧返)."라고. 일반적으로 구름은 간신배를, 해는 임금을 비유한 것으로 풀이한다. 그리고 저녁 갈 까마귀는 집으로 돌아가야 하는데, 비에 젖고 있다고 관원의 처지를 표현했다.

백호는 '옥진(玉軫)'이란 표현을 써서 왕발(王勃)의 「익주 부자 묘비(益州夫子廟碑)」에서 "오리가 아침에 날아오더니 그림자가 관인에 들어오고, 새끼 꿩은 아침에 날아오더니 소리가 거문고 가락을 머금는구나(仙鳧旦舉, 影入銅章. 乳翟朝飛, 聲含玉軫)."라고 한 구절을 관원에게 환기시켰다. 선부(仙鳧)는 시기가 되면 왔다가 떠나는 새로 지방관의 미칭이고, 동장(銅章)은 지방 수령이 차는 관인(官印)을, 옥진(玉軫)은 옥으로 만든 거문고 줄을 받치는 기러기발을 말한다. 그렇지만 장수의 칼[金刀]을 가지고도 이 변방에서 벗어날 계책이 없는 관원을 위로한다. 이렇게 침체되어 있는 한강의 시인께서 침묵하며 슬픈 피리소리만 전해온다는 안타까움을 표현하고 있다.

2-11. 관원선생을 애도함 6수(悼灌園先生六首) 백호(白湖)

이 6수의 연작시는 관원의 죽음을 애도하는 일종의 만사이다. 백호가 장장 6수에 걸쳐 관원을 애도하고 있는 것은 그 만큼 관원과의 교유가 각별했다는 것을 말해주고 있다. 백호에게 관원의 죽음은 삶의 큰 전환기였음에 틀림없다. 백호는 1579년(선조 12, 31세) 고산도 찰방으로 부임했고, 이듬해, 즉 관원이 하세하던 해(1580) 봄에는 서도병마사로 부임해 있었다.

[2-11-1]

통곡하노라! 관원선생께서는	痛哭灌園老,
보기 드문 재주는 대궐에서 출중하셨네.	奇才出鳳池.
시의 리듬에는 봄 구름이 자욱한 듯하였고,	春雲靄詩調,
문의 언사에는 준마가 내달리는 듯하였네.	逸驥騁文辭.
창을 비껴 세웠던 변방의 나날들과	橫槊關河日,
윤음을 선양했던 대궐의 시간들이여!	宣綸禁掖時.
영웅호걸도 대적할 수 없었고,	雄豪莫可敵,
귀신같은 신속함은 또 누가 있으랴!	神速更伊誰.

백호는 먼저 대궐 안팎에서 출중했던 관원을 통곡한다. 시는 봄 구름 같았고, 문장은 준마가 내달리듯 거침없었다고 회상한다. 변방에서, 그리고 대궐에서의 삶은 그 짝을 찾을 수 없을 만큼 귀신 같았고 신속했다고 평가하고 있다.

[2-11-2]

통곡하노라! 관원선생께서는	痛哭灌園老,
술을 마실 땐 광기는 원치 않으셨네.	啣盃不要狂.
선과 악이 하나의 혼돈이면	賢邪一混沌,
천과 지는 다시 요순의 시대려니.	天地再虞唐.
취해가면서 부질없는 근심 부서지고,	醉去閑愁破,
깨어나면서 세상근심 자라나네.	醒來世慮長.
술동이엔 술 다할 때 없었으나,	金尊無限酒,
오십여섯 해 건강하였다네.	五十六年强.

백호도 당시 인사들이 관원을 평가하는 것을 알고 있었을까? 백호는 관원이 술을 마시면서 광기를 부리지 않고 절제했다는 말을 하고 있기 때문이다. 백호는 소옹(邵雍)의 「안락와중음(安樂窩中吟)」 제11수에서 "술 마시되 만취하게 되지는 말 것이며, 꽃구경하되 만개할 때는 하지를 말아야지. 사람이 이런 일을 능히 알 수 있다면이야, 어찌하여 양 미간에 괜한 시름 이르리오(飮酒莫敎成酩酊, 賞花愼勿至離披. 人能知得此般事, 焉有閑愁到兩眉)."라고 한 것을 염두에 둔 것인지도 모르겠다. 선악을 분명하게 선 긋지 않으면 요순의 시대일 것이므로, 취해 근심을 잊고, 깨어 세상을 근심했다

고 한다. 평생 술이 떨어지지 않았지만 그래도 건강하셨는데, 이 죽음은 너무 갑작스럽다고 통곡한다.

[2-11-3]

통곡하노라! 관원선생께서는	痛哭灌園老,
벼슬살이에도 의기는 여유로우셨네.	風塵意氣閒.
공북해의 손님이자 벗이었고,	賓朋孔北海,
사동산의 관현악기셨네.	絲竹謝東山.
팔좌로 관직은 비록 높았지만	八座官雖貴,
고고한 충심으로 살쩍은 이미 반백이셨네.	孤忠鬢已斑.
지음이었던 부훤 선생과	知音負暄子,
황천에서 함께 얼굴 활짝 펴시기를.	泉壤共開顔.

백호는 관원을 건안칠자(建安七子) 중의 한 사람이었던 공융(孔融, 153~208)에, 회계(會稽)의 동산(東山)에 은거했던 사안(謝安, 320~385)에 비유했다. 관직은 높이 판서에 이르렀지만, 충심으로 이미 반백이 다 되었다고 관원의 충효를 칭송하며, 지음이었던 부훤선생과 황천에서 화락하라는 산 자의 안타까운 위로이다. 부훤자(負暄子)는 관원공 부친의 절친이었던 오상(吳祥, 1512~1573)으로 추정되는데, 그의 호가 부훤당(負暄堂)이다. 관원공이 전시(殿試) 급제 이후, 청요직을 역임할 때, 부훤당도 비슷한 관력을 갖고 있다.

[2-11-4]

통곡하노라! 관원선생이시여!	痛哭灌園老,
학발이 된 부모님 정정하셨네.	高堂鶴髮鮮.
황천에 자식들을 묻는 일이	黃泉埋白璧,
작년에도 있더니 금년에도.	前歲又今年.
하늘에 묻기도 힘든 화복	禍福天難問,
문려(門閭)에 저녁에도 돌아오지 않네.	門閭暮未旋.
다만 막내아우 남아 있어	唯餘季弟在,
긴 베개에 홀로 눈물지으셨네.	長枕獨漣漣.

백호는 관원이 아직 정정하신 부모님보다 앞서 간 불효를 언급했다. '학발(鶴髮)'은 부모의 흰 머리털이다. 당나라 맹교(孟郊, 751~814)가 어머니를 생각하며 지은 「유자음(遊子吟)」에 "촌초 같은 자식의 마음으로, 삼춘의 햇살 같은 어머니 사랑에 보답하기 어려워라(難將寸草心, 報得三春暉)."라고 한 것에서 비롯하였다. 게다가 작년에도 하나를 잃었고 올해도 하나를 잃었다고 한다. 이를 백호는 '매백벽(埋白璧)'이라 표현했다. 황정견(黃庭堅, 1045~1105), 『산곡집(山谷集)』, 권9에 수록된 「형순부를 추억하며(憶邢惇夫)」에서 "눈으로 백옥이 황천에 묻히는 것을 보았으니, 인간세상 부자의 정이 어떠했겠는가(眼看白璧埋黃壤, 何況人間父子情)."라고 하였는데, 이는 진(晉)나라 유량(庾亮)이 죽어서 땅에 묻힐 즈음에 하충(何充)이 "옥수(玉樹)를 땅속에 묻으니 사람의 슬픈 정을 어찌 억제하랴(埋玉樹著土中, 使人情何能已已)."라고 한 것을 근거하고 있으므로 여기의 '백벽'은 '옥수(玉樹)'로 봐야할 것이다. 이 제4구를 통해, 본 애도시가 관원공이 별세하던 해 1580

년에 지어졌음을 알 수 있다. 관원 선생의 둘째 아우인 박용현(朴用賢)이 1579년에 죽었기 때문이다. 자세한 것은『관원선생집』권1에 수록된「참군 아우 용현을 곡하며(哭參軍弟用賢)」를 참고하시오.

백호는 자식을 앞세우고 망연히 기다리는 심정을, 전국 시대 제(齊)나라 왕손가(王孫賈)의 모친이 아들이 아침에 나갔다가 늦게 돌아올 때면 문에 기대어 기다리고, 저녁에 나가 돌아오지 않으면 동구 밖까지 나가서 기다렸다고 하는 '문려(門閭)'에 담았다. "막내아우만 남아있다"는 표현은 백호가 관원의 가계를 잘 몰랐던 것 같다. 당시 관원의 첫째 아우 응현(應賢)과 막내아우 호현(好賢)이 살아있었다. 따라서 '계제(季弟)'라고 한 표현은 잘못되었다.

[2-11-5]

통곡하노라! 관원선생과는	痛哭灌園老,
을해년에 만났었네.	相逢乙亥年.
남방을 순시하며 막부를 여셨을 때,	征南開幕府,
천한 저에게 금 채찍을 드셨었네.	賤子仗金鞭.
업무에 미숙했던 나를 돌아보니	自顧籌謀拙,
부끄럽게도 치우친 격려와 가르침을 받았네.	慙蒙奬飭偏.[2]
깊은 은혜 언제 갚을까 했는데,	深恩報何日,
변방에서 귀밑머리 소슬타.	關外鬢蕭然.

. . . .

2 『임백호집』에는 '칙(飭)'자가 '식(飾)'자로 되어있다. '장식(奬飾)'이란 호의적인 추켜세움, 즉 칭찬을 말한다. 부끄럽다는 말에 비추어 볼 때, '칙(飭)'자 보다는 '식(飾)'자가 더 어울린다.

백호는 관원과의 첫 만남을 떠올렸다. 그 때(1575년) 자신을 채찍질해준 관원을 통곡하는 것이다. 미숙했던 자신을 가르쳐주고 깨우쳐준 관원선생께 언제 은혜를 갚을까 했는데, 물거품이 되었고, 심지어 변방에서 근무하고 있으니, 귀밑머리 소슬해진다고 슬픈 마음을 표현했다.

[2-11-6]

학문의 바다에서는 성징사요,	海內成徵士大谷,
인간 세상에서는 박판서네.	人間朴判書.
평생의 지기로 허여했는데,	平生許知己,
이제 모두 허(虛)로 돌아가셨네.	今日摠歸虛.
한강에는 슬픈 바람 일고,	漢水悲風起,
종산에는 조각달만 남았네.	鍾山片月餘.
불안한 마음에 만 갈래 눈물	危襟萬行淚,
곡이나 다하고 변방으로 향하리.	哭盡向狼居.[3]

백호에게 학문의 바다는 대곡(大谷) 성운(成運, 1497~1597) 선생이고, 인생의 스승은 박판서라고 단언한다. 대곡선생은 관원보다 한 해 전에 작고했다. '징사(徵士)'란 조정의 부름에도 응하지 않고 숨어사는 선비란 뜻한

....

3 '낭(狼)'자는 저본에 '랑(浪)'자로 되어있어, 『임백호집』에 따라 바로잡았다. 낭거(狼居)란 한나라 때 곽거병(霍去病)이 흉노를 물리친 낭거서산(狼居胥山)의 약칭으로 보인다. 일반적인 약칭은 낭서(狼胥), 낭산(狼山)이라 하는데, 여기서는 운자를 맞추기 위한 것으로 추측한다. 낭거서산이 황하의 북쪽, 오늘날 내몽고자치구에 있으므로, 이로써 변방을 뜻하는 말로 썼을 것이다.

다. 두 분 모두 평생을 함께하기로 해놓고 '허(虛)'로 돌아갔다고 탄식한다. 관원의 한강엔 슬픈 바람만 불고, 대곡 성운선생의 종산(鍾山, 보은군 산내면에 있는 산)에 조각달만 떠있다고 허망함을 표현했다.

2-12. 시호를 맞이할 때의 원운시(延諡韻)

관원공은 낙촌 선생을 이어,	灌園公繼駱村先,
큰 덕과 많은 공을 아울러 드러내셨네.	碩德豐功幷著宣.
아! 몇 세대 동안 시호를 받지 못했던가.	嗟矣易名虛幾世,
아! 아름다운 전례가 다행히 금년에 있구나.	猗歟令典幸今年.
새삼 감개와 앙모가 선영들을 감싸고,	如新感慕環諸壠,
땅에 은혜와 영광이 하늘에서 내려왔네.	及壤恩榮降自天.
이날 구름 같은 후손들의 무한한 마음으로,	是日雲孫無限意,
그림을 그려 길이길이 전해지길 바라나이다.	願將圖繪壽斯傳.

우리 낙촌공, 관원공 두 조상은 아름다운 명성과 훌륭한 직함으로 혁혁하게 사람들을 비추었으나 수백 년이 지나서야 비로소 시호를 받는 은전을 행하게 되었습니다. 후손들의 경사에 이보다 큰 것이 없으니 감개하고 슬픈 마음이 어찌 다하겠습니까? 이에 이 일을 그림으로 그려 영원히 전하고자 합니다. 치정(致政) 족조의 서문과 시서(詩序)에 이미 상세하니 감히 더 부연하지는 않사오나 관원공의 시호를 맞이하는 것은 내가 맡아 함을 받들

어 절을 올리니 슬하에서 모시는 듯 황홀하여 이 몸의 영광됨이 지극하오니, 어찌 연신 뭉클하고, 울먹거리며, 눈물을 뿌리지 않을 수 있겠나이까.

7대손 천환(天煥).

*

惟我駱村公灌園公兩祖, 令聞華啣, 赫赫照人, 而更數百年, 始擧易名之典. 後孫之慶, 莫此爲大, 而感愴之懷, 曷又旣乎. 玆欲繪畫其事, 圖厥永傳. 致政族祖序, 且詩序己詳矣, 不敢贅說, 而灌園公延謚, 我其尸之, 奉函瞻拜 悅若侍膝, 顧玆身心榮忝極矣, 安得不重爲之油油然, 慽慽然, 涕潸潸乎. 七代孫天煥.

2-13. [또]

거듭 내려주시는 성은이 우리 선조에 이르니,	便蕃聖渥及吾先,
온 도가 두 함을 차례로 밝히나이다.	一路雙函次第宣.
임금님의 글을 기다려 도를 준수하는 날이자,	楓陛章留尊道日,
노릉대군의 노송에 향을 올리는 해이네.	魯陵松老瓣香年.
후손들 감읍하여 보상하듯 여지없고,	雲仍感泣酬無地,
관복 입은 사람들 연이어 하늘에서 내려오네.	紳笏聯翩降自天.
오늘 우리 종족에게 외람되이 경계할 것 없으니,	今日吾宗無忝戒,
시와 예로 영원히 전해지길 바라나이다.	願將詩禮永相傳.

먼저 덕을 세우고 다음에 입언(立言)한 것은 옛사람들이 불후의 명성을 드리웠던 이유입니다. 우리 낙촌공과 관원공 두 선조께서는 명종과 선조의 문명의 시대에 부자가 나란히 고관을 역임하셨고, 모두 덕업(德業)과 문장으로 좌우에서 널리 도모하시며 국가의 성대함을 말했습니다. 마땅히 시호를 내리는 예전으로 불후하게 해야 하나 태상(太常)이 빠뜨리고 거행하지 않으니 세상 사람들이 흠결로 여겼습니다. 우리 성상에 이르러 높은 덕

과 학문을 숭상하시어, 열성조에 미처 행하지 못한 은전들을 차례로 고쳐 거행함에, 4년이 지난 무인년(戊寅, 1758, 영조 34)에 유사에게 명하시어 선정신 낙촌공에게 '문경(文景)'이란 시호를 주셨고, 4년이 지나 신사년(辛巳, 1761)에 선정신 관원공에게 '문장(文莊)'이란 시호를 내리셨다. 이에 두 선조의 의(義)를 구제한 성심과 정(正)을 이행한 뜻이 환하게 다시 밝아졌고, 특히 영민하고 호학함을 부자가 전하는 가업으로 삼아 아름다운 자취를 드러내셨다. 아! 말단의 자품으로 그 조상을 영광되게 하더라도 그 자손 되는 자들은 은총을 받는 경사로운 일에 겨를이 없건만, 하물며 두 세대에 걸쳐 아름다움 시호가 모두 평소의 덕업과 문장을 칭송함에 있어서는 어떻겠는가? 두 선조의 혼령께서 지하에서도 어둡지 않다면 시호를 받는 것이 이전에 일찍 이루어지지 않은 것을 원망하지 않으시고 오늘의 지우(知遇)에 감읍하시리라. 또 겸재(謙齋, 박성원) 종형은 낙촌의 본손이면서 관원의 방계로 일찍 대인 선생에게 도를 듣고 경학으로 절개를 세워 세상의 모범이 되었다. 일찍이 간절한 마음과 지극한 성심으로 끝내 임금의 귀에 들리게 하는 힘을 얻었다. 우리 선조께서는 "후손이 있으나 불초한 후손으로 수척한 와중에 있어 정해년(丁亥, 1767) [고유제]에 참석하지 못하니 공들이 그 일을 실제 주관하도록 하라!"라고 하셨다. 오늘 그 흔적을 그림으로 그려 서술하는 때에, 공은 이미 돌아가셔 황천에서 계셔, 함께 하지 못하는 슬픔이 있다. 집안사람들과 함께 이 일에 종사한 사람으로는 천환과 종보(宗輔) 등이 있어, 서로 마주보고 흐느끼며 거듭 감개하노라. 5대손 창원(昌源).

*

太上立德, 其次立言, 古人所以垂不朽之名者也. 惟我駱村公灌園公兩先祖, 際明宣文明之治, 父子蟬聯, 俱以德業文章, 左右弘猷, 鳴國家之盛. 宜有易名之禮, 以壽不朽, 而太常闕焉未擧, 世以爲欠. 逮我聖上, 崇德右文, 凡諸列聖朝, 未遑之典, 次第修擧, 越四年, 戊寅, 爰命有司, 贈先臣駱村公曰文景. 越四年, 辛巳, 又命有司, 贈先臣灌園公曰文莊. 於是焉兩先祖, 濟義之誠, 履正之意, 煥然復明, 而尤以敏而好學爲父子相傳之家業, 揭以踵美. 嗚呼! 閭巷間士夫, 苟以一命之資榮其先, 則凡爲子若孫者, 慶幸唧恩之不暇, 矧玆兩代之徽號, 咸稱其平日之德業文章也耶. 兩祖之靈, 若不昧於冥冥之中, 則不恨易名之不早於前, 而感泣於今日之知遇也. 且夫謙齋宗兄, 以駱村本孫, 灌園傍孫, 早聞道於大人先生, 而經學立節, 爲世標準. 曾以血懇膏誠, 終得徹天之力, 吾先祖亦惟曰, 有孫而不肖孫, 向在欒欒之中, 未參於丁亥, 祇命之列公, 實尸其事矣. 今當繪跡叙事之際, 公已捐館, 有九原難作之悲. 與宗人相事於是役者, 天煥·宗輔輩, 相對歔欷, 而重爲之感. 五代孫昌源.

314

행장(行狀)—종오대손 통훈대부 세자시강원 보덕겸 춘추관편수관 박성원(朴聖源, 1697~1767)

공의 휘는 계현(啓賢)이요, 자는 군옥(君沃)이며 성은 박씨로, 호는 관원(灌園) 또는 근사재(近思齋)이다. 우리 밀양 박가는 신라 시조왕에서 비롯되었다. 조선조에 들어서 휘가 강생(剛生)이란 분은 집현전 부제학으로, 호가 나산경수(蘿山耕叟)였다. 이 분은 휘가 절문(切問)인 분을 낳았는데, 정자(正字)를 지냈고 좌찬성(左贊成)으로 추증되었다. 이 찬성께서는 휘가 중손(仲孫)이신 분을 낳으셨는데, 밀산군(密山君)으로 책훈되었으며 관직은 의정부 좌참찬에 이르렀고, 시호는 공효(恭孝)로, 공에게는 오대조 되는 분이다. 고조부는 휘가 미(楣)로 예조참의를 지냈다. 증조부는 휘가 광영(光榮)으로 형조참판을 지냈다. 조부는 휘가 조(藻)로, 귀후별제(歸厚別提)를 지냈다. 부친은 휘가 충원(忠元)으로 이조판서, 대제학을 역임했으며, 호는 낙촌(駱村)이고, 시호는 문경(文景)이다. 모친은 정경부인, 성산이씨(星山李氏)로, 영의정 직(稷)의 후손인 첨정 인수(麟壽)의 따님으로, 가정(嘉靖) 갑신년(甲申, 1524) 11월 병인(丙寅, 30일)에 공을 낳았다. 공의 형제는 넷으로 장

남이었다. 날 때부터 준수하고 총명했으며, 좀 자라서는 용문(龍門) 조욱(趙
昱, 1498~1557) 형제의 문하에서 수학하며 나날이 지성이 열리고 보태어져
탁월하게 학업에 이른 성취가 있었다. 조공께서는 큰 그릇임을 알고 누이
의 자식을 그에게 시집보냈다.

계묘년(1543)에 진사시에 1등으로 합격하고, 경술년(1550)에는 정시(庭
試)에 우등하여 전시(殿試)에 직부되었다. 임자년(1552) 전시에 급제하여,
승문원권지정자에 배속되었고, 곧바로 사관으로 천거되어 예문관 검열,
또 홍문록(弘文錄)에 들어 홍문관 정자를 역임하고 수찬에 오르셨으며, 호
당(湖堂, 독서당)에서 사가독서하여, 3년 동안 역임하신 직책은 모두 일생
의 극선(極選)이었다. 을묘년(1555)에 조정에서는 왜변(倭變) 때문에 유장
(儒將)들을 양성하면서 공을 경상도평사로 삼아 내보냈는데, 또한 묘선(妙
選, 빼어난 발탁)이었지만, 얼마 되지 않아 수찬으로 다시 부름을 받아 돌아
왔다. 병조좌랑을 역임하시다가 병진년(1556)에는 동지사(冬至使) 서장관
으로 중국에 갔다. 정사년(1557)에 조정으로 돌아와 이조정랑, 홍문관 부교
리, 의정부 검상·사인, 사헌부 장령 겸 교서관 교리를 여러 차례 역임하고,
간혹 성균관 직강, 승문원 참교에 임명되기도 했다. 기미년(1559)에 또 부
교리에서 장단부사(長湍府使)에 임명되었는데, 수레에서 내리자마자 다스
림의 효과가 무성하게 드러났다. 경신년(1560)에 당상관으로 승차되었으
나 달갑게 여지지 않는 자들이 공을 지적하여 만포첨사(滿浦僉使)가 되었
다. 공이 이조에 있을 때, 요석(僚席)에 추천한 사람으로는 노직(盧稙)[4]처럼

· · · ·

4 『박성원문집』에 실린 「행장」과 『일송집(一松集)』에 수록되어 있는 「관원 박판서 신도비

316

훌륭한 명성이 있는 자들이었고, 외척이라도 새로이 은총을 입으려고 분주히 다투는 사람들은 낭관추천을 일체 허락하지 않았고, 또 윤원형(尹元衡, 1503~1565)이 공과 혼사를 맺으려고 중전의 뜻을 빙자하며 속이고 윽박질러도 끝내 응하지 않자 마침내 미움을 쌓아 이렇게 변진(邊鎭) 먼 곳에 보임시킨 것이었으나 공은 개의치 않고 의연하게 길에 올랐다. 평산(平山)에 이르렀을 때 시를 지어 스스로를 위로하며, "가슴에 품은 만갑(만군)을 내 어찌 감당하리오. 두 눈으로도 겨우 성명을 가릴 수 있거늘"이라 하니 듣는 자들이 그의 의기를 높이 샀다.

계해년(1563) 가을에 국가가 다시 교화를 펴, 공이 비로소 대사간이 되었다. 윤원형의 잔당들을 다스리면서도 애써 너그럽게 처리하니, 사람들이 그 큰 도량에 흠복했다. 곧이어 대사성, 예·병·형 3조의 참의, 승지를 거쳐 다시 대사간이 되었다. 을축년(1565)에 도승지에 제수되었는데, 당시 문정왕후가 승하하여 명종께서 상을 치르느라 병에 걸리자 세자께서 의탁할 곳이 없어 조야에서 우려하니, 대신들이 후사를 세울 것을 극력 청했다. 왕비께서 왕명으로 대신들에게 한 통의 밀서를 내려 후사를 비밀리에 정하였다. 공은 승지의 장을 맡고 있으면서도 그러한 대사를 듣고 목소리와 안색이 변하지 않았으니 사람들이 어렵게 여겼다. 가을에 산릉(山陵) 일을 끝낸 공으로 가선대부로 승차하셨다. 겨울에 시약청(侍藥廳) 제조로 수고한 것으로 가의대부로 승차했고, 한성부 좌윤을 거쳐 대사헌으로 옮겨 제수되셨

••••

명(灌園朴判書神道碑銘)」에는 '노진(盧禛, 1518~1578)'으로 되어있으나, 모두 후한말의 학자로서 동탁의 황제폐위에 반대했던 노식(盧植, ?~192)의 오기이다.

다. 당시 윤원형이 추악하게 패배한 끝에 무릇 바꾸고 고쳐 백성을 소생시키고 나라에 보탬이 될 것을 조목조목 열거하여 아뢰지 않은 것이 없었으니, 여론이 매우 통쾌히 여겼다. 병인년(1566)에 서반(西班, 무반)으로 바꾸어 임명되었고, 하성절사(賀聖節使)로 연경에 갔다가 돌아와 경기관찰사에 제수되었다.

정묘년(1567) 여름에 개인적 사유로 임기가 차기 전에 체직되었다. 가을에 경상도관찰사로 나가 덕의(德意)를 이끌어 선양하고 백성들의 아픔을 물었으며, 특히 학교를 진흥하고 유현을 우선으로 중시하였다. 이때 사문이 회색(晦塞)한지 이미 2년이 넘었으나 공이 새로운 다스림과 청명한 날을 만나, 개탄하며 장계를 올렸다. 그 개략은 다음과 같다. "선정신(先正臣) 이언적(李彦迪, 1491~1553)은 유경(遺經)에 오랫동안 끊어진 학문을 체득하여 거취(去就)와 행지(行止)는 오로지 의리가 있는 곳으로 나아갔습니다. 그 당시에는 간흉들이 나라를 주물러 먼 곳으로 배척되어 죽었지만 본디 선왕의 뜻이 아니었습니다. 김굉필(金宏弼, 1454~1504)의 옛 일에 의거하여 특별히 대관으로 추증하고 훌륭한 시호를 더해주시기 바랍니다." 또 옥산서원에 직접 가서 제물을 지어 치제하며 사림을 격려했다.

무진년(1568) 병으로 체직되었다가, 곧 병조참판에 제수되었고, 대사헌·대사간·지신사·부제학을 역임하며 동지의금부·오위부총관을 겸했다. **임신년**(1572)에 조정에서는 천조(중국)에 주청(奏請)하여 종계(宗系)를 고치는 일을 변무(辨誣)하고자 공을 사신으로 삼았는데 출발하기도 전에 천자가 죽었다는 소식을 듣고 이내 진위사(陳慰使)로 차출되어 연경에 다녀왔다. **계유년**(1573)에 예조참판이 되었다가 곧바로 함경감사로 나가 탐관오리를 색출하면서 반목도 불사했다. **갑술**년(1574)에 부친의 노환으로 사임하고 돌아왔다. 을해년(1575)에 호남에 왜경(倭警)이 있어 공이 방백(方伯)에 제수되었는데, 명을 듣자마자 즉시 부임하여 나주에 머무시며 각 부처를 호령하고, 군대의 위엄이 매우 삼엄해지니, 온 도의 사람들이 믿고 걱정하지 않았다. 운봉(雲峰)을 순시하면서 우리 태조께서 오랑캐를 정벌한 옛 자취를 살펴보고, 비석을 세워 후세에 드러내도록 계청(啓請)하였다.

겨울에 사임하고 돌아와, 예조참판을 거쳐 이조로 옮겼으며 동지경연·홍문관 제학을 겸했다. 경연자리에서 성삼문(成三問, 1418~1456)이 충성심에 관하여 논하면서, "『육신전』은 남효온(南孝溫, 1454~1492)이 지은 것이니 상께서 읽어 보시면 그 상세함을 알 수 있을 것입니다"라고 하니, 상이 그 책을 보시고 진노하였으나 대신들이 자세히 진달한 덕에 감동하여 깨닫고 그치셨다. 어느 날 정석(政席)에 앉아 인사행정을 의논하면서 이조판서 후보단자를 바치자 상이 찬성공(贊成, 낙촌 박충원)에게 비답을 내려 이조판서로 출사하도록 하니, 이조참판이 독단으로 논의할 수 없어 대신들을 패초(牌招)하여 반열에 참여시킬 것을 계청하였다. 그러나 부자가 함께 이조에 있게 되니, 공 자신이 체차(遞差)되어야 하는 가운데 있으므로 곧장 물러나왔다. 이는 예부터 드문 일이었다.

정축년(1577)에 승정원의 장(도승지)이 되었다. 인성왕후(仁聖王后)의 건강이 좋지 않아 약 수발을 든 공로로 자헌대부 지중추부사로 승차하였고 대사헌으로 전임 제수되었다. 당시 사람이 붕당으로 나뉘고 동서의 구분이 뚜렷해 졌다. 박점(朴漸, 1532~?)·허봉(許篈, 1551~1588)의 알력에 공이 양측을 제지하였으나 결국 일부 사람들의 공격 대상이 되었다. 공이 탄식하며 "국가가 종국에는 이러한 붕당 때문에 손상을 입게 될 것이다."라고 하였다. 공조판서에 제수되었고 동지성균관사를 겸직했다. 겨울에 형조판서가 되었다. 귀신같이 소원을 수리하고 판결함에 이하 낭관들이 살펴보고 흠복하지 않는 자가 없었다. **기묘년**(1579)에 찬성공의 병이 심해져 중임을 그만두고 약 수발에 전념하게 해줄 것을 간청했다. 비답(批答)하여 "마음은 몹시 절실하나 사구(司寇 형조판서)는 임무가 중하니 원하는 바를 따를 수 없노라. 부친의 병을 구환 해야 할지라도 임무를 살피는 것이 좋겠다."라고 하였다. 아마도 공이 송사(訟事)의 판결이 뛰어나 공을 대신할 만한 사람을 찾기 어려웠기 때문일 것이다. 당시 혜성들이 나타나자 상이 중신들에게 두루 의논하게 하자, 공이 아뢰어 "조정의 신하들이 불목(不睦)하는 것은 성세(盛世)의 복을 누리는 것이 아니오니 성상께서는 이를 깊이 헤아려 주소서"라고 하였다. 공의 본심은 경망함을 안정시키는 것[靜鎭浮躁]을 중심에 둔 것이므로 임금께서도 더욱 정중히 공을 중시하였다.

경신년(1580) 2월에 대사마(大司馬)로 발탁 제수되었다. 을축년(1565) 이래로, 부자가 동시에 승진하여 국가의 중임에 번갈아 제수되니, 온 세상이 영광스럽게 여겼으나 공의 우려는 날로 심해져 벗어나고자 했으나 그럴 수 없었다. 3월에 피로가 누적된 악성 종기로 극무에서 풀려 한직으로 동지중추부사가 되었다. 4월 8일에 정침에서 고종하니 향년 57세였다. 부음을 듣고 임금께서는 애도하시며 철조(輟朝)하시고 의례에 따라 부의와 제수를 내리셨다.

공의 풍모는 빼어나고 훤칠했으며, 마음자세는 온화하고 넓어 한눈에도 그의 위인됨이 뛰어남을 알 수 있었다. 천성은 지극히 효성스러워 부모를 모심에 얼굴빛을 항상 부드럽게 하였고, 힘써 부모님을 기쁘게 하였다. 찬성공이 종창을 앓으며 위급해진 적이 있는데, 밤낮으로 약 수발을 들며 허리띠를 풀고 취침에 들지 않은 것이 수개월에 이르니 수염과 머리카락이 하얗게 변색될 지경이었다. 아우들을 사랑하고 친족들을 구휼함에 모두 정성에서 나온 것이었다. 집에서는 있고 없고를 불문하고 누가 궁핍하다는 소리를 들으면 힘닿는 대로 부조하였다. 벼슬에 임해서는 강령(綱領)을 들어 부패한 무리들을 뽑아냈다. 누차 대사헌을 역임하며 다방면의 힘든 일들을 처리했고, 앞에 공문서들이 가득해도 한마디로 지휘하여 해결함에 불합리한 것이 없었다. 충과 신을 중심으로 온후하고 화락하며, 즐겨 선을 베풀고, 선비를 사랑하기를 억지로 하지 않았다. 처세에는 아부하는 교제가 없었고, 사물을 헛되이 품지도 않았으며, 경계를 만들지 않았으나, 잔꾀를 부리는 사람들은 자신을 더럽게 하는 것처럼 여겼다. 송나라 문신인 여대방(呂大防, 1022~1097)과 범조우(范祖禹, 1041~1098)의 사람됨을 흠모하여 여러 벽에 걸어두곤 하였다. 평생의 족적은 권세 있는 집안에 발을 담그지 않았고, 의론에서는 구차히 부합하지 않았으며, 포폄에는 조금도 굽힘이 없었다. 일찍이 이르기를 "벼슬을 한 이래로 청반(淸班)의 극선(極選)을 두루 거치지 않음이 없었고, 정경(正卿)에 이른 것도 다른 사람의 힘을 빌지 않았으며, 실로 전후로 성은을 입었으니 이제는 두 조정의 완인(完人)이라 할만하다."라고 하였다.

공은 틈날 때마다 서사(書史)로 스스로 즐기며, 작은 서재를 짓고 도서를 좌우에 비치하여 매일 자제들과 강론하고 시문을 음송했다. 지은 시는 담백하고 탈속적이며 한아(閑雅)하되 아로새김[문장의 수식]을 일삼지 않았다. 어떤 때는 부탁으로 붓을 잡았고, 입으로 불러준 시편들이 수백 마디였지만 궁색한 모습을 드러내지 않았다. 그래도 스스로 늘 말하기를, "유학자의 사업은 여기에 있지 않다. 그 근본을 얻지 못하면 말예에 지나지 않으니 이를 부끄럽게 여긴다."라고 하였다. 간혹 술잔을 들어 성정을 풀어냄에 숙연이 유영함에 탈속적 흥취가 있었으나, 당시의 여론이 절로 돌아와 성대히 공보(公輔)의 가망이 있었다. 고종에 이르러서는 위로는 사대부에서 아래로는 초야에 이르기까지 동성으로 통곡하고 애석해하며, "이 사람이 여기서 그치는가?"라고 하였다. 임종에 그 아우에게 영결하며, "나는 일어나지 못할 것이나 천명을 어찌 한하랴. 그러나 부모보다 먼저 돌아가, 영원히 혼정성신을 하지 못하게 되었으니 이보다 심한 불효가 있겠는가? 부모님께서 백세를 사신 뒤에 혹시 체백(體魄)이라도 같은 언덕으로 따라가 애통함을 덜 수 있는 땅을 만들어 주길 바란다."라고 하였다. 임종에도 태연자약하였고, 염습할 때에도 안색이 살아있는 것처럼 보였으니 아! 기이하도다.

그해 5월 임신일에 고양군(高陽郡) 두응촌(豆應村) 오좌(午坐) 언덕에 장례를 치르니 선조의 무덤에 따른 것이다. 다음해 찬성공이 이어 고종하여 공의 묘와 같은 언덕에 장례하니 결국 남긴 바람대로였다. 전란의 여파로 남긴 글이 모두 산질되었고 찬성공이 지은 것은 『밀산세고(密山世稿)』 1권이 있는데 공의 시는 그 아래 첨부되어 있다. 또 일찍이 송강(松崗) 조사수(趙士秀, 1502~1558)는 찬성공의 막역한 벗으로, 찬성공이 영월에 보임되고 송강은 탐라(耽羅)를 맡아, 수천 리 사이에 시통(詩筒)을 왕래 시켜 한 권으로 만들었는데, 바로 『영해창수록(嶺海唱酬錄)』이다. 공에게도 백호(白湖) 임제(林悌, 1549~1587)와 서로 창화한 시가 많아, 「관백창수(灌白唱酬)」라는 편이 있는데, 이 『영해창수록』에 첨부되어 세상에 간행되었다. 공이 살아있을 때 부자가 일시에 나란히 이름을 날려, 돌아가신 뒤에 남긴 시문들이 책을 같이하여 전해지니 이 또한 기이한 일이로다.

정부인 김씨는 생원 지손(智孫)의 따님이자 우의정 응기(應箕)의 손녀이다. 남편을 섬김에 화목함과 공경심이 두루 지극하였다. 공이 고종한 18년 뒤인 정유년 여름에 별세하시어 공과 같은 언덕에 봉분을 달리하였다. 아들은 다섯으로, 장자는 지돈녕(知敦寧) 안세(安世), 다음으로 부정(副正) 안민(安民), 다음으로 안명(安命)이 있고, 다음은 병사(兵使)를 지냈으며 숙부에게 출계한 안도(安道), 다음으로는 부사(府使)를 지낸 안도가 있다. 딸은 셋으로 사과(司果) 윤충(尹冲)에게, 군수 김현(金俔), 종실 당은군(唐恩郡) 인령(引齡, 1562~1615)에게 시집갔다. [손자로는] 영의정을 지냈다가 인조조 계해년에 자결한 승종(承宗), 부사를 지낸 승조(承祖)가 있으며, 군수를 지낸 승황(承黃)이 있다. [손]녀들로는 군수를 지낸 윤홍(尹宖), 이정(吏正)을 지낸 한순(韓恂), 이필정(李必亨)에게 시집갔는데, 모두 장남의 소생들이다. 한 손녀는 부사 성준길(成俊吉)에게 시집갔는데, 둘째 아들의 소생이다. [넷째 손자] 승안(承顔)은 현감으로 셋째 아들의 소생이다. [다섯째 손자] 승훈(承勲)은 봉사(奉事)를 지냈다. [여섯째 일곱째 손자로] 승헌(承憲)과 승순(承順)이 있고, 다른 손녀들은 호성(湖城) 도정락(都正洛), 좌윤 홍진문(洪振文), 참봉 이시헌(李時獻)에게 시집갔는데, 다섯째 아들의 소생이다. 넷째 아들은 아들이 없어 승헌(承憲)으로 뒤를 이었다. 윤충의 장남은 겸제(兼濟)이고, 이경(李憬)·주부 진응록·정 이상준·감역 김영철은 그의 네 사위이다. 김현(金俔)의 아들은 영승(永承), 감역 영찬(永纘), 찰방 영성(永聲), 군수 영견(永肩)이고, 이정(吏正) 신칙(申忱), 이수현(李守賢)은 그의 두 사위이다. 당은군의 아들들은 응천도정(凝川都正) 해(瀣)[5], 밀성 부정(密城副正) 면(沔), 밀산군(密山郡) 찬(澯)이다. 내외 증현손 이하는 너무 많아 다 기록하지 않으나 증손인 자응(自凝)은 세칭 읍백당(挹白堂)이라 하였고, 현손 중에 현달한 자는 필선 견선(見善)이다.

우리나라 인재들은 중종 선조 때에 많았는데, 아마도 충후한 문명의 기운이 섞여 모였기 때문일 것이다. 이러한 때에 찬성공은 큰 덕과 중망으로 네 조정에 걸쳐 관직을 역임하였고 공 또한 이전 광영을 배태하고, 시와 예를 익혀 일찍이 조정에 이름을 날리며 국가기밀을 출입하였으니, 실로 찬성공과 시종을 같이하였다. 아마도 찬성공은 복재(服齋) 기(奇, 1492~1521) 선생에게 학업을 받았고, 공도 용문(龍門)선생에게 수학했기 때문이리라. 두 세대의 연원이 모두 뿌리와 토대가 완정하고 근실한 데에서 문장과 사업으로 드러난 것이므로 마땅히 성대하게 나란히 훌륭했으리라. 공이 조정에 들어가 말하고 행한 것에는 전할 만한 것이 많으나, 가장 뛰어난 것으로 기세가 화염처럼 하늘을 찌르는 시기에 원흉들을 거슬러 장애물을 던지게 하고도 후회하지 않았고, 사림이 잘려 나가던 끝에 선정신(先正臣)을 포장하고 아뢰어 한 세대를 경동시켰다. 그 사악함을 배척하고 소인을 멀리한 마음, 현인을 숭상하고 바름을 지탱한 의론에서 지킨 신념과 가진 정의를 볼 수 있을 것이다.

평생 앙모하며 사법(師法)으로 삼은 것이 있다면 여대방과 범조우 두 현

....

5 응천군 이돈(凝川君 李潡, 1579~1617).

자가 있었다. 여대방과 범조우를 보면서 또한 공을 알 수 있을 것이다. 대저 원우(元祐, 1086~1094)연간에 조정의 뭇 현인들은 무리지어 상종할 수밖에 없었고 결국에는 낙천삭(洛·川·朔) 3당의 원풍(元豐, 송나라 신종의 연호) 대신들 중 여러 곳에 흩어져 있는 자들이 있었는데, 한이 골수에 사무쳐 가만히 기회를 엿보면서도 여러 현자들이 깨닫지 못하고 각기 붕당을 만들어 서로를 비방하였다. 여미중(呂微仲, 여대방의 자)은 진(秦)땅 사람으로 우직하여 당이 없었고, 범순부(范淳夫, 범조우의 자)은 촉땅 사람으로 온공(溫公, 사마광, 1019~1086)을 스승으로 배웠으나 당을 세우지 않았다. 주부자(朱夫子, 주희, 1130~1200)는 이 일을 『송조명신록』에 편입했으니 그 뜻을 알 수 있다. 우리나라에서 동서라는 명칭은 선조(宣祖)초에 시작되었는데, 중반에 이르러서는 점차로 어그러지고 격렬해 개인과 국가에 화를 끼친 이후에야 그쳤다. 공은 깊이 우려하고 탄식하며, 양쪽에 공평한 의론을 힘써 펴서, 스스로를 표방하지 않은 것은 실로 여대방과 범조우의 모범에서 나온 것이니, 천재일우라고 해도 될 것이지만, 그러나 소성(紹聖)의 화가 원우(元祐)의 여러 현신들에게 미쳤고, 여대방과 범조우가 당이 없었다고 한다 할지라도 쫓겨나 죽는 것을 면치 못했다. 공은 협화하고 공평한 의론으로 특히 성군(聖君)의 권우(眷知)를 받았고, 총애와 발탁이 특별하였으며, 은례(恩禮)를 끝까지 내려 주셨다. 죽은 뒤에도 명위(名位)가 모두 온전했고, 위기와 욕됨이 모두 멀어졌으니 대저 열성조의 성덕이 미치지 않은 바가 없다. 그러나 공이 두 조정의 완인(完人)으로 자처한 것은 참으로 허언이 아니니, 훗날 상론(尙論)하는 자들은 여기에서 고구해야 할 것이다.

공이 죽은 지 거의 2백년이 가깝지만 아직도 시호를 내리는 은전이 거행되지 않은 것은 대저 자손들이 영락한 끝에 시간만 끌었기 때문이다. 오늘 찬성공의 시호를 추증하는 날에 공식적인 청원을 병행하지 않을 수 없었으나, 덕을 기술한 문장이 없고 남긴 자취를 상고할 만한 것이 없어 이에 일송(一松) 심희수(沈喜壽, 1548~1622)공이 지은 「신도비명」에 의거하여 대략 증보를 더해, 이상과 같이 편차하여 글을 지어, 태상(太常)에게 아뢸 때 채록될 만한 것이 있기를 바란다. 숭정(崇禎) 기원후 세 번째 기묘년(1748) 2월 모일에, 종오대손 통훈대부 세자시강원 보덕겸 춘추관편수관 성원(1697~1767) 삼가 글을 짓는다.

*

公諱啓賢, 字君沃, 姓朴氏, 號灌園, 又號近思齋. 我密陽之朴, 始於新羅始祖王. 入國朝有諱剛生, 集賢殿副提學, 號蘿山耕叟. 是生諱切問, 正字, 贈左贊成. 贊成生諱仲孫, 策勳封密山君, 官至議政府左參贊, 諡恭孝, 於公爲五世祖也. 高祖諱楣, 禮曹參議. 曾祖諱光榮, 刑曹參判. 祖諱藻, 歸厚別提. 考諱忠元, 官經吏曹判書·大提學, 號駱村, 諡文景. 妣貞敬夫人, 星山李氏, 領議政稷之後, 僉正麟壽之女, 以嘉靖甲申十一月丙寅生公. 公於兄弟四人序居長. 生而英秀聰穎, 稍長受學於趙龍門昱兄弟之門, 日有開益, 卓然早成. 趙公知爲遠器, 以其妹子妻之.

癸卯中進士一等, 庚戌魁庭試, 直赴. 壬子, 殿試登第, 調承文院權知正字, 旋被史薦爲藝文館檢閱, 又參玉堂錄, 歷南床, 承修撰, 賜暇湖堂, 三年之間所經, 皆是一世極選. 乙卯朝廷因倭變, 欲儲養儒將, 以公出爲慶尙道評事, 亦妙選也, 未幾以修撰徵還. 歷兵吏曹佐郎, 丙辰, 以冬至書狀官朝天. 丁巳, 還朝, 累轉吏曹正郎, 弘文館副校理, 議政府檢詳·舍人, 司憲府掌令兼校書館校理, 間授成均館直講,承文院參校. 己未, 又自副校理, 除長端府使, 纔下車, 治效已茂著. 庚申, 陞堂上階, 不悅者斥公爲滿浦僉使. 公曾在銓曹, 所引進於僚席者, 如盧稙負善名者, 而至於戚里新倖奔競之人, 則一切不許郎薦, 又尹元衡欲結婚於公, 至憑慈旨, 以啗以嚇, 而終不應, 遂成積憾, 有此邊鎭遠補, 公不以爲意, 怡然就途. 行到平山、賦詩自遣曰, 胸藏萬甲吾何敢, 兩目纔堪卜姓名. 聞者高其義氣. 癸亥秋, 國家更化, 公始爲大司諫, 治元衡餘黨, 務從寬緩, 人服其偉量. 俄遷大司成, 禮兵刑三曹參議, 承旨, 復爲諫長. 乙丑, 拜都承旨, 時文定上仙, 明廟宅憂遘疾, 主鬯無托, 朝野憂恐, 大臣以建儲力請, 王妣以王命下一封書于大臣, 密定儲嗣. 公職長喉舌, 與聞大事, 而不動聲色, 人以爲難. 秋, 以山陵事完, 進階嘉善. 冬, 又提調侍藥廳, 以勞, 陞嘉義, 由漢城左尹, 移拜大司憲. 時當元衡稔惡取敗之餘, 凡可以易絃變轍, 蘇民益國者, 無不條列論奏, 輿情大快. 丙寅, 遞授西班, 朝京賀聖節, 歸拜京畿觀察使. 丁卯夏, 因私故徑遞. 秋, 出按嶺南, 導宣德意, 咨詢民瘼, 尤以興學校重儒賢爲先務. 時斯文晦塞, 已踰二紀, 公幸遇新理淸明之日, 慨然馳啓. 其略曰, 先正臣李彦迪, 得久絶之學於遺經, 去就行止, 惟義是適. 雖其時大奸擅國, 斥死遐荒, 而本非先王之意也. 乞依金宏弼故事, 特贈大官, 加以美諡. 又躬詣玉山書院, 操文以祭, 士林聳勸. 戊辰, 病遞, 尋授兵曹參判, 歷憲諫兩長·知申事·副提學, 兼同知義禁府·五衛副摠管. 壬申, 朝家將奏請天朝卞誣改宗系擧, 公爲使, 未及發行, 聞天王喪, 仍差陳慰使往還. 癸酉, 參判禮曹, 旋出爲咸鏡監司, 糾摘貪邪, 不避反噬. 甲戌, 以親老辭還. 乙亥, 湖南有倭警, 除公方伯. 聞命卽赴, 駐節錦城, 部署號令, 軍威甚肅, 一道恃以無虞. 巡到雲峰, 審視我太祖征蠻舊跡, 啓請建碑示後. 冬解歸, 由禮曹亞卿, 移吏曹, 兼同知經筵·弘文館提學. 於經席, 因論成三問之忠曰, 六臣傳是南孝溫所著, 願上取覽, 則可知其詳. 上覽之, 震怒, 賴大臣委曲陳達, 感悟而止. 一日坐政席開政, 以銓長望先納, 上下批於贊成, 公銓長出, 則亞銓不敢獨政, 啓請牌招長官·同參例也. 而父子同居銓曹, 公自在當遞中, 故卽爲退出, 此古所罕有也. 丁丑, 又長銀臺. 値仁聖王后違豫, 以侍藥勞, 增秩資憲知中樞府事, 轉拜大司憲. 時士類分朋, 目爲東西. 有朴漸·許筠相軋, 公兩抑之, 遂爲一隊人所攻. 公歎曰, 國家終必爲黨所傷. 除工曹判書, 兼同知成均館事. 冬, 判秋曹. 聽斷如神, 郎僚竊視, 莫不欽服. 己卯, 以贊成公疾篤, 陳疏乞解重務, 專意侍湯. 批曰, 情則甚切, 但司寇任重, 不得從願. 雖捄親病, 亦可察任. 蓋以公長於議讞, 難其代也. 時有彗星, 上延訪宰執, 公啓曰, 朝著不睦, 非盛世福, 願聖上深察焉. 公之本心, 以靜鎭浮躁爲主, 上亦益加敬重. 庚辰二月, 擢拜大司馬. 乙丑以來, 父子同昇, 迭授邦國重任, 一世榮之, 而公憂懼日甚, 欲解不得. 三月, 積勞成疽, 解劇就閑, 知樞府. 以四月八日, 考終于正寢, 壽五十有七. 訃聞, 上震悼, 輟朝, 賜弔賻祭如儀.

公風儀俊朗, 襟度夷曠, 一望知其爲偉人長者. 天性至孝, 事父母, 承顏順色, 務以悅親爲事. 贊成公嘗患腫瀕危, 日夜侍湯, 不解帶, 不就寢者, 數月, 至於鬢髮變白. 友諸弟, 恤宗族, 一出於誠. 居家不問有無, 聞人貧乏, 隨力捄助. 當官莅職, 挈提綱維, 鋤削荒類, 屢經都憲, 大理方面劇務, 盈前案牘, 一言揮掃, 無不當理. 忠信爲主, 和厚樂易, 好善愛士, 不待勉强. 處世無翕翕交, 接物虛懷, 不設畦畛, 唯機計之人, 若將浼焉. 慕宋臣呂大防·范祖禹之爲人, 嘗揭諸壁上. 一生足跡, 不濡權勢之門, 於論議不苟合, 於毀譽無少撓. 嘗謂, 自通籍以來, 清班峻選, 無不歷遍, 以至正卿, 而皆不藉人力, 實荷前後聖恩, 今得爲兩朝完人足矣.

公暇, 以書史自娛, 搆一小樓, 左右圖書, 日與子弟, 講論吟嘯. 爲詩沖逸閑雅, 不事雕鏤, 有時倩人操筆, 口號數百言, 未見窘態. 猶不以自多曰, 儒者事業不在此. 不得其本, 而徒尙末藝, 是吾恥也. 間以壺觴陶瀉, 游泳蕭然, 有出塵之趣, 而時論自歸, 蔚然有公輔之望. 及卒, 上自搢紳, 下至草野, 同聲慟惜曰, 斯人而止於斯耶. 疾革, 訣其弟曰, 吾必不起, 大命何恨. 但先父母而歸, 永曠晨昏, 不孝孰甚. 願於高堂百歲後, 庶得體魄追隨一隴, 以爲洩痛之地. 臨歿, 精神自若. 比斂, 顔色如生, 嗚呼異哉.

用時年五月壬申, 葬于高陽郡豆應村向午之原, 從先兆也. 翌年贊成公繼卒, 葬與公墓同崗, 竟如遺願. 兵燹之餘, 遺文散秩, 贊成公所著, 有密山世稿一卷, 而公詩附在其下. 又嘗與趙松崗士秀爲莫逆友, 及贊成公補寧越, 松崗宰耽羅, 數千里間, 詩筒往來, 合成一卷, 名之曰, 嶺海唱酬錄. 公又與林白湖悌, 多有相和詩, 篇名以灌白唱酬, 而附於是錄, 竝刊行于世. 公之在世, 父子聯武揚名於一時, 沒後遺篇, 又與之合部幷傳, 斯亦奇矣.

貞夫人金氏, 生員智孫之女, 右議政應箕之孫. 事夫子, 和敬兩至. 後公十八年丁酉夏卒, 與公同原異塋. 子五人, 長曰安世, 知敦寧; 次曰安民, 副正. 次曰安命; 次曰安道, 兵使, 出後叔父. 次曰安國, 府使. 女三人, 婿司果尹冲, 郡守金倪, 宗室唐恩君引齡. 曰承宗, 以領相, 仁廟癸亥自決. 曰承祖, 府使. 曰承黃, 郡守. 女尹宖, 郡守; 韓恂, 吏正; 李必亨, 長房出. 女兵使成俊吉, 二房出. 曰承顔, 縣監, 三房出. 曰承勳, 奉事. 曰承憲; 曰承順. 女湖域都正洛, 左尹洪振文, 參奉李時獻, 四房無子, 以承憲爲后. 五房出. 尹冲男兼濟, 李憬·主簿陳應祿·正李尙俊·監役金英哲, 其四女婿也. 金倪男永承, 監役永纘, 察訪永聲, 郡守永肩, 曰吏正申忕, 李守賢其二女婿也. 唐恩君男凝川都正瀿、密城副正泗、密山郡濚. 內外曾玄孫以下, 多不盡記, 而曾孫自凝, 世稱挹白堂, 玄孫顯者弼善見善也.

我國人才, 盛於中·宣之際, 蓋其淳厚文明之氣, 錯綜交會. 於斯時也, 贊成公以碩德重望, 歷敭四朝, 公又胚胎前光, 服習詩禮, 早揚王庭, 出入機密, 實與贊成公相爲終始. 蓋贊成公旣從服齋奇先生受業, 公又學於龍門. 兩世淵源, 皆有所自根基完實, 發爲文章事業者, 宜其蔚然幷美也. 公之立朝言行, 固多可傳, 而最是積忤元兇於勢焰薰天之日, 投之塞障而靡悔, 褒啓先正於士氣斬伐之餘, 以致一世之驚動. 其斥邪遠小之意, 尙賢扶正之論, 可見其所守之確, 所操之正矣.

若其平生所嚮慕而師法者, 在於呂·范兩賢. 觀乎呂·范, 亦可以知公矣. 蓋當元祐之時, 群賢在朝, 不能不以類相從, 遂有洛·川·朔三黨元豊大臣之退處散地者, 怨入骨髓, 陰伺間隙, 而諸賢不悟, 各爲黨比, 以相訾議. 惟呂微仲秦人, 戇直無黨, 范淳夫蜀人師溫公, 不立黨. 朱夫子以此事, 編入於宋朝名臣錄, 其意可見也. 我國東西之號, 肇自宣廟初, 至于中年, 轉成乖激, 將至於禍人家國而後已. 公之深憂永歎, 務爲兩平之論, 而不自標榜者, 實自呂·范規模中出來, 雖謂之千載一遇可也. 然紹聖之禍, 遍及元祐諸賢, 雖呂·范之無黨, 亦不免竄逐以死. 公則以協和公平之論, 尤爲聖主之眷知, 寵擢超常, 恩禮有終. 卒之名位俱全, 危辱皆遠, 蓋莫非聖祖盛德攸曁. 而公之自許以兩朝完人者, 信乎其不誣, 後之尙論者, 宜於此考之也.

公之歿, 殆近二百年, 尙未擧易名之典, 蓋緣子孫零替, 因循未遑. 今當贊成公贈諡之日, 不可不幷以公請, 而曾無狀德之文, 又逸可稽遺乘, 玆据一松沈公喜壽所撰大碑, 略加增補, 編次如右, 庶立言告太常者有所採擇焉. 崇禎紀元後三己卯二月日, 從五代孫通訓大夫世子侍講院輔德兼春秋館編修官聖源謹狀.

유사들을 대략 기술함(遺事略)

● 퇴계선생의 「우역동서원기(禹易東書院記)」에 이르기를, "포산(苞山, 현풍)의 곽황(郭趪) 사또님께서 예안(禮安)에 현감으로 부임하여, 약간의 전결(田結)을 두고 양천(良賤) 몇 명을 소속시키고 떠나셨다. 채 끝내지 못한 일이 있었는데, 또 감사 박공 계현 사또님께서 돈독하게 마음을 써 주셨다. 아! 우리 고을의 물력과 서원에 들인 공이 모두 곽 후의 선정과 향인들의 미풍, 그리고 어진 원님과 어진 감사님으로 이어지지 않았다면 어찌 이 일을 처리하며 전후에 차질이 없을 수 있겠는가." 운운하였다(退溪先生禹易東書院記曰, 苞山郭侯(侯)趪來莅禮安, 置田畝若干結, 良賤若干名以屬之, 乃去. 其有未訖之功, 又得監司密陽朴公啓賢, 方致意拳拳. 嗟夫. 以吾鄉之事力, 書院之功費, 皆非郭侯之善政, 鄉人之美風, 繼之以賢候賢使, 烏能辦此擧, 而無躓於前後哉. 云云)[6]

· · · ·

6 『퇴계선생문집』, 권42, 「역동서원기(易東書院記)」: 포산[현풍]의 곽후 황(趪)이 이 고을에

331

● 퇴계선생「『양심당집(養心堂集)』발」에 이르기를, "한양성 서문 밖에 은둔 군자가 있었는데, 하나는 조성(趙晟, 1492~1555)군으로 자는 백양(伯陽)으로 용문 조욱의 맏형, 일찍이 세상을 초월한 자질을 지고 태어나 마음을 다스리고 기를 함양하는데 힘썼다. 현 감사 응천(凝川, 밀양) 박공 계현이 일찍이 조군에게 수학하고 시문 약간 편을 모아 1권으로 만들고, 『양심당집』이라 하였으며, 또 권두에 서문을 쓰고 외람되어 나에게 부쳐 보낸다고 하면서 장차 간행할 것이라고 하여 나는 기쁘게 받아 그 책을 읽어 보았다. 이에 군의 문장과 식견이 뛰어나고 세상에 드문 것임을 알게 됨이 또한 이와 같다." 운운하였다(退溪先生養心堂集跋云, 漢陽城西門外, 有隱君子, 曰一趙君晟, 字伯陽龍門昱伯兄, 早負超世之資, 唯以治心養氣爲務. 今監司凝川朴公啓賢, 嘗受學於君, 乃裒集君所著詩文若干篇爲一卷, 名曰養心堂集, 且序其卷端, 辱寄見示云, 將以刊行也, 余喜得而莊誦之. 於是益知君文章見識, 卓犖曠絶又如此.

‥‥

부임하였다. ……곽후는 이에 회수할 사사전(寺社田)을 희사하고 동시에 기다 약간의 전결(田結)을 두고 양천(良賤) 몇 명을 소속시켰으며, 또 많은 베와 곡식을 지급한 뒤에 떠났다. 그리고 채 행하지 못한 일이 있었는데, 또 지금의 현재(縣宰)인 동래 정유일(鄭惟一), 감사 밀양 박공 계현이 돈독히 마음을 써주었고, 고을 선비로서 밭을 헌납한 자, 김군 이하 7인이나 되었다. 아! 아! 우리 고을의 물력과 서원에 들인 공이 모두 곽후의 선정과 향인들의 미풍, 그리고 어진 원님과 어진 감사로 이어지지 않았다면 어찌 이 일을 처리하며 전후에 차질이 없을 수 있겠는가(苞山郭侯趙, 來莅玆邑.……侯於是, 撥寺社田之當還官者及置他田畝若干結, 良賤若干名以屬之, 又多出布穀以付之, 然後乃去. 其有未訖之功, 又得今縣宰東萊鄭侯惟一, 監司密陽朴公啓賢, 方致意拳拳, 鄕土自願納田者, 自金君以下又七人焉. 嗟夫! 以吾鄕之事力, 書院之功費, 苟非郭侯之善政, 鄕人之美風, 繼之以賢侯賢使, 烏能辦此擧, 而無蹟於前後哉!)

云云)[7]

- 『장릉지(莊陵誌)』에 이르기를, "선조조의 신하 박계현이 성삼문(成三問, 1418~1456)의 충을 논하자 크게 진노하여 죄를 주려했으나 재상 홍섬(洪暹, 1504~1585)이 구원 해명하여 그쳤다."(莊陵誌曰, 宣廟朝臣 朴啓賢, 論成三問之忠, 大激天怒, 將加以罪, 因相臣洪暹救解而止.)

- 또 이르기를, "선조조 신하 박계현이 경연자리에서 박팽년(朴彭年, 1417~1456), 성삼문의 충을 논하며, 『육신전』은 남효온(南孝溫)이 지은 것이니 상께서 살펴보시면 자세히 알 수 있을 것입니다.'라고 하자, 상이 『육신전』을 취해 보시고 놀라고 분노하시며 하교하시기를, '말이 잘못되고 허무맹랑하여 선조들을 욕보였으니 내 찾아내어 모두 불사르고자 한다. 또 우연이라도 그 말을 전하는 자의 죄를 다스릴 것이다.'라고 하셨다. 영의정 홍섬(洪暹)이 입시하여 육신의 충을 극언하니, 말이 몹시 간절하여 입시한 신하들 대부분이 눈물을 떨구

· · · ·

7 『퇴계선생문집』, 권43, 「양심당집발(養心堂集跋)」: 漢陽城西門外, 有隱君子, 曰趙君晟, 字伯陽. 早負超世之資, 通儒術, 旁及於天文地理醫藥律呂筮數, 無不精究而造其妙. 少 多疾病, 絶意榮進, 唯以治心養氣爲務, 閉門卻掃, 悠然自樂, 不知老之將至也. 朝廷重其 才, 强起之, 亦不苟免, 祿隱至于宗廟令. 余中間宦寓城門內, 數得與君相從遊, 質以啓蒙 律呂算數等所疑, 君應酬如響, 愈叩而愈無窮. 余每一見之, 未嘗不茫然自失而歸, 恨不得 卒業, 而以病去國, 未幾, 君又下世矣. 今監司凝川朴公啓賢, 嘗受學於君, 乃裒集君所著 詩文若干篇爲一卷, 名曰養心堂集. 且序其卷端, 辱寄見示云, 將以刊行也. 余喜得而莊誦 之, 於是益知君文章見識, 卓犖曠絶又如此.

었다. 상은 이내 깨닫고 그쳤다. 『석담일기(石潭日記)』(又云, 宣廟朝臣朴啓賢於經席, 論朴彭年成三問之忠, 曰六臣傳是南孝溫所著, 願上取覽, 則可知其詳. 上乃取六臣傳, 觀之, 驚憤下教曰, 言多謬妄誣, 辱先祖, 予將搜探而悉焚之. 且治偶語其傳者之罪. 領議政洪暹因入侍, 極語六臣之忠, 辭甚懇至, 侍臣多有墮淚者. 上乃感悟而止. 石潭日記)

- 경상감사 박계현이 장계를 올려, "권벌(權橃, 1478~1548)의 충의(忠義)와 풍절(風節)이 이와 같사오니, 이언적(李彦迪)과 더불어 뒤에라도 포장(褒獎)을 내려 주시어, 선비들의 기상을 더욱 진작시키고, 유도를 더욱 중히 여기도록 해주십시오."라고 하였다. 『퇴계집』「권충재행장」에 나옴(慶尙監司朴啓賢狀啓, 權橃忠義風節如此, 請與李彦迪俱賜追獎, 使士氣益振, 儒道增重.[8] 出退溪集中權冲齋行狀)

· · · ·

8 『퇴계선생문집』, 권49, 「……知經筵事權公行狀」: 경상도 관찰사 박계현이 장계하기를 "권벌의 충의와 풍절이 이와 같으니 이언적과 아울러 소급해서 포장하는 은전을 내리소서."라고 하자 임금이 보고 가상하게 여기고 대신들에게 의논케 하여 처리하게 하였다. 의논에서 "두 사람은 학행이 빛나 칭송할 만하여 소급하여 포장하는 것이 마땅하니 선왕의 뜻을 이어서 선비의 기풍을 더욱 진작시키고, 유도가 더욱 중해지도록 하소서."라고 하였다(慶尙道觀察使朴啓賢狀啓, 權橃忠義風節如此, 請與李彦迪俱賜追獎, 上覽而嘉歎, 令大臣議處. 議謂二人所學所行, 燁然可稱, 允合追獎, 用光繼述, 使士氣益振, 儒道增重.)

신도비명(神道碑銘) ─ 우의정 심희수(沈喜壽, 1548~1622)[9]

여기 영의정 밀창(密昌) 박상공[퇴우당 박승종, 1562~1623]의 조부인 관원상공의 신도비문을 나 희수(喜壽)에게 부탁한 것이 몇 년 되었다. 고민하며 지체하던 차에 어느덧 이 몸도 죽음의 그림자가 드리웠으니 분명 밀창공(密昌公)의 준엄한 질책이 이를 것이다. 삼가 생각건대, 나에게 관원공은 선친의 벗으로 오랜 우정이 있고 이웃으로 도와주는 사적인 은혜가 있었으

....

9 심희수(沈喜壽, 1548~1622): 조선중기의 문신학자로, 자는 백구(伯懼), 호는 일송(一松) 혹은 수뢰루인(水雷累人)이고, 본관은 청송이며, 문정(文貞) 시호를 받았다. 노수신(盧守愼)의 문인으로 1572년 별시문과 병과로 급제하여 승문원에서 관직생활을 시작하였고, 1583년 사가독서를 했다. 임진왜란 당시 선조를 호종한 공으로 도승지로 승진했고, 중국어에 능하여 명나라 사신들을 응접하는 활동이 두드러졌다. 1599년 예문관 제학, 예조판서를 거쳐 이조판서, 대제학을 겸했다. 1604년 판중추부사를 거쳐 12월에 우의정이 되었고, 이듬에 7월에 좌의정에 올랐다. 이후 병으로 면직되었다가 1608년 광해군 즉위와 더불어 우의정에 다시 올랐다. 따라서 이 「신도비명」은 1605년, 또는 1608년에 지어졌을 것으로 본다. 1614년 정온(鄭蘊, 1569~1641)을 변호하다가 광해군의 노여움을 샀고, 1616년 이이첨(李爾瞻)을 탄핵하다 문외출송 되었고, 이듬해 폐모론을 계기로 은거하며 관직생활을 마감했다. 문장과 글씨에 능하여 남긴 문집 『일송집(一松集)』(8권)에는 여러 편의 묘도 문장들이 수록되어 있다.

니 어찌 감히 혼자만의 생각으로 글을 짓지 않겠는가? 시종일관 고사하다가 삼가 「가장」을 근거하여 보노라.

밀원(密原) 박씨는 신라 시조에서 기원하여 유구한 복을 훌륭히 이어받아 세상의 큰 문벌을 이루었다. 우리 조선조에 들어서 휘가 중손(仲孫)인 분은 밀산군(密山君)으로 훈봉되었고, 시호는 공효(恭孝)로, 공에게는 오대조가 된다. 예조참의 휘 미(楣), 형조참판 휘 광영(光榮), 증 이조판서 휘 조(藻), 이조판서 휘 충원은 바로 공의 고조부, 증조부, 조부, 부친이다. 모친은 정부인 성산이씨(星山李氏)로, 또한 관직을 지낸 명망 있는 명문사족으로 영의정 직(稷)의 후예로, 첨정 인수(麟壽)의 소생이다. 가정(嘉靖) 갑신년(1524) 11월 병인일에 공을 낳으니, 이전의 광영을 배태하여 상서롭고 온순하며 영특하고 빼어났다. 가까이서 조성(趙晟, 1492~1555) 형제의 문하에서 수학하며 나날이 지성이 열리고 보태져 탁월하게 조숙하였다. 조선생은 그가 큰 그릇임을 알고 누이의 딸을 시집보냈다.

계묘년(1543) 진사시에 일등으로 합격했고, **경술**년(1550)에는 정시(庭試)에서 직부전시(直赴殿試)되었다. **임자**년(1552)에 전시(殿試)에 급제하여 3~4년간 승문원권지정자, 예문관검열, 홍문관정자 등에 천거되었고, 부수찬으로 승진하여 사가독서를 했는데 모두 극선(極選)이자 청선(淸選)이었다. **을묘**년(1555)에 왜변(倭變)으로 경상평사(慶尙評事)로 나갔는데 또한 뛰어난 발탁이라 기록하고 있으며, 유장(儒將)을 양성하는 뜻이었다. 얼마 되지 않아 수찬으로 불려 돌아와 병조좌랑을 역임했다. **병진**년(1556)에 동지사 서장관으로 중국에 갔다. **정사**년(1557)에서 **무오**년(1558)에 이르기까지 이조정랑, 홍문관부교리, 의정부검상·사인, 사헌부 장령 등을 여러 차례 맡앉고, 교서관 교리를 겸했으며, 간혹 성균관 직강, 승문원참교를 맡기도 했다. **기미**년(1559)에 부교리에서 특별히 장단지부(長湍知府)에 제수되었는데, 수레에서 내리자마자 다스림의 효과가 뚜렷하였다. **경신**년(1560)에 당상관으로 진급하였으나 밀려나 만포(滿浦: 압록강 상류 국경지대)로 나갔다.

일찍이 이조에 있을 때 요석(僚席)에 추천한 사람으로는 노식(盧植)[10] 처럼 표표한 현사(賢士)였으나, 외척으로 새로이 아첨하여 은총을 입으려는 사람에 있어서는 머리를 흔들며 낭관추천을 불허였다. 게다가 윤원형이 공과 혼사를 맺으려고, 중전의 뜻으로 빙자하여 속이고 윽박질러도 고집하며 응하지 않았으니 이렇게 만들어진 두 가지 서운함으로 배척은 뻔한 것이었다. 그러나 공은 개의치 않고 태연하게 길에 올랐다. 평산(平山)에 이르렀을 때 시를 지어 스스로 위로하며 "가슴에 만 갑(萬甲, 만군)을 감추는 것이야 내 어찌 감당하리요. 두 눈은 겨우 성명만 가릴 수 있거늘(胸藏萬甲吾何敢, 兩目纔能辨姓名)"[11]이라 하니 듣는 자들이 그의 의기를 높이 샀다.

계해년(1563) 가을에 새로운 시대가 열려, 공은 대사간이 되어 잔당들을 다스림에 힘써 너그럽게 용서하는 쪽으로 나아갔으니 아는 자들은 이를 높이 평가했다. 곧이어 대사성, 예조·병조·형조의 참의와 승지·대사간이 되었다. **을축**년(1565)에 도승지에 제수되었다. 당시 문정왕후가 승하하여 명종께서는 상을 치르느라 병에 걸리자 세자께서 의탁할 곳이 없어 조야에서

••••

10 식(植)자는 「행장」에서는 '직(稙)'자로 되어있고, 『일송집(一松集)』에는 '진(禛)'자로 되어 있으나 노식(盧植)의 오기이다. 앞의 「행장」주석을 참고하시오.

11 이 시구의 첫 구절은 북송 시대 변방을 잘 방어했던 범중엄(范仲淹)을 칭송한 말이고, 두 번째 구는 항우(項羽)가 자신을 일컬은 말이다.

우려하였다. 공은 승지의 장을 맡고 있으면서 함께 그러한 대사를 듣고도 성색(聲色)이 동요하지 않았으니 사람들이 어렵게 여겼다. 가을에 산릉을 완수한 일로 가선대부로 승차하였다. 겨울에 또 시약청(侍藥廳) 제조로 수고하여 가의대부로 승차하였고, 한성부좌윤을 거쳐 대사헌으로 옮겨 제수되었다. 당시 윤원형이 추악하게 패배해가던 초기에, 무릇 바꾸고 고쳐 백성을 소생시키고 나라에 보탬이 되는 것을 조목조목 열거하여 아뢰지 않은 것이 없었으니 여론이 매우 통쾌히 여겼다.

병인년(1566)에 서반(西班)으로 체직 제수되어 하성절사(賀聖節使)로 연경에 다녀와, 곧바로 경기도 관찰사에 제수되었다. 정묘년(1567) 여름에 개인적 사유로 체직되었다. 가을에 경상도관찰사로 나가 덕의(德意)를 이끌어 선양하고 백성들의 아픔을 물은 것 이외에도 학교를 진흥하고 유현을 중시하는 것을 급선무로 여겨 개탄하며 치계하였다. 그 대략을 보면, "선정신(先正臣) 이언적(李彦迪)은 유경(遺經)에 오랫동안 끊어진 학문을 체득하였고, 거취(去就)와 행동은 오로지 의리가 있는 곳으로 나아갔으니, 비록 당시에 간흉들이 나라를 주물러 먼 곳으로 유배되어 죽었지만 본디 선왕의 뜻이 아니었습니다. 김굉필의 옛일에 의거하여 대관으로 특별이 추증하고 아름다운 시호를 더해주시기를 바랍니다."라고 운운했다. 당시 사문이 회색(晦塞)한지 24년이 넘어, 공이 다행이도 새로운 이치로 청명한 시대를 만나 현자를 숭상하고 정의를 부지하는 의론을 으뜸으로 세우고, 직접 옥산서원으로 가서 글을 지어 제사를 올리며 사림을 크게 진작시켰다.

무진년(1568)에 병으로 체직되었다가 곧이어 병·호조참판, 대사헌, 대사성, 지신사(知申事), 부학사(副學士)에 제수되었고 동지의금부오위부총관을 겸직했다. **임신**년(1572)에 조정 의론에서 공을 주청사(奏請使)로 선발하여 종실계보를 고치는 일을 변무하려 했으나 출발하기도 전에 천자의 부고를 듣고 곧바로 진위사(進慰使)로 차출되어 연경에 다녀왔다. **계유**년(1573)에 예조참판이 되었다가 얼마 되지 않아 북관(北關)으로 나가 다스림에 탐관오리를 적발하고 바로 잡으며 반목도 불사하였다. **갑술**년(1574)에 부친의 노환으로 사임하고 돌아왔다.

을해년(1575)에 호남에 왜경(倭警)이 있어 공이 방백에 제수되었다. 명을 듣자마자 즉시 부임하여 나주에 머물며 각 부처에 호령했으며, 군대의 위엄이 삼엄해지니 온 도의 사람들이 믿고 걱정하지 않았다. 운봉(雲峯)을 순시하며 우리 태조가 오랑캐를 정벌한 옛 자취를 살펴보고 비석을 세워 후세에 드러내도록 계청(啓請)하였다.

겨울에 사임하고 돌아와 예조참판을 거쳐 이조참판으로 옮겼으며 동지경연·홍문관제학을 겸했다. 하루는 정석(政席)에 참석하니 밀원공(密原公, 충원)이 총재에 올랐다는 조보(朝報)가 있어, 듣고는 곧장 물러나왔으니 세상에 드물게 있는 일이었다. **정축**년(1577)에 또 승정원의 장(도승지)이 되었다. 인성왕후의 예후가 좋지 않아 약을 받들어 모신 공로로 자헌대부로 가자(加資) 되었고 동지중추부사에 올랐다가 대사헌에 제수되었다. 당시 사림이 붕당으로 나뉘고 동서의 구분이 뚜렷해져 박점(朴漸)과 허봉(許篈)이 서로 알력 함에 공이 양측을 제지하였으나 결국 일부 사람들의 공격대상이 되니, 탄식하며 "국가가 결국에는 붕당 때문에 손상을 입게 될 것이다."라고 하였다.

겨울에 형조판서가 되었다. **기묘**년(1579)에 밀원군의 병이 심해지자 사임을 간청하여 반드시 직무에서 벗어나 약 수발을 들고자 했다. 왕이 비답을 내려 "마음은 간절하지만 사구(司寇, 형조판서)는 중임이므로, 원하는 대로 따를 수 없다. 비록 부친의 병을 구호(救護)하면서라도 임무를 살피는 것이 좋겠다."라고 하였다. 아마도 공이 옥사 판결에 뛰어나 그를 대신할 만한 사람을 찾기 어려웠기 때문일 것이다. 그때 나 희수는 외람되이 낭관으로 있었는데 귀신같이 듣고 판결하는 모습을 익히 보아 나도 모르게 감탄했었다. 연달아 혜성이 나타나자 상이 중신들에게 의논하게 하자 공이 아뢰어 "조정의 신하들이 불목(不睦)하는 것은 성세의 복을 누리는 것이 아니오니 성상께서는 이를 깊이 헤아려 주소서."라고 하였다. 경망함을 안정시킨 것은 공의 본심에서 그렇게 했던 것이다. 송나라 신하 여대방(呂大防)과 범조우(范祖禹)의 사람됨을 흠모하여 벽에 걸어두었던 것은 그들이 당을 세우지 않았기 때문이었다. **경진년**(1580) 2월에 대사마로 발탁 제수된 것은 백성의 여망에 부응하는 것이었다. 을축년(1565) 이래로 부자가 이름을 나란히 하고 나라의 중임을 번갈아 맡으며 종적이 서로 접하니 세상 사람들이 영광스럽게 생각했으나 공은 우려와 두려움이 나날이 심해졌다. 3월에 피로가 누적되어 악성 종기가 나, 한직인 동지중추부사로 체직되었다가 맹하(孟夏) 8일에 정침에서 고종하니 향년 57세였다. 부음을 듣고 상이 애도하시며 조회와 시장을 파하고 통상적 의례에 의거하여 부의와 제수를 내려 조문하셨다.

공의 휘는 계현(啓賢)이요, 자는 군옥(君沃)이며 호는 관원(灌園)이다. 풍모는 빼어나고 훤칠했으며, 마음자세는 온화하고 넓어 한눈에도 그의 사람됨이 뛰어남을 알 수 있었다. 천성은 지극히 효성스러워 부모를 섬김에 안색을 부드럽게 하였으며 기쁘게 하는 데에는 방법을 가리지 않았다. 밀원공(密原公)이 종기를 앓으며 위급해진 적이 있는데, 수개월 동안 약 수발을 하면서 의관을 풀지도 않았고 밤에 잠도 자지 않아 머리카락과 수염이 하얗게 변했다. 아우들을 사랑하고 친족들을 어루만짐에 한결같은 성심에서 나왔다. 집에 있으면서는 있고 없음을 가리지 않고 남이 궁핍하다는 소리를 들으면 힘닿는 대로 경영하였다. 관직에 임해서는 강령(綱領)을 들어 부패한 무리들을 베어냈다. 여러 차례 대사헌을 역임하며 다방면의 극무(劇務)를 처리했고, 앞에 공문서가 가득해도 한마디로 지휘하여 해결함에 불합리한 것이 없었다. 충과 신을 중심으로 온후하고 화락하며, 즐겨 선을 베풀고 선비들을 사랑함에 억지로 하지 않았다. 처세에는 아부하는 교제가 없었고 사물을 헛되이 품지도 않았으며, 경계를 만들지 않았으나 잔꾀를 부리는 사람들은 마치 자신을 더럽히는 것처럼 여겼다. 평생의 족적은 권세 있는 집안에 발을 들여놓지 않았고 의론에는 구차히 부합하지 않았으며 포폄에는 조금도 굽힘이 없었다. 일찍이 이르기를 "이전에 현양(顯揚)된 것은 다른 사람의 힘을 빌린 것이 아니라, 실로 전후로 성은을 입은 것이니 이제는 두 조정의 완인(完人)이라 하기에 족하다."라고 하였다.

공은 틈이 날 때마다, 서사(書史)로 스스로 즐기시며 작은 누대를 지어 그 속에 도서를 비치하고 날마다 자제들과 강론하고 시문을 음송하였다. 지은 시는 담백하고 탈속적이며 한아하되 아로새김(문장수식)을 하지 않았다. 어떤 때는 부탁으로 붓을 잡았고, 입으로 불러준 시편들이 수백 마디였지만 군색함을 보이지 않았다. 그래도 늘 말하기를 "유학자의 사업은 여기에 있지 않다. 내 항상 그 근본을 얻지 못해 부질없이 말예(末藝)를 숭상한 것이 부끄럽다."라고 하였다. 간혹 술잔을 들어 성정을 풀어냄에 숙연히 탈속적 흥취가 있었으나 공보(公輔: 정승)에 올라야 한다는 여망은 당시에 성했다. 돌아가시자 조야 모두 동성으로 통석해하며, "이 어른이 여기에서 그치는가?"라고 하였다. 임종에 아우에게 영결하며 "내 분명 일어나지 못할 것이나 어찌 천명을 한하랴. 단 부모를 버리고 먼저 돌아가니 이보다 심한 불효는 없다. 부모님께서 백세를 사신 뒤에 혹시 체백(體魄)이라도 같은 언덕으로 따라가 애통함을 덜 수 있는 땅을 만들어 주길 바란다."라고 하였다. 임종에도 정신은 태연자약하였으며, 염습에도 안색이 살아있는 듯하였으니 오호라! 이상한 일이로다. 그 해 5월 임신일에 고양군(高陽郡) 두응촌(豆應村)에 장례하니, 자(子) 방향의 오좌(午坐)로, 고조와 증조의 무덤에 따른 것이다.

부인 김씨는 생원 지손(智孫)의 따님이지 우의정 응기(應箕)[12]의 손녀로 부부의 인연을 맺어, 화목함과 공경심이 두루 지극하였다. 공이 돌아가신 지 18년 뒤인 정유년 여름에 별세하니 공과 같은 언덕에 봉분을 달리하여 장례하였다. 무릇 5남 3녀를 낳았다. ……내외의 여러 손자들이 약간 명이지만 화목한 자손들은 세상을 흔들었고, 왕자와 짝을 이루니 음덕의 유구함과 누적된 두터움이 없었더라면 이와 같겠는가. 이에 그를 위해 다음과 같이 명(銘)을 짓는다.

*

今領議政密昌朴相公以其先祖考灌園相公神道碑文, 屬之喜壽者有年. 愼重遲

....

12　원문에는 '응기(應期)'로 되어있으나 「행장」과 『일송집』에 따라 '기(箕)'자로 바로잡았다.

難之際, 不覺身亦垂死, 宜其有密昌公峻責之至矣. 竊念灌園公之於喜壽, 有先執舊誼, 隣恤私恩, 安敢自揣不文. 終始固辭, 謹按家狀.

密原朴氏, 源於新羅始祖, 璿(濬)慶襲美, 爲世鉅閥. 入我朝有諱仲孫, 勳封密山君, 諡恭孝, 於公爲五代祖. 禮曹參議諱楣, 刑曹參判諱光榮, 贈吏曹判書諱藻, 吏曹判書諱忠元(某), 卽公之高曾祖禰也. 先妣貞夫人星山李氏, 亦簪纓右族, 領議政稷之裔, 僉正麟壽出也, 毓公以嘉靖甲申十一月丙寅, 胚胎前光, 祥順穎秀. 比受學趙晟兄弟之門, 日開月益, 卓然早成. 趙知爲遠器, 歸以妹女.

癸卯, 中進士一等. 庚戌, 魁庭試直赴. 壬子, 殿試登第, 三四年間, 薦調承文院權知正字·藝文館檢閱·玉堂南床, 陞副修撰, 賜暇讀書, 皆極其淸選. 乙卯, 因倭變出爲慶尙評事, 亦以妙掄書記, 儲養儒將也. 未幾, 以修撰徵還, 歷兵吏曹佐郞. 丙辰, 冬至書狀官朝天. 自丁巳至戊午, 累轉吏曹正郞·弘文館副校理·議政府檢詳舍人·司憲府掌令, 兼校書館校理, 間援成均館直講·承文院參校. 己未, 又自副校理, 特除長湍知府, 始下車, 治效茂著. 庚申, 陞貂玉, 出鎭滿浦. 麾之也, 曾在銓曹, 其所引進僚席者如盧植, 表表賢士, 而至於戚里新倖嗜進之人, 則掉頭不許郞薦. 加以尹元衡欲結婚於公, 至憑慈旨以啗以嚇, 而堅執不應, 二憾所構, 宜有一斥. 公不以爲意, 怡然就道. 行到平山, 賦詩自遣曰, 胸藏萬甲吾何敢, 兩目纔能辨姓名. 聞者高其義氣. 癸亥秋, 國家更化, 公始爲大司諫, 治其餘黨, 務從寬緩, 識者偉之. 俄遷大司成, 禮·兵·刑三曹參議及承旨·諫長. 乙丑, 拜都承旨. 時文定上仙, 明廟宅憂遘疾, 主鬯無托, 朝野悶鬱, 公職長喉舌, 與聞大議, 不動聲色, 人以爲難. 秋, 以山陵事完, 進階嘉善. 冬又提調侍藥廳, 旋陞嘉義, 由漢城左尹, 移拜大司憲. 適會元衡稔惡取敗之初, 凡可以易玆變轍, 蘇民益國者, 無不條列論奏, 輿情大快. 丙寅, 遞授西班, 朝京賀聖節, 歸卽觀察京畿. 丁卯夏, 因私故經遞. 秋,按節嶺南, 導宣德意, 咨詢民瘼之外, 專以興學校·重儒賢爲先務, 慨然馳啓. 其略曰, 先正臣李彦迪, 得久絶之學於遺經, 去就行止, 惟義是適, 雖其時大奸擅國, 斥死遐荒, 而本非先王之意. 乞依金宏弼故事, 特贈大官, 加以美諡云云. 時斯文晦塞踰二紀, 公幸遇新理淸明之日, 首建尙賢扶正之論, 躬詣玉山書院, 祭之以文, 士林聳動. 戊辰, 病遞, 尋授兵·戶曹亞判, 憲·諫兩長·知申事·副學士, 兼同知義禁府五衛副摠管. 壬申, 朝議擧公奏請使, 將以辨誣改宗系, 未發行, 聞天王喪, 仍差陳慰使往回. 癸酉, 參判禮曹, 居無何, 出爲北關布政, 糾摘貪邪, 不避反噬. 甲戌, 以親老辭還. 乙亥, 湖南有倭警, 除公方伯. 聞命却赴, 駐節錦城, 部署號令, 軍威甚肅, 一道恃以無虞. 巡及雲峯, 審視我太祖征蠻舊迹, 啓請建碑示後. 冬, 乃解歸, 由禮曹亞判, 移吏曹, 兼同知經筵·弘文館提學. 一日坐政席, 有報蜜原公登冢宰, 聞卽退出, 世所罕有. 丁丑, 又爲銀臺長. 値仁聖王后不豫, 至秋乃瘳, 酬侍藥勞, 增秩資憲, 知中樞府, 轉拜大憲. 時士類分朋, 目爲東西, 有朴漸許篈相軋, 公兩抑之, 遂爲一遂人所攻, 歎曰, 國家終必爲黨論所傷. 旣除工判, 兼同知成均館. 冬, 判秋曹. 己卯, 以蜜原公疾篤, 控懇陳辭, 必欲解務湯藥. 御批有曰, 情則甚切, 但司寇任重, 不得從願. 雖救親病, 亦可察任. 蓋以公長於讞獄, 難其代也. 于時, 喜壽忝在郞僚, 熟視其聽斷如神, 不覺欽服. 屬有彗星, 上廷訪宰執, 公啓曰, 朝著不睦, 非盛世福, 願聖明深察焉. 鎭靜浮躁, 公之本心然也. 慕宋臣呂大防·范祖禹之爲人, 嘗揭諸壁上, 以其不立黨也. 庚辰二月, 擢拜大司馬, 慰民望也. 乙丑以來, 父子齊名, 迭授邦國重任, 踵相接, 世多榮之, 而公憂懼日甚. 三月, 積勞成疽, 遞閑知樞府. 以孟夏八日, 告終于正寢, 享壽五十有七. 訃聞, 上震悼, 罷朝市, 弔賻與祭, 準常數.

公諱啓賢(某), 字君沃(某), 號灌園. 風儀俊朗, 襟度夷曠, 一望知其爲偉人長者.

天性至孝, 事父母, 承顔順色, 致悅無方. 密原公嘗患腫濱危, 侍藥數月, 衣不解, 夜不寐, 鬚髮變白. 友諸弟, 撫宗族, 一出於誠. 居家不問有無, 聞人貧乏, 隨力經紀. 當官莅職, 挈提綱維, 鋤削荒類. 屢經都憲, 大理方面劇務, 盈前按牘, 一言揮掃, 無不當理. 忠信爲主, 和厚樂易, 好善愛士, 不待勉强. 處世無翕翕交, 接物虛懷, 不設畦畛, 唯機計之人, 若將浼焉. 一生足迹, 不濡權勢之門, 論議不苟合, 毁譽不少撓. 嘗曰, 從前顯揚, 不籍人力, 實荷前後聖恩, 今得爲兩朝完人足矣.

公暇, 以書史自娛, 構一小樓, 貯圖書其中, 日與子弟講論吟嘯. 其爲詩詞, 沖逸閑雅, 不事雕鏤. 有時倩人操筆, 口號數百言, 未見窘. 猶不以自多曰, 儒者事業不在此, 吾常以不得其本, 而徒尙末藝者爲恥焉. 間以壺觴陶寫, 蕭然有出塵之趣, 而公輔之望, 蔚然於時. 及卒, 官居野處, 同聲痛惜曰, 斯人止於斯而已乎. 疾革, 訣其弟, 吾必不起, 大命何恨. 但棄父母先歸, 不孝無比. 願於高堂百歲後, 庶得體魄追隨一壟, 以爲洩慟之地也. 臨歿, 精神自若, 比斂, 顔色如生, 嗚呼異哉. 用是年五月壬申, 窆于高陽郡豆應村, 坐爲子向爲午, 從高曾兆也. 夫人金氏, 生員智孫之女, 右議政應期(箕)之孫, 結髮琴瑟, 和敬兩至. 後公十八年丁酉夏下世, 與公同原異塋而葬. 凡生五男三女云云. 內外諸孫摠若干人, 盞斯擅世, 沙麓應期, 不有陰隲之久, 積累之厚, 而若是乎. 遂爲之銘曰,

곤륜산의 보옥이요	崑岡寶玉,
악와의 천마로다.	渥洼天馬.
물산이 모이는 정도에 따라서	物産所鍾,
높고 낮음으로 나누어지네.	判以高下.
사람이 가장 귀한 것은	人爲最貴,

진실로 지신에 연유한다네.	寔由地靈.
슬산은 높고도 높고	瑟山峨峨,
응천은 시원하고도 시원하네.	凝川泠泠.
그 사이 기운이 빼어나서	間氣梃出,
신라조상의 성이 나왔네.	羅祖肇姓.
우리 밝은 시대에 들어와서는	入我昭代,
공효(恭孝)께서 빛났네.	恭孝炳炳.
으뜸 벼슬이 이어져	冠冕相承,
낙촌(駱村)에 이르렀네.	以至駱村.
낙촌의 맏아들은	駱村冢嗣,
바로 관원이시네.	寔惟灌園.
전통 속에 생장하며	生長典訓,
시와 예를 일구셨네.	菑畬詩禮.
일찍이 조정에서 날리며	早揚于庭,
생각을 논하여 간하였네.	論思獻替.
안팎을 두루 경험하며	歷試中外,
항상 나랏일을 생각했네.	乃心王務.
물고기와 물처럼 임금님과 뜻이 맞아	一堂魚水,
두 조정에 호흡하듯 투합하였네.	兩朝息遇.
부자가 이름을 나란히 하여	父子聯名,
국가 기밀을 내고 들였네.	出入機密.
상서로운 봉황과 기린	瑞鳳祥麟,
요순의 하늘과 시대를 만나셨네.	堯天舜日.
세차로 경진년에	歲在龍蛇,
가운이 비색하였네.	家運凶否.

잠시 혼정성신 밝혔으나	暫曠晨昏,
부모님을 영원히 등졌네.	永背怙恃.
효성은 차가운 재가 되고	孝誠寒灰,
많은 복록 봄눈이 되었네.	福履春雪.
연세는 이순을 채우지 못하였고,	年慳耳順,
지위는 최고 품계를 놓치셨네.	位歉崇秩.
땅으로 돌아가신 뒤로	歸于羸後,
선을 쌓은 음덕이 새로워졌네.	善慶維新.
현현한 맏손자는	顯顯孫胤,
영의정인 원신이네.	台鼎元臣.
선조를 받들어 멀리 추모하니	奉先追遠,
더욱더 법도 있는 문중을 빛냈네.	增光法門.
천리마 같은 자식 있고	厥有驥子,
빼어난 여식 잘 낳았네.	篤生碩媛.
태자와 짝을 이루니	配合震宮,
덕은 우임금과 문왕의 부인들과 나란하네.	塗莘德侔.
만세의 주나라 복이	萬世周祜,
끝없이 아름답기만 하네.	無疆惟休.
아! 공의 무덤이	嗟公壽藏,
이와 더불어 공고하리.	與之鞏固.
돌에 비문을 새겨	顯刻在石,
선경을 편히 하노라.	作鎭洞府.

― 우의정 심희수(沈喜壽) 지음.

시장(諡狀)—숭록대부 홍계희(崇祿 洪啓禧, 1703~1771)[13]

공의 성은 박씨이고, 휘는 계현(啓賢)이며 자는 군옥(君沃)이요, 호는 관

. . . .

13 홍계희(洪啓禧, 1703~1711): 조선후기의 문신학자로, 자(字)는 순보(純甫), 호는 담와
(淡窩)이며, 본관은 남양(南陽)이다. 시호는 문간(文簡)이었으나 이후 두 손자가 정조시
해 미수사건에 연루되어 관작이 추탈되었다. 이재(李縡, 1680~1746)의 문인으로 경세
치용(經世致用)의 학자라고 할 수 있다. 노론(老論)에 몸담고 있었지만, 유형원(柳馨遠,
1622~1673)의 개혁사상을 받아들여서 여러 분야의 학문을 섭렵했다. 또한 당대의 명필
가로 「신도비」와 「사적비」에 많은 글을 남겼고, 지리와 금석학 분야에도 조예가 깊었다.
1737년(영조 13)에 별시문과에 장원으로 급제하고, 정언(正言), 교리(校理) 등의 청요직
을 역임하고, 1743년에는 북도발견어사(北道發遣御史)로 나가 지형과 물정을 지도로 작
성하면서 영조의 주목을 받았다. 이후 함경감사 박문수(朴文秀)를 탄핵하다 좌절하기도
했지만 다시 복귀하여 1749년에는 충청도관찰사, 병·형·호조판서를 거쳐, 대제학(大提
學)에 올랐으며, 1762년 경기감사로 재직하며 사도세자(思悼世子)의 죽음에 단초를 제
공하기도 했고, 이후 이·예조판서를 거쳐 판중추부사(判中樞府事)로서 봉조하(奉朝賀)
로 관직생활을 마감했다. 문신학자로서의 탁월한 능력은 다음과 같은 저서들을 통해 충
분히 살펴볼 수 있다. 운서(韻書)인 『삼운성휘(三韻聲彙)』, 균역법 시행을 위한 『균역사실
(均役事實)』, 청계천 준설공사를 위한 『준천사실(濬川事實)』, 『국조상례보편(國朝喪禮補
編)』, 『해동악장(海東樂章)』, 『명사강목(明史綱目)』, 『경세지장(經世指掌)』, 『사곡록(寺谷
錄)』, 『창상록(滄桑蹟)』 등등이 있다. '숭록(崇祿)'이란 종1품의 품계로 숭록대부를 말하
는데, 이 「시장」을 지을 시기는 예조판서를 역임할 때로 추정된다.

원(灌園) 또는 근사재(近思齋)이다. 밀양 박씨는 신라 시조에서 시작되어, 우리 조선조에 들어와서 집현전 부제학 강생(剛生)은 나산경수(蘿山耕叟)로, 이분은 정자(正字) 증 좌찬성 절문(切問)을 낳았고, 이 찬성이란 분은 좌참찬 밀산군 모효공(恭孝公) 중손(仲孫)을 낳았는데, 바로 공의 오대조이다. 고조부는 참의를 지낸 미(楣)이고, 증조부는 참판을 지낸 광영(光榮)이며, 조부는 별제(別提)를 지낸 조(藻)이며 부친은 충원(忠元)으로 지위는 총재(冢宰, 이조판서)와 전문형(典文衡, 대제학)에 이르렀고, 돌아가실 때의 관직은 좌찬성으로 호는 낙촌(駱村)이고 시호는 문경(文景)이다. 어머니 정부인은 성산이씨(星山李氏)로 첨정 인수(麟壽)의 따님으로 가정 갑신 11월 초6일 병인에 공을 낳았다. 태어나면서부터 영민하고 총명하였으며, 조금 자라서는 용문(龍門) 조욱(趙昱) 형제에게 수학하여, 나날이 지성이 열리고 보태어져 탁월하게 조숙하였다. 조선생이 그가 큰 그릇임을 알고 누이의 자식을 그에게 시집보냈다.

　계묘년(1543)에 진사시험에 일등으로 합격하였다. 경술년(1550)에 정시(庭試)에서 직부전시(直赴殿試)되었다. 임자년(1552)에 전시에 급제하여 괴원(槐院, 승문원)에 배속되었다가 예문관에 천거되어 검열이 되었고 홍문록에 올라 정자가 되었으며 품계가 올라 수찬에 이르러 독서당에서 사가독서를 했으니 모두 지극히 어려운 관문을 거친 것[極選]이었다. 을묘년(1555)에 왜변(倭變)으로 경상도평사가 되었는데, 조정에서 유장(儒將)을 양성하는 의론이 있었기 때문이었다. 얼마 되지 않아 수찬으로 부름을 받았고, 이조좌랑을 역임했다. 병진년(1556)에 동지사 서장관으로 충당되어 중국에 갔다. 정사년(1557)에 조정으로 돌아와 이조정랑, 홍문관 교리, 의정부 검상과 사인, 사헌부 장령으로 여러 차례 옮겼으며, 교서랑교리를 겸했고, 간혹 성균관 직장과 승문원 참교에 제수되었다. **기미**년(1559)에 부교리에서 특별히 장단부사(長湍府使)에 제수되었는데, 수레에서 내리자마자 다스림의 효과가 뚜렷했다. **경신**년(1560)에 품계가 통정(通政, 정3품)으로 올랐으나, 만포첨사(滿浦僉使)에 제수되었는데 공을 달갑게 여기지 않는 자들에게 배척되었기 때문이었다. 공이 인사의 붓을 잡고 있을 때, 천거하여 낭료(郎僚)로 삼은 자로는 노식(盧植)과 같은 지조와 능력을 갖춘 사람처럼 두드러진 현사(賢士)들이 많았으나 외척으로 요행으로 은총을 입으려고 경쟁하는 자들은 일체 천거를 허락하지 않았다. 또 윤원형이 공과 혼인하려고 중전의 뜻을 빙자하여 속이고 겁박했으나 공은 끝까지 동요하지 않았는데, 이 두 가지 미움이 서로 모이면서 이러한 배척이 있었다. 공은 태연이 길에 오르며 어떠한 기색도 보이지 않았다.

　계해년(1563) 가을에 새로운 시대가 열려 대사간이 되어 윤원형의 잔당들을 치죄(治罪)함에 관대함을 따르려 힘썼으니 사람들이 그의 큰 도량에 감복했다. 대사성, 예조·병조·형조의 참의와 [승정원의] 승지로 전임하다가 다시 대사간이 되었다. **을축**년(1565) 도승지에 제수되었다. 당시 문정왕후(文定王后)가 승하하여 명종께서 상을 치르면서 병에 걸리자 세자가 의탁할 곳이 없어 조야에서 우려하였다. 대신들이 세자를 세울 것을 청하자 왕비께서 왕명으로 밀서 한통을 내려 비밀리에 후사를 정했는데, 공은 승지의 장을 맡고 있으면서 이 대사를 듣고도 성색(聲色)이 동요하지 않았으니 사람들이 어렵게 여겼다. 산릉 일을 완수한 공으로 가선대부에 올랐고, 시약청(侍藥廳)에서의 노고로 가의대부로 승차하여, 한성부좌윤을 거쳐 대사관으로 옮겨 제수되었다. 당시 윤원형이 나라를 병들게 한 끝에 바꾸고 고쳐 개선할 수 있는 것을 조목조목 열거하여 진달하지 않은 것이 없어 여론이 매우 통쾌히 여겼다.

병인년(1566)에 서반(西班)으로 반열을 바꿔 제수되었고, 하성절사(賀聖節使)로 연경에 갔다가 돌아와서는 경기관찰사에 제수되었다. **정묘**년(1567) 여름에 체직 되었다가, 가을에 경상도관찰사가 되어 덕의(德義)를 이끌어 선양하고 백성들의 아픔을 물었으며 특히 학교를 진흥하고 유현(儒賢) 중시를 우선하였다. 을사년 이후로 사문이 회색(晦塞)되어, 새롭게 다스려지는 청명한 시대에, 공이 김굉필의 옛일에 의거하여 선정신(先正臣) 이언적(李彦迪)을 포장하고 추증하여 아름다운 시호를 내려줄 것을 주청하였다. 그 말은 다음과 같다. "이언적은 유경(遺經)에서 오랫동안 끊어진 학문을 체득하여 거취와 행동이 오로지 정의가 있는 곳으로 나아갔습니다. 당시에는 간흉들이 국사를 농단하여 먼 곳으로 배척되어 죽었으나 이는 선왕의 뜻이 아니었습니다."라고 하였다. 또 직접 옥산서원(玉山書院)으로 가서 글을 지어 치제(致祭)하여 사림을 격려했다. **무진**년(1568)에 병으로 체직되었다. 곧이어 병조참판에 제수되었다가 대사헌, 대사간, 도승지, 부제학을 역임했고 동지의금부오위부총관을 겸했다. **임신**년(1572)에 조정에서 중국에 주청(奏請)하여 종실의 계보를 고치는 것을 변무(辨誣)하고자 공을 사신으로 삼았는데, 출발도 하기 전에 천자의 부음이 있어 곧바로 진위사(陳慰使)로 차출되어 다녀왔다. **계유**년(1573)에 예조참판이 되었고 곧바로 북관(北關, 함경도) 관찰사로 나가 탐관오리를 적발하고 바로잡으며 반목도 불사하였다. **갑술**년(1574)에 부친의 병으로 사임하고 돌아왔다.

을해년(1575)에 호남에 왜가 해안을 침입한다는 경보가 있어 방백으로 제수되었다. 명을 듣자마자 달려가 나주에 머물며 각 부처를 호령하고 군대의 위엄을 삼엄하게 하니 온 도의 사람들이 믿고 걱정하지 않았다. 운봉(雲峰)을 순시하며 우리 태조가 오랑캐를 정벌한 유적을 살피고 치계하여, 비석을 세워 후세에 드러낼 것을 청했다. 겨울에 직무에서 풀려 돌아와 다시 예조참판을 거쳐 병조와 이조참판으로 옮겼고, 동지경연, 홍문관제학을 겸했다. 경연자리에서 성삼문의 충성에 관하여 "『육신전』은 남효온(南孝溫)이 지은 것이니 살펴봐 주시기 바랍니다."라고 하였다. 상이 그 책을 살펴보고 진노하여 일의 추이를 헤아릴 수 없었으나, 대신들이 자세히 진달한 덕택에 임금이 감동하고 깨우친 뒤에야 그쳤다. 율곡 이선생이 이로써 완전한 의론을 갖추어 육신(六臣)의 일을 분명히 말한 것은 실로 공의 이러한 상주(上奏)에서 나온 것이다. 찬성공이 태재(太宰, 이조판서)로 제수되자마자 마침 공이 개정(開政, 인사회의)하는 날이어서 공은 격례(格例, 정해진 예규)로 물러나 나오지 않았다. 부자가 일시에 인사전형 자리에 출입하니 사람들이 영광스럽게 여겼다. **정축년(1577)**에 다시 승정원의 장(도승지)이 되었는데, 인성왕후의 건강이 좋지 않아 그 치료를 도와 자헌대부로 품계가 올랐고 지중추부사가 되었다가 대사헌으로 옮겨 제수되었다.

당시 사림들이 붕당으로 나누어 동서를 표방하며 박점(朴漸)과 허봉(許篈)이 서로 알력하여, 공이 양쪽을 제지했으나 일부 사람들의 공격을 받게 되니, 공이 탄식하며 "나라가 필경 붕당으로 병들 것 인가?"라고 하였다. 공조판서에 제수되었고 동지성균관사를 겸했다. 겨울에 형조판서가 되었는데 듣고 판단함이 귀신 같아 낭료(郎僚)들이 흠복했다. 기묘년(1579)에 찬성공의 병이 위급하여 상소를 올려 중임에서 풀려나 전적으로 약 수발을 들고자 간청했으나, 임금께서 비답을 내려 "정황은 매우 절실하나 사구(司寇, 형조판서)의 임무가 막중하니 원하는 바를 따를 수 없으니 부친의 병을 구환 하더라도 임무를 살피는 것이 좋겠다."라고 하셨다. 아마도 공이 송사를 해결하는 능력이 뛰어나 그를 대체할 사람을 구하기 어려웠기 때문일 것이다. 당시 혜성이 나타나자 임금께서 중신들에게 상의하게 하니, 공이 "조정이 화목하지 않은 것은 성세의 복록(福祿)이 아니오니 성상께서는 깊이 살펴 주소서."라고 하였다. 공의 본심은 경박한 것을 안정시키는 것[靜鎭浮躁]에 있었으니 임금께서 더욱 정중히 중시하였다. **경진**년(1580) 2월에 병조판서에 제수되었다. 을축년 이후로 찬성공과 더불어 나라의 중임을 번갈아 맡았으니 세상에 드문 일이었으나 공의 우려와 두려움은 날로 심해졌고, 벗어나려 해도 그럴 수 없어, 피로가 누적되어 악성종기가 생겼다. 2월에 사임 면직되어 중추부에서 보양하며 쉬었다. 4월 8일 정침에서 고종하니 향년 57세였다. 부음을 듣고 임금께서 애도하며 조회와 시장을 거두시고 의례대로 부의와 제수를 내렸다.

공의 풍모는 빼어나고 훤칠했으며, 마음자세는 온화하고 넓어 한눈에도 그의 위인됨이 뛰어남을 알 수 있었다. 천성은 지극히 효성스러워 부모를 섬김에 안색을 부드럽게 하였고 기쁘게 하는 데에는 방법을 가리지 않았다. 찬성공이 일찍이 종창을 알아 위급해진 적이 있는데, 수개월 약 수발을 들면서, 허리띠를 풀지 않고 잠자리에도 들지 않아 머리와 수염이 하얗게 변했다. 아우들을 사랑하고 친족들을 구휼함에 한결같은 성심이었다. 집에 있을 때는 있고 없고를 묻지 않고 남이 궁핍하다는 소리를 들으면 힘에 따라 도와주었다. 관직에 임해서는 강령(綱領)을 들고 부패한 무리를 베어냈으며 안에서는 대사헌으로 대사를 처리했고, 밖으로는 관찰사로 여러 차례 극무(劇務)를 맡았다. 공문서가 앞에 가득했지만 한마디로 지휘하여 해결하여도 불합리한 것이 없었다. 충(忠)과 신(信)을 중심으로 온후하고 화락하며 즐겨 선을 베풀고 선비를 사랑함에 억지로 하지 않았다. 처세에는 아첨하는 교제가 없었고, 사물을 접함에 자신을 비웠으며, 경계를 만들지는 않았지만 잔꾀를 부리는 사람들은 [자신을] 더럽히는 것처럼 여겼다. 평생 족적은 권세와 이익의 진창에 담그지 않았고, 의론에서는 구차하게 부합하지 않았으며 포폄(襃貶)에는 굽히는 바가 없었다.

일찍이 이르기를 "내가 걸어온 길이 과분하지만 다른 사람의 힘을 빌린 적이 없이 오로지 전후의 성은을 입은 것이므로 두 조정의 완인(完人)이라 하기에 족하다."라고 하였다. 송나라 신하인 여대방(呂大防, 1027~1079, 자는 미중微仲)과 범조우(范祖禹, 1041~1098, 자가 淳夫)를 흠모하여 항상 벽에 걸어 두었다. 공이 한가할 때는 서사(書史)로 스스로를 즐겼고 작은 누각을 지어 좌우에 도서를 비치하여 날마다 자제들과 강론하며 시문을 음송하였다. 거기에서 지은 시들은 아로새김(문장수식)을 일삼지 않았고 담백하고 탈속적이며 한아하였다. 어떤 때는 남의 부탁을 받아 글을 짓기도 했고, 입으로 불러준 것이 수백 마디지만 군색한 모습을 보이지 않았다. 그래도 항상 말하기를 "유학자의 사업은 여기에 있는 것이 아니니, 단지 말예를 숭상하는 것일 뿐이고 그 근본을 체득하지 못한 것을 본디 내가 부끄럽게 여기는 것이다."라고 하였다. 간혹 술잔을 들어 성정을 풀어내 숙연히 유영(游泳)함에 탈속적인 흥취가 있었으나 여론에는 공보(公輔, 정승)의 여망이 성대히 있었다.

공이 별세하자 위로는 선비에서 아래로 초야에 있는 사람들 모두 "이 사람이 여기에서 그치는가."라고 하며 통석해하지 않는 이가 없었다. 임종에 아우에게 영결하며, "나는 분명 일어나지 못할 것이니 어찌 천명을 한하랴. 다만 부모님보다 먼저 돌아가니 불효에 이보다 심한 것이 있겠는가? 다만 부모님계서 백세를 사신 뒤에 혹시 체백(體魄)이라도 같은 언덕으로 따르는 것이 나의 소원이다."라고 하였다. 임종에도 정신이 태연자약하였고, 염습할 때는 안색이 살아있는 것 같았으니 오호라! 이상하도다. 그해 5월 임신일에 고양군(高陽郡) 두응촌(豆應村) 오좌(午坐)의 언덕에 장례하니 선조의 무덤에 따른 것이었다.

이듬해 찬성공이 별세하자 공과 같은 언덕에 장례하니 결국 공의 소원대로 되었다. 전란의 여파로 남긴 글들이 산실되었다. 찬성공이 지은 것으로 『밀산세고(密山世稿)』 1권이 있는데, 공의 시가 그 아래에 첨부되어 있다. 또 찬성공과 송강(松岡) 조사수(趙士秀)가 서로 시를 창수(唱酬)한 기록이 있는데, 공이 백호(白湖) 임제(林悌)와 창수(唱酬)한 것도 그곳에 붙여져 있다.

정부인은 선산김씨로, 생원 지손(智孫)의 따님이자 우의정 응기(應期)의 손녀이다. 남편을 섬김에 화목과 공경이 모두 지극하였고, 공이 별세한 지 18년 뒤인 정유년에 돌아가셔, 공과 같은 언덕에 봉분을 달리하여 장례하였다. 아들은 다섯인데, 장남은 안세(安世)로 지돈녕이고, 다음은 안민(安民)으로 부정(副正)이며, 다음은 안명(安命)이고, 다음은 안도(安道)로 부사이며 숙부에게 출계했으며, 다음은 안국으로 부사(府使)였다. 딸 셋은 사과(司果) 윤충(尹冲), 군수 김현(金俔), 종실의 당은군(唐恩君) 인령(引齡)에게 시집갔다. 내외손과 증손은 다 기록하지 않는다.

아! 우리나라의 인재들이 중종과 선조의 시대보다 성함이 없었는데, 아마도 순후(淳厚)한 문명의 기운이 이 시기에 모였기 때문일 것이다. 찬성공은 큰 덕과 중망으로 네 조정에서 두루 빛났으며, 공도 이전의 광영을 타고 나서 시와 예를 익혀서 조정에 등용되어 기밀을 출납하니 실로 찬성공과 나란히 하였다. 아마도 찬성공은 복재(服齋) 기선생에게 수학하였고, 공도 용문(龍門)의 조선생을 종유(從遊)하여 두 세대의 연원이 모두 비롯한 바가 있으니, 발현되어 지은 문장과 사업이 성대하게 나란히 칭송되는 것은 당연한 것이리라. 공이 조정에 들어와 언행(言行)한 것 중에 전할 만한 것이 많지만, 가장 뛰어난 것은 기세가 화염처럼 찌르는 시기에 원흉에게 미움을 쌓고도 간흉들의 배척과 견제를 돌아보지 않았고, 사림의 기세가 마구 잘려 나가는 판국에, 이전 유현들을 찾아내어 한시대의 이목을 쇄신한 것으로, 그렇게 지켜낸 확신과 견지한 바름[正]을 여기에서 알 수 있을 것이다. 그렇게 앙모하며 사법(師法)으로 삼은 것이 여대방과 범조우 두 현사에게 있는 것처럼, 미중(微仲)과 순부(淳夫)가 당파가 없어, 훗날 주희가 취한 것이니, 두 현사를 보면 공의 뜻을 알 수 있다. 우리나라에서 동서로 부르는 것은 선조(宣祖) 초에 시작되어 중반에 이르면서 점점 어그러지고 격해져, 개인과 국가에 화가 미친 이후에야 그쳤다. 공이 깊이 우려하고 탄식하며 양측에 공평한 의론을 힘써 편 것은 여대방과 범조우의 모범에서 나온 것으로 비록 천재일우라고 하더라도 맞을 것이다. 그러나 소성(紹聖, 북송 철종의 연호, 1094~1097)의 화가 원우(元祐, 철종의 첫 연호, 1086~1098) 연간의 현사(賢士, 구법파)들에게 두루 미쳤고 여대방과 범조우가 당파가 없었음에도 유배되어 죽는 것을 면치 못했다. 공은 협화의 여론으로 군주의 지우를 받아 총애와 발탁이 특별하였으며 은혜와 예우가 끝까지 있었으니, 이는 열성조의 성한 덕이 미친 바가 아님이 없고, 공이 두 조정에서 완인(完人)을 자처한 것은 참으로 허언이 아니니 훗날 숭상하여 논하는 사람들은 여기에서 고구해야 할 것이다.

공이 돌아가신 갑자가 무릇 세 번 돌아왔으나 시호(諡號)의 은전이 아직 거행되지 않은 것은 자손들이 영락하여 시간만 끌며 이루지 못한 것이다. 이제 찬성공의 시호를 받드는 날에, 공을 나란히 청하지 않을 수 없어, 공의 후손인 명환(命煥)이 나에게 시장(諡狀)을 요청하여 삼가 일송(一松) 심희수(沈喜壽) 공이 지은 「신도비명」을 근거로, 대략 보태고 보완하여 위와 같이 기록했을 뿐이다. 이로써 태상씨(太常氏, 시호를 심사하는 예조의 관원)에게 고하는 바이다.

＊

公姓朴氏, 諱啓賢, 字君沃, 號灌園, 一號近思齋. 密陽之朴, 肇自新羅始祖, 入我朝, 集賢殿副提學剛生蘿山耕叟, 是生正字贈左贊成切問, 贊成生左叅贊密山君, 恭孝公仲孫, 是公五代祖也. 高祖叅議楣, 曾祖叅判光榮, 祖別提藻, 考忠元, 位家宰典文衡, 卒官左贊成, 號駱村, 諡文景. 妣貞夫人星山李氏, 僉正麟壽之女, 公以嘉靖甲申十一月初六日丙寅生. 生而穎秀, 稍長受學於趙龍門昱兄弟, 日有開益, 卓然早成. 趙公知遠器, 以妹之子妻之.

癸卯, 中進士一等. 庚戌魁庭試直赴. 任子殿試, 調槐院, 薦入藝文館, 爲檢閱, 錄弘文館, 爲正字, 陞序至修撰, 賜暇書堂, 皆極選也. 乙卯, 因倭變爲慶尙評事, 盖朝議在儲養儒將也. 未幾以修撰召, 歷吏兵曹佐郞. 丙辰, 充賀冬至書狀官朝天. 丁巳, 還朝, 累轉吏曹正郞, 弘文館校理, 議政府檢詳舍人, 司憲府掌令, 兼校書館校理, 間授成均館直講, 承文院叅校. 己未, 又自副校理, 特除長湍府使, 纔下車, 治效已著. 庚申, 陞通政階, 授滿浦僉使, 不悅公者所擠也. 公之秉銓筆也, 其引以爲僚者, 多表表賢士如盧植諸人, 而戚里新倖之躁競者, 一切不許薦. 又尹元衡欲與公結婚, 憑慈旨, 以唯以嚇, 而公終不動, 二憾交集, 有是斥. 公怡然就道, 略無幾微色. 癸亥秋, 國家更化, 爲大司諫, 治元衡餘黨, 務從寬緩, 人服其偉量. 遷大司成, 禮·兵·刑三曹叅議·承旨, 復爲大司諫. 乙丑, 拜都承旨. 時文定上仙, 明廟宅憂遘疾, 主鬯無托, 朝野憂恐. 大臣以建儲爲請, 王妃以王命下一封書, 密定儲嗣, 公職長喉舌, 與聞大事, 而不動聲色, 人以爲難. 以山陵事完, 進嘉善. 用侍藥廳勞, 陞嘉義, 由漢城左尹, 移拜大司憲. 時當元衡病國之餘, 凡可以易鉉變徹者, 靡不條列論奏, 輿情大快. 丙寅, 遞授西班, 朝京賀聖節, 及歸, 拜京畿觀察使. 丁卯夏, 遞, 秋, 按嶺南, 導宣德義, 諮詢民瘼, 尤以興學校重儒賢爲先務. 乙巳以後, 斯文晦塞, 至是新理淸明, 公請依金宏弼故事, 褒贈先正臣李彦迪, 加以美諡. 其言曰, 彦迪得久絶之學於遺經, 去就行止, 惟義是適. 雖其時大奸擅國, 斥死遐荒, 而本非先王之意也. 又躬詣玉山書院, 操文以祭, 士林聳動. 戊辰, 病遞. 尋授兵曹叅判, 歷大司憲·大司諫·都承旨·副提學, 兼同知義禁府五衛副摠管. 壬申, 朝家將祈請天朝卞誣改宗系, 擧公爲使, 未及發行, 天王訃至, 仍差陳慰使徃還. 癸酉, 叅判禮曹, 旋觀察北關, 糾摘貪邪, 不避反噬. 甲戌, 以親病辭還. 乙亥, 湖南有倭警, 除公方伯. 聞命即赴, 駐節綿城, 部署號令, 軍威甚肅, 一路恃以無虞. 巡到雲峰, 審視我太祖征蠻遺跡, 馳啓請建碑示後. 冬, 解歸, 又叅判禮曹, 移兵·吏, 兼同知經筵·弘文館提學. 於經席因論成三問之忠曰, 六臣傳是南孝溫所著, 願取覽. 上覽之震怒, 事將不測, 賴大臣委曲陳白, 感悟而止. 栗谷李先生, 雖以此有責備之論, 而顯言六臣事, 寔自公此奏. 始贊成公之拜大宰, 適在公開政之日, 公以格例引退. 父子一時出入銓地, 人皆榮之. 丁丑, 又長銀臺, 值仁聖王后違豫, 及翼瘳, 進秩資憲, 知中樞府使, 轉拜大司憲. 時士類分朋, 有東西標榜, 朴漸·許篈相軋, 公兩抑之, 爲一隊人所攻, 公歎曰, 國家終必病於黨乎. 除工曹判書, 兼同知成均館事. 冬, 判刑曹, 聽斷如神, 朗僚爲之欽服. 己卯, 以贊成公疾篤, 陳章乞解重務, 專意侍湯, 御批曰, 情則甚切, 但司寇任重, 不得從願, 雖救親病, 亦可察任. 蓋以公長於讞獄, 難其代也. 時有慧星, 上延訪宰執, 公言, 朝著不睦, 非盛世福, 願聖上深察焉. 公之本心在靜鎭浮躁, 上益加敬重. 庚辰二月, 拜兵曹判書. 乙丑以後, 與贊成公, 迭授邦國重任, 世所罕有, 而公憂懼日甚, 欲解不得, 積勞成疽. 二月, 辭免, 養閒西樞. 四月八日, 考終于正寢, 壽五十有七. 訃聞, 上震悼, 輟朝市, 賻與祭如儀.

公風儀俊朗, 襟度夷廣, 一望知其爲偉人長者. 天性至孝, 事親承順顏色, 致悅無方. 贊成公嘗腫患濱危, 侍藥數月, 不解帶, 不就寢, 鬚髮變白. 友諸弟, 恤宗族, 一以誠. 居家不問有無, 聞人貧乏, 隨力救助. 當官莅職, 挈提綱維, 劃削荒纇, 內而都憲大理, 外而藩臬屢當劇務. 案牘盈前, 一言揮掃, 無不當理. 忠信爲主, 和厚樂易, 好善愛士, 不待勉强. 處世無翕翕交, 接物虛己, 不設畦畛, 惟機計之人, 若將浼焉. 一生足跡, 不濡勢利之塗, 於論議不苟合, 於毁譽無所撓. 嘗曰, 吾踐歷過分, 而未嘗資人吹噓, 只荷前後聖恩, 得爲兩朝完人足矣. 慕宋臣呂大防·范祖禹之爲人, 常揭諸壁上. 公暇, 以書史自惧, 構一小樓, 左右圖書, 日與子弟講論吟嘯. 於其中爲詩, 不事雕篆, 而冲逸閑雅. 有時倩人操筆, 口號數百言, 未見窘態. 猶不以自多曰, 儒者事業不在此, 徒尙末藝, 而不得其本是吾恥也. 間以壺觴陶寫, 游泳蕭然, 有出塵之趣, 而時議蔚然有公輔之望. 及卒, 上自縉紳, 下至草野, 莫不痛惜曰, 斯人至於斯耶. 疾革, 訣其弟曰, 吾必不起, 大命何恨. 但先父母而歸, 不孝孰甚焉. 惟高堂百歲後, 儳體魂追隨一壠, 是吾願也. 臨歿, 精神自若, 比斂, 顏色如生, 嗚呼異哉. 用是年五月壬申, 葬于高陽豆應村, 向午之原, 從先兆也.

翌年贊成公繼卒, 葬與公墓同岡, 竟遂公願. 兵燹之餘, 遺文散佚. 贊成公所著, 有密山世稿一卷, 公詩附於其下. 又贊成公與趙松岡士秀有唱酬錄, 而公之與林白湖悌唱酬者, 亦附焉. 配貞夫人善山金氏, 生員智孫之女, 右議政應期之孫. 事夫子, 和敬兩至, 後公十八年丁酉卒, 葬與公同原異塋. 子男五人, 長安世, 知敦寧, 次安民, 副正, 次安命, 次安道, 兵使, 出後叔父, 次安國, 府事. 女三人, 爲司果, 尹冲, 郡守, 金倪, 宗室唐恩君引齡妻. 內外孫曾不盡錄.

噫. 我國人才, 莫盛於中宣之際, 盖其淳厚文明之氣, 萃乎斯時也. 贊成公以碩德重望, 歷揚四朝, 公又胚胎前光, 服習詩禮, 羽儀王庭, 出入機密, 實與贊成公聯武. 盖贊成公學於服齋奇先生, 公又從趙龍門遊, 兩世淵源, 俱有所自, 其發而爲文章事業者, 宜其蔚然幷美也. 公之立朝言行, 固多可傳, 而最是積忤元兇於勢焰薰灼之日, 不顧群奸之排軋, 闡發儒先於士氣斬伐之餘, 以新一代之耳目, 其所守之確, 所操之正, 斯可見矣. 若其所向慕而師法者, 在於呂·范兩賢, 微仲·淳夫之無黨, 爲朱子所取, 觀乎兩賢, 則可以知公之志矣. 我國東西之號, 肇自宣廟初, 至于中年輾轉乖激, 將至於禍人家國而後已. 公之深憂永歎, 務爲兩平之論者, 實自呂·范規模中來, 雖謂之千載一遇可也, 然紹聖之禍, 遍及元祐諸賢, 以呂·范之無黨, 亦不免鼠逐以死. 公則協和之論, 受知聖主, 寵擢超常, 恩禮有終, 此莫非聖祖盛德攸暨, 而公之自許以兩朝完人者, 信乎其不誣, 後之尙論者, 宜於此考之也.

公之竕甲子, 凡三周而易名之典, 未擧, 盖緣子孫零替, 因循未遑. 適當贊成公宣諡之日, 不可不幷以公爲請, 公之後孫命煥, 要余爲狀, 謹据一松沈公喜壽所撰大碑, 略加增補, 第錄如右, 以諗太常氏云.

시호를 맞을 때 무덤에 고유한 글(延諡告由文)

세차로 정해년(1767) 10월 신축삭, 초9일 기사에 7대손 천환(天煥)은 현 7대조 자헌대부 병조판서 겸지의금부사 동지경연 성균관사 홍문관제학으로 시호를 받으신 문장공(文莊公) 부군과 현 7대조비 정부인 선산김씨의 묘에 감히 아뢰나이다.

*

維歲次丁亥十月辛丑朔初九日己巳 七代孫天煥 敢昭告于顯七代祖考資憲大夫兵曹判書兼知義禁府事同知經筵成均館事弘文館提學 贈諡文莊公府君 顯七代祖妣貞夫人善山金氏之墓.

낙촌 선조께서	駱村先祖,
아름다운 은전을 받으셨네.	載膺令典.
예조에서 가려내었으니	採議太常,
아름다운 시호는 크고 밝았다네.	嘉諡孔顯.
부군에 이르러서도	爰及府君,

연이어 시호를 받으셨다네.	相繼易名.
백년동안 이루지 못하다가	百年未遑,
기다림 끝에 이루어졌네.	有待以成.
문(文)이라 하고 장(莊)이라 하니	曰文曰莊,
그 뜻이 무엇일까?	厥義維何.
영민하고 학문을 좋아함이요,	敏而好學,
실천이 바르고 뜻이 온화함이네.	履正志和.
부자가 '문(文)'자를 받으셨으니,	父子同文,
이전보다 광영이 더해지네.	有光于前.
힘써도 미치지 못해	力有莫逮,
시호를 받들지는 못했었네.	未即奉延.
이에 작은 정성을 다해	玆竭菲誠,
좋은 날받아 행사하나이다.	涓吉行事.
재상님들 봉분 서로 이어지고	堂封相連,
은총도 끊임이 없네.	聯翩恩旨.
같은 날에 선양하니,	同日宣揚,
성대한 의식 보기 드무네.	盛儀罕覯.
후손들 일제히 공경하니	雲仍齊敬,
가을 제사에서 앙모함이 더해지네.	霜露增慕.
예식을 올린 여경(餘慶)을	成禮之餘,
강신하여 받으소서.	祼體是將.
정성으로 밝게 아뢰니	用伸昭告,
눈앞에 살아계신 듯합니다.	如在洋洋.
삼가 아뢰나이다.	謹告.

후서(後叙)

일찍이 듣건대, 채연(蔡淵, 1156~1236)과 채침(蔡沈, 1167~1230)의 학문은 채서산(蔡西山, 채원정蔡元定, 1135~1198)에게서 근원하고, 소식(蘇軾, 1037~1101)과 소철(蘇轍, 1039~1112)의 문장은 소노천(蘇老泉, 소순蘇洵, 1009~1066)에게서 나온 것으로, 세상에서 전에 없는 선미(善美)한 것이라 한다. 우리 동방의 큰 집안들을 두루 찾아보면, 관원(灌園)선생 박문장공의 덕행과 문장은 낙촌(駱村) 문경공(文景公, 박충원)을 이었으나 더욱 성대하게 드러내어 사문의 종장이 되었으니 확실히 가정에서 연원이 비롯되는 바가 있도다.

아! 문경공의 학식과 역량은 본디 후학들이 헤아려 낼 것은 아니지만 장릉의 일만 보더라도, 천고의 신기함과 감응한 충성은 고금의 신하된 자라면 누가 감이 전율하지 않으리오. 하늘이 선으로 보답하여 선생을 닮게 하니 출중하고 빼어난 자질로 시와 예를 부친에게서 배워 익혔고, 틈나면 용문(龍門) 조선생(趙先生, 조욱, 1498~1557)의 문하에서 쇄신하니, 조예는 정확하고, 강마는 더욱 정밀하여 학문이 두터워진 이후, 명종조에서는 재상으로 발탁되었고, 정사를 보좌하는 틈틈이 경전으로 마음을 달래며 잠시라도 책을 놓은 적이 없었다. 한가할 때마다 저술에 집중하였고, 특히 풍영(諷詠)에 뛰어나 만나는 경계에는 마음을 다하였고 그다지 먹줄로 깎듯 하지 않아도 구법과 격률은 웅위하였으며, 성운은 유려하였다. 시는 본디 성정을 드러내는 것으로 맑은 것만이 그 바름을 얻어 실질적 학문이 안으로 충족될 수 있으면 그 문장이 밖으로 드러나, 자연히 이와 같아지니, 어찌 다른 장식한 말을 타고 봄에 달리는 시와 견주며 문채(文彩)만을 숭상했을 뿐이리오. 생각건대 선생께서는 안팎으로 출입하며 성은의 가납(嘉納)을 입었으니 상주(上奏)한 글과 계차(啓箚)는 마땅히 사승(史乘)에 실렸다. 크고 작은 것들을 두루 살피고 사우(師友)들이 서로 참여하여 성실하게 보여주는 것들은 동량으로 충당될 만하다.

그러나 전란 끝에 산실되고 대략 남은 유고(遺稿) 구본을 『문경공문집』에 함께 엮여 있었다. 두 세대의 아름다운 족적을 추적함이 이렇게 적막하니 어찌 한 가문의 한에 그칠 것이며, 세교(世敎)에 관하여 큰 흠결이니 애석함을 이길 수 있으리오. 이제 후손인 형제들인 윤화(瀹和, 1867~1940)와 규화(奎和, 1868~?)군이 개연히 뜻을 품고 여러 해 정성을 다해 여러 집안들을 널리 찾아 모은 것들을 보충하고 생략하여 『문경공문집』을 중간(重刊)하였다. 이 일이 끝나자마자 계속하여 선생의 글을 선별해내어 별도로 한 권의 관원선생 유고를 만드니 바로 이것이다. 고기 한 점으로 온 솥의 맛을 다 볼 수 있다면 후세 사람들이 앙모하는 마음에 또 무슨 상관이 있으랴. 아! 인문의 성쇠는 왕조의 흥폐에서 비롯하나, 나라는 운수가 있어 패망을 수반하지 않지만, 다 소멸되는 것은 문헌들뿐이다. 그러므로 사군자의 덕업과 문장이 크게 공명하여도 당세에 이미 없어진다. 그 문장을 모아 길이 전하는 방법은 반드시 배우는 사람들에게 그 말을 암송토록 하여 그 사람을 알게 해야 할 것이다. 이러한 일을 신중히 하지 않으리오.

내가 얕은 학식으로 교열하는 끝자리에 참여하는 것을 감히 고사하지 못한 것은 다행이도 일을 함께 하는 것이 영광일 뿐만 아니라 구구하게 현인을 앙모하는 마음을 절로 그칠 수 없기 때문이다. 아! 성대하도다! 문경공의 충은 왕의 혼령을 감동시켰고, 선생의 효는 잘 계술(繼述)되었으나 지켜 이루어 내는 어려움은 옛사람들이 이미 말했다. 후손에 이르러서도 이와 같으니 참으로 충효의 옛 집안에 산천의 정령 기운들이 모인 것이라고 할만하다.

이후 만세에 선생의 은택이 오늘 세운 공과 더불어 더욱 유구하고 더욱 새로워질 것이다. 보는 사람들은 내 말을 헛말이 아님을 알지어다. 정묘년 (1927) 3월 상순에 후학 서하(西河, 풍천)의 임계호(任啓鎬)[14] 삼가 씀.

*

嘗聞, 淵沈之學. 原於蔡西山, 軾轍之文, 出於蘇老泉者, 世所稱罕古善美也. 遍搜吾東諸大家中, 於灌園先生朴文莊公之德行文章, 繼駱村文景公, 而益闡蔚然, 爲斯文宗匠, 確信乎家庭淵源來有自矣. 嗚呼. 文景公之學識力量, 固非後學之蠡測, 至若莊陵一事, 特千古神異, 精忠所感, 亘古今爲人臣者, 孰敢不懍慄哉. 惟

....

14 임계호(任啓鎬): 호는 취하(醉霞)로 본관은 풍천이다. 충남 보령군 주산면 주야리에서 태어나 사서(四書)에 정통하고 시문에 능하였다. 1896년 궁내부 주사에 오르고 1904년에는 순명비인산(純明妃因山)에 봉금보집사(捧金寶執事)를 지냈는데, 그 뒤 칙명으로 6품 승훈랑(六品承訓郎)에 올랐다. 경술국치 이후 고향에서 육영사업에 전념하였다.

天報善, 先生克似, 以超倫英邁之姿, 襲趨庭詩禮之訓, 暇而灑掃於龍門趙先生之門, 造詣端的, 講磨益精, 學旣優而際, 于明時擢上第位宰相, 謨訏奏議之暇 娛心經籍, 未嘗暫釋. 每於燕閒着精著論, 尤長於諷詠, 遇境率意, 不甚繩削, 聲韻瀏亮, 句格雄偉. 詩固性情, 惟其淸者得其正, 苟能實學充于內, 則其文章之發見於外者, 自然如此, 豈比他珂馬春陌, 徒尙藻繪而已哉. 竊惟先生出入中外, 旣蒙聖明之嘉納, 則其疏奏啓箚, 宜載史乘. 泛博巨細, 互烋師友之勤示, 則其篇章辭命, 可充棟宇矣. 但兵燼之餘, 散逸略存, 遺稿舊本, 編合于文景公集中, 兩世懿蹟, 追緖寥寥, 豈止一門之私恨. 關於世敎, 大爲欠焉, 可勝惜哉. 今惟後裔有兄弟若瀿和·奎和甫, 慨然齎志, 積年殫誠, 廣搜諸家, 拾遺補略, 重刊文景公文集. 工纔告訖, 繼又選出先生文字, 別以一弓右灌園先生遺稿是也. 一臠盡全鼎之味, 則於後人羹墻之慕, 復何輕重. 噫. 人文之盛衰, 由國朝之興廢, 而國雖有數, 顚亡不隨, 而盡滅者, 惟文獻也. 故士君子之德業文章大鳴, 當世旣沒也. 集其文而壽其傳者, 必欲使學者誦其言, 而知其人也. 斯役也, 顧不愼且重哉. 余以淺蔑荷叅校末, 敢不固辭者, 非徒自幸其與事爲榮, 區區慕賢之心, 自不能已焉. 猗歟盛哉. 文景公之忠, 感於王靈, 先生之孝, 善於繼述, 而守成之難, 古人已言之矣. 至其後孫又如此, 眞可謂忠孝古家, 嶽瀆精靈之氣萃矣. 後萬世先生之澤, 幷今日所樹立之功, 而愈久愈新矣. 覽者將以余言爲不誣云.

丁卯三月上澣 後學西河任啓鎬謹識

발(跋)

　우리 낙촌과 관원 두 선조께서는 명종과 선조의 성대한 시대를 만나 부자가 연달아 청요직을 역임했고, 상경(上卿)의 자리에서 왕실에 마음을 다 쏟으시고, 도를 호위하고 정의를 수호하셨으니, 모두 한 시대의 충신들이었고, 그 문장 또한 당시 문단에서 이름난 공들이 추중하였으니 성대하다 할만하다. 다만 그 원본이 산실되어, 전란의 끝에 주워 모은 것으로 『밀산세고』가 있는데, 바로 두 선조의 시문을 합쳐 편집한 것이다. 『영해창수록』이라는 것은 낙촌공과 송강 조공(趙公, 조사수, 1502~1558)이 시편을 주고받은 것이다. 『관백창수록』이란 것은 관원공과 백호 임제(林悌, 1549~1587) 공이 창화한 것이나 소략하기 그지없다.

　막내아우 규화가 이를 안타까워하다가, 각 집안의 문헌자료들을 일일이 수색한 것이 수년이 지나 탄식하며 "더는 기다리는 것은 안 된다."고 하며, 분류 수정하고 유명한 분들이 지은 만(挽), 뢰(誄), 비문, 장(狀) 등을 뒤에 첨부하여, 두 선조의 유고를 각각 한 권씩 만들었으나 그래도 수색한 것이 미진할까 두렵다. 교감이 정밀하고 신중하지 않은 것은 나의 잘못이다. 편

차가 이미 정해져, 간행하는 것은 친족들인 준봉(準鳳)·창화(暢和)·종화(鍾和)·성도(性道)·종상(鍾爽) 등이 감독하여 만들었다. 몇 달도 되지 않아 끝마쳤다고 하니, 조상을 기술하고 후손들을 두텁게 하는 이러한 시도가 마땅히 종친들의 행복이 되리라.

을묘년(1915) 5월 병인일 후손 윤화(瀹和, 1867~1940)는 손을 씻고 삼가 쓰노라.

*

惟我駱村灌園二祖, 獲遇明宣盛際, 父子接武歷淸華, 位上卿, 盡心王室. 衛道守正, 俱爲一代之藎臣, 而其文章亦爲當時詞苑, 諸名公所推重, 可謂盛矣. 顧其稿本散逸, 掇拾於兵燹之餘者, 有曰密山世稿, 卽二祖詩若文之合編也. 曰嶺海唱酬錄, 是駱村公與松崗趙公唱酬者也. 曰灌白唱酬錄, 灌園公與白湖林公唱酬者也, 而苟簡殊甚矣. 季弟奎和爲是之憾, 孳孳搜錄於各家文籍之中者有年, 旣而歎曰, 是不可復有所待也. 乃分類修正, 且附諸名公所撰挽·誄·碑·狀等於其後, 於是二祖遺稿, 各成卷帙, 然尙懼搜錄未盡. 校勘未精以重, 忝生之罪也. 編次旣定, 卽以付剞, 族人準鳳·暢和·鍾和·性道·鍾爽等, 董以成之. 未幾月工已告訖, 其述先裕後之圖, 當爲闔宗之幸焉爾.

丁卯五月丙寅後孫瀹和 盥水謹書.

보
유

I. 문집에 수록되지 않은 관원의 시문들

○ 「장천으로 부임하는 보진암 선생을 전송하며(送葆眞庵赴長川二首)」

조욱(趙昱, 1498~1557), 『용문선생집(龍門先生集)』권6 「부록」에서 1제2수를 발췌했다. 근사재 박계현(近思齋朴啓賢)이 지은 것으로 밝히고 있다. '근사재'는 박계현의 또 다른 호이다. 장천(長川)은 전라북도 장수군의 옛 명칭이다. 보진암(葆眞庵)은 조욱 선생이 1525년(중종 20, 28세)에 바꾼 호이다. 용문 조욱 선생은 1554년(명종 9, 57세) 1월에 장수현감(長水縣監)에 제수되었다. 「용문선생연보」에 따르면, 1월 19일 출발하여 29일에 부임했다고 한다. 따라서 박계현의 이 전별시는 1554년 1월에 지은 작품임이 분명하다. 한편 박계현의 증조부인 오정(梧亭) 박란(朴蘭), 사미정(四美亭) 안함(安馠, 1504~?), 퇴계 이황(李滉), 지족암(知足庵) 윤변(尹忭, 1493~1549), 수곡(守谷) 이찬(李澯, 1498~1554), 이암(頤菴) 송인(宋寅, 1517~1584), 청천당(聽天堂) 심수경(沈守慶, 1516~1599), 매천(梅川) 신희복(愼希復, 1493~1565) 등이 송별시를 남겼다.

[1]

영취산은 구름 가 멀리 있고,	靈鷲雲邊遠,
용문산은 기러기보다 높았네.	龍門雁外高.
온화한 연기는 한 척의 구슬을 낳고,	和煙生尺璧,[1]
서리 찬 새매는 고공으로 솟구치네.	霜隼擊層霄.
어찌 다섯 말의 쌀 때문이리오.	豈爲要斗米,
다만 소 잡는 칼을 시험하려는 것이리.	聊欲試牛刀.
노년 들어 해마다 이별하시니,	到老年年別,
수심 찬 배는 술을 받지 못하네.	愁腸不受醪.

아래에는 "작년에는 자경과 작별했고, 또 올해는 암린과 이별하여 '해마다 이별하네.'라고 했다(前年別子敬, 又今別巖隣, 故云年年別耳.)"라는 부기가 달려있다.

관원은 용문선생이 부임하는 곳, 영취산(靈鷲山, 전라북도 장수군 번암면 지지리에 있는 해발 1075.6미터의 산)으로 시작하여 선생이 계시던 용문산을 짝지어 놓았다. 용문산(龍門山)은 현재 경기도 양평군 용문면에 있는 해발 1157미터의 산이다. 1547년(명종 2년, 50세) 봄에 지평현(砥平縣, 오늘날 양평군) 토최미(土最美) 동에 띠 집을 깃고 은거하면서부터 '용문선생'이란 별칭이 생겼다.

용문선생이 이렇게 후미진 곳에 가는 것이 다섯 말의 녹봉 때문이 아니

....

1 원문에는 '벽(壁)'자로 되어있는데, 여기서는 앞의 '척(尺)'자와 연관하여 '벽(璧)'자로 읽어야 할 것으로 생각한다.

라 갈고 닦으신 것을 시험하기 위해서라고 하면서 도연명과 『논어』의 이야기를 빌려왔다. 도연명(陶淵明)이 팽택 현령(彭澤縣令)으로 있은 지 80여 일이 되었을 때 군(郡)의 독우(督郵)가 순시(巡視)를 나오게 되어 현리(縣吏)가 도연명에게 의관을 갖추고 독우를 뵈어야 한다고 하자, 도연명은 "내가 다섯 되의 하찮은 녹봉 때문에 시골의 소인에게 허리를 굽힐 수는 없다(我不能爲五斗米, 折腰向鄕里小兒)."라고 탄식하고는, 인끈을 풀어 던지고 「귀거래사(歸去來辭)」를 읊으며 고향인 율리(栗里)로 돌아갔다고 하는 고사를 통해, 용문선생이 이렇게 오두미를 위해서 장수현감을 나가는 것은 아님을 역설하고 있다. 또 『논어·양화(陽貨)』에 공자가 제자 자유(子游)가 수령으로 있는 무성(武城) 고을에 가서 현가(弦歌) 소리를 듣고 빙그레 웃으면서 "닭을 잡는데 어찌 소 잡는 칼을 쓰리오.(割雞, 焉用牛刀!)"라고 한 농담을 환기하고 있다. 평소 닦은 학문을 시험하기 위해 장수현감으로 나가는 것임을 말하고 있다.

[2]

백성들이야 기쁘게 맞이할 테지만	黎民應逆喜,
늙은이에겐 놀람과 슬픔이 교차하겠네.	白髮遞驚悲.
하늘에선 가려 뽑음이 많다 하니,	天上多掄選,
산중의 이 이별도 괜찮겠네.	山中足別離.
송림은 싸늘히 눈을 둘렀고,	松林寒帶雪,
초옥만 연못에 그림자를 드리웠네.	草屋影涵池.
선생께서 누구와 왕래하시리.	杖屨誰來往,
옷자락을 잡는 것이 단지 사적인 정 때문이겠나?	摻裾只爲私.

　　관원은 이렇게 훌륭하신 분이 내려가시니 좋아들 하겠지만, 선생께서는 만감이 교차할 것으로 선생의 마음을 헤아리고 위로한다. 앞으로 좋은 발탁이 또 있을 것이므로, 이러한 산중 이별도 나쁘지는 않다고. 송림은 눈 속에 파묻혔고 초가집[용문 선생이 은거하고 있던 세심정(洗心亭)]만이 연못에 그림자를 드리우고 있다는 고졸한 정경이 펼쳐질 텐데 선생께서는 그 먼 곳에서 누구와 함께 하실까. 서경(敍景)에서 서정(敍情)으로의 전환을 통해 선생과 이별하는 고통을 극대화시켰다. '장구(杖屨)'는 지팡이와 신발로, 어른에 대한 경칭(敬稱)으로 쓰이는데 사람을 직접 가리키지 않고 딸린 물건을 들어 존경하는 뜻을 표시한다.

○ [영남루 제영시를 차운하여 1]

　여기 밀양 영남루(嶺南樓)와 남수정(攬秀亭)에 제영한 세 편의 시는 필사본 『영남루시운(嶺南樓詩韻)』에 수록되어있다. 이 시집은 16세기~17세기 초에 편집된 것으로 보이며 대구에 거주하는 김병구 씨가 소장하고 있었던 필사본이다. 두 건물 모두 화재로 19세기 중반에 재건되었으므로 이 두 유적의 본 모습을 추적할 수 있는 보기 드문 자료라고 할 수 있다. 먼저 영남루 본당에 제영한 칠언율시를 보도록 하자.

성 위의 높은 누대 하늘 반쯤 기대었고,	城上高樓倚半天,
백구들 앞엔 한 줄기 봄 강물.	一江春水白鷗前.
시는 긴 대나무와 매화 밖에서 생기고,	詩生脩竹梅花外,
흥은 갈까마귀와 나무숲 가로 떨어지네.	興落寒鴉野樹邊.
비갠 날씨에 흰하게 먼 봉우리 드러내고,	霽色暉暉呈遠峀,
시골 옛터 막막히 긴 연기 끌고 가네.	村墟漠漠曳長烟.
십오년 전 일 추억하노라니	追思十五年前事,
꿈은 단청 대청에 끝나고 달만 자리에 가득하네.	夢罷畫堂月滿筵.
관찰사 박계현	觀察使 朴啓賢

　이 제영시는 누대-백구-강물-까마귀-나무 숲-먼 봉우리-연기로 이어지는 진부한 이미지의 연상 작용을 통해 15년 전의 일을 추억한다. 만약 이 시를 경상도 관찰사로 재직할 때인, 1567년~1568년 6월 사이의 작품으로 본다면, 그로부터 15년 전은 1553년(명종 8, 30세)이 되는데, 당시 관원은 검열, 정자, 수찬, 사가독서 등을 하고 있었고, 서얼을 허통하는 문제를

이 두 장의 사진은 일제강점기 시기에 촬영된 것으로, 현재 국립중앙박물관에 유리 건판으로 소장되어 있다. 소장품 번호는 위로부터 건판4944과 건판16365이다. 신라시대 영남사(嶺南寺) 자리에 1365년(공민왕 14), 남아있던 누각을 새로 지어 영남루를 세웠다고 한다. 1460년(세조 6)에 규모를 넓혀 중수했으나 임진왜란에 소실되었다. 이후 1637년(인조 15)에 재건했지만 또 소실되어(1842년) 다시 2년 뒤인 1844년에 다시 지은 형태로 오늘날 전해지고 있다. 관원은 첫 번째 사진에서 본당과 오른쪽 능파당(현재는 능파각)에 침어있는 1수와 칠언절구 1수를 남겼다. 안타깝게도 이들 현판은 이미 임진에 란 때 소실되었다.

:

놓고 조정 논의에 참여했던 기록이 있다. 관원이 밀양 영남루에 올 수 있었던 기회는 2년 뒤인 1555년(명종 10, 32세) 7월 경상좌도평사로 왔을 때이다. 그렇다면 그로부터 15년이라면 1570~71년이 된다. 그런데 1571년 1월 퇴계 이황이 고종했고, 애도하는 만장이 있으며, 또 구암 이정(李楨, 1512~1571)이 죽었고, 그의 죽음을 애도하며 손자에게 만사 형식의 시를 남기고 있다.[20] 따라서 이 제영시는 1571년에 지었을 가능성도 배제할 수 없다.

○ [영남루 제영시를 차운하여 2]

이 시는 영남루 능파당(凌波堂)의 제영시를 차운한 것으로 칠언절구 형식이다. 능파당은 기재(企齋) 신광한(申光漢, 1484~1555)이 쓴 중창기문에 따르면, 영남루 동북쪽에 예부터 망호(望湖)라는 당이 있었는데 홍치(弘治) 연간에 밀양부사 김영추(金永錘)가 창건하여 빈객들이 쉬고 자는 곳으로 삼았다고 한다. 그러나 망호당은 낮은데 영남루는 높아 빈객들이 오르내리기 불편하였고, 지은 지 오래되어 허물어지고 기울어 거처에 적절하지 못했다. 그후 밀양부사 박세후(朴世煦, 1494~1550)가 증축하면서 터를 높이고 삼면을 단청하여 남쪽을 강과 마주하게 안배한 다음 '능파당'이라 이름을 고쳤다고 한다. 여기 능파당에 제영시 중에는 박계현의 증조부인 박의영(朴義榮, 1456~1519)도 2수의 시를 남기고 있는데, 참고로 여기 소개한다. 관원은 증조부의 시운을 빌린 것으로 추측한다.

[1]

팔방으로 난 헌걸찬 누각 성 머리를 베었고,　　八窓傑閣枕城頭,

한 줄기 긴 강물 만고세월 흐르고 있다네.　　一帶長川萬古流.

십 년의 홍진 속에 분주했던 나그네,　　十載紅塵奔走客,

이런 날 선경에 잠시 지체하며 머무르네.　　仙區此日暫淹留.

[2]

무슨 일로 고향은 마음에 닿을까?　　故鄉何事到心頭,

떠도는 삶 속에 흐르는 세월 유독 놀랍네.　　客裏偏驚歲月流.

올라 마주한 풍경 완상할 만하여도,　　景物登臨雖可賞,

공무행차에 기한이 있으니 어찌 지체하며 머무랴.　　王程有限肯遲留.

향인 경차관 박의영　　鄕人 敬差官 朴義榮

　경차관이란 중앙 조정에서 특정 임무를 부여하여 지방으로 파견하는 정 5품 관리를 말하고 '왕정(王程)'은 왕사(王事)를 위해 분주하는 여정(旅程), 곧 경차관으로 파견되어 나온 것을 말한다. '향인'이란 말은 본관이 밀양이 니, 곧 이 고장 사람을 뜻한다.

세상사 분분하여 머리 세려하는데,　　世事紛紛欲白頭,

홀로 높은 난간에 기대 강물을 마주하네.　　獨憑危檻對江流.

어사는 나라의 일을 처리해야 하건만,　　繡衣句當王家務,

명승지라 이유 없이 한 번 더 머무르네.　　勝地無因一再留.

재상어사 박계현　　災傷御史 朴啓賢

재상어사(災傷御史)란 조선 시대 재해(災害)를 입은 전결(田結)의 실정이나 환곡(還穀)의 실태, 마정(馬政)이나 풍속, 농우(農牛)의 도살이나 매매 등에 관한 일을 살피기 위해 파견된 어사를 말한다. 관원은 명종 10년(1555, 32세) 4월에 평안도 감군어사를 역임했고, 그 해 7월에는 경상좌도평사(慶尙左道評事)로 내려온 적이 있다. 그러나 남아있는 연관 자료가 없어 정확한 연대는 추정하기 어렵다.

○ [밀양 남수정(攬秀亭) 제영시에 차운하여 3]

이 제영시는 남수정(攬秀亭)에 지은 시편들의 운을 빌려 지은 작품이다. 주세붕(周世鵬, 1495~1554)의 「남수정기문」에 따르면, 밀양부 수산현에 있는 이 정자는 낙동강을 굽어보는 동쪽 절벽에 자리 잡고 있다. 1538년 가을에 밀양부사 장적(張籍)이 덕민정(德民亭) 서남쪽에 터를 얻어 정자를 세웠다고 한다. 칠언율시의 형식을 갖추고 있고, 관직은 어사(御史)로 기록되어 있다. 앞의 재상어사(災傷御史)을 말하는 것인지는 모르겠다.

비낀 구름 들판을 덮어 눈에는 평평한데,	橫雲蔽野眼中平,
산은 고요하고 강은 텅 비어 해는 밝네.	山靜江空白日明.
성곽을 등지고 오랫동안 두 이랑 도모하려 했고,	負郭久擬謀二頃,
수염 만지며 읊조림에 천 가닥 끊겼다고 애석해 말자.	吟髭休惜斷千莖.
백 년의 멋진 형상 정자 앞에 모였고,	百年形勝亭前聚,
만 리의 흐르는 연기 새들 너머 비끼었네.	萬里風煙鳥外橫.
다만 서울을 바라보니 마음 더욱 절실해짐은,	直望長安誠更切,

이 마음이 한 때의 명성을 노린 탓은 아니겠지.　　　此心非爲賭時名.

어사 박계현　　　　　　　　　　　　　　　　　御史 朴啓賢

　　관원은 낙동강을 굽어보는 남수정 너머로 비낀 구름이 깔린 평평한 들
판을 바라보며, 산과 강이 해와 어우러진 평온한 모습을 눈에 담는다. 이들
시각적 요소로 연상되는 것은 바로 평생을 마음에 두었던 '은거'란 화두이
다. 관원은 소진(蘇秦)의 고사를 떠올린다. 소진이 진(秦)나라에 가서 벼슬
하고자 진왕(秦王)에게 열 번이나 글을 올려 그를 설득하려 했지만 실패하
고 벼슬을 얻지 못하였다. 검은 담비 갖옷이 다 해지고 여비로 가져간 황금
100근도 다 떨어져 마침내 고향으로 돌아가자, 그의 형수, 제수, 처첩 등 가
족들이 모두 그를 냉대했다. 그가 뒤에 연(燕)·조(趙)·한(韓)·위(魏)·제(齊)·
초(楚) 등 여섯 나라의 왕들을 합종설(合從說)로 유세하여 종약(從約)을 체
결하고 나서 6국의 상인(相印)을 한 몸에 차고 왕만큼 호화로운 행차로 고
향인 낙양(洛陽)을 지날 적에는 그의 형수 등 가족들이 그를 감히 쳐다보지
도 못하고 행차 앞에 엎드려 있었다. 그가 형수에게 묻기를 "어째서 전일에
는 거만하게 대해 놓고 오늘은 공손해졌는가?(何前倨而後恭也)"라고 하자,
형수가 얼굴을 가리고 대답하기를 "막내 아저씨의 지위가 높고 돈이 많은
것을 보았기 때문입니다(見季子位高而金多也)."라고 하였다. 소진이 탄식하
여 말하기를 "만약 나에게 부곽전 두 이랑만 있었다면 내가 어찌 오늘날 6
국 재상의 인을 찰 수 있었겠는가?(且使我有洛陽負郭田二頃, 吾豈能佩六國
相印乎)?"라고 하였다. 이로써 성곽을 등진[負郭] 밭뙈기로의 은거를 꿈꿨
음을, 그리고 그런 고민을 삭히느라 시를 지으며 끊어진 수염 가닥들을 안

타까워말자고 위안한다. 왜? 백 년에 한 번도 못 볼 정경들이 눈앞에 펼쳐져 있고, 이 소박한 마음이 시대의 명망을 건 것은 아닐 테니까. 관직생활과 은거라는 다른 궤도의 선로에서 관원은 남수정 눈앞에 펼쳐진 이미지를 통해 양극단의 초월적 교차점을 찾았던 것이다.

○ [평양성 벽에 쓴 시]

이홍남(李洪男, 1515~1572), 『급고유고(汲古遺稿)』 권하, 「습유」에는 「박군옥 기성[평양성] 벽에 쓴 시의 운을 뒤늦게 빌려 지음(追次朴君沃箕城壁上韻)」이란 급고의 차운시가 수록되어 있는데, 그 아래에는 관원의 원운시를 옮겨 두고 있다. 이홍남의 자는 사중(士重)이고, 호는 급고자(汲古子) 또는 금류(衿纍)이며, 본관은 광주(廣州)이다. 1538년(중종 33) 알성시에 급제하여 청요직을 역임했다. 이후 양재역벽서사건으로 영월에 유배되었다가(1547), 아우 이홍윤(李弘胤)을 역모로 고발한 공으로 정계에 복귀했다. 1569년(당시 55세)에 아우를 무고한 죄로 삭직되었다.

[박계현의 원운시]

객관엔 사람 없고,	旅館無人問,
가을 날 저녁 풍경 맑네.	秋天暮景清.
그대 올 날을 상상하는 마음이나,	想君來日意,
그래도 나는 이때가 정겹네.	猶我此時情.
남경[한양] 술에 흠뻑 취해	爛醉南京酒,
북방기러기 소리에도 놀라네.	驚心北鴈聲.
흰 벽에 시를 지으며,	題詩粉壁上,
농서의 평가를 기다리네.	留待隴西評.

확실히 이 시는 내용상 관원이 평양성 어느 벽에 쓴 것으로 보인다. 마지막 구에서 농서(隴西)는 중국의 서북방 변경지역으로, 위치를 우리나라에 대비하여 방향을 표현한 것인데, 여기서는 급고 이홍남을 지칭하는 것

으로 보이지만, 그에 어울리는 직함은 보이지 않는다. 다만 1566년(명종 21, 52세) 8월에 이홍남은 관압사(管押使)로 중국에 갔다. 당시 관원은 개성부 유생들의 일을 논계하고 있었다[연보참고]. 참고로 급고 이홍남의 차운 시를 역주해 둔다.

행낭을 낙엽보다 가볍고,	行橐輕於葉,
마음은 밤기운을 더해 맑네.	心兼夜氣淸.
벽에 헌걸찬 시구가 없으니,	壁間無傑句,
등불아래 객정이 더해지네.	燈下倍羈情.
어찌 수레 돌리시는 날을 헤아려	豈料廻轅日,
땅에 던지는 소리를 받들까?	方承擲地聲.
요즘 시단에 독보적이시니,	詩壇今獨步,
노둔한 내가 감히 평할 수 있겠소.	老我敢容評.

급고 이홍남은 "내가 기성에 도착해 보니 관원의 시는 이미 없어져 버려, 한양으로 들어가니 관원이 적어 보여주어 그에 화답하였다. 관원은 군옥의 호이다(余到箕城, 則灌園詩已亡矣. 入洛, 灌園錄示, 故答之. 灌園, 君沃號也.)"라는 부연 설명을 붙여 두었다. 이와 같이 두 사람은 쌍방의 행로를 알고 있었다.

○[만사-가의대부·동지중추부사 박계현(嘉義大夫·同知中樞府事朴啓賢)]

『퇴계전서』만제록에 수록된 퇴계선생을 위해 관원이 지은 만사로, 오언율시 3수로 구성되어 있다.

[1]

바치신 글 아직도 논의할 것 남았는데,	封事猶餘論,
올리신 「성학십도」를 어찌할까?	無何進十圖.
어찌 황천으로 돌아가시어	胡爲返泉石,
끝내 큰 도모를 다하지 못하시는가.	終未盡謀謨.
들보가 무너지면 우리는 무엇을 우러를 것인가?	梁壞吾安仰,
사람은 가시고 도가 없어졌으니 더욱 외롭네.	人亡道益孤.
애영이 임금님의 마음을 슬프게 하는 것은	哀榮軫宸念,
진정한 유학자를 아끼셨기 때문이라네.	端爲惜眞儒.

관원은 퇴계선생과의 직접적인 관계는 없었지만, 시대를 대표하는 학자로서의 존경은 단지 형식적인 만사의 내용을 넘어서는 것이었다. 관원은 남명과 퇴계의 갈등을 지켜봤음에도, 후학으로서의 판단을 보류하고 오롯이 학문적인 측면에서 두 분의 대학자들에 중립적인 자세를 취한다. 이것이 기회주의적 처세로 비쳐질 수도 있지만, 관원의 삶은 동서의 분당과정에서도 보았듯이 관원은 의도적으로 두 흐름을 소통시키는 쪽에 섰다는 것은 틀림없다. 관원은 이 퇴계선생을 위한 이 만장의 핵심어로 '애영(哀榮)'을 부각시켰다. '애영'이란 학행이나 공적이 있었던 사람 또는 그 선조에게 사후에 벼슬이나 포상을 내리는 것을 가리키는 말로『논어·자장(子張)』에

"살아서는 영예롭고, 죽어서는 사람들이 애도한다(其生也榮, 其死也哀.)"라는 문장에서 근거한 표현이다.

[2]

선생께서 처음 등대하셨을 때,	夫子初登對,
뒤따라 어전에 엎드렸었지요.	追趨伏細氈.
충언은 하늘의 뜻을 움직였는데,	忠言動天意,
한수에서 돌아가는 배에 오르셨지요.	漢水上歸船.
강호로 작별하여 드리는 노래 짓지 못하였는데,	未作江湖別,
헛되이 유명을 달리하는 글을 짓게 되었네.	虛裁召命篇.
놀란 마음에 애도곡을 노래하니,	驚心歌薤露,
슬픈 눈물 납처럼 차갑구나.	哀淚冷如鉛.

관원은 퇴계선생이 어전에서 충언을 올리는 역사적 현장에 함께 했던 일을 떠올리며, 어찌 강호로 돌아가시어, 나오시지 않고 하늘의 부름을 받게 되었는지를 언급하여 후학들의 낙담한 마음을 납덩어리에 비유하였다.

[3]

남방에서 관찰사로 있을 때,	南服觀風日,
참신한 시 몇 편을 화운(和韻)하였네.	新詩和數篇.
공을 따르며 부지런히 가르침을 청했으나,	從公勤請敎,
밭에서 김매지 않는다고 경계해 주셨네.	戒我不芸田.
정이 문 앞 눈에 서지 못하고,	未立程門雪,
헛되이 배옥의 나이가 되어버렸네.	空徂伯玉年.

의관을 갖춘 선비들 기나긴 밤 통곡하리니,　　　　　衣冠慟長夜,

옛 임천에 장사 모시게 되었구나.　　　　　　　　　葬得舊林泉.

관원은 1567년~1568년 경상도 관찰사로 재임할 때, 회재 이언적, 충재 권벌 선생을 포장하는 일을 주선하면서 퇴계선생과 주고받은 시편들을 떠올린다. 정이(程頤)의 문 앞에서 눈을 맞아가며 가르침을 구하려 했던 송(宋)나라 유조(游酢)와 양시(楊時)가 되지 못했던 것을 후회하면서,『회남자(淮南子)·원도훈(原道訓)』에서 "거백옥은 나이 오십이 되어서 사십 구 년 동안의 잘못을 알았다(蘧伯玉行年五十, 而知四十九年之非)."라는 말을 원용하여 헛되이 나이만 오십이 되었음을 안타까워하고 있다.

○ 만장(輓章)1[홍문제학 박계현]

이 오언율시의 만사는 노진(盧禛, 1518~1578), 『옥계선생문집(玉溪先生文集)』권7에 수록되어 있는 작품으로 홍문관 제학이라는 직함[弘文提學朴啓賢]을 가지고 있다. 옥계선생이 죽은 해인 1578년(선조 12, 55세) 관원의 행적은 아무것도 확인되지 않는다. 다만 율곡의 『경연일기』에, 이때 금부 당상관을 지냈다고 하고 있다. 노진의 자는 자응(子膺), 호는 옥계(玉溪) 또는 칙암(則庵)이며, 본관은 함양이고 시호는 문효(文孝)이다. 1546년 증광 문과로 급제하여 조정의 청요직을 역임했고, 부모봉양을 위해 지방관을 자청하여 선정을 베풀며 청백리로 이름을 날렸다. 1575년 예조판서에 올랐으나 병으로 사임하고 은퇴의 삶을 걸었다. 기대승(奇大升, 1527~1572), 노수신(盧守愼, 1515~1590), 김인후(金麟厚) 등과 교유한 것으로 알려져 있다. 특히 관원과는 이조에서 함께 근무하면서 외압에 구애되지 않는 공평한 인사를 처리하여, 당시 윤원형 등의 미움을 사기도 했다.

간기가 명현을 낳으니,	間氣産名賢,
풍류는 앞서는 자 없었네.	風流衆莫先.
옥당에서 일찍이 함께 이불 덮었고,	玉堂曾共被,
이조에서 또한 같이 전형을 맡았네.	選部又同銓.
신명이 깊은 밤으로 돌아가고,	精爽回長夜,
지루함은 늘그막에 모여드네.	支離集暮年.
덕성스러운 모습 어찌 다시 마주하리요.	德容寧復對,
돌아가 옛 임천에 묻히시는 걸.	歸葬舊林泉.

만장(輓章)2[홍문제학 박계현]

　노진(盧禛)을 위한 이 오언율시의 만사는 앞의 만장과 분리되어 『옥계선
생속집(玉溪先生續集)』권4, 외집에 수록되어 있다. 2수로 지은 것을 편집
과정에서 분리된 것으로 보인다.

덕망에 조정 관리들이 기울어졌으니,	德望傾朝彦,
의당 묘당에 올라야 하리라.	端宜上廟堂.
어찌 좋은 계책을 내놓지 않고,	如何不長筭,
갑자기 이렇게 슬픈 만장을 짓게 하시나?	遽此作悲章.
도의를 내 누구와 함께할까?	道義吾誰與,
선영 깊은 밤으로 감추셨네.	丘原厚夜藏.
참았던 지기의 눈물을,	忍將知己淚,
상주 곁에 뿌리네.	沾灑棘人傍.

○ 제문(祭文)[도승지 박계현]

유희춘(柳希春, 1513~1577), 『미암선생집(眉巖先生集)』 부록 권19에 수록되어있다. 당시 관원은 도승지를 역임하고 있었고, 다례(茶禮)에 실례한 것으로 헌부의 탄핵을 받았었다[연보참고].

오호라! 선생께서 이에 그치시는가? 오호라! 선생께서 이에 그치시는가? 선생의 어짊으로도 수는 희령을 채우시지 못하셨고, 선생의 학문으로도 지위는 열경에 이르지 못하셨네. 전에는 20년 유배된 간난함을 위로할 길 없고, 뒤로는 전하계서 등용하여 의지했던 융숭한 사랑에 부합할 길이 없으니, 천하의 현인군자들도 어찌 서로 권면하겠습니까? 그렇더라도 어찌 그렇겠습니까? 저는 인심에 권면하는 것에 지위와 수명보다 더한 것이 있으므로 그에 대해 태만해서는 안 된다고 알고 있었습니다. 선생의 삶은 사람들이 성심으로 아끼지 않은 것이 없고, 선생의 죽음은 사람들이 동성으로 곡하지 않음이 없으니, 이 어찌 사람마다 이뤄낼 수 있고, 결국 이것으로 저것을 바꾸는 것이겠습니까? 하늘에서 나온 선량함도 영원히 끝났고, 고금을 꿰뚫은 총명함도 끝났습니다. 손발을 펴게 하여 자식 된 책임 면했음을 아시고, 예악에 따라 돌아가 감추셨네. 떠도는 혼에 여한이 없으리니 하늘나라에서 홀로 휘파람 부시길 바라나이다. 가장 애통한 것은 임금님 부름에 달려가신지 수일 만에 부음에 부의를 보내는 것입니다. 하늘 끝에서 상여를 운구해야 하니, 어린 자식이 상을 이겨낼 수 없을까 하여 아는 사람이나 모르는 사람이나 모두 탄식하며 슬퍼합니다. 하물며 대를 이은 우의로 문하에 출입하며 잘못을 깨우치고 격려를 받은 지 10년이 지난 사람에게는 또한 어떤 심정이겠으며, 어찌 목이 메이지 않을 수 있겠습니까? 장례 지내는 날이 가까웠다는 말을 듣고 미약한 제수를 갖추어 영결하나이다. 혼령이라도 계신다면 부디 오시어 흠향하소서.

*

嗚呼! 先生而至於斯耶? 嗚呼! 先生而至於斯耶? 以先生之仁, 壽未滿乎希齡. 以先生之學, 位不至於列卿. 前無以慰二紀竄謫之艱難, 後無以副當宁倚用之隆眷, 則天下之賢人君子, 亦何所相勸也哉! 其然, 豈其然乎? 吾固知勸之於人心者, 有甚於位也壽也, 而不敢怠者焉. 先生之生也, 人無不愛以誠. 先生之歿也, 人無不哭以聲, 是豈人人之所可致, 而終以此易彼者哉! 出天之良善, 長已矣. 貫古之聰明, 亦已矣. 啓手足而知免, 從禮樂於返藏. 庶遊魂之無憾, 發孤嘯於帝鄕. 最可痛者, 赴召數日, 歸賵云亡. 携旅櫬於天之涯, 恐弱子不能勝喪, 識與不識, 咸用嗟傷. 況寅緣世誼, 出入門下, 謬蒙誨奬, 十年已過者, 亦獨何心, 能不摧咽. 聞卽遠之日大近, 具綿茅而永訣. 不亡者猶存, 一尙有以來格.

○「양심당시집서(養心堂詩集序)」

『양심당시집』은 기성[평양] 조선생 휘가 성(晟)이고 자가 백양(伯陽)이신 분이 지은 것이다. 내가 옛날 어린 나이에 선생의 댁에서 뵐 수 있었는데, 당시 생도들을 가르치고 계셨다. 경사(經史)를 본령으로 삼아 『시경』과 「이소」로 진작시켜 재능의 높낮이에 맞추어 성취시키셨다. 나 현은 진심으로 좋아하며 배우고자 했었다. 그 때는 나이가 어려 책을 끼고 학업을 전수받았지만 사물을 끌어들여 비유함으로써 순순히 사람들을 잘 인도해 주신다고만 알고 있었다. 그 뒤에 선생 누이의 자식을 아내로 맞게 되어 친속으로 가깝게 되었다.

오래 오래 자신이 행하시는 바와 다른 사람을 가르치는 바가 남다르다는 것을 보고서야 비로소 도를 갖춘 사람임을 알고 놀랐다. 그러나 선생께서는 억지로 다른 사람에게 말한 적이 없으므로 문하에 이른 선비들도 아는 자가 드물었다. 간혹 그에 대해 묻는 자가 있으면 흔쾌히 말해주시며 숨기지 않으셨다. 아침저녁 따르는 학생과 스승으로 학문에 관한 일을 논하실 때면 "옛사람이 생각한 것을 생각하고 다시 생각하라! 생각해도 터득하지 못하면 귀신이 알게 해 준다."라는 말을 해주시며, "배움은 사색이 중요하다. 이것이 위로 올라가게 하는 것이다."라고 하셨다. 나 현은 우둔한 사람이라 받들어 감히 빠뜨린 것이 없도록 주선했으나 그 힘을 실제로 활용할 수 없어 그럭저럭 이에 이르렀느니 무슨 말을 하리오.

그 후 수년 동안 선생께서는 재발한 심장병을 앓으시어 생도들을 떠나보내시고 문을 닫고 출입하지 않으셨다. 나 현도 부친의 동군(東郡) 뜰에 따라갔고, 게다가 세속에 따라 과거에 응시하다 보니 본심을 잃게 되어 결국 향하는 바를 잃게 되었다. 자리에 모시는 즐거움을 다하지 못하여 항상 학업을 마칠 기약이 없게 된 것을 부끄럽게 여겼다. 이제 조정에서 관직에 얽매여 여러 가지 일에 연루되었다. 서쪽 누추한 곳에 돌아오는데 갑자기 선생께서 위중하다는 소식을 듣고 급히 달려와 뵈었으나 이미 말을 하지 못하는 상태였다. 가정(嘉靖) 을묘년(1555) 4월 모일에 별세하셨다. 오호통재로다! 대들보가 무너진 듯한 슬픔을 품으니 다시는 황홀하게 약여(躍如)하시던 때를 보고 의지할 수 없게 되었다. 후파(侯芭)가 양자운(揚子雲, 양웅揚雄)을 지키던 일을 누구에게 의뢰하겠는가?

선생의 아들 순빈(舜賓)에게 "선생께서는 아홉 가지 학문을 두루 갖추고도 작은 관직만 받으셨고, 지혜는 만물을 포용하셨으나 말예로만 삼으셨다. 그러므로 세상에 선생을 논하는 자들이 모두 그 끄트머리에만 있고 그 뿌리에 있지 않으니 아! 또한 얕은 것이다. 게다가 그 평생 언어와 문자들 사이에서의 일에 관여하지 않아 지은 시문 또한 많이 보이지 않지만, 약간의 시편들이 여전히 예전그대로 간직하고 있다고 이미 알고 있습니다. 내 다행히 할 수 있는 처지에 있으니 그것들을 간행하고자 합니다. 비록 선생의 무게를 족히 더해드릴 수는 없을지라도 우리들에게 있어서는 그만둘 수만은 없습니다."라고 하였더니 순빈이 "좋습니다."라고 하였다.

융경(隆慶) 정묘년(1567) 겨울에 내가 영남 감사로 가게 되자 순빈이 시와 약간의 글 한 질을 내 주었다. 삼가 받아 읽어보니 기상이 웅혼하고 말뜻이 맑고 통쾌하였고, 창연한 빛을 담고 있으면서도 드러나지 않았으며, 울연한 모습은 빛나되 치우치지 않았다. 이치는 깊어 끝이 없었고, 덕성스러운 말에는 빛남이 있었다. 참으로 이처럼 근본이 있으며 지극한 충후함이 없는 것이 없었다. 구구하게 법칙에 얽매이지 않고도 옛 법도를 모두 갖추었고, 세세하게 조탁하지 않아도 운용에는 흔적이 없었으니 이 어찌 붓대를 쥐고 먹을 놀리며 정력을 다 바쳐 문장을 지은 선비들이 배워 미칠 수 있는 것이리오. 그리고 산뜻하면서도 담백한 맛, 간결하면서도 단아한 말들은 바로 도연명과 유종원의 뜰에서 나온 것이었다. 「『주역』의 비괘(比卦)를 읽고」라는 시와 「오행을 논함」이라는 글은 경지에 이른 한두 개를 볼 수 있는 것이지만 또 어찌 선생의 능사를 다 들었다고 할 수 있겠는가? 기타 편들은 대부분 소싯적 작품들이다.

그러나 재주와 품격이 매우 높아 위로는 성현들의 경전(經傳)으로부터 아래로는 제자백가에 이르기까지 천문, 지지(地誌), 의약, 점서, 음률, 산법과 백공의 기예까지 이르셨으며 곁으로는 노장, 불교의 학설에 이르기까지 읽을 수 없는 책이 없었고, 탐구할 수 없는 오묘함이 없었다. 특히 역학(易學)에는 심오하였고, 군주를 섬기고 부모를 모시는 법도에 뛰어나셨으며, 어떤 때는 금을 타며 스스로 즐기셨는데 곡을 헤아리심이 밝고도 월등하셨다. 다만 세상에 계셨을 때에는 질병을 많이 앓으시어 힘써 실천하실 만큼 자강하실 수 없었으니 이는 선생께서도 스스로 부족하다 여기시는 바였다. 그러나 말세에 온전한 재능과 유학에 능통하신 분을 찾는 것이 어찌 쉽겠는가? 만약 고정(考亭, 주자)의 문하에 노니셨다면 그 채계통(蔡季通, 채원정蔡元定, 1135~1198) 유파에 버금갔을 것이다.

도[경상도] 경계에 도착하자마자 곧바로 경산(慶山) 군수 정언규(鄭彦珪) 군에게 부탁하여 판각을 도모한 끝에 이듬해 무진년(1568) 봄 수개월 만에 마치게 되었으니, 정군 또한 문도였기 때문이었다. 아! 이 시문집은 실로 우리 스승의 학설이니 옛날 문하의 선비들이라면 저버리지 못할 것이고 훗날 보는 사람들이 그 흐름을 거슬러 그 연원을 찾고, 밖을 보고서 안을 체득한다면 선생의 높은 재능과 감춘 덕을 분명 여기에서 징험할 수 있을 것이다. 그렇지 않다면 어찌 감히 허탄한 말로 스승의 문하에서 자찬하며 지언(知言)의 군자들에게 거듭 죄를 지으리요. 반드시 나를 이해해 주는 사람이 있을 것이다.

때는 융경(隆慶) 2년 사월 상순에, 문인 가의대부 경상도관찰사 겸 병마수군절도사 응천[밀양] 근사재 박계현 삼가 쓰다.

*

養心堂詩集者, 箕城趙先生諱晟, 字伯陽之所作也. 昔在卯角之年, 得拜先生於其第, 方敎授生徒. 本之經史, 振作以詩騷, 因其才之高下以成就之. 賢誠樂之而願學焉, 其時年尙少, 挾冊受業, 但認其引物取譬, 諄諄然善導人. 厥後受室於先生之妹之子, 於屬爲親近. 久久見其所自爲與所以敎人者異, 然後始訝其爲有道. 而先生未嘗强以語人, 故及門之士鮮或知之. 時有能問焉者, 則亦欣然語之而無隱也. 昕夕之間, 從容函丈, 論及學問之事, 則擧古人思之思之, 又重思之. 思之不得, 鬼神將通之之語, 告之, 曰, 學貴乎思. 此向上去處. 賢魯人也, 雖欲奉以周旋, 罔敢失墜, 然未能實用其力, 悠悠至此, 尙何言哉. 其後數年, 先生舊患心病復作, 謝遣諸生, 閉戶不出. 賢亦趨大人東郡之庭, 加以隨俗應擧, 喪其本心, 遂至所向迷方. 不盡侍席之懽, 常自愧卒業之無期, 及至繫官于朝, 延緣多事. 越自西鄙而還, 遽聞先生疾革, 馳往省之, 已不能言矣. 以嘉靖乙卯四月日屬纊. 嗚呼痛哉! 空懷梁壞之悲, 不復恍然瞻依於躍如之際. 侯芭之守子雲, 與誰賴耶? 嘗語先生之嗣舜賓曰, 先生才周九流而效之於小官, 知包萬物而用之以末藝, 故世之論先生者, 皆於其末而不於其本, 吁亦淺矣. 且其平生, 不事於言語文字之間, 所爲詩文, 亦未多見, 久知若干首尙在舊藏, 幸余得可爲之地, 印行于世, 雖不足爲先生增重, 而其在吾儕, 亦不但已也. 賓曰, 諾. 隆慶丁卯冬, 余有南伯之行, 舜賓以詩若文一帙歸之. 謹受而伏讀之, 氣象雄渾, 詞意淸通, 蒼然之光, 含晦而莫露, 蔚然之色, 絢爛而不邪, 理窟無底, 德言有章, 允矣有本者如是, 而無非忠厚之至也. 不區區於矩繩, 而典刑俱存, 不屑屑於雕琢, 而運用無迹. 此豈摻觚弄墨, 疲精竭力, 學爲文章之士所能幾及. 而蕭散沖澹之趣, 簡古端雅之言, 直自陶柳門庭中來. 其讀易比卦一詩, 論五行一書, 可以見所詣之一二, 而又安能盡先生之能事. 其他篇多有少時作也, 然才品甚高, 上自聖經賢傳, 下至諸子百家, 至於天文·地誌·醫藥·卜筮·鐘律·算法·百工技藝. 旁及玄牝眞空之說, 無不可讀之書, 無不可窮之理, 無不可做之事, 無不可究之妙. 尤邃於易學, 長於事親之術, 有時彈琴自樂, 度曲淸越. 第以住世之年, 疾病居多, 不能自强於力踐, 是則雖先生亦自以爲歉然. 而求全才通儒於末世, 夫豈易得. 若使遊於考亭之門, 其蔡季通之流亞歟! 到界之初, 卽囑慶山宰鄭君彦珪, 圖所以入板, 明年戊辰春, 數閱月而功訖, 鄭亦門徒也. 噫! 斯集也實吾師之說, 則凡在昔日門下之士所當不背, 而後之覽者, 泝其流而尋其源, 見其外而得其內, 先生之高才隱德, 必將於是焉可徵. 不然, 豈敢肆爲誇誕之說, 以自詑於師門, 重得罪於知言之君子哉! 其必有諒余者云. 時隆慶二年孟夏上浣, 門人嘉義大夫慶尙道觀察使兼兵馬水軍節度使, 疑川近思齋朴啓賢, 謹書.

Ⅱ. 관원에게 보낸 시문들

○ 「**취해 박 감사님께 올림(醉呈朴使相)**」 이 때 박계현이 호남의 방백이었음(時朴啓賢爲 湖南方伯)

『임백호집(林白湖集)』 권1에 수록되어 있다.

동산에서 일어난 사안(謝安)은	東山起安石,[1]
남국에서 조과(雕戈)를 잡았다네.	南國握雕戈.[2]
조금의 마음이라도 남아있다면,	一寸心猶在,
뭇 중생의 여망이 벌써 많아졌네.	群生望已多.

‥‥

1 안석(安石)은 사안(謝安, 320~385)의 자(字)이다. 뭇 사람들의 중망(重望)에도 동산(東山) 에 사는 기생과 상종하며 은거하자 사람들이 "안석이 나가지 않으면 이 창생들은 어찌할 까?"라고 하였다는 이야기를 환기하고 있다.

2 조과(雕戈)란 문양 장식을 새겨 넣은 창이란 뜻이다. 『국어(國語)』「진어(晉語)」에 "목공이 장식한 창을 비껴들고 사신을 만나(穆公衡雕戈, 出見使者)"라고 하였다. '조과'는 7구에 보 이는 삭(槊, 창의 일종)으로 감사인 박계현이 쥔 창은 조과로 일개 서생인 자신이 들고 있 는 것은 '삭'이라 표현하였다.

군대 위용은 호랑이 표범처럼 삼엄하고,	軍容雄虎豹,
빗속 깃발은 용과 뱀처럼 젖었네.	旗雨濕龍蛇.[3]
창을 짚고 새 시를 지어 드리는데,	倚槊題新句,
이 서생의 기개가 어떻습니까?	書生氣若何.

○「군옥이 두보 율시 운을 쓴 '증별' 시에 차운하다(次君沃用杜律韻贈別韻)」

기대승(奇大升, 1527~1572), 『고봉선생문집(高峯先生文集)』 권1에 수록되어 있다.

중국에 건극이 이루어지는 초년에,	中天建極履初年,[4]
조서를 환히 반포하니 덕이 넉넉하구나.	詔札明頒德洽然.
조선 멀리 칙사가 왕림하니,	鰈域遠臨持節使,[5]
용만에서 먼저 손님을 맞는 연회를 살피네.	龍灣先候接賓筵.
말을 타고 치달아 가니 몰골이 초췌하고,	驅馳鞍馬形骸瘁,

....

3 두보(杜甫, 712~770), 「가지 사인의 '조조대명궁'시에 화답함(奉和賈至舍人早朝大明宮)」: "깃발들은 해가 따뜻해지자 용과 뱀이 꿈틀대는 것 같고, 궁전에 바람 살랑 부니 제비와 까치 높이 나네(旌旗日暖龍蛇動, 宮殿風微燕雀高.)"

4 건극(建極)이란 중정(中正)의 도를 세운다는 뜻으로, 모든 사람의 준칙(準則)이 될 수 있도록 하는 것을 말한다. 『서경·홍범』에 홍범구주 가운데 다섯 번째 원칙인 '황극(皇極)'은 "임금이 극을 세움(皇建其有極)"이라 하였다. 여기서는 명나라 목종(穆宗) 즉 융경제(隆慶帝)가 즉위(1567년)한 것을 말한다.

5 접역(鰈域)은 『이아(爾雅)·석지(釋地)』의 "동쪽에 눈을 나란히 붙이고 다니는 물고기가 있는데, 눈을 나란히 붙이지 않으면 다닐 수가 없다. 그 이름을 접이라고 한다(東方有比目魚焉, 不比不行, 其名謂之鰈)"는 말에서 중국의 동쪽 즉 조선을 가리키는 표현으로 쓰였다.

산 넘고 물 건너니 해와 달이 이어지네.　　　　　跋涉山河日月綿.

부끄럽게도 재주 없으니 공연히 괴로워하면서도　　憨愧不才空自苦,

돌아가고 싶은 마음은 되레 임금님 곁으로 향하네.　歸心還向五雲邊.

○「박계현 질서에게 부침(寄朴啓賢姪壻)」

양심당(養心堂) 조성(趙晟, 1492~1555)의 『양심당시집(養心堂詩集)』에 수
록되어 있다.

나는 자네가 약속을 저버리고 곧장 가버려 접과(接果)[6] 할 수 없었기 때
문에 편지를 보내 꾸짖은 것인데, 그대의 부친에게까지 걱정을 끼쳐 후회
가 막심하다. 이에 시를 지어 사과하고 풀어 그것으로써 타이르는 마음을
보이노라. 또한 내 자신이 말한 것에 기인하는 감회를 기탁하노라(余以子
負期徑去, 不得接果, 寄書責之, 至煩尊府, 愧悔不已. 因爲詩謝以解之, 兼示諷意.
亦因自道, 聊寓感懷.)

나는 항상 하늘을 탓하며　　　　　　　　　　吾心常恨天,

매번 딴 사람과 달라 유난히 괴로웠네.　　　　每與人苦異.

나는 선한 사람 적다고 슬퍼했건만,　　　　　吾悲善者少,

하늘은 기필코 그들을 숨겼지.　　　　　　　天必爲之閟.

나는 나쁜 사람 많다고 싫어했지만,　　　　　吾惡惡者多,

하늘은 반드시 그들에게 베풀었네.　　　　　天必爲之施.

· · · ·

6　접과(接果)란 과일나무에 접을 붙이는 것처럼, 교육하여 더 훌륭한 인재로 길러내는 행위
　를 일컫는 표현이다.

항상 가시나무는 무성하게 하면서	常遣荊棘繁,
되레 지란(芝蘭)은 시들게 하였네.	反使芝蘭悴.
도주공 같은 힘을 빌려	聊憑轉物手,[7]
하늘이 준 바를 바꾸어 보려네.	欲變天所畀.
허망한 것을 없애고 실한 것으로 나아가	劃浮以就實,
붉은 색을 남기든 자주색을 물리치든 하려네.	留朱或屏紫.[8]
또 길가의 쓴 열매를	且使道傍苦,
변화시켜 국 맛을 내는 것으로 삼으려네.	化作和鼎美.
다행히 국 맛을 내는 자가 있다면	幸有調羹者,
대궐 안으로 천거할 만하리라.	可薦華屋裏.
의지는 있어도 한스럽게 이루지 못하며,	有志恨不遂,
나도 모르게 말이 여기에 이르렀네.	不覺言至此.
내 말을 허비하려는 것도 아니요,	非爲喪我口,
내 눈을 즐겁게 하려는 것도 아니네.	非爲悅我視.
쇠잔함에 실로 무료하여 한 것이지	衰病實無聊,

· · · ·

7 전물수(轉物手)란 글자 그대로 물건을 매매하여 이익을 보는 사람으로 도주공(陶朱公) 같은 사람을 지칭한다. 도주공은 춘추 시대 월(越)나라 대부 범려의 별칭이다. 월나라를 떠나 제(齊)나라로 가서 성명을 치이자피(鴟夷子皮)로 바꾸고 열심히 농사를 지어 부자가 되었다. 제왕(齊王)이 그를 승상으로 삼자, 범려는 재상의 인장을 돌려주고 재산을 친지와 이웃에게 나누어 주고, 도(陶)땅으로 가서 다시 재산을 모아 부자가 되었기 때문에 그를 '도주공'으로 불렀다.

8 『논어·양화(陽貨)』에 "나는 자색(紫色)이 주색(朱色)을 빼앗는 것을 미워하며, 정(鄭)나라의 음악이 아악(雅樂)을 어지럽히는 것을 미워하며, 말 잘하는 입이 나라를 전복시키는 것을 미워한다(惡紫之奪朱也, 惡鄭聲之亂雅樂也, 惡利口之覆邦家者)."라고 한 것을 원용하고 있다. 자색은 간색(間色)이며 주색(朱色)은 정색(正色)으로, 여기에서는 정사(正邪), 시비(是非), 선악(善惡)을 비유한다.

이러한 짐을 주려는 뜻은 아니었네.　　　　非意遣荷是.

부끄럽게도 그대 부친을 걱정시켜　　　　愧煩嚴府尊,

서신을 보내 애써 양해를 구하네.　　　　送書勤致意.

이렇게 말을 보낸다고 감사해 말게.　　　　寄語君勿謝,

이전에 한 말은 농담일 뿐일세.　　　　前言聊戱耳.

○「과일나무 꽃에 접하며, 박계현에게 주고, 아울러 심수정과 신종회에게 보여줌(接花果, 贈朴啓賢, 兼示沈守精申宗淮)」

양심당(養心堂) 조성(趙晟, 1492~1555)의 『양심당시집(養心堂詩集)』에 수록되어 있다.

내 일찍이 그대의 마음을 접하면서,	吾嘗接子心,
도(道)와 예(藝)로 접하였네.	接以道與藝.
내 그 자라남을 보려고,	吾欲見其生,
호미로 황폐함과 더러움을 없애 주었네.	鋤去荒與穢.
내 그 화려함을 보려고,	吾欲見其華,
기르고 북돋운 것이 한두 해가 아니었네.	栽培非一歲.
내 그 열매를 보려고,	吾欲見其實,
서성이며 나무 주변을 맴돌았네.	徘徊繞樹際.
그대가 성실하고 게으르지 않길 바라며,	願子勤勿怠,
시를 지어 면려하노라.	爲詩以勸勵.

○「**철옹성, 박어사 군옥께 드림** 이름은 계현(鐵瓮城, 贈朴御史君沃. 名啓賢)」

백광홍(白光弘, 1522~1556)의 『기봉집(岐峯集)』 권2에 수록되어 있다.

천릿길 황금빛 변새에,	千里黃金塞,
겹겹 관산에 백설의 성채로다.	重關白雪城.
가인은 미주를 권하고,	佳人勸美酒,
어사는 바쁜 일정 미루네.	御史滯嚴程.

옥피리는 매화를 희롱하고	玉笛梅花弄,
옥금(琴)은 녹수를 멈추었네.	瑤琴綠水停.
썰렁한 창가에 병든 서기는	寒窓病書記,[9]
부질없이 양생하는 경전 읽고 있다네.	空讀養生經.

○「군옥을 대신하여 가애의 소매에 지음 이름은 은옥(代君沃題可愛袖名銀玉)」

백광홍의『기봉집(岐峯集)』권2에 수록되어 있다.

옛날의 철옹성이	昔日鐵瓮城,
이제는 태화산의 옥정이 되었네.	今爲太華井.[10]
부용은 그 안에 자라고,	芙蓉生其中,
은실은 옥 손잡이에 푸르네.	銀絲綠玉柄.[11]
희고 깨끗하여 나비도 찾기 어렵고	皎潔蝶難尋,
층층의 벼랑엔 안개 눈 어둡네.	層崖烟雪暝.
바라건대 어사님의 꽃이 되어,	願爲花御史,

. . . .

9 서기(書記)는 당시 기봉이 평안도 병마절도사의 보좌관 즉 평사(評事)로 있었기 때문에 '서기'라고 자신을 지칭하고 있다.

10 태화정은 태화산[華山]의 옥정(玉井)을 말하는데, 한유(韓愈, 768~824)의 「고의(古意)」에는 "태화봉 꼭대기에 옥정의 연이 있으니 10장이나 되는 연꽃이 마치 배와 같다(太華峯頭玉井蓮, 開花十丈藕如船)"라고 한 것에서 근거하여 선경을 상징한다.

11 은사(銀絲)는 두보(杜甫)가 「정광문을 모시고 하장군의 산림에 노님(陪鄭廣文遊何將軍山林)」에서 생선회를 표현하였으나 여기서는 연꽃을 표현하고 있는 것으로 보인다. 옥병은 옥으로 만든 먼지떨이 손잡이로, 진(晉)나라 왕연(王衍)이 옥 손잡이[玉柄]에 고라니 꼬리털[麈尾]을 매단 불자(拂子)를 항상 손에 들고서 청담(淸談)을 이야기하는 풍습에서 고아한 대화를 상징한다.

끝까지 절정까지 따라가시리.   去去窮絶頂.

가애는 버릴 수 없으니   可愛不可捨,

천년을 단정에 단련하리.   千年鍊丹鼎.[12]

○ 「가애를 대신하여 군옥께 부침(代可愛寄君沃)」

백광홍의 『기봉집(岐峯集)』 권2에 수록되어 있다.

약산은 예로부터 풍류의 땅이러니,   藥山從古風流地,

어사님 바쁜 일정에도 행차를 늦추셨지요.   御史嚴程亦滯行.

청천강 한 번 건너가면 소식 끊어진다는데   一渡晴川消息斷,

그 때엔 너무 무정타 말도 못하겠지요.   當時不道太無情.

○ 「박첨사의 수항정 시권에 지음^{계현}(題朴僉使受降亭詩卷^{啓賢})」

홍섬(洪暹, 1504~1585), 『인재선생문집(忍齋先生文集)』 권1에 수록되어 있다.

강은 천험의 요새로 치달아 웅장하게 띠를 둘렀고,   江奔天塹雄襟帶,

정자는 높은 성을 눌러 '수항'이라 이름했다네.   亭壓危城號受降.

어루만져 통솔할 때는 모름지기 임금의 관리지만,   撫馭時須香案吏,[13]

풍류를 즐길 때는 막부에 그대로 어울렸네.   風流盡屬碧油幢.[14]

····

12 단정(丹鼎)은 신선이 먹는 단약(丹藥)을 고는 솥이다.

13 향안은 향로를 피운 책상이라는 뜻으로 여기서는 임금을 의미한다.

14 벽유당(碧油幢)은 푸른 휘장을 두른 장수의 수레를 뜻하는데, 재상대신의 막부 또는 장

봄이 돌아오면 풀빛은 쇠잔한 성채를 묻고,	春回草色埋殘壘,
가을은 늦어지면 물빛은 맑게 창으로 들어온다네.	秋晚波光淨入窓.
오래 남을 좋은 발자취에 내 이름 남기는 것 부끄러운데,	陳迹愧曾留姓字,
가벼운 갖옷을 기쁘게 얻음에 짝이 없는 선비로다.	輕裘喜得士無雙.[15]

○ 「만포로 부임하는 승지 박계현을 송별하는 시첩 서문(朴承旨啓賢赴滿浦 送別詩帖序)」

소세양(蘇世讓, 1486~1562), 『양곡선생집(陽谷先生集)』 권14에 수록되어 있다.

국가의 관방 요충지에는 반드시 산서(山西)에 지략이 있는 자를 골라 병권을 맡긴다. 안무하고 제어함에 방책이 어그러지기라도 하면 변방의 경계가 숨 쉬듯 일어난다. 만포는 압록강 상류를 끼고 있어, 서융(西戎)이 내조(來朝)하고 호시(互市)하는 길목으로, 간혹 시종(侍從)의 반열에 든 사람들이 수레를 멈추는 요충지로 삼기 때문에 그 선발이 다른 진(鎭)보다 막중하다.

나의 벗인 박중초(朴仲初, 충원)의 아들 계현(啓賢)씨가 약관에 대과에 발탁되어 홍문관에 들었고, 논설과 강설에 명성이 자자하더니, 문득 당상관에 올라 이 진(鎭)을 안무하러 갔다가 곧 내상(內相, 승지)[16] 으로 부름을 받

••••

수의 막부를 가리킨다.

15 경구란 경구완대(輕裘緩帶)의 줄임말로, 진을 치고 전투하는 과정에서 치밀하게 작전을 짜 대처하면서도 한가롭고 여유로운 모습을 보여주는 장수의 풍도(風度)를 표현한 것이다.

16 내상(內相)이란 당송시대에 한림원(翰林院)의 학사를 '내상'이라 불렀는데, 조선시대에는 홍문관의 실무 책임자인 부제학을 '내상'이라 부른 것으로 보인다. 여기서는 승지(承

앉다. 이번 행차에 판중추부사 정사룡(鄭士龍, 자 운경), 좌의정 홍섬(洪暹, 자 퇴지), 예조판서 정유길(鄭惟吉, 자 원길)이 모두 시를 지어 그에게 주었다. 이제 중초(仲初)가 전라도관찰사로 나에게 들러 첩(帖)을 가져와 보여주며 이르기를 '지난날 중국에 갈 때, 어떤 사람이 빈 시첩을 내게 주기에 그 정미함을 아껴, 늘 책상에 놓아두었는데, 자식이 서행함에 이 시첩에 세 분의 대학사의 필적을 받아 주려하니, 그대도 한마디를 그 뒤에 쓰고 앞머리에 서문을 지어주시오. 이는 아들의 바람이기도 하지만 나 충원의 바람이기도 하오.'라고 하였다.

아! 중국인이 빈 시첩을 중초에게 선물한 것은 또한 중초의 문아(文雅)를 알기 때문이다. 중초가 받아서 간직하다가 채우고 싶었지만 감당할 자를 얻지 못했는데, 내상(內相)이 능히 공의 뜻을 알고, 범범한 서화가들로 그것을 더럽히지 않고 세 분 대학사들에게 송별의 시를 구하여, 연서(聯書)하여 면을 장식하고, 아름다운 시편들이 사람의 눈길을 빛나게 하니 참으로 절세의 보물이로다. 무릇 사업과 문장을 한 몸에 갖추는 것도 드문 것인데, 하물며 부자가 나란히 학행으로 성군의 인정을 받아 온 세상에 명망을 떨쳤음에는 어떠하겠는가. 중초와 같은 사람은 이전 세대를 두루 헤아려 보아도 손에 꼽을 자가 많지 않다. 이것이 시첩이 다른 사람에게 돌아가지 않고 우리 중초의 수중에 들어온 이유이다.

또 중초에게는 내상과 같은 아들이 있어 세 분 학사들의 필묵을 받아 그 앞을 장식했으니, 이제부터는 사림(詞林)의 빼어난 분들이 붓끝을 다투어

••••

旨)를 말한다.

406

화려한 문사를 발휘할 테니, 여릉주와 화씨벽이 찬란하게 이 첩을 채워 규벽(奎壁)에 빛을 발하리니, 어찌 한 집안의 청전(靑氈)에 그치리오. 이문요(李文饒, 당나라 이덕유李德裕의 자)는 "평천장(平泉庄)의 돌 하나, 꽃 하나라도 남에게 주는 자는 내 자손이 아니다"라고 하였는데 이로써 견주어보면 누가 득(得)이고 누가 실(失)이겠는가? 세분의 학사께서는 대필(大筆)을 쥐고 문병(文柄)을 잡으셨으니 뒤에 이어 갈 자는 중초의 부자가 아니면 누구이겠는가? 그렇다면 훗날 이 첩을 보고 아름다움을 흠모하여 첩을 들고 시를 구하는 자들이 박씨의 문에 끊이지 않을 것임을 내 알겠노라. 나는 해가 서쪽으로 기욺이 임박했고, 두문불출 병으로 누워있어 붓에 먼지가 생긴 지 오래지만, 거듭 중초의 요청이 있고, 운 좋게도 기린마의 꼬리에 붙었으니 이에 글을 쓰노라. 신유년 중양절 다음 날에.

*

國家於關防重地, 必擇山西之有算略者, 以委閫寄. 如或撫馭乖方, 則邊塵之警, 起於呼吸. 滿浦控鴨江上流, 卽西戎來朝互市之咽喉也, 間輟侍從之班, 以爲鎖鑰, 其選尤重於他鎭. 吾友朴仲初之子啓賢氏弱冠, 擢高科盛蓬館, 論思講說, 聲價藹然, 一日, 特陞堂上官, 往撫是鎭, 旋以內相徵還. 於其行也, 鄭判樞雲卿, 洪貳公退之, 鄭禮判吉元, 咸賦詩以贈之, 今者, 仲初按南節, 過我林下, 携一帖示之, 曰昔年朝天時, 有人以空帖遺我, 愛其精嘉, 常置几案, 兒息之赴西, 將此帖, 受三大學士手跡, 子亦爲一語, 書其後, 且敍其首簡. 此雖兒息之望, 而亦忠元之願也. 噫! 華人之以空帖餉仲初者, 亦知仲初之有文雅也. 仲初受而藏之, 思所以塡之, 而未得其當, 內相君能體洒公之志, 不以凡手之書畫汚之, 而必求三學士寵行之作, 聯書粉面, 銀鉤玉韻, 炫燿人目, 眞絶寶也. 夫事業文章具於一己者鮮矣,況父子竝以學行, 遇知明主, 擅盛名於一世. 有若仲初者, 歷數前代, 指不多屈. 是帖也, 不歸於他人, 而入吾仲初之手. 仲初又有子如內相, 取三學士灑墨, 以冠其弁, 繼自今詞林勝流, 爭奮彩毫, 騁其華藻, 驪珠荊璞, 粲然盈帖, 將見騰光於奎壁之上, 豈直爲一家之靑氈而已哉. 昔者, 李文饒曰以平泉庄一花一石與人者, 非吾子孫也, 以此較彼, 孰得孰失? 三學士方秉大筆, 遞掌文柄, 後來繼之者, 非仲初父子而誰歟? 然則他日覲此而歆艶, 持帖而求詩者, 吾知朴氏之門踵相接也. 余則日迫西夕, 杜門臥病, 塵生筆硯久矣, 重仲初之請, 且幸附驥之尾, 於是乎書. 辛酉重陽後一日也.

그 시는 다음과 같다.

사령운의 시편과 한신의 부월이 만남을 경하하니,	謝章韓鉞慶遭逢,
염파와 이목이 예로부터 구중궁궐에 있도다.	頗牧從來在九重.
하나의 범중엄으로도 적의 간담을 놀래 줄 수 있거늘	一范固知驚賊膽,
육도의 병법이 성대한 군대 위용에 무슨 필요가 있으리오.	六韜何用盛軍容.
재능 있는 사람들이 절로 이르니 풍운이 모여들고	才華自致風雲會,
조정에서 짙은 은총 듬뿍 받았네.	霄漢偏承雨露濃.
부자의 큰 명성이 세상을 뒤흔드니	父子大名方擅世,
성명한 조정의 계승발전 서주시대처럼 융성하리.	明廷接武藹夔龍.

○「박군옥이 만포진으로 갈 때 제현의 증별 시첩에 지음(題朴君沃鎮滿浦時 諸賢贈別帖)」

박순(朴淳, 1523~1589), 『사암선생문집(思菴先生文集)』권3에 수록되어 있다.

꺾인 인재 오마를 가벼이 여기고	屈才輕五馬,
지략 있는 장수는 서북 변방을 중시하네.	謀帥重西疆.
수갑의 금붙이는 떨어진 듯하고,	壽甲金開組,
화잠의 옥은 자른 비계 같네.	華簪玉截肪.
하루아침에 제기 내려놓고,	一朝辭俎豆,
천릿길에 칼과 창을 들었네.	千里擁刀槍.
산은 현도의 요새에 끊겼고,	山斷玄菟塞,
강은 백제의 고향에서 나뉘네.	江分白帝鄕.
높은 명성에 변경울타리 조용해지고,	威聲空虎落,
먼 걸음에 준마를 제압하네.	遐步壓龍驤.
풍경이 한 겨울인 땅이요,	風景窮陰地,[17]
안개 낀 백사장이 기를 꺾는 곳이네.	煙沙殺氣場.
은혜는 하늘을 따라 더불어 크고,	恩隨天共大,
몸은 의로움과 더불어 강함을 다투네.	身與義爭强.
붉은 깃발 이전 임무를 기리지만,	紅旆休前寄,
붉은 섬돌 옛 행적을 되돌렸네.	丹墀反舊行.
수루엔 지난 꿈 남아있고,	戍樓餘昨夢,

• • • •

17　궁음(窮陰)은 음기(陰氣)가 꽉 찼다는 뜻으로, 한 해가 저무는 겨울을 가리킨다.

변새 풀은 가을 서리 얼마나 겪었겠소.　　　　　邊草幾秋霜.

벌써 모습 바뀐 것을 알겠는데,　　　　　　　已覺形容改,

공연히 이는 생각을 사랑하오.　　　　　　　空憐意思揚.

물수리를 쏘는 곳을 멀리 생각해보니,　　　　遙懷射鵰處,

근심이 책 읽는 상에 엎드렸겠네.　　　　　愁臥讀書牀.

○「만포로 부임하는 박첨사를 송별하며계현(送朴僉使赴滿浦啓賢)」

정사룡(鄭士龍, 1491~1570), 『호음잡고(湖陰雜稿)』 권5, 「잡기일록(雜記日
錄)」에 수록되어 있다.

시든 고을이라도 깃발 하나에 은혜가 퍼지겠지만,　　一麾凋郡惠方敷,[18]

성을 방비하는 것으로 다시 굽힌 발탁은 이상하네.　　乘障還紆簡擢殊.[19]

붓을 던져 봉후가 되는 것이 응당 숙업이겠지만,　　投筆封侯應宿業,[20]

. . . .

18　'깃대 하나[一麾]'란 진(晉)나라 때 완함(阮咸)이 순욱(荀勖)의 배척을 받아 시평 태수(始
　　平太守)로 나간 일을 두고, 남조(南朝) 송(宋)의 안연지(顏延之)가 〈오군영(五君詠)〉이란
　　시를 지으면서 완함에 대해 "누차 천거 받았어도 내관직에 못 들고, 깃대 하나 잡고 지
　　방관으로 나갔도다.(屢薦不入官, 一麾乃出守.)" 한 데서 온 말로, 지방관을 의미한다. 이
　　'휘(麾)' 자는 휘척(揮斥)의 뜻도 있어, 조정에서 배척을 받아 지방관이 되어 가는 것을 의
　　미하기도 한다.

19　승장(乘障) 또는 승장(乘鄣)은 성에 올라 적을 막는 것을 말하는데, 여기서는 첨사가 되
　　어 적을 방비하는 것을 의미하고 있다.

20　붓을 던져 공후에 봉한다[投筆封侯]는 것은 후한 때 반초(班超)가 처음에 집이 가난하여
　　말단 관리로 글씨품을 팔아 부모를 봉양하다가 붓을 던지고 한탄하기를 "대장부로서 별
　　다른 지략이 없더라도 마땅히 부개자(傅介子)나 장건(張騫)처럼 타국에서 공을 세워 봉
　　후(封侯)를 취해야 할 것이니, 어찌 필묵 사이에서 오랫동안 종사할 것인가." 하고, 장수

임기가 되면 징찰 또한 제때 있을 것이네.	及苽徵札亦時須.[21]
오랑캐 산에 끼여 겹겹의 강물로 막혔지만,	胡山擁作重江阻,
변새의 달은 고루 나뉘어 양쪽이 고요하네.	塞月平分兩地孤.
힘껏 몸을 바쳐 나라 은혜에 보답하게 되면,	努力委身輸報效,
조정 요직은 이로부터 형통할 것이네.	廟廊從此是亨衢.[22]

○ 「만포로 부임하는 박군옥 영감을 송별하며(送朴君沃令公赴滿浦)」

정유길(鄭惟吉, 1515~1588), 『임당유고(林塘遺稿)』 하, 「증별록(贈別錄)」에 수록되어 있다.

두 집안의 교목은 울창한 큰 재목이고,	兩家喬木蔚千章,[23]
세 세대의 교분에 마음은 잊히지 않았네.	三世論交意未忘.
웅건한 필체의 문신으로 재주는 말과 같고,	健筆詞臣才似馬,
가벼운 갖옷의 유장으로 지혜는 양과 같네.	輕裘儒將智如羊.
몸은 변방을 맡아 황운으로 멀어지고,	身當鎖鑰黃雲遠,[24]

．．．．

가 되어 뜻을 이뤘다는 고사에서 유래한 표현이다.

21 징찰(徵札)은 훌륭한 실적을 올린 지방관을 내직(內職)으로 소환하는 어찰(御札)이다.

22 낭묘(廊廟)는 조정의 높은 지위를 말한다. 형구(亨衢)는 『주역』「대축괘(大畜卦)」에서 "하늘의 길은 형통하다(天之衢亨)"라는 구절에서 나온 표현이다.

23 정유길(鄭惟吉)에게는 아들 정창연(鄭昌衍, 1552~1636)이, 박계현에게는 박안세(朴安世, 1542~1618)가 든든한 교목처럼 두 집안에서 우뚝했기 때문에 이렇게 말하고 있다.

24 쇄약(鎖鑰)은 본래 문을 잠그는 자물쇠란 뜻인데, 인신(引伸)하여 변방을 지키는 견고한 요새란 뜻으로 쓰인다.

생각은 충효로 절실한데 흰 머리 길어지네. 　　　　念切君親白髮長.

변새의 달과 오랑캐 산에 오래 머문다고 말하지 말라! 　　塞月胡山休道久,

조정 봉황지의 물이 봄빛으로 물들 터이니. 　　　　鳳凰池水染春光.

○「박군옥에게계현(與朴君沃啓賢)」

정황(丁熿, 1512~1560), 『유헌선생집(游軒先生集)』권1에 수록되어 있다.

훤칠한 우리 문하의 사내 　　　　　　　　顒顒我門男,

집안 대대로 충효가 넉넉하네. 　　　　　　家世忠孝餘.

지난 이별은 학업 때문이더니, 　　　　　　昔別在藏修,[25]

이번 만남은 현양하는 단초일세. 　　　　　　今見顯揚初.

한 번 만남에 단금의 우정을 허여하고, 　　　　一面許斷金,

큰 도는 시서에서 비롯되었네. 　　　　　　大道由詩書.

문득 나의 못남을 잊고서, 　　　　　　　　頓忘我虫蛇,

나라에 경거(瓊琚)가 있음을 경하하네. 　　　　賀國存瓊琚.[26]

즐길 일이 이미 많지 않지만, 　　　　　　　爲歡未已多,

밤중 닭은 얼마나 나를 재촉하는가? 　　　　夜鷄何促余.

번개처럼 오경이 깊었고, 　　　　　　　　電忽五更深,

지는 해는 초막을 덮었네. 　　　　　　　　落日荒草廬.

어둡고 소홀함 오래 수습되지 못했는데, 　　　　迂疏久無收,

. . . .

25　장수(藏修)는 한결같은 마음으로 학업에 매진한다는 뜻이다.

26　경거(瓊琚)는 상대방의 시문을 높여 일컫는 표현이다.

412

하물며 외롭게 살아가고 있음에랴!	況方在索居.[27]
자세히 갚을 바를 손가락으로 헤아리니,	詳量願報指,
백년토록 서로 멀어짐은 없어야 하겠네.	百年無相疏.

○「시약청에서(侍藥廳)」

노수신(盧守愼, 1515~1590), 『소재선생문집(穌齋先生文集)』권5에 수록되어 있다. "『일기』에 따르면, 정축년(1577) 6월에 공의전께서 건강이 좋지 않아, 선생이 도제조로서 제조 정종영, 부제조 박계현과 함께 약탕을 받들었다. 공의전은 바로 인종대왕의 비(妃)로 인성왕후시다(按日記, 丁丑六月, 恭懿殿不豫, 先生以都提調, 與提調鄭宗榮, 副提調朴啓賢侍藥. 恭懿殿, 卽仁宗大王妃, 仁聖王后.)"라는 부연설명이 달려있다.

자선당(資善堂) 곁에 있는 시약청으로	資善堂邊有小廳,
노신들이 막 달려가니 의식이 어두웠네.	老臣初赴意冥冥.
단지 오늘밤 우선 약을 드셨다는 것만 알뿐이니,	但知此夕先嘗藥,
공연히 지난 해 책만 읽었던 것이 후회되네.	空悔他年懶讀經.
갑자기 꾀할 바 없는 이 얼간이들을 버리시려하시니,	黽黽罔謀遺世孽,
밝고 어질게 보우하심은 하늘 신에 달렸네.	明明仁佑在天靈.
향을 꽂아 놓고 만수무강을 축원하니,	揷香長祝無疆壽,
일월과 풍운이 갑자기 산뜻하게 맑아지네.	日月風雲頓覺醒.

. . . .

27　삭거(索居)는 이군삭거(離群索居)의 준말로 벗들과 떨어져 외로이 사는 것을 말한다.

○ 「박군옥의 시운을 빌려, 연경으로 가는 원외랑 형언을 전송함(次朴君沃韻, 送金員外亨彦赴燕)」

노진(盧禛, 1518~1578), 『옥계선생문집(玉溪先生文集)』권1에 수록되어 있다. 시제 아래에는 "군옥은 계현의 자이고, 형언은 김계의 옛 자이다(君沃, 啓賢字, 亨彦, 金啓舊字.)"라는 부연설명이 있다.

군계일학이 바다 남쪽 물가에서	昂昂逸鶴海南湄,
청운에 나는 걸음 그림자 아름답네.	飛步靑雲影陸離.
약은 신방을 배워 천고의 비밀이요,	藥學神方千古秘,
금은 현조를 타니 오현금의 줄이로다.	琴彈玄調五絃絲.
예의는 주나라의 성대함을 다시 보는 듯하니,	禮儀再覩周庭盛,
관람에 어찌 세월이 늦었다 꺼릴 것인가?	觀覽何嫌歲月遲.
고현을 찾아 얻을 것이 많으리니,	試訪高賢多所得,
종당에는 해내에 성명을 알게 하리라.	終敎海內姓名知.

○ 「함경감사 박군옥을 송별하며계현(送咸鏡監司朴君沃啓賢)」

이정형(李廷馨, 1548~1607), 『지퇴당집(知退堂集)』권1에 수록되어 있다.

천년의 교목은 옛날 풍성함을 안았고,	喬木千年擁舊豐,
흥성한 왕의 아름다운 기운은 자욱하네.	興王佳氣鬱蔥蔥.
북쪽 관문을 지킴에 분우가 막중하니,	北門鎖鑰分憂重,[28]

....

28 분우(分憂)란 임금의 근심을 나눠 갖는다는 뜻으로, 외직으로 나가 백성을 다스리는 지

414

천리 산하에 커다란 부월 잡으셨네.	千里山河杖鉞雄.
언덕과 습지엔 해는 길어 봄에 다리가 있는 듯하고	原隰日長春有脚,[29]
누대엔 연회가 끝나면 붓에 바람이 일겠네.	樓臺宴罷筆生風.
왕상은 양 창자 같은 길을 피하지 않았으니,	王常不避羊腸路,[30]
효를 임금에게 옮긴 것이 바로 충이지요.	移孝於君卽是忠.[31]

○「진주목사 김순초제갑을 전송하며, 박군옥계현 시운을 빌려 지음(送晉牧金順初悌甲, 次朴君沃啓賢韻)」

이정형의, 『지퇴당집(知退堂集)』권1에 수록되어 있다.

강북의 사람 근심에 누웠고,	漢北人愁臥,
강남의 나그네 누대에 기댔네.	江南客倚樓.
사귄 정은 만 리길 같지만,	交情同萬里,
이별의 한은 삼추에 떨어지게 되었다네.	離恨隔三秋.
좋은 선은 더욱 우둔해지는 것이요,	好善優爲魯,
강함을 이기는 것은 부드러움에 있어야 한다네.	勝强要在柔.

....

방관의 직책을 가리킨다.

29 당나라의 재상(宰相) 송경(宋璟, 663~737)이 백성을 사랑하는 정사를 펼치자 "그의 발길이 닿는 곳마다 따뜻한 봄빛이 만물을 비춰 주는 것 같다(所至之處, 如陽春煦物也.)"라고 하면서 '유각양춘(有脚陽春)'이라고 불렀다는 전고를 환기하고 있다.

30 왕상(王常)은 후한 광무제가 대장군으로 기용한 사람으로, 대장군을 상징한다.

31 이 마지막 구 뒤에는 "박군에게는 부친이 있었기 때문에 말한 것이다(朴君有親故之云)"라고 하였는데, '군'자 뒤에 '옥(沃)'자를 넣어야 한다. 관원은 지퇴당보다 연배도 20여세 많고 직책도 훨씬 높았기 때문에 '군'이라 칭하면 실례이다.

청천[진주]은 승경중 하나이니,　　　　　　　菁川一區勝,

하늘이 잠시 놀이를 보낸 것이라 생각하소서.　　天遣暫遨遊.

　시의 마지막에는 "김과 함께 연경에 다녀왔고, 또 당시 진주에는 설치는 사람들이 있어 다스리기 어려웠기 때문에 운운한 것이다(與金同朝京, 且時晉有豪右, 難治之故云云.)"라는 부연설명이 갖추어져 있다.

○ 「박군옥계현 '별서'시를 차운하여(次朴君沃啓賢別墅韻)」

　권문해(權文海, 1534~1591), 『초간선생문집(草澗先生文集)』권2에 수록되어 있다.

시장을 내려다보는 곳에 서루(書樓)를 세웠으니,　平臨闤闠創書樓,

화산과 종남산이 눈에 유유히 들어오네.　　　　華岳終南望眼悠.

붉은 충정 은총에 보답하기 위한 것일 뿐,　　丹悃只緣恩寵報,

본마음은 명리(名利)를 도모하는 것이 아니었네.　素心非爲利名謀.

다만 지극한 즐거움이 가슴속에 있는데,　　　但將至樂胸中在,

하필 조용한 삶을 사물 밖에서 구하리오.　　何必幽棲物外求.

몸은 맑은 조정을 만나 아무 일 없으니,　　　身際淸朝無一事,

시와 술에 의지하여 나날이 안락하시길.　　只憑詩酒日休休.

416

○ 유근(柳根, 1549~1627), 『서경문집(西坰文集)』 권6, 「밀산세고 서문(密山世稿序)」

　　우리 조대에 명공거경으로 부자가 함께 한 시대에 드러난 분들이 계셨지만 대를 이어 윤음을 관장하며 문장으로 칭송되는 분들은 많이 없었다. 밀산[밀양] 박씨는 큰 성씨로, 대를 이어서 명성 있는 분이 있었는데 낙촌공에 이르러 전장(銓長)에 자리하며 문형(文衡)을 잡기 시작했다. 아들 관원공은 낙촌과 비교하여 그렇게 쇠한 것은 아니다. 이미 대사마에 올랐고, 일찍이 홍문관 제학을 겸했으니 훌륭하고 아름다움이 거의 백중지세로, 선비들 사이에서 영예롭게 여기지 않은 자가 없었으니 아! 성덕이로다. 관원의 손자가 현 호남 방백(方伯)[32]으로 편지를 보내와, "우리 선조께서 평생 저술한 것이 적지 않는데, 임진왜란에 거의 산실되었습니다. 현재 수습할 수 있는 것은 이에 그치니 불초한 저는 인몰되어 전해지지 않을까 몹시 두려워 두 선조의 시문 약간 편을 간행하여 『밀산세고』라 이름을 지었습니다. 우리 선조의 벗들 중에 살아 계신 분이 없고, 선조의 아우이신 호현(好賢)이란 분은 가까이서 뜻을 같이한 벗입니다. 우리 선조의 일을 아는 분은 가까이 계셨던 분만 못하리니 한 마디를 받아 후세에 보이고자 합니다."라고 하였다.

· · · ·

32　관원 박계현의 손자로 호남 방백(감사, 관찰사)을 지낸 사람은 바로 퇴우당(退憂堂) 박승종(朴承宗, 1562~1623)으로, 1609년(광해 1) 1월에 전라감사에 제수되었다. 따라서 임진왜란이후 일실된 낙촌(駱村, 증조부)과 관원(灌園, 조부)의 남은 문건을 모아 『밀산세고』라 한 것은 바로 퇴우당이다.

나는 먼 후생으로 두 대인께 가르침을 받은 지 30년이고 생사에 대한 느낌으로 감히 글을 짓지 않을 수가 없었다. 일찍이 듣건대 복재(服齋, 기준, 1492~1521) 선생은 낙촌선생의 장인으로, 복재선생이 조정에 계실 때, 공의 나이는 겨우 13세였는데, 사서(四書), 『시경』, 『서경』을 배우고 양사홍(楊士弘, 14세기 원나라)이 지은 『당음(唐音)』[33]에 이르러서는 곧바로 외웠다. 성장해서는 서사(書史)에 힘쓰며 시문을 지었고, 침착과 주건[굳셈]을 위주로 부미(浮靡)함을 경계하셨다. 스스로 학사(學士, 홍문관)가 되었을 때, 신기재(申企齋, 신광한, 1484~1555), 정호음(鄭湖陰, 정사룡, 1491~1570)이 이미 종장으로 기대하셨다. 가정(嘉靖) 병신년(1536) 칙사가 왔을 때 공이 원접사의 종사관이 되셨고, 정묘년(1567)에는 빈상[원접사]으로 허(許)와 위(魏) 칙사를 맞으셨다. 관원공은 부친의 가르침을 받는 틈에 용문(龍門) 조선생(趙先生, 조욱, 1498~1557) 형제의 문하에 유학하셨는데, 용문 형제분께서 기특하게 여기시어 누이의 자식을 시집보내셨다. 벼슬길에 오르자 사국(史局)에 드시고 홍문관에서 활약하며 오래 사가독서(賜暇讀書)도 하셨다. 양사(兩司), 병조와 이조, 의정부에 출입하며 낭료(郎僚)로 나아가셨고, 승정원을 거쳐 재상 반열에 이르시기까지는 낙촌께서 거치신 이력과 똑 같았다.

시문(詩文)의 법도에는 실로 그 유래한 바가 있도다. 부자가 등용되어, 번갈아가며 국가의 성대함을 아정하게 노래한 것이 금석에서 나온 것 같았으니, 사람의 귀로 듣고 눈으로 본 작품들에만 한정되겠는가? 지금 남아있

....

33 14세기 활동했던 원나라 문인인 양사홍(楊士弘)이 편찬한 당나라 시가를 모아 놓은 총집으로 1344년에 완성되었고, 총 15권으로 1341수를 수록하고 있다.

418

는 것은 곤산(崑山)의 옥 부스러기요, 계림(桂林)의 한 가지에 지나지 않으니 방백께서 이 책을 엮으면서 안타까워하신 것이다. 아! 문장은 본디 불후하게 드리울 것이고, 음덕은 분명 뿌린 덕에서 비롯할 것이다. 고금의 사람을 살펴보건대 아비와 아들이 문학으로 세상에 중시를 받은 자도 드문데, 손자에 이르기까지 그 가업에 능한 것은 더욱 어려우니, 『밀산세고』가 계속 이어져 끊어지지 않게 하리라. 아! 성대하도다.

*

我朝名公鉅卿! 父子俱顯於一時者誠有之. 世掌絲綸, 以文翰著稱者, 蓋未之多見. 密山之朴, 大姓也. 連世有聞人, 至駱村公, 位銓長, 始秉文衡. 嗣子灌園公, 逮駱村未甚衰也, 已躋大司馬, 嘗兼弘文館提學, 胤慶趾美, 殆若伯仲然, 搢紳間莫不榮之, 吁其盛矣. 灌園之孫今湖南方伯公以書來曰, 吾先祖平生所著述非不多, 龍蛇灰燼之餘, 散失殆盡. 今所收拾者止於此, 不肖孫大懼湮沒而無傳也, 將兩世詩文若干篇入于梓, 名之曰密山世稿. 吾先祖之友無在者, 先祖之季曰好賢, 實左右執友也. 知吾先祖事者, 宜莫若左右, 蓋爲一言以示後. 某以邈然後生, 獲承兩大人淸塵三十年, 感念存沒, 不敢以不文辭. 嘗聞之, 服齋奇先生, 實駱村舅氏, 服齋在朝時, 公年纔十三, 學四書二經及楊士弘所選唐音輒成誦. 及長, 大肆力於書史, 爲詩文, 以沈著遒健爲主, 專以浮靡爲戒. 自爲學士時, 如申企齋鄭湖陰已皆以宗匠期之. 嘉靖丙申詔使之來, 公爲遠接使從事官. 丁卯歲, 儐相許魏兩詔使. 灌園公於過庭之暇, 遊龍門趙先生兄弟門下, 龍門兄弟大奇之, 歸以姊之子. 纔釋褐, 入史局盛玉堂, 賜長暇讀書. 出入兩司政曹議政府郎僚, 陞銀臺以至宰列. 如駱村所莅歷, 詩文法度, 實有所自來. 顧其父子登庸, 迭以大雅鳴國家之盛, 若出金石, 在人耳目者何限. 而今之存者, 不啻若崑山之片玉, 桂林之一枝, 宜方伯拳拳於是編也. 噫! 文章固垂不朽, 餘慶必由種德. 竊觀古今人父若子, 以文學重於世者罕矣, 至於孫而能其業者爲尤難, 將見密山世稿續而未艾也. 吁其盛矣.

○ 일화

• 『지봉유설(芝峯類說)』, 「해학(諧謔)」

판서 박계현이 만년에 뜰에 어린 소나무를 심자, 객이 웃으며 말하기를,

"소나무를 심어 정자를 만든다면 세상 사람들이 모두 웃을 터인데, 이 소나무는 왜 심는 것이오."라고 하였다.

공이 웃으며, "내가 죽으면 관 재목으로 쓰려 하오."라고 하였다.

객이 이내, "그 때 나는 조문객이 되겠구려."라고 했다.

옆에 있던 목공이 나서 "관은 소인이 만들어 드리고 싶습니다."라고 하자 공이 크게 웃었다. 朴判書啓賢晚年植稚松于庭, 客戲曰, "栽松作亭, 世皆笑之, 種此何爲?" 公戲曰, "我死擬作棺材." 客乃曰, "其時我當爲吊客." 有木工從傍進曰, "棺則小人願造成之." 公大笑.

• 『지봉유설』「고실(故實)」

옥당(玉堂)의 상번과 하번은 반드시 대면하고 교대해야 한다. 이전 조에 박계현 공이 숙직을 서고, 이준민(李俊民, 1524~1590)공이 아침에 교대하기로 약속하고 오지 않았다. 궐문이 닫히려 할 즈음, 박공이 서문 안에서 한참을 기다리자, 이공이 그제여 느릿느릿 왔다. 박공이 화가나 질책하자, 이공은 말에서 내리지 않고 박공에게 "그렇다면 내 돌아가는 것이 맞겠소."라고 하면서 곧장 치달아 가버렸다. 박공은 끝내 나올 수 없었다고 한다. 옛날에도 그랬을 것이다. 근래 옥당의 관리들이 멋대로 출입하면서, 혹 날을 걸러 숙직을 빠뜨리기도 하며, 명초(命招)에도 나오지 않으니, 바로 세도(世道)가 변한 것이로다(玉堂上下番, 必面看交替. 故先朝時朴公啓賢在直, 李公俊民約以

早替而不至. 闕門將閉, 朴公於西門內待之良久, 李公始緩緩而來. 朴公憤而責之, 李公未及下馬, 謂朴公曰, "如此則吾當還耳." 卽馳去, 朴公終不得出云. 故事然矣. 近來玉堂之官, 任意徑出, 或至經日闕直, 命招不進, 乃世道之變也.)

연
보

　　『관원 선생 문집』 단행본이 출간되고 후손 박규화(朴奎和)가 1941년 권기연(權璣淵)을 찾아가 『연보』 작성을 의뢰했고, 1943년 5월 권기연은 작업을 완성하고 발문을 썼다. 그 후 1957년 『낙촌공파보(駱村公派譜)』의 중간과 더불어 『낙촌·관원공 국한문 연보』란 단행본을 간행한다는 13대손 박병하(朴秉夏)의 발문이 있다. 그러나 이때에도 출판되지 않고 있다가, 1968년이 되어서야 간행하게 되었다는 14대 후손 박찬규(朴燦圭)의 발문을 확인할 수 있다. 현재 국립중앙도서관에 소장된 이 『연보』의 서지사항에 따르면, "박성학(朴性鶴) 편, 『낙촌관원공국한문연보(駱村灌園公國漢文年譜)』, 명문당, 1968년"으로 되어있다. 여기 부록으로 첨부하는 「연보」는 이 1968년 출판된 『낙촌관원공국한문연보』에 근거하여 현재 확인할 수 있는 사실들만으로 재구성하고 보완하였음을 밝힌다. 권기연, 박병하씨의 발문은 한문으로 되어있지만, 여기서는 번역문만 실어 두었다.

- 1524년[중종 19, 갑신, 선생 1세]

  - 11월 6일[병인]에 한성 동부 숭선방(崇善坊)[1]에서 태어나다.

- 1532년[중종 27, 임진, 선생 9세]

  - 찬성공(낙촌 박충원)이 양심당(養心堂) 조성(趙晟, 1492~1555) 선생에게 학업을 닦게 하였다. 날마다 열리고 보탬이 있어 확연히 성취가 빠르니, 양심당 선생이 그의 그릇됨을 알고 누이의 딸을 시집보냈다.[2]

- 1541년[중종 36, 신축, 선생 18세]

  - 부인 김씨를 맞았다. 부인의 본관은 선산이요, 생원 지손(知孫)의 따님이자, 우의정 응기(應期)의 손녀이다.
  - 1542년[중종 37, 임인, 선생 19세]
  - 11월에 장자 안세(安世)가 태어났다.
  - 1543년[중종 38, 계묘, 선생 20세]
  - 진사시험에 1등으로 합격했다. 윤주(尹澍, 1525~1569)와 같은 방(榜)에 들었다.
  - 3월에 영월군 숙소에 계시는 찬성공(贊成公)을 찾아 뵈었다. 당시 임백령(林百齡, 1498~1546)의 뜻을 거슬러 영월군수로 나가셨던 것이다. 찬성공께서 돌아와 모셔야 했지만, 조모 기씨(奇氏)께서 여전히 무탈하게 서울에 계시어 매

....

1　박성학(朴性鶴) 편, 『낙촌관원공국한문연보(駱村灌園公國漢文年譜)』(명문당, 1968년)에 따른 것이지만, 동부 12방(坊) 중에 '숭선(崇善)'은 없으므로 '숭선'은 '숭신(崇信)'으로 고쳐야 할 것이다.

2　1968년에 간행된 『낙촌·관원공 국한문연보』에 따른 것으로, 연도의 차이가 있어 기록된 간지와 '9세'에 맞추어 연도를 조정하였다. 일송(一松) 심희수(沈喜壽, 1548~1622)가 지은 「관원박판서신도비명(灌園朴判書神道碑銘)」과 이를 토대로 작성한 박성원(朴聖源, 1697~1767)의 「행장」에 조선생에게 수학하러 간 연도는 언급되지 않았다.

일같이 옆에서 모시면서 찬성공을 대신하여 극진한 효를 다했다.

- 1545년[명종 즉위년, 을사, 선생 22세]
  - 6월에 둘째 아들 안민(安民)이 태어났다.

- 1550년[명종 5, 경술, 선생 27세]
  - 4월 24일[무오] 무오시험에 유생들이 근정전(勤政殿) 뜰에서 제술(製述)했는데, 우등을 차지하여 전시(殿試)에 직부(直赴)³ 되었다.
  - 4월 29일[계해]에 조강에서 시강관(侍講官) 정유길(鄭惟吉, 1515~1588)의 추천을 받았다.⁴
  - 겨울 조모 행주기씨(幸州奇氏), 즉 기준(奇遵, 1492~1521)의 누이가 별세하였다.

· · · ·

3 직부(直赴)란 진사에 합격한 이후 대과(大科) 시험에는 초시(初試), 회시(會試), 전시(殿試)의 세 단계를 거치는데, 특별시험에서 성적이 우수한 자에게는 초시 또는 초시·회시를 치르지 않고 곧바로 전시에 응시할 수 있는 자격을 주는 것을 '직부(直赴)'라고 한다. 『명종실록』 10권, 명종 5년 4월 24일 무오 첫 번째 기사: 근정전 뜰에서 유생들의 제술(製述) 시험을 행했다. 【진사 박계현·윤주가 모두 우등을 차지하여 전시에 직부하도록 하였다. 윤주는 뒤에 대간(臺諫)들이 아뢰어 회시(會試)에 직부되었다】.

4 『명종실록』 10권, 명종 5년 4월 29일[계해] 첫 번째 기사. "시강관(侍講官) 정유길(鄭惟吉, 1515~1588)이 '유생들에게 정시(庭試)를 보게 하는 것은 본시 인재를 얻는 것이 시급하기 때문입니다. 오늘 수석에 자리한 박계현은 바로 승지 박충원(朴忠元)의 아들로, 평소 문명(文名)이 있었으므로, 바로 그런 인재를 얻었다고 할 수 있습니다. 제술한 것의 등급은 당시 고관(考官)들이 정한 것으로 일괄적으로 논할 수 없습니다.'라고 아뢰었다. 【당시 계현이 제술한 것은 삼상(三上)이나 전시에 직부(直赴)토록 명하자, 대간들이 제술 등급이 높지 않다고 논계했기 때문에 이렇게 말한 것이다.】"

- **1552년[명종 7, 임자, 선생 29세]**

  - 검열(檢閱)에 제수되었다.[5]

  - 전시에 급제하여, 승문원권지정자에 배속되었고, 곧바로 사관으로 천거되어 예문관 검열, 또 홍문록(弘文錄)에 들어 홍문관 정자를 역임하고 수찬에 올랐으며, 호당(湖堂, 독서당)에서 사가독서하여, 3년 동안 역임한 직책은 모두 일생의 극선(極選)이었다.[6]

- **1553년[명종 8 계축, 선생 30세]**

  - 10월 7일[경진]에 서얼을 허통하는 논의에 참여했다.[7]

<del>. . . .</del>

5 『명종실록』13권, 명종 7년 5월 17일[戊戌] 첫 번째 기사.

6 박성원(朴聖源)이 지은 「행장」, 본 서 권2를 참고하시오.

7 『명종실록』15권, 명종 8년 10월 7일[경진] 첫 번째 기사. 영의정 심연원(沈連源), 좌의정 상진(尙震), 우의정 윤개(尹漑), 좌찬성 윤원형(尹元衡) 등이 "『경국대전』 예(禮)에 관한 제과(諸科)의 조목을 상고해보니 '서얼의 자손은 문무과·생원진사시에 응시할 수 없다.'라고 하였는데……"라고 지적하면서 이는 뛰어난 인재를 뽑는 도리가 아니라고 주장했다. 이에 대해 예조 판서 정사룡(鄭士龍), 병조 판서 이준경(李浚慶), 공조 판서 이명규(李名珪), 지중추부사 박수량(朴守良), 호조 참판 권찬(權纘), 이조 참판 심통원(沈通源), 형조 참판 채세영(蔡世英), 공조 참판 김익수(金益壽), 동지중추부사 민응서(閔應瑞), 호군 임억령(林億齡), 이조 참의 민기(閔箕), 병조 참지 권철(權轍) 등도 허통하자는 편을 들었다. 한편, 우찬성 신광한(申光漢), 판돈녕부사 김광준(金光準), 이조 판서 안현(安玹) 등은 "지금 만일 예법을 경솔하게 고쳐서 서얼 자손을 과거에 응시케 하면, 명분이 문란해져 서얼이 적자를 능멸하거나, 비천한 자가 존귀한 자를 해치는 풍조가 이로부터 크게 생기지 않을까 염려됩니다."라고 하며 반대편에 서게 된다. 이에 좌참찬 임권(任權), 우참찬 신영(申瑛), 호조 판서 조사수(趙士秀), 지중추부사 이미(李薇)·장언량(張彦良), 형조 판서 이명(李蓂), 한성부 판윤 심광언(沈光彦), 병조 참판 정응두(丁應斗), 예조 참판 원계검(元繼儉), 한성부 좌윤 김명윤(金明胤), 동지중추부사 주세붕(周世鵬)·윤담(尹倓)·이몽린(李夢麟)·방호지(方好智), 한성부 우윤 이광식(李光軾), 병조 참의 이세장(李世璋), 형조 참의 이윤경(李潤慶), 공조 참의 김홍윤(金弘胤), 대사성 임열(任說), 예조 참의 원혼(元混), 첨지중추부사 경혼(慶渾). 상호군 박공량(朴公亮), 판결사 허백기(許伯琦), 호조 참의 안위(安瑋), 홍문관 부제

428

- 1554년[명종 9, 갑인, 선생 31세]
  - 1월 장수현감(長水縣監)으로 부임하는 용문(龍門) 조욱(趙昱, 1498~1557) 선생을 전별하다.[8]
  - 2월 14일[을유]에 박사(博士)가 되었다.[9]

. . . .

학 이탁(李鐸), 직제학 박영준(朴永俊), 전한 이영현(李英賢), 응교 이사필(李士弼), 부응교 심전(沈銓), 교리 이감(李勘), 부교리 신여종(申汝悰), 수찬 윤의중(尹毅中), 부수찬 정적(鄭惕), 정자 김계휘(金繼輝)·박계현(朴啓賢) 등도 신광한(申光漢)의 논의에 따라 모두 허락하여 응시하도록 하는 것은 미편(未便)하다고 하였다.

이렇게 갈린 견해에서 상호군(上護軍) 이황(李滉)은 "중국에서 비록 서류(庶流) 중에서도 인재를 얻었다고는 하나 매우 드문 일이었습니다. 더구나 우리나라의 인재가 간혹 서얼 중에서 나온 경우가 있기는 하지만 천백 명 중에 겨우 한두 명이 될까 말까 할 뿐, 무뢰한들이 서얼 중에서 나오는 경우가 많았습니다. 그런데 어떻게 예부터 내려온 대방을 경솔히 허물 수 있겠습니까? 서얼을 허통(許通)하는 법은 지금 새로 만들어서는 안 됩니다."라고 하며 반대 의사를 표명하고, 그래도 간혹 훌륭한 인물이 나올 수도 있으니 그때그때 의논하여 시행하자는 절충적 방법론을 들었다. 한편, 당시 유배되어있던 이언적(李彦迪)이 이 소식을 듣고 "서얼을 허통하는 제도는 인재를 널리 등용하려는 방법이니 어찌 아름잡지 않겠는가마는, 권신들이 사사로운 마음을 품고 이를 행하려 하니 어찌 오래 갈 수 있겠는가"라고 하였다.

이러한 찬반 논의는 11월 12일에도 재현되는데, 『명종실록』 15권, 명종 8년 11월 12일 갑인 첫 번째 기사에 자세히 보인다. 그런데 지난달 허통 반대쪽에 있었던 박계현과 김계휘를 포함한 홍문관원들이 이번에는 권신들 편에서 의논을 하고 있다. 반대편에는 신광한(申光漢)의 의논에 따른 김광준(金光準), 조사수(趙士秀), 이명(李蓂), 채세영(蔡世英), 임호신(任虎臣), 이탁(李鐸)이 있었다. 이로써 볼 때, 서얼에게 과거를 허통하는 것이 인재를 널리 등용한다는 점에서 원칙적으로는 동의하지만, 이러한 논의가 권신들의 입에서 나와 주도되고 있다는 점에서 반대의 빌미가 되었음을 행간에서 읽을 수 있다. 이때까지만 해도 관원(灌園)은 윤원형과 적대적인 관계를 드러내지는 않은 것으로 보인다.

8 1968년 간행된 『낙촌·관원공 국한문 연보』(120쪽)에는 1567년 조목에 편집되었는데, 잘못되어 바로잡는다. 자세한 것은 「문집보유」를 참고하시오.

9 『명종실록』 16권, 명종 9년 2월 14일[을유] 네 번째 기사. 박사(博士)는 성균관에 3인, 홍문관에 1인, 승문원에 2인, 교서관에 2인을 두었다. 홍문관 박사는 경연청(經筵廳)의 사경

- 1555년[명종 10, 을묘, 선생 32세]

  - 정월에 3남 안명(安命)이 태어났다.
  - 4월 평안도 감군어사(監軍御史)로 있었다.[10]
  - 4월 13일 양심당(養心堂) 조성(趙晟)이 별세하다.
  - 7월 2일[갑오]에 경상좌도평사(慶尙左道評事)에 제수되었다.[11]
  - 9월 5일[정유]에 일에 김홍도(金弘度, 1524~1557)·김귀영(金貴榮, 1520~1593)·유순선(柳順善, 1516~1577)·윤의중(尹毅中, 1524~1590)·이양(李樑, 1519~1582)·김계휘(金繼輝)·박순(朴淳, 1526~1582)·홍천민(洪天民, 1526~1574)·강극성(姜克誠, 1526~1576)등과 함께 사가독서(賜暇讀書)에 뽑혔다.[12]
  - 9월 14일[병오]에 홍문관 수찬에 제수되었다.[13]

- 1556년[명종 11, 병진, 선생 33세]

  - 정월에 독서당에서 기녀와 악공을 불러 놀았다는 이유로 추고당하다.[14]
  - 2월 3일[임진]에 사정전(思政殿) 주강(晝講)에서 검토관(檢討官)으로서 재변

. . . .

(司經), 춘추관기사관(春秋館記事官)을 겸직하여 왕의 측근에서 문한(文翰)과 사관의 직무를 담당했고, 이전 해에는 홍문관 정자로 있었으므로 여기서는 홍문관 박사로 읽어야 할 것이다.

10 『명종실록』 18권, 명종 10년 4월 8일[임신] 두 번째 기사에 평안도 감군어사 박계현의 서장(書狀)에 따라 정원(政院)에 내린 전교가 보인다.

11 『명종실록』 19권, 명종 10년 7월 2일[갑오] 여섯 번째 기사.

12 『명종실록』 19권, 명종 10년 9월 5일[정유] 다섯 번째 기사. 사가독서(賜暇讀書)란 젊고 유능한 문신들을 뽑아 휴가를 주어 호당(湖堂, 독서당)에서 공부하게 한 것을 말한다.

13 『명종실록』 19권, 명종 10년 9월 14일[병오] 두 번째 기사.

14 『명종실록』 20권, 명종 11년 1월 10일[경오] 두 번째 기사. "그 후 독서당 관원 박계현(朴啓賢)·김계휘(金繼輝)·유순선(柳順善)·강극성(姜克誠)·홍천민(洪天民)·박순(朴淳) 등 6인이 추고당했다."

에 관해 아뢰다.[15]

- 동지사(冬至使)의 서장관으로 조천(朝天)했다.[16]

....

15 『명종실록』, 20권, 명종 11년 2월 3일 壬辰 첫 번째 기사. 검토관 박계현이 아뢰기를, "요사이 천개와 괴이한 물상이 연달아 나타나고 있습니다. 옛 역사를 상고해보니, 산이 무너지고 샘이 마르며, 유성이 나타나는 것은 난망(亂亡)의 조짐이라 하였습니다. 옛날 송나라 신종(神宗) 때에 홍수의 재변이 있자, 사마광(司馬光)이 죄를 자신에게 돌리며 조언을 구하니 궐 아래 상소하는 자들이 수천 여명이었다고 합니다. 근래 조언을 구하는 하교가 있었으나 상소하는 사람이 없으니 언로(言路)가 막힌 것 같아 지극히 한심하옵니다. 소문에 따르면, 강원도, 울릉도에는 검은 새들이 하늘을 가렸다가 연해 등지로 날아갔다고 하는데, 이는 늘 있는 일이 아니라 어떠한 기운에 내몰리게 된 것 같습니다. 황해도 풍천(豐川) 땅에는 누렇고 검은 쥐들이 들에서 싸우다가 누런 쥐들이 죽어 도처에 널렸다고 하여, 도성 아래가 들끓고 있습니다. 이것들이 유언비어이고 잘못된 말일지라도 신속하게 탐문해 보도록 청합니다."라고 하였다. 이에 상께서 "재변은 그냥 생기는 것이 아니라 반드시 상응하는 바가 있을 것이다. 천지가 어긋나니 또 무슨 일이 있을지 모르니 위로서도 걱정이 그지없다."라고 하셨다. 이어 정원(政院)에 전교하시어 "오늘 경연에서 검토관이 아뢴 검은 쥐와 누런 쥐들의 일은 해당 도의 감사에게 글을 내려 허와 실을 탐문케 하는 것이 좋겠다."라고 하셨다.

16 박성원(朴聖源)의 「행장」. 윤근수(尹根壽, 1537~1616)의 『월정집(月汀集)』 별집, 권4, 「만록(漫錄)」: "내가 연경에 간 것은 네 번이다. 가정 병인년에는 서장관으로 가는 박관원공을 따라 갔는데, 그 때 예부상서는 고의였다(余之朝京凡四度. 嘉靖丙寅, 以書狀, 隨朴灌園公而行, 其時禮部尙書則高公儀也)."
『명종실록』 21권, 명종 11년 11월 2일[정사] 첫 번째 기사에 따르면, 이때 북경에 가는 통사(通事)들이 사무역을 자행하여 중국 제독(提督)이 항의한 내용이 보인다. 주로 지난 해 동지사 임내신(任鼐臣, 1512~1588) 일행을 들어서 처벌을 아뢰고 있지만, 결국 간원들이 아뢴 내용은 이번 심통원(沈通源, 1499~?)의 사행까지 미치고 있다. "심통원의 행차 때 짐바리의 수가 너무 많다는 소문이 경기와 황해도에 널리 퍼졌었습니다. 곽간(郭趄, 1529~1593)이 당시에 대동찰방으로서 초과된 짐바리를 금지하려 했을 뿐 아니라 은철(銀鐵)까지 적발하여, 발각당한 역관의 초사(招辭)는 상부로 올리고 물품은 곽산(郭山) 관청에 보관시킨 뒤에 사신과 서장관 및 수은어사(搜銀御史)에게 이문(移文)했습니다. 설령 곽간이 심질(心疾)이 있다고 하더라도 적발한 은철은 누가 보더라도 분명한 금지한 물품이니, 역관의 죄를 다스리는 것은 애당초 의심할 일이 아니었습니다. 그런데도 사

431

신과 서장관 및 수은 어사는 못 들은 체하였으니 국법을 두려워한다 하겠습니까? 역관
의 죄를 다스리지 않았을 뿐 아니라, 그를 구속한 관리에게 명령을 내려 역관과 적발되
어 압수된 물건을 보내라고 하자, 그 관리는 그의 비위를 거스를까 두려워서 은철과 역
관을 돌려보내고 난 뒤에 감사(監司)에게 보고하였습니다. 감사도 그 관리의 잘못을 탓
하지 않고 단지 친구의 정분으로 사신의 행위를 두둔하였을 뿐 아니라 도리어 곽간에게
죄를 뒤집어씌우고 심질이 있다는 핑계로 아뢰어 체직(遞職)시켰습니다. 곽간이 역관을
볼기친 일은 잘못이라 할 수 있지만, 압수한 은철은 심질이 있는 사람이 한 일이라고 해
서 따져보지 않은 것이 아니겠습니까? 당시 역관의 초사와 곽간 고을이 적발된 물건을
감사에게 이송한 문서가 그 도(道)에 보관되어 있으니 가져다 보면 분명히 다 드러날 것
입니다. 서장관 박계현(朴啓賢)과 수은어사 이문형(李文馨, 1510~1582)은 먼저 파직한 뒤
에 추문하고, 사신 심통원(沈通源)과 그 당시 감사 이명규(李名珪, 1497~1560), 곽산군수
조세규(趙世珪)는 파직시키소서. 압수된 은철은 이미 중국 국경을 넘어갔을 것이니 죄를
범한 역관이 강을 건너 돌아오거든 금부에 내려 추고하게 하소서."라고 하였다. 이에 상
은 "심통원·박계현·이문형·이명규·조세규는 추고하여 죄를 다스리되, 먼저 파직시키는
것은 옳지 않다. 죄를 범한 역관은 귀국하기를 기다려 추고하고, 감사에게 보고한 문서
는 금부로 하여금 가져다 보도록 하라."라고 명했다. 기사의 마지막에는 사신이 이 사건
을 논하여, "심통원은 본래 탐욕스럽고 비루한 사람이다. 그의 아들 심뇌(沈鐳) 및 시정
모리배들을 거느리고 금지된 물품을 많이 싸 가지고 간 것은 족히 문책할 만한 것은 아
니나[固不足責也], 서장관 박계현은 그것을 금하지 못했을 뿐 아니라 자기 자신도 단속
하지 못했으므로 비방하는 사람이 많았다."라고 평가하고 있다.

　다음날 헌부가 아뢴 것은 서장관 박계현을 겨누고 있다. "일행을 검속하는 임무는 모두
서장관에게 달렸는데도 서장관 박계현은 마음을 다하여 직무를 수행하는 것을 자기의 소
임으로 여기지 않고 우유부단한데다가 유화적인 태도를 상책으로 삼고 통원의 뜻에 아첨
하여 이 문제에 대해 한마디도 언급하지 않았습니다. 만일 계현이 법을 들어 설득하고 그
냥 덮어둘 수 없다는 뜻을 힘써 말했더라면 통원이 비록 사적으로 데리고 간 사람들을 비
호하려 했더라도 될 수 있었겠습니까? 이문형은 어사로서 찰방의 은철에 대한 보고문을
보았으면 사실이든 아니든 간에 문제의 은철을 조정에 전달해서 조정이 판단해서 조치
하도록 해야 옳았습니다. 그런데도 자기 마음대로 중지시켜 계달하지 않았으니 권세가를
거역하지 않겠다는 계획은 잘 되었는지는 몰라도 성상께서 위임하신 뜻을 저버린 것에
대해서 어찌하겠습니까? 심통원·박계현·이문형은 파직시킨 뒤에 추고하소서."라고 하
자, 상은 이 세 사람의 일은 전파된 말임을 강조하며 헌부의 탄핵을 허락하지 않았다.

- **1557년[명종 13, 정사, 선생 34세]**

  - 1월 4일[무오] 중국에서 내려준 물품을 도난당하여 추고 당하다.[17]

  - 3월 22일[을해]에 부수찬에 제수되었다.[18]

  - 3월 27일[경진]에 홍문관 부교리에 제수되었다.[19]

  - 5월 28일[경진]에 이조정랑(吏曹正郞)에 제수되었다.[20]

  - 12월 11일 용문(龍門) 조욱(趙昱) 선생이 별세하다.

  - 12월에 4남 안도(安道)가 태어났다.

- **1558년[명종 14, 무오, 선생 35세]**

  - 6월 25일[신축]에 의정부(議政府) 검상(檢詳)에 제수되었다.[21]

  - 10월 9일[임자]에 의정부 사인(舍人)에 제수되었다.[22]

· · · ·

17 『명종실록』 22권, 명종 12년 1월 4일[무오] 두 번째 기사. 헌부가 아뢴 내용에 따르면, 왜
  (倭)가 잡아간 중국인들을 되돌려 보냈다는 감사의 뜻으로 중국에서 내린 선물이 있었
  는데, 귀국하는 과정에서 도난당했다. "사신과 서장관은 잘 간직하고 삼가 지켰어야 하
  는데 심상하게 여겨 마침내 도난당했으니, 사명(使命)을 봉행하는 책임을 다했다고 할
  수 있겠습니까……이는 사신과 서장관이 직분을 제대로 수행하지 못한 소치이며, 복물
  (卜物)을 검거(檢擧)하는 책임은 또한 상통사(上通事)에게 있는 것이므로 상통사는 마땅
  히 삼가서 지켜야 하는데 사무(私貿)를 지키기에만 급급하여 흠사를 남의 일 보듯이 하
  였으니 그 죄가 더욱 중합니다. 심통원과 박계현은 전지(傳旨)를 받들어 추고하게 하고
  상통사와 차지통사(次知通事)는 의금부에 추고하여 치죄하게 하소서."

18 『명종실록』 22권, 명종 12년 3월 22일[을해] 네 번째 기사.

19 『명종실록』 22권, 명종 12년 3월 27일[경진] 두 번째 기사.

20 『명종실록』 22권, 명종 12년 5월 28일[경진] 두 번째 기사.

21 『명종실록』 24권, 명종 13년 6월 25일[신축] 첫 번째 기사. 검상(檢詳)이란 검상조례사
  (檢詳條例司)의 책임자로서 녹사(錄事)를 거느리고 법을 만드는 업무를 관장한다. 위로
  는 사인(舍人)이 있고 아래로는 사록(司錄)이 있다.

22 『명종실록』 24권, 명종 13년 10월 9일[임자] 세 번째 기사.

- ## 1559년[명종 14, 기미, 선생 36세]

  - 5월 17일[무자]에 사헌부 장령에 제수되었다.[23]

  - 7월 8일[정축]에 홍문관 부교리에 제수되었다.[24]

  - 10월 10일[정미]에 장단도호부사(長湍都護府使)에 제수되었다. 【특명으로, 전교하시며, "백성과 가까운 관리로서 수령만한 자가 없으니 특별히 박계현을 보내어 쇠잔한 고을을 소생시키게 하노라"라고 하셨다.】[25]

. . . .

23 『명종실록』 25권, 명종 14년 5월 17일[무자] 두 번째 기사.

24 『명종실록』 25권, 명종 14년 7월 8일[정축] 첫 번째 기사.

25 『명종실록』 25권, 명종 14년 10월 10일[丁未] 두 번째 기사.
   『명종실록』 25권, 명종 14년 11월 28일[을미] 첫 번째 기사. 11월 28일 이양(李樑, 1519~1582)이 홍문관 부제학에 제수되었는데, 사관들은 그에 대하여 다음과 같이 평가하고 있다. "이양은 중궁의 외삼촌이다. 젊어서는 조행이 없어 음탕하고 비루하였다. 간혹 잠자리에서 부리는 음욕이 매우 추악하여 듣는 사람들이 겸연쩍어할 정도였다. 과거에 올라 사국(史局)에 들어가려고 하자 사람들이 대부분 그를 추천하였는데 봉교(奉敎) 김첨경(金添慶, 1525~1583)이 다른 말로 그를 거절하며 '사관(四館)의 좌차(坐次)는 한자리 한자리가 엄격하다. 그런데 양은 이미 은띠를 띠었으니 만일 입시하게 되면 봉교보다 높은 자리에 앉게 된다. 절대로 그럴 수는 없다.'라고 하여 한림(翰林)이 되지 못하고 주서(注書)가 되었다. 뒤에 독서당(讀書堂)의 선발에 뽑혔었는데 김규(金虯) 등이 논박하여 삭제시켜 버렸으며, 이헌국(李憲國, 1525~1602)이 정언으로 있으면서 이양을 논박하려다가 못했다. 이양은 이 모두를 가슴에 쌓아 두었다. 한번은 취해서 사람들에게 말하기를 '박계현(朴啓賢)이 장단 부사(長湍府使)가 되자 사람들은 내가 밀쳐낸 것이라고 의심하였다. 나를 죽이려던 사람도 내가 용서하여 주었는데 하물며 다른 사람이겠는가?' 라고 하였는데, 헌국을 가리켜 한 말이었다. 헌국은 윤원형의 종질(從姪)이었기 때문에 중상하지 못한 것이다. 이양은 품성이 본래 어리석고 경솔하고 진실성이 없었으나 임금의 주위 사람들과 잘 사귀어 궁중 사람들이 모두들 그를 칭찬하였다. 또 꽃이나 새 같은 애완물들을 널리 구하여 임금께 바쳤으며 의복이나 음식까지도 바쳤다. 때문에 임금의 총애가 날로 굳어져 영화로운 자리에 발탁되었다. 그리하여 한때 부끄러운 줄 모르고 벼슬만하려는 무리들이 모두 그에게 붙어 행여 마음에 들지 못할까 급급하여하였다. 일찍이 이조낭관이 되고자 했을 때 유훈(柳塤)과 이준민(李俊民)이 모두 특지로 외방에 제수되었고

- **1560년[명종 15, 경신, 선생 37세]**

  - 4월 27일[임술]에 만포진(滿浦鎭) 병마첨절제사(兵馬僉節制使)에 제수되었다.

  - 그 후 장단 부사(長湍府使) 박계현이 만포 첨사로 체임되자 배표(拜表)하는 날 장단의 백성이 시위하는 군사처럼 복색을 갈아입고 칼까지 차고서 격쟁하여 유임을 청한 것이 어전 가까이에서 있었으므로 상이 놀랐다. 이는 특히 우매한 백성으로 지난날 재령 백성이 한 것을 본받아 무심코 한 것인데 사체(事體)가 중대하다 하여 병조와 도총부 당상관을 체직시키고 장단 백성에게 큰 죄를 더하려 하였다.[26]

  - 당시 윤원형(尹元衡, 1503~1565)이 선생과 혼반을 맺으려 심지어는 중전의 뜻을 빙자하기까지 하면서 나무라고 위협했으나 끝내 성사되지 않자 감정이 쌓여 이렇게 변진(邊鎭)에 멀리 보임한 것이나 선생은 이에 마음을 두지 않고 태연히 부임길에 올랐다.[27]

  - 12월 3일[갑오]에 승정원 동부승지가 되었다.

  - 12월 9일[경자]에 좌부승지가 되었다.

. . . .

김덕곤(金德鵾) 또한 평안 평사(平安評事)가 되었는데, 모두들 이조가 먼저 천거해 두었던 사람들이었다. 뭇 신하들의 쓸 만한지의 여부를 상께서는 늘 그로 하여금 그 사람 이름 아래에 쓰도록 하였었다.

26 『명종실록』 26권, 명종 15년 5월 16일[신사] 세 번째 기사. 한편 박계현의 유임을 격쟁한 사람에 대한 처벌에 대해 영의정 심통원(沈通源)은 "이 사람은 제 일신상의 일이 아니라 단지 자기 고을의 원을 유임시키기를 청하려고 한 것이므로,【장단 부사(長湍府使) 박계현(朴啓賢)이 치적이 있었는데 만포 첨사(滿浦僉使)로 체직되었으므로 김유현이 유임시키기를 청하려고 격쟁하였다.】사정을 따져보면 죽이기까지 하는 것은 지나친 듯합니다."라고 보호한 기사가 『명종실록』 26권, 명종 15년 6월 25일[경신]에 수록되어 있다.

27 박성원의 「행장」과 홍계희의 「시장」

- 1561년[명종 16, 신유, 선생 38세]

  - 9월 3일[경인] 오위장(五衛將)에 제수되었다.[28]

  - 선생이 만포(滿浦)로 갈 때 양곡(陽谷) 소세양(蘇世讓, 1486~1562)이 송별 시첩(詩帖)의 서를 써서 주며, "국가의 관방 요충지에는 반드시 산서(山西)에 지략이 있는 자를 골라 병권을 맡긴다. 안무하고 제어함에 방책이 어그러지기라도 하면 변방의 경계가 숨 쉬듯 일어난다. 만포는 압록강 상류를 끼고 있어, 서융(西戎)이 내조(來朝)하고 호시(互市)하는 길목으로, 간혹 시종(侍從)의 반열에 든 사람들이 수레를 멈추는 요충지로 삼기 때문에 그 선발이 다른 진(鎭)보다 막중하다. 나의 벗인 박중초(朴仲初, 충원)의 아들 계현(啓賢)씨가 약관에 대과에 발탁되어 홍문관에 들었고, 논설과 강설에 명성이 자자하더니, 문득 당상관에 올라 이 진(鎭)을 안무하러 갔다가 곧 내상(內相)으로 부름을 받았다. 이번 행차에 판중추부사 정사룡(鄭士龍, 1491~1570), 좌의정 홍섬(洪暹, 1504~1585), 예조판서 정유길(鄭惟吉, 1515~1588)이 모두 시를 지어 그에게 주었다. 이제 중초(仲初)가 전라도관찰사로 나에게 들러 첩(帖)을 가져와 보여주며 이르기를 '지난날 중국에 갈 때, 어떤 사람이 빈 시첩을 내게 주기에 그 정미함을 아껴, 늘 책상에 놓아두었는데, 자식이 서행(西行)하기에 이 시첩에 세 분의 대학사의 필적을 받아 주려하니, 그대도 한마디를 그 뒤에 쓰고 앞머리에 서문을 지어주시오. 이는 아들의 바람이기도 하지만 나 충원의 바람이기도 하오.'라고 하였다. 아! 중국인이 빈 시첩을 중초에게 선물한 것은 또한 중초의 문아(文雅)를 알기 때문이다. 중초가 받아서 간직하다가 채우고 싶었지만 감당할 자를 얻지 못했는데, 내상(內相)이 공의 뜻을 잘 알고, 범범한 서화가들로 그것을 더럽히지 않고 세 분 대학사들에게 송별의 시를 구하여, 연서(聯書)하여 면을 장

....

28 『명종실록』 27권, 명종 16년 9월 3일[경인] 첫 번째 기사. 사관은 박계현의 주기를 달고 "거칠고 정직하지 않으며 술에 빠져 조심하는 것이 없었다."라고 하였다.

식하고, 아름다운 시편들이 사람의 눈길을 빛나게 하니 참으로 절세의 보물이로다. 무릇 사업과 문장을 한 몸에 갖추는 것도 드문 것인데, 하물며 부자가 나란히 학행으로 성군의 인정을 받아온 세상에 명망을 떨쳤음에는 어떠하겠는가? 중초와 같은 사람은 이전 세대를 두루 헤아려 보아도 손에 꼽을 자가 많지 않다. 이것이 시첩이 다른 사람에게 돌아가지 않고 우리 중초의 수중에 들어온 이유이다. 또 중초에게는 내상과 같은 아들이 있어 세 분 학사들의 필묵을 받아 그 앞을 장식했으니, 이제부터는 사림(詞林)의 빼어난 분들이 붓끝을 다투어 화려한 문사를 발휘할 테니, 여릉주와 화씨벽이 찬란하게 이 첩을 채워 규벽(奎壁)에 빛을 발하리니, 어찌 한 집안의 청전(青氈)에 그치리오. 이문요(李文饒, 李德裕, 787~849)는 '평천장(平泉庄)의 돌 하나, 꽃 하나라도 남에게 주는 자는 내 자손이 아니다'라고 하였는데 이로써 견주어 보면 누가 득(得)이고 누가 실(失)이겠는가? 세 분의 학사께서는 대필(大筆)을 쥐고 문병(文柄)을 잡으셨으니 뒤에 이어 갈 자는 중초의 부자가 아니면 누구이겠는가? 그렇다면 훗날 이 첩을 보고 아름다움을 흠모하여 첩을 들고 시를 구하는 자들이 박씨의 문에 끊이지 않을 것임을 내 알겠노라. 나는 해가 서쪽으로 기움이 임박했고, 두문불출 병으로 누워있어 붓에 먼지가 생긴 지 오래지만, 거듭 중초의 요청이 있고, 운 좋게도 기린마의 꼬리에 붙었으니 이에 글을 쓰노라."라고 하였다. 그 시는 다음과 같다.

사령운의 시편과 한신의 부월이 만남을 경하하니,	謝章韓鉞慶遭逢,
염파와 이목이 예로부터 구중궁궐에 있도다.	頗牧從來在九重.
하나의 범중엄으로도 적의 간담을 놀래 줄 수 있거늘	一范固知驚賊膽,
육도의 병법이 성대한 군대 위용에 무슨 필요가 있으리오.	六韜何用盛軍容.
재능 있는 사람들이 절로 이르니 풍운이 모여들고	才華自致風雲會,
조정에서 짙은 은총 듬뿍 받았네.	霄漢偏承雨露濃.

부자의 큰 명성이 세상을 뒤흔드니　　　　　　　父子大名方擅世,

성명한 조정의 계승발전 서주시대처럼 융성하리.　　明廷接武藹夔龍.[29]

- ● **1562년[명종 17, 임술, 선생 39세]**

  • 2월 25일[기묘] 어전에서 요순(堯舜)의 정일집중(精一執中)하는 학문, 하우
  (夏禹)가 홍수를 다스린 것, 성탕이 그물을 풀어 짐승들을 놓아 준 일, 문왕이
  정사에서 인(仁)을 베풀되 반드시 홀아비와 과부를 우선시하여 천하의 3분
  의 2를 차지하게 된 일, 무왕이 주(紂)를 벌하고 홍범(洪範)을 물은 일, 한나라
  문제와 경제 때 백성들을 부유하게 한 일, 당나라 건성(建成)의 난, 송나라 휘
  종과 흠종이 북방 오랑캐에게 포로가 된 일, 옛날 군신이 서로 잘 어울린 것
  은 언제이며, 이전 조정에서 중국에 간 사신들의 시문에 나타난 우열, 우리나

· · · ·

29 『양곡선생집(陽谷先生集)』 권14, 「박승지 계현 만포 송별시첩 서(朴承旨啓賢赴滿浦送別
詩帖序)」: 國家於關防重地, 必擇山西之有算略者, 以委閫寄. 如或撫馭乖方, 則邊塵之
警, 起於呼吸. 滿浦控鴨江上流, 卽西戎來朝互市之咽喉也, 間輟侍從之班, 以爲鎭鑰, 其
選尤重於他鎭. 吾友朴仲初之子啓賢氏弱冠, 擢高科盛蓬館, 論思講說, 聲價藹然, 一日,
特陞堂上官, 往撫是鎭, 旋以內相徵還. 於其行也, 鄭判樞雲卿, 洪貳公退之, 鄭禮判吉
元, 咸賦詩以贈之, 今者, 仲初按南節, 過我林下, 携一帖示之, 曰昔年朝天時, 有人以空
帖遺我, 愛其精嘉, 常置几案, 兒息之赴西, 將此帖, 受三大學士手跡, 子亦爲一語, 書其
後, 且敍其首簡. 此雖兒息之望, 而亦忠元之願也. 噫! 華人之以空帖餉仲初者, 亦知仲
初之有文雅也. 仲初受而藏之, 思所以塡之, 而未得其當, 內相君能體酒公之志, 不以凡
手之書畫汚之, 而必求三學士寵行之作, 聯書粉面, 銀鉤玉韻, 炫燿人目, 眞絶寶也. 夫事
業文章具於一己者鮮矣, 況父子竝以學行, 遇知明主, 擅盛名於一世. 有若仲初者, 歷數
前代, 指不多屈. 是帖也, 不歸於他人, 而入吾仲初之手. 仲初又有子如內相, 取三學士灑
墨, 以冠其弁, 繼自今詞林勝流, 爭奮彩毫, 騁其華藻, 驪珠荊璞, 粲然盈帖, 將見騰光於
奎璧之上, 豈直爲一家之靑氈而已哉. 昔者, 李文饒曰以平泉庄一花一石與人者, 非吾子
孫也, 以此較彼, 孰得孰失? 三學士方秉大筆, 遞掌文柄, 後來繼之者, 非仲初父子而誰
歟? 然則他日覩此而歆艶, 持帖而求詩者, 吾知朴氏之門踵相接也. 余則日迫西夕, 杜門
臥病, 塵生筆硯久矣, 重仲初之請, 且幸附驥之尾, 於是乎書. 辛酉重陽後一日也.

라 옛 사람들 중에 시가에 누가 가장 능했는지, 이전 조정에서 나세찬(羅世纘, 1498~1551)의 제술이 김안로(金安老, 1481~1537)의 화를 당한 일, 난정(蘭亭)에서 수계(修禊)한 일에 관하여 대신들의 질문에 답하고 논의하다.

"정일집중(精一執中)하는 학문은 누구에게서 비롯되었으며 옛날부터 제왕들이 심법(心法)으로 전수하는 것이 이 몇 마디의 말에 그치고 있는데 충분하다고 생각하는가?"라는 물음에, 박계현은 "무극(無極)이 태극(太極)이라는 것은 심학의 근본으로, 드러내어 언급한 것은 요순에서 시작되었습니다."라고 답했다.

"삼대(三代) 이하로 이 심학을 잘 전수한 제왕이 있는가?"라는 물음에 "삼대(三代) 이하로는 없었습니다."라고 답했다.

"임금께서 이 학문을 행하고자 한다면 어찌 해야 하겠는가?"라는 물음에, 박계현은 "정일(精一)하는 학문은 당초 어려운 것이 없습니다. 『대학』에서 왕도를 논하면서 근독(謹獨)을 으뜸으로 쳤으니, 성실하게 근독을 잘할 수 있다면 그것이 바로 정일 집중입니다."라고 답변했다.

"곤(鯀)이 홍수를 다스림에 9년에도 이루지 못했는데, 우(禹)에게 다스리게 하자 결국 물과 땅을 고르게 할 수 있었다. 이는 무슨 방법을 쓴 것인가?"라는 문제에 대해서 박계현은 "곤은 [물을] 틀어막았기 때문에 성공하지 못했고 우는 물과 땅의 성질에 따랐으므로 다스릴 수 있었습니다. 이로서 보건대, 물을 다스리는 것뿐 아니라, 나라를 다스리는 것 또한 그렇습니다. 이치에 순응하면 쉬워지고 거스르면 어려워지는 것입니다."라고 설명했다.

"성탕(成湯)이 그물을 풀어 짐승들을 놓아준 것은 무엇 때문인가?"라고 묻자, "제왕은 사물을 모두 취해서는 안 됩니다. 그러므로 『역경』에 '왕은 짐승을 쫓을 때 세 방향에서만 하고[王用三驅]'라고 하였고, 공자도 '활은 쏘되 자는 짐승을 쏘지 않는다[弋不射宿]'라고 하였으며, 『춘추』에 '함구(咸丘, 노나라 지면)를 사양하기 위해 불태운다[焚咸丘]'라고 써서 그것을 충고하였습니다."라고 답변했다.

"천하의 3분의 2를 차지하여 천자가 될 수 있었음에도 무왕에 이르러서야 그렇게 된 것은 [문왕이] 무왕보다 못했기 때문에 그러한 것인가?"라는 물음에는 "천명이 바뀔 때가 되지 않았다면 의당 신하의 절개를 지켜야 합니다. 문왕이 천자가 되지 않은 것은 이 때문입니다."라고 하였다.

"무왕이 기자를 만나 무슨 일을 물었는가?"라는 물음에 대해서는 "홍범구주(洪範九疇)입니다."라는 짤막한 답만 제시했다.

"당나라 건성(建成)의 난에 금문(禁門)이 피로 물들었는데 잘 처리했다면 이런 일이 일어나지 않았을 수 있겠는가?"라는 물음에, 박계현은 "시대가 평온하면 적장자를 세우고, 시대가 혼란하면 유공자를 우선시합니다. 한나라 고조가 난을 평정한 것은 모두 태종(太宗)의 공인데, 도리어 건성을 [황태자로] 세웠습니다. 이것이 태종이 마음을 평온하게 할 수 없었던 이유입니다. 가령 태종이 [춘추시대 조(曹)나라의] 자장(子藏)과 같고, 건성이 [춘추시대 오나라의 시조인] 태백(泰伯)과 같았다면, 난이 왜 일어났겠습니까?"라고 반문형 답변을 제시했다.

"군신이 서로를 도와가며 물과 고기가 한 당에 있게 한 것은 삼대(三代) 이래로 누구인가?"라는 물음에 "삼대 이래로 한고조가 장량(張良)을 대우한 것과 소열 황제가 공맹(孔孟)을 대우한 것이 그에 가깝다 할 수 있습니다."라고 하였다.

"우리 이전 조정에서 어느 시대에 군신이 상득(相得)했는가?"라고 묻자, "성종께서 손순효(孫舜孝)를 우대하셨는데 그 뜻이 지극합니다."라고 답했다.[30]

• • • •

30 『명종실록』 28권, 명종 17년 2월 25일[기묘] 첫 번째 기사. 어전에서 대신들의 질문은 받은 학자들로는 박계현 이외에도 홍천민(洪天民)과 윤의중(尹毅中)이 있었다. 박계현의 대답과는 달리 홍천민과 윤의중의 답변에 대해서만 대신들의 부가적인 언급을 하고 있다. 실록에 나타난 문답의 과정에서 박계현의 답변은 대신들에게 만족스러웠던 것으로 읽을 수 있다. 그러나 사관은 다음과 같이 이날의 문답을 평가했다. "편전에 불러 논의토록 하면서 정일(精一)을 우선으로 하였으니 임금께서 지향하는 곧음과 도를 구하는 독실함을 볼 수 있다. 물음을 받은 자는 정미한 말을 극진히 논하여 임금의 덕을 보충해야 마땅하거늘 배움에 전수받은 것이 없고, 마음에는 체득한 바가 없어 텅 비어, 대답한 것

- 5월 15일[무술]에 상이 취로정(翠露亭)에 납셨을 때, 시신(侍臣)으로 참석하였다. 상이 칠언율시 2제, 오언율시 2제를 내려 시를 지어 바치고 상에게 술잔을 올렸다.[31]
- 5월 16일[기해]에 성균관대사성에 제수되었다.
- 5월 27일[경술] 승정원 우부승지에 제수되었다.
- 10월 20일[신미] 좌부승지에 제수되었다.

● **1563년[명종 18, 계해, 선생 40세]**
- 1월 4일[계미]에 우승지에 제수되었다.
- 3월 11일[기축]에 병조참의에 제수되었다.
- 6월 25일[신미]에 좌승지에 제수되었다.
- 12월 28일[임신]에 예조참의에 제수되었다.[32]

● **1564년[명종 19, 갑자, 선생 41세]**
- 1월 22일[병신] 병조참지(정3품 당상관)에 제수되었다.
- 2월 17일[경신]에 사간원 대사간에 제수되었다.
- 3월에 4남 안국(安國)이 태어났다.

....

이 문장을 훈고한 것에 지나지 않을 뿐이다. 어찌 임금의 마음을 계발하고 비옥하게 하여 임금의 덕을 보충할 수 있겠는가? 평소에 성명(性命)에 관한 글을 읽어 자신의 덕을 길러두지 않고 창졸지간에 견문한 것으로 임금의 물음에 때우려 했으니, 지식이 성근 것이 아닌가?"

31 『명종실록』 28권, 명종 17년 5월 15일[무술] 첫 번째 기사. 어명으로 지은 시가 분명 있을 터이나 현존하는 문집에는 전하지 않는다.

32 『명종실록』 29권, 명종 18년 12월 28일[임신] 첫 번째 기사. 사관은 박계현에 대해 "성격이 중후한 듯했으나 부박 허탄한 습성이 없지 않았다(性似和厚, 然不無浮誕之習)."라고 평가했다.

- 5월 11일[임자]에 형조참의에 제수되었다.

- 6월 11일[신사] 패초(牌招)를 받고 예궐하여 그림 23폭을 나누어 받고, 칠언
율시 2수를 지어 바치다.[33]

- 7월 20일[경신]에 다시 좌승지에 제수되었다.

- 10월 21일[경인] 좌승지에서 체직(遞職)되다.[34]

- 10월 27일[병신]에 성균관 대사성에 제수되었다.

● **1565년[명종 20, 을축, 선생 42세]**

- 1월 1일[기해]에 다시 좌승지에 제수되었다.

- 1월 20일[무오] 승정원 도승지에 제수되었다.

- 2월 20일[정해]에 상이 양화당(養和堂)에 납시었을 때, 입시하여 독서당(讀
書堂)·홍문관(弘文館)의 제술에 대해 과차(科次)를 정한 다음, 선온을 받고 진작

· · · ·

33 『명종실록』 30권, 명종 19년 6월 11일[신사] 첫 번째 기사. 이때 부름을 받은 신하들로
는, 홍섬(洪暹)·윤춘년(尹春年)·정유길(鄭惟吉)·민기(閔箕)·박충원(朴忠元)·오상(吳祥)·심
수경(沈守慶)·김귀영(金貴榮)·윤의중(尹毅中)·박계현(朴啓賢)·홍천민(洪天民)·정윤희(丁
胤禧)·유전(柳㙉)·김계휘(金繼輝)·최옹(崔顒)·심의겸(沈義謙)·이산해(李山海)·이후백(李
後白)·기대승(奇大升)·신응시(辛應時)등이 있었다. 이때 상은 "우리나라는 과거를 중히
여긴 까닭에, 지난해에 이 그림을 그리고 시문(詩文)을 쓰려고 하였으나, 그렇게 하지 못
하였다. 이제 비로소 경들에게 내려 주니, 칠언율(七言律) 2수(首)를 제진(製進)하되, 각기
비단 위에 수필(手筆)로 쓰고, 또 말단(末端)에는 직함(職銜)을 갖추어 적고 봉교 제진(奉
敎製進)이라고 쓰라."라는 어명을 내렸다고 기록하고 있다.

34 『명종실록』 30권, 명종 19년 10월 21일[경인] 첫 번째 기사. 헌부에서 아뢰어 "정부의 사
령(使令)과 정원의 하인이 싸우며 힐난한 것을 정원에서 체통을 따지지 않고 멋대로 수
금한 것은 예전에 없던 일로 사체가 매몰스럽기 때문에 도승지 이하를 전부 체직시켰습
니다. 좌승지 박계현(朴啓賢)이 비록 과거장(科擧場) 안에 들어가 있었다 해도 역시 참여
하여 들었을 것인데 유독 체직에서 빠진 것은 매우 온당치 않습니다. 아울러 체직시키
고 똑같이 추고하소서."라고 하자 상이 따랐다.

(進爵)하다.[35]

- 2월 24일[신묘]에 양화당에서 어제(御題)를 받아 칠언율시를 지어 올린 다음 선온을 받고 진작(進爵)하다.[36]

- 2월 29일[병신] 24일 제술시험에 뽑혀, 어필로 쓴 칠언율시 3수와 오언율시 2수의 시제(試題)를 받아 친시(親試)에 응했다.

- 4월 6일[임신]에 문정왕후가 승하하고, 명종께서 거상(居喪)으로 병에 드니, 세자께서 의지할 바가 없어 조야가 걱정했다. 대신들이 세자책봉을 힘써 청하자 왕비께서 왕명으로 대신들에게 봉서(封書)를 내려 비밀리에 세자를 세우기로 하였으나, 선생께서는 도승지로, 대사를 듣고도 목소리와 얼굴에 미동조차 없었으니 사람들이 어려워했다.[37]

••••

35 『명종실록』 31권, 명종 20년 2월 20일[정해] 두 번째 기사.

36 『명종실록』 31권, 명종 20년 2월 24일[신묘] 첫 번째 기사.

37 이상의 말은 일송(一松)의 「관원박판서신도비명(灌園朴判書神道碑銘)」에 근거하고 있지만, 연보를 만드는 편자들이 말을 보태 넣은 것으로 보인다. 「신도비명」에서는 다음과 같이 말했다. "당시 문정왕후가 승하하자, 명종께서는 상을 치르느라 병에 걸리니 세자가 의탁할 곳이 없어 조야에서 모두 걱정하고 답답해했다. 공은 승지의 장으로 중대한 논의를 듣고도 목소리와 얼굴에 동요가 없었으니 사람들이 어려워하였다(時文定上仙, 明廟宅憂遘疾, 主鬯無托, 朝野悶鬱. 公職長喉舌, 與聞大議, 不動聲色, 人以爲難.)"
한편, 『명종실록』 31권, 명종 20년 9월 17일[경술] 세 번째 기사에 따르면, "영평 부원군 윤개, 영의정 이준경, 좌의정 심통원, 우의정 이명, 좌찬성 홍섬(洪暹), 좌참찬 송기수(宋麒壽), 우참찬 조언수(趙彦秀), 병조 판서 권철(權轍), 이조 판서 오겸(吳謙), 공조 판서 채세영(蔡世英), 예조 판서 박영준(朴英俊), 형조 판서 박충원(朴忠元), 대사헌 이탁(李鐸), 부제학 김귀영(金貴榮), 대사간 박순(朴淳)이 언서로 중전에게 아뢰기를, '국본(國本)에 대한 일은 지난번 신들이 입대하였을 적에 계청하였는데 상께서 아직 확답이 없으시니 신들이 답답할 뿐만 아니라 대중들도 몹시 불안해하고 있으니, 지금 인심을 안정시키지 않을 수 없습니다. 모르겠습니다만 내전께서 마음을 두신 데가 있습니까? 참으로 답답할 뿐입니다.'라고 하였다."이에 대해 사관이 부기한 내용을 보면, 박계현이 그 계사(啓辭)를 쓴 것으로 기록하고 있다. "이준경 등이, 후사를 정하는 일은 누설시킬 수 없다 하

- 5월 15일[경술] 헌부에서 보우(普雨)의 승직(僧職)만 삭제하는 것에 급급하고 치죄에는 소극적인 태도를 거론하며 색승지를 파직하고 도승지 박계현을 체차(遞差)하기를 청했으나 상이 따르지 않다.
- 8월 9일[계유] 천변(天變)에 대한 상의 걱정에 도승지로 회계(回啓)하다.[38]
- 8월 가의대부에 올랐다.[39]
- 9월 가선대부에 올랐다.[40]
- 11월 18일[신해]에 사헌부 대사헌에 제수되었다.

. . . .

여 박계현(朴啓賢)을 시켜 이 계사를 쓰게 하고 봉하여 들여갔으므로 사관(史官)이 처음에는 알지 못하였다가 계청한 뒤에 비로소 그 초안을 보았다(李浚慶等, 以定嗣事, 不可漏洩, 使朴啓賢書此啓辭, 而封入, 故史官初不與知, 而請之然後, 始見其草)."라고 하였다.

38 『명종실록』 31권, 명종 20년 8월 9일[계유] 네 번째 기사: "천둥이 치지 않아야 할 때에 천둥과 번개가 치는 천변이 있으니, 이는 참으로 강(剛)해야 될 양(陽)의 기가 절기를 잃은 탓으로 하늘의 꾸짖음이 예사롭지 않은 것입니다. 지금 나라 형편은 위태로워 안정되지 못하고 공론은 막히어 행해지지 않으니, 하늘은 우리 백성을 통해서 보고 듣는 것인데 그 하늘이 어찌 응하는 바가 없겠습니까? 상께서 공구 수성하여 하늘 뜻에 보답하는 성의를 더욱 공경히 보여 공(公)을 따르고 사(私)를 잊으며 사(邪)를 억누르고 정(正)을 북돋우며 언로(言路)를 활짝 열고 공도(公道)를 힘써 밝혀서, 인심을 화평하게 하고 나라의 기강을 바로잡아 음흉하고 간특한 무리가 없어지고 양심 바르고 착한 사람이 많아지게 하시면 재앙이 변하여 상서가 될 것입니다."라고 회계하였다.

39 명종의 첫째 아들 순회 세자(順懷世子)가 병약한 몸으로 약투병을 하다가 1563년 13세로 죽게 되는데, 당시 박계현은 도승지로서 약방 부제조를 겸했다. 그 공으로 가자(加資)된 것이다.

40 『명종실록』 31권, 명종 20년 10월 12일[을해] 세 번째 기사에 부기된 사관의 기록에 따르면, "문정 왕후(文定王后)의 하현궁(下玄宮) 때 박계현이 재궁(梓宮)을 시위(侍衛)하였기 때문에 가선 대부의 상가(賞加)를 제수하였다."라고 하였다. 결국 한달 사이에 두 번의 가자가 있었으므로, 헌부에서 이를 문제 삼았으나 상은 허락하지 않았다.

- **1566년[명종 21, 병인, 선생 43세]**

  - 1월 26일[무오] 개성부 유생들의 일을 잘못 논계한 것을 들어 체직을 청했으나 상이 윤허하지 않았다. 1월 28일[경신] 개성부 유생들을 방면할 것을 청하여 상이 허락하다.[41]

  - 10월 8일[을축]에 경기 관찰사에 제수되었다.

  - 10월 13일[경오]에 성절사(聖節使)로 연경에 나갔다가 돌아와 서계(書啓)하다.[42]

  - 『명종실록』의 기사 편집이 잘못된 것 같다. 전후의 날짜로 보아 불가능한 배치이다. 박계현이 서계한 내용을 보면 "6월에 영비 양씨가 죽자, 문씨를 귀비로 봉작을 더했고, 상씨를 수비로 책봉하여 백관들이 서원(西苑)에서 축하를 드렸다(六月, 榮妃 楊氏薨逝, 進封文氏爲貴妃, 冊封尙氏爲壽妃, 百官陳賀於內庭西苑)."라고 하였다. 『세종숙황제실록』 권557, 가정 45년 6월 25일 첫 번째 기

· · · ·

41 『명종실록』, 32권, 명종 21년 1월 28일[경신] 두 번째 기사. 대사헌 박계현, 대사간 박응남, 집의 심의겸, 사간 김계휘, 장령 안종도, 헌납 이제민, 지평 정엄(鄭淹)·최홍한(崔弘僩), 정언 고경진(高景軫)·권극례(權克禮) 등이 "이제 대간이 제거되고 사기가 발양하여 마치 막 타오르는 불과 같으므로 불가불 이를 고쳐시켜 주어야 합니다. 개성부 유생들이 음사를 소각한 일은 바로 습속을 분개하고 사를 미워하는 마음에서 나왔으니 성명의 세대에서 의당 가상하게 장려하는 데 겨를이 없어야 할 터인데, 도리어 천노가 혁연하여 나국하라는 명까지 내리시어 왕옥에 수감시켰습니다. 9재(齋)의 청금(靑衿)들이 죄 없이 구류되어 있으니 이는 전고에 없었던 일일뿐 아니라 장차 어떻게 후세의 비난을 면하려 하십니까? 성상께서 즉위하신 지 22년이 되는 오늘날에 잘못된 처사가 이보다 더 큰 것이 없습니다. 인심이 답답해하고 사기가 저상하여 나라의 쇠퇴가 반드시 오늘날의 조짐에 의하지 않았다고 하지 못할 것입니다. 상께서 이미 죄줄 수 없음을 알고도 기어이 옥중에 구금시키고야 말았으니 전하께서는 어찌 유생을 노여워하여 이같이 너무 심한 일을 하십니까? 바라건대 속히 방면을 명하시어 성인의 개과하는 도량을 보여 주소서."라고 아뢰자, 상께서 "개성부 유생들에게 어찌 감히 죄주려 하였겠는가? 다만 그 사유를 물어보려 한 것인데 물의가 그러하니 추고하지 말고 속히 방면하라."고 하였다.

42 서계한 내용에 관해서는 『명종실록』 33권, 명종 21년 10월 13일[경오] 두 번째 기사에 수록되어 있다.

사에 책봉되지 않은 양씨가 죽어 영비(榮妃)로 추증했다는 기사를 확인할 수 있다. 성절사(聖節使)란 중국 황제나 황후의 생일을 축하하기 위해 보내는 정기사절이다. 융경제(隆慶帝, 명목종)는 1537년 3월 4일에 태어났다. 서계의 내용을 다시 보면, 2월에 황제가 서계(徐階)에게 밀지를 내려 무당산(武當山)에 가려는 뜻을 밝히는 내용이 나온다. 따라서 박계현의 성절사행이 2월에 있었던 일을 언급하려면 적어도 2월 초에 연경에 도착해 있어야 한다. 또한 6월 양씨의 죽음을 언급하고 있으므로, 늦어도 7월 초 이전에 연경을 떠나 귀국길에 올랐을 것으로 추정된다. 그러므로 『명종실록』의 이 기사는 8월 늦어도 9월의 일로 수정할 수밖에 없다.

- 10월 21일[무인]에 사은숙배하고 하직하다.[43]

● **1567년[명종 22, 선조즉위년, 정묘, 선생 44세]**

- 4월 12일[정유]에 경기도내를 순찰하고 돌아와 농사 정황을 아뢰다.[44]

‥‥

43 『명종실록』 33권, 명종 21년 10월 21일[무인] 첫 번째 기사. 상은 "방백(方伯)이 마땅히 행하여야 할 일은 유서와 교서에 있다. 농상(農桑)에 힘쓰게 하고 학교를 일으키며 출척(黜陟)을 엄하게 하고 무비(武備)를 수리하는 등의 일에 대해 마음을 다해 임무를 살피라."라고 전교했다.

44 『명종실록』 34권, 명종 22년 4월 12일[정유] 두 번째 기사. 사관은 경기 감사 박계현에 대해 "박충원(朴忠元)의 아들로 성격이 호방(豪放)하고 또 재화(才華)가 있었다. 다만 추루하여 명리(名利)를 가까이하고, 박잡하여 실상이 없으므로 시론이 천하게 여겼다(忠元之子, 氣質放蕩, 且有才華, 但麤鄙近利, 駁雜無實, 時論賤之.)"라고 평가하고 있다. 박계현이 아뢴 내용은 다음과 같다. "신이 고양(高陽)·파주(坡州)·교하(交河)·풍덕(豊德)·장단(長湍)·적성(積城)·마전(麻田)·삭녕(朔寧)·연천(漣川)·양주(楊州)·양근(楊根)·여주(驪州)를 두루 돌아 농사(農事)를 시찰하여 보니, 봄이 지나 여름이 되도록 오랫동안 비가 오지 않아 내와 우물이 바짝 말랐으며, 비록 소나기가 오기는 하나 찬바람이 거세게 불면 즉시 말라 버려 토맥(土脈)이 굳어서 밭 갈고 김매기가 쉽지 않았습니다. 그리고 이미 종자를 심은 곳도 모가 제자리를 잡지 못하였고 보리와 밀은 농량(農糧)에 관계되는 것인데, 이삭만 나왔을 뿐 결실이 되지 않았거나 혹은 그대로 말라 버린 곳도 있었습니다. 만약

- 여름에 개인적 사유로 체직되었다.

- 가을에 경상도관찰사로 나가 덕의(德意)를 이끌어 선양하고 백성들의 아픔을 물은 이외에도 학교를 진흥하고 유현을 중시하는 것을 급선무로 여겨 개탄하며 치계하였다. 그 대략을 보면, "선정신(先正臣) 이언적(李彦迪, 1491~1553)은 유경(遺經)에 오랫동안 끊어진 학문을 체득하였고, 거취(去就)와 행동은 오로지 의리가 있는 곳으로 나아갔으니, 비록 당시에 간흉들이 나라를 주물러 먼 곳으로 유배되어 죽었지만 본디 선왕의 뜻이 아니었습니다. 김굉필(金宏弼, 1454~1504)의 옛일에 의거하여 대관으로 특별이 추증하고 아름다운 시호를 더해주시기를 바랍니다."라고 운운했다. 당시 사문이 회색(晦塞)한지 24년이 넘어, 공이 다행이도 새로운 이치로 청명한 시대를 만나 현자를 숭상하고 정의를 부지하는 의론을 으뜸으로 세우고, 직접 옥산서원으로 가서 글을 지어 제사를 올리며 사림을 크게 진작시켰다.[45]

- 12월에 경상도 관찰사 박계현이 장계하기를, "권벌(權橃, 1478~1548)의 충의와 풍절이 이와 같으니, 이언적과 아울러서 모두에게 소급해서 장려하는 은전을 내리소서." 하니, 임금이 보고 가상하게 여기고 대신을 시켜 의논해서 처리하게 하였다. 의논에 이르기를, "두 사람은 학행(學行)이 빛나서 칭찬할 만하여 소급해서 장려해야 마땅하니, 선왕의 뜻을 이어서 선비의 기풍을 더욱 진

••••

가까운 시일에 비가 오지 않는다면 추수를 기대할 수 없으니, 매우 걱정됩니다. 다만 지나는 촌락에는 식량이 떨어졌다는 보고가 없고, 도로(道路)에는 먹여 주기를 바라는 사람은 없었습니다."

45 『일송집(一松集)』, 「관원박판서신도비명(灌園朴判書神道碑銘)」: 丁卯夏, 因私故經遞. 秋, 按節嶺南, 導宣德意, 咨詢民瘼之外, 專以興學校重儒賢爲先務. 慨然馳啓, 其略曰, 先正臣李彦迪, 得久絶之學於遺經, 去就行止, 惟義是適. 雖其時大奸擅國, 斥死遐荒, 而本非先王之意. 乞依金宏弼故事, 特贈大官, 加以美諡云云. 時斯文晦塞踰二紀, 公幸遇新理淸明之日, 首建尙賢扶正之論, 躬詣玉山書院, 祭之以文, 士林聳動.

작시켜, 유도(儒道)가 더욱 중해지게 하소서." 하였다.[46]

- **1568년[선조 1, 무진, 선생 45세]**

  • 병으로 체직되었다가 곧이어 병·호조참판, 대사헌, 대사성, 지신사(知申事), 부학사(副學士)에 제수되었고 동지의금부오위부총관을 겸직했다.[47]

- **1569년[선조 2, 기사, 선생 46세]**

  • 3월 26일 대사간 박계현 등이 의관(醫官) 양인수(楊仁壽)가 월령(月令)에 관한 일로 은전(恩典)과 녹위(祿位)를 받게 된 일을 논변하다.[48]

- **1570년[선조 3, 경오, 선생 47세]**

  • 5월 21일[무자]에 대사헌에 제수되었다.

- **1571년[선조 4, 신미, 선생 48세]**

  • 일재(一齋) 이항(李恒, 1499~1576)등에게 미태(米太)를 제사(題辭)를 매기어

• • • •

46 「충재선생문집연보(冲齋先生文集年譜)」: 慶尙道觀察使朴啓賢狀啓, 權橃忠義風節如此, 請與李彦迪, 俱賜追獎. 上嘉歎, 令大臣議處, 咸謂兩臣學行, 燁然可稱, 允合追獎, 用光繼述, 使士氣益振, 儒道增重. 上允之.『퇴계선생문집』권49, 「증 대광보국숭록대부 의정부좌의정 겸 영경연감 춘추관사 행 숭정대부 의정부우찬성 겸 판의금부 지경연사 권공 행장(贈大匡輔國崇祿大夫議政府左議政兼領經筵監春秋館事行崇政大夫議政府右贊成兼判義禁府知經筵事權公行狀)」: 十二月, 慶尙道觀察使朴啓賢狀啓, 權橃忠義風節如此, 請與李彦迪, 俱賜追獎. 上覽而嘉歎, 令大臣議處. 謂二人所學所行, 燁然可稱, 允合追獎, 用光繼述, 使士氣益振, 儒道增重.『기묘록보유권(己卯錄補遺卷)』,「권벌전(權橃傳)」: 十二月, 慶尙監司朴啓賢狀啓, 權某忠義風節如此, 請與李彦迪, 俱賜追贈. 上嘉歎, 下政府大臣議, 謂二人學行, 燁然可稱, 允合追獎, 使士氣益振, 儒道增重, 贈左議政.

47 『일송집(一松集)』「관원박판서신도비명(灌園朴判書神道碑銘)」: 戊辰, 病遞, 尋授兵·戶曹亞判, 憲·諫兩長·知申事·副學士, 兼同知義禁府五衛副摠管.

48 『선조실록』3권, 선조 2년 4월 5일[무인] 첫 번째 기사.

주도록 계청했다.

- 1572년[선조 5, 임신, 선생 49세]

- 12월 24일[병자]에 진위사(陳慰使)로 연경에 입성하여 서계(書啓)를 보내오다.[49]

● 1573년[선조 6, 계유, 선생 50세]

- 3월 29일[기유]에 예조참판에서 함경감사로 발령을 받았다.[50]

● 1574년[선조 7, 갑술, 선생 51세]

- 2월 27일[임신]에 헌부의 계청으로 함경감사에서 체직되었다.[51]

- 5월 30일[계묘]에 특진관(特進官)으로 조강(朝講)에 참석하여 독서의 방법을 진언했다.

····

49 『선조실록』 6권, 선조 5년 12월 24일[병자] 첫 번째 기사에 서계한 내용은 다음과 같다. "제도(帝都)에는 특별한 소식은 없고 황제가 어린 나이로 즉위하였으나 자질이 영명(英明)하고 시절도 변고가 없어서 조야(朝野)가 무사하니 사람들이 모두 기뻐하는 듯하다. 또 근래에 북로(北虜)가 추장을 잃고 부족들이 흩어져서 국경 안에 귀화해서 살기를 희망하는데, 변장(邊將)들이 허락하지 않는다."『일송집(一松集)』「관원박판서신도비명(灌園朴判書神道碑銘)」: "임신년에 조정 의론에서 공을 주청사(奏請使)로 선발하여 종실계보를 고치는 일을 변무하려 했으나 출발하기도 전에 천자의 부고를 듣고 곧바로 진위사(進慰使)로 차출되어 연경에 다녀왔다(壬申, 朝議擧公奏請使, 將以辨誣改宗系, 未發行, 聞天王喪, 仍差陳慰使往回.)"

50 「신도비명(神道碑銘)」에 "계유년에 예조참판이 되었다가 얼마 되지 않아 북관(北關)으로 나가 다스림에 탐관오리를 적발하고 바로 잡으며 반목도 불사하였다(癸酉, 參判禮曹, 居無何, 出爲北關布政, 糾摘貪邪, 不避反噬.)"라고 하였다.

51 『선조실록』 8권, 선조 7년 2월 27일[임신] 첫 번째 기사. 헌부에서는 파직을 청했으나, 상이 체직하는 것으로 그쳤다. 헌부에서 탄핵한 이유는 다음과 같다. "함경 감사(咸鏡監司) 박계현(朴啓賢)은 무뢰한 자제들을 많이 데리고 갔는데 방자하고 횡포하여 관가에 폐해를 끼쳤으니 파직하소서. 또 무릇 수령의 자제로서 아전에게 폐단을 끼치는 자들은 모두 감사가 적발하여 죄를 다스리게 해야 합니다."

- "독서(讀書)와 궁리(窮理)는 빠뜨릴 수 없는 것입니다(皆以爲觀書窮理, 不可闕)."
- "공자도 『주역』을 읽어 가죽 끈[韋編]이 세 차례나 끊어졌었고, 또 '옛 것을 익혀 새것을 알면 스승이 될 수 있다.'고 했습니다. 글을 어찌 시원찮게 여길 수 있겠습니까(孔子三絶韋編. 又曰, '溫故而知新, 則可以爲師矣.' 書豈可少哉)."

● 1575년[선조 8, 을해, 선생 52세]

- 호남에 왜경(倭警)이 있어 공이 방백에 제수되었다. 명을 듣자마자 즉시 부임하여 나주에 머물며 각 부처에 호령했으며, 군대의 위엄이 삼엄해지니 온 도의 사람들이 믿고 걱정하지 않았다. 운봉(雲峯)을 순시하며 우리 태조가 오랑캐를 정벌한 옛 자취를 살펴보고 비석을 세워 후세에 드러내도록 계청(啓請)하였다.[52]
- 12월 8일[임신]에 기년(朞年) 이후의 복제에 관하여 논의할 때, 『오례의』를 따라 상께서 흑관(黑冠)과 흑대(黑帶)로써 임해야 한다는 설을 주장하는 편에 서다.
- 12월 11일[을해]에 이조참판에 제수되었다.

● 1576년[선조 9, 병자, 선생 53세]

- 1월 2일[병신] 인순 왕후(仁順王后)의 연제(練祭)때, 예조참판으로 『오례의(五禮儀)』에 따를 것을 주청하여 상이 따랐다.[53]
- 4월 11일[갑술]에 이조참판으로 홍문관 제학의 사면을 청했으나 허락받지 못했다.

. . . .

52 『일송집(一松集)』「관원박판서신도비명(灌園朴判書神道碑銘)」: 乙亥, 湖南有倭警, 除公 方伯. 聞命却赴, 駐節錦城, 部署號令, 軍威甚肅, 一道恃以無虞. 巡及雲峯, 審視我太祖 征蠻舊迹, 啓請建碑示後.
53 『선조수정실록』 10권, 선조 9년 1월 2일[병신] 첫 번째 기사.

• 『연려실기술(燃藜室記述)』 권4, 「단종조·순난제신」에 다음과 같이 기록하고 있다. 선조 병자에 박계현(朴啓賢)이 경연자리에서 박팽년(朴彭年, 1417~1456)과 성삼문(成三問, 1418~1456)의 충(忠)에 관하여 아뢰면서, "『육신전』은 남효온(南孝溫, 1454~1492)이 지은 것이니 상께서 살펴보시면 그 자세한 것을 알 수 있을 것입니다."라고 하자 상께서 곧장 살펴보시고 놀라 화를 내며 하교하기를 "지금 『육신전』이란 것을 보니 매우 경악스러워 춥지 않아도 떨린다. 옛날 우리 세조께서 천명을 받아 중흥하여 하늘과 백성이 귀의하여 예부터 천명을 받는 부신(符信)은 이미 정해진 것으로, 사람의 힘으로 불러올 수 없는 것이거늘 저 남효온이란 자는 어떤 사람이기에 감히 제멋대로 필묵을 농단하고 요망한 혀를 속여 펼쳐 나랏일을 까발리는 것인가? 그 패악무도함을 간책을 다해도 다 쓸 수도 없으니 이는 바로 우리 세조의 죄인이다. 옛날에 최호(崔浩)가 나랏일을 들추어내다가 참수되었으니 이 사람이 살아 있다면 내가 반드시 엄하게 국문하고 다스릴 것이다. 저 육신(六臣)들이 충(忠)인가? 어찌 선양하는 날에 기꺼이 자결하여 신하의 절개를 본받지 못했던가. 어찌 신이 벗겨져도 다시 신지 않고 달아나 서산에서 고사리를 뜯지 않았던가. 이왕 절개를 바꾸어 모시면서 [왕을] 해하려 하는 것은 예양(禮讓)이 수치스럽게 여긴 것이건만 저 육신들은 우리 조정에 허리를 굽혔거늘 필부의 용맹함을 떨치고, 자객의 모략을 탄탄히 하여 만일의 요행을 기대했다가 그 일이 실패한 뒤에는 의로운 선비로 자처하니 그 심사와 행적이 낭패인데, 어찌 열렬한 장부가 될 수 있겠는가? 어떤 이는 헛된 죽음은 공을 세우는 것만 못하고 이름을 없애는 것은 덕에 보답하는 것만 못하다고 한다. 성삼문 등이 그 마음이 잠시라도 그 군주에게 있지 않은 적이 없으면서 우리 세조에 북면하다가 훗날 성공을 기약하는 것이니 어찌 도랑에서 스스로 죽어도 아무도 알지 못하는 것이 아니겠는가? 이는 전혀 그렇지 않으니 성공을 귀하게 여겨 절개를 바꾸는 것을 부끄럽게 여기지 않는다면 백이 숙제와 삼인(三仁)도 서로 먼저 모략하여 북면하고 주나라를 섬겨 부흥을 도모

했을 것이다. 이로 비추어 볼 때, 이 무리들은 그 군주에게 충성을 다하지 않았을 뿐만 아니라 후세에 법으로 삼을 만하지 않다. 그러므로 내가 뜻을 표출하여 아울러 논하게 하노라. 이 책은 오늘날 신하들이 차마 볼 만한 것이 아니다. 내가 이 책들을 모두 수거하여 불태울 것이니 우어(偶語)라도 있으면 중하게 다스리고자 하노라."라고 하였다. 삼공이 회계하여 아뢰기를 "이 책은 항간에 거의 있지도 않고 햇수가 오래되어 없어지고 있는데, 수색하는 움직임을 보이는 것은 분명 큰 소란을 불러올 것이고, 결국에는 무익할 것입니다."라고 하였다. 영의정 홍섬(洪暹, 1504~1585)이 입시하여 육신의 충성심을 극언(極言)함에 그 말이 간절하여 시종신들도 눈물을 흘리는 자가 많았으니 상이 이내 감동하여 깨닫고 그쳤다.[54]

••••

54 『선조실록』 10권, 선조 9년 6월 24일[을유] 첫 번째 기사: 上因經筵官所啓, 取南孝溫六臣傳, 觀之, 招三公, 傳曰, "今見所謂六臣傳, 極可驚駭. 予初不料至於如此, 乃爲下人所誤, 日見其書, 不寒而栗. 昔我光廟, 受命中興, 固非人力所致. 彼南孝溫者何人, 敢自竊弄文墨, 暴揚國事. 此乃我朝之罪也. 昔崔浩以暴國史見誅, 此人若在, 予必窮鞫而治之矣. 所錄中語魯山生於辛酉, 至癸酉, 其年十三, 而以十六書之. 光廟壬申, 以謝恩使朝天, 而乃書之曰, '持訃使於上國,' 又曰, '河緯地, 於癸酉, 盡賞朝服, 退去善山, 光廟卽位, 敎書致之就召云.' 緯地於甲戌年, 在集賢殿上書, 何耶? 若此之類, 不一而足. 其誕妄不經, 固無足信. 所可痛者, 後人豈能細知其事之首末乎? 一見其書, 便以爲口實, 則此書適足爲壞人心術之物也. 抑又有一論焉, 彼六臣, 忠耶? 否? 如忠耶, 何不快死於受禪之日? 如其不然, 又何不納履而去, 採薇於西山耶? 旣爲委質北面, 又求害之, 是豫讓之所深恥. 而彼六臣者, 屈膝於我朝, 奮匹夫之謀, 逞刺客之術, 以冀僥倖於萬一, 及其事敗之後, 乃以義士自處, 可謂心迹猥狠矣, 其得爲烈丈夫乎? 或曰, '虛死不如立功, 滅名不如報德. 三問等, 其心未嘗頃刻, 而不在於舊主, 所以北面於我朝, 將以期其後功.' 是不然. 苟以成功爲貴, 而不自恥其委質, 則夷·齊·三仁, 必相與爲謀, 北面而事周, 以圖興復矣. 由玆以觀, 此輩非獨不得致忠於其主, 亦不可爲法於後世也, 故予今表而竝論之. 況人各爲主, 此輩與我朝, 乃不共戴天之賊, 則此書非今日臣子所可忍見. 余欲盡取此書而焚之, 或偶語者, 亦重治, 何如?" 回啓曰, "臣等伏見備忘記, 驚懼罔措. 臣等曾聞有以六臣傳, 爲言於經席者, 心極未安. 今者上敎傷痛懇惻, 允合天理, 但此書訛誤失實, 誠如聖諭, 閭閻之間, 罕有之, 而年久湮沒之餘, 若爲搜索之擧, 必致大擾, 終爲無益矣. 且此妄

452

- 8월 1일[신유]에 공의전(恭懿殿)의 환후가 평소를 회복하자 제조(提調)로서 상을 받아 자헌대부에 가자되었다.
- 8월 23일[계미]에 대사헌에 제수되었다.

● 1577년[선조 10년, 정축, 선생 54세]

- 3월 18일[을사]에 대사간에 제수되었다.
- 4월 21일[무인]에 헌부에서 도승지로서 다례(茶禮)에서 실례한 책임을 물어 탄핵되었으나 상께서 허락하지 않다.

● 1578년[선조 11, 무인, 선생 55세]

- 금부당상관을 지냈다.[55]

....

書, 苟有識者, 孰敢偶語? 偶語之禁一下, 則當風俗薄惡之時, 告訐之路, 從此而開, 誣枉之弊, 亦不可不慮. 中外之人, 見聞所及, 謹當兢省惕然, 不待禁令而止矣." 答曰, "如是言之, 今姑勉從."

『선조수정실록』10권, 선조 9년 6월 1일[임술] 두 번째 기사: 上御經筵, 判書朴啓賢入侍, 仍言, "成三問眞忠臣也. 六臣傳是南孝溫所著, 自上取觀, 則可知其詳也." 上卽命取六臣傳看, 乃大驚下敎曰, "言多謬妄, 誣辱先祖. 予將搜而悉焚之, 且治偶語其書者之罪." 後日領議政洪暹入侍, 極言六臣之忠, 辭甚懇切, 聞者惻然, 上亦霽威而止.

『栗谷先生全書』권29, 「經筵日記·萬曆四年丙子」, ○自春至夏大旱, 六月乃雨. ○朴啓賢於經席, 因論成三問之忠. 啓賢曰, 六臣傳是南孝溫所著, 願上取覽, 則可知其詳. 上乃取六臣傳觀之, 驚憤下敎曰, 言多謬妄, 誣辱先祖. 予將搜探而悉焚之, 且治偶語其傳者之罪. 賴領議政洪暹因入侍, 極言六臣之忠, 辭甚懇切, 侍臣多有墮淚者. 上乃感悟而止. 謹按, 六臣固是忠節之士矣, 非當今之所宜言也. 春秋, 爲國諱惡, 此亦古今之通義也. 朴啓賢輕發非時之言, 幾致主上有過擧, 可謂憒不解事矣. 昔者, 金宗直啓于成廟曰, 成三問是忠臣, 成廟驚變色. 宗直徐曰, 幸有變故, 則臣當爲成三問矣, 成廟色乃定. 惜乎侍臣無以此語啓于上前者也.

55 율곡 이이, 『경연일기』하, 선조 11년 10월 조목.

453

- 1579년[선조 12, 기묘, 선생 56세]

  - 봄에 공간(恭簡)[56] 윤공(尹公)의 「신도비명(神道碑銘)」을 지었다.[57]
  - 찬성공(贊成公, 부친 박충원)의 질병이 심하여 선생이 상소하여 중임을 풀어 시탕(侍湯)에 전일하게 해줄 것을 간청하자 비답에 "마음이야 간절하나, 사구(司寇, 형조판서)는 중임이라 따를 수 없으니, 비록 부친의 병을 구호한다하여도 임무를 살피는 것이 좋다."라고 하였다. 대저 선생이 죄인을 심문하고 판결하는 일[讞獄]에 뛰어나 그 대리를 찾기 어려웠기 때문일 것이다.[58]

- 1580년[선조 13, 경진, 선생 57세]

  - 2월에 대사마(大司馬, 병조판서)에 제수되었다.[59]
  - 3월에 피로가 누적되어 악성종기가 나서 한직인 동지중추부사로 체직되었다.
  - 4월 1일[경오]에 지중추부사로 고종했다.[60]

· · · ·

56 윤세호(尹世豪, 1470~?)의 시호(諡號).

57 『파평윤씨족보(坡平尹氏族譜)』, 鉛活字本, 1925년 복사본.

58 「관원박판서신도비명(灌園朴判書神道碑銘)」: 己卯, 以密原公疾篤, 控懇陳辭, 必欲解務湯藥. 御批有曰, 情則甚切, 但司寇任重, 不得從願. 雖救親病, 亦可察任. 蓋以公長於讞獄, 難其代也.

59 「관원박판서신도비명(灌園朴判書神道碑銘)」과 「행장(行狀)」

60 『선조수정실록』 14권, 선조 13년 4월 1일[경오] 두 번째 기사. 그 졸기에 "계현은 박충원(朴忠元)의 아들로 부자가 동시에 육경이 되었었는데 방탕하고 행검이 없어 오직 술이나 마시고 우스갯소리나 할 따름이었다. 상은 그가 명론(名論)과 교격(矯激)을 좋아하지 않은 것 때문에 총애를 보였었는데 그가 졸했다는 부음을 듣고 매우 애석하게 여겼다(啓賢, 忠元之子也. 父子同時爲六卿, 放浪無行檢, 惟飮酒詼調而已. 上以其不好名論矯激, 頗示眷注, 聞其卒, 甚嗟惜之)." 「灌園朴判書神道碑銘」과 「행장(行狀)」에 따르면, 고종한 날짜는 4월 8일이다.

- 5월 임신일에 고양군(高陽郡) 원당면(元堂面) 두응촌(豆應村) 자좌(子坐: 북쪽)

의 언덕에 장례를 지냈다.[61]

● 1759년[영조 35, 기묘, 사후 179년]

- 2월에 「행장」이 지어졌다. 선생의 종5대손 겸재(謙齋) 성원(聖源)이 지었다.

- 1767년[영조 43, 정해, 사후 187년]

- 9월에 '문장(文莊)'이란 시호를 받았다. 영민하고 학문을 좋아하여 '문(文)'이요, 실천이 바

르고 뜻이 온화하여 '장(莊)'이라 하였다.

••••

61 「관원박판서신도비명(灌園朴判書神道碑銘)」과 「행장(行狀)」

발(권기연)

공자는 "유덕한 사람은 반드시 할 말이 있다."라고 하였는데 참으로 이 말을 이른 것이로다. 옛날 우리 명종과 선조 시대에, 관원(灌園) 선생 박문장공(朴文莊公)께서는 타고난 품성이 도에 가까워 일찍이 양심당(養心堂) 조선생(趙先生)께 수학하며, 천인(天人)의 오묘함과 왕패(王霸)의 분수를 강(講)하고 들어 석갈(釋褐) 몇 년 만에 종백(宗伯)의 자리에 서서 기망(箕望)을 짊어지셨으니 그 큰 계책과 숭고한 업적이 모두 사람들의 이목을 경동시키는 것이었다. 성정에서 나오는 언사들은 또한 모두 웅혼(雄渾)하고 전아하여 성조(聖朝)의 떳떳하고 바른 다스림을 보우하였으니 이는 바로 '유덕한 자의 말'이 아니겠는가? 아! 천하의 일을 알 수 없다고 하지만 이와 같은 일이 있으랴.

선생의 저술이 많지 않다고 할 수 없을 것이나 집안과 세대 탓에 거의 유실되고 단지 시문 약간 편이 선생의 부친인 낙촌(駱村) 선생의 문집 뒤에 첨부되었을 뿐이니 이는 그 후손들의 한이 될 뿐만 아니라, 사림에게도 애석한 바였는데, 지난 정묘년(1927) 봄에 선생의 후손인 규화(奎和)가 호남과 영남의 여러 집안에 소장한 것들을 널리 찾아 비로소 한권의 책자를 만들게 되었다. 그러나 여러 표범의 반점과 온전한 솥의 고기를 볼 수 없음이 한으로 남는다. 지난 신사년(1941) 가을에 서울 서쪽 서강(西江) 산장에 나를 찾아와 서로 만남이 늦었던 마음을 풀고, 말하기를 "우리 낙촌과 관원 두 조상께서 아뢴 문자들이 상전벽해의 과정에서도 온전히 남내(南內)에 있으니 그대가 열성조의 실록을 조사하여 틈나는 대로 베껴내, 내가 이루지 못한 오랜 뜻에 부합해 달라. 내가 사정이 미치지 못하여 구본(舊本)과 함께 인쇄하지 못하고 별도로 「연보」 한 권만 만들어 증거자료로 삼고자 한다."라고 하여, 내가 마음을 내어 "무릇 잠덕(潛德)을 발양하고 유광(幽光)을 천양하는 것은 후손의 효도요, 선현을 추모하고 그 도를 호위하는 것은 후세인들의 책무인데, 하물며 선생의 일에 감히 진력하지 않을 수 있겠는가?

선생께서 영남절도사를 지낼 때에 우리 선조인 충재(冲齋) 선생과 회재(晦齋) 이선생을 포장(襃獎)하여 계속하여 조정에 계청하였고 또 청암정에 제영한 것도 아직 현판으로 걸려 있으니 이러한 우의는 백세에도 말한 만한 것이로다."라고 하였다. 이제 증거자료를 만들어 줄 것을 요청함에 그럴 만한 사람은 아니지만 감히 사양하지 못하여 마음에 느낀 바를 기술하여 구구히 앙모하는 마음에 붙이노라. 선생이 별세하신지 364년 계미(1943) 단오절에 영가(永嘉)의 권기연(權璣淵)이 삼가 발문을 지었다.

발(박병하)

생각건대, 우리 선조이신 문경공(文景公) 낙촌(駱村) 부군과 문장공(文莊公) 관원 부군 두 선생의 넓은 덕과 깊은 학문이 세상의 종유(宗儒)가 된 것은 나라 사람들이 모두 아는 바이고, 복재(服齋) 기선생, 양심당(養心堂) 조선생은 두 선조께서 사사받은 문로(門路)였다. 성정에서 우러나와 인물(人物)을 교화시킨 훌륭한 말과 선행들이 적지 않을 터인데 국란과 집안 사정으로 거의 유실되었다. 중종, 인조, 명종, 선조의 위대한 시대에 종백(宗伯)의 자리에 있으며 내신 큰 계책과 숭고한 업적은 보필로 극구 칭송되고, 아뢴 문자들도 묘당 실록에 훤하게 실렸으나 진적을 볼 수 없어 후손들이 품은 한이 거의 3백여 년이 되었다.

또 신사년(1941) 가을에 권기연(權璣淵) 공에게 부탁하여 열성조의 실록을 베껴 내 비로소 두 부군의 연보 두 편을 저술해 냈는데, 인쇄를 시도하다가 이루지 못하고 별세하시니 먼지 상자에 휴지가 되었다. 아! 세상사 알수 없는 것이 이와 같구나. 나의 불초함으로 완수하지 못한 유업에 유감을 품은 지 벌써 몇 년이 되었다. 이제 『낙촌공파보(駱村公派譜)』를 중수하는 차에 외람되이 몇 권을 간행하여 작은 성의를 표하노라.

신라 기원 2014년 정유(丁酉, 1957) 봄에 13대손 병하(炳夏)는 삼가 발문을 짓노라.

발(박찬규)

아! 옛날 우리 선조이신 문경공 낙촌과 문장공 관원 두 부군이 조정에 들어가 몇 십 년 만에 저술한 것이 한우충동(汗牛充棟)일진대 가문과 세대 탓으로 유실되고 남은 것이라고는 열에 둘셋 정도밖에 되지 않았지만 관원 선생의 후손인 규화씨가 영호남 여러 집안에서 소장한 것을 두루 조사하여 지금으로 42년 전인 정묘(丁卯, 1927)년에 두 부군의 문집을 다시 간행했으나 연보는 갖추어지지 않아 후손들의 한이 된지 오래 되었다. 그 후 신사년 (1941) 강점기에 친구였던 권기연군에게 열성조의 실록을 베껴 내도록 하여 연보는 대략 완성되었으나 재력이 미치지 못해 인쇄를 맡기지 못했다. 12년 전 정유년(1957) 홍성(洪城)에서 『낙촌공파보』를 중수할 때에 연보를 비로소 간행하게 되었으니 그 공이 크다. 이로써 두 부군의 위대한 문장과 숭고하고 드문 업적이 세상에 빛을 발하게 되었으니 어찌 우리 문중의 경사가 아니겠는가?

이처럼 문장이 없는 시대에 온전한 한문을 후손들은 그 묵적을 볼 수는 있겠지만 그 이치와 자의를 모르므로, 기실 눈은 있으나 보지 못하고 문장은 있으나 효과가 없다. 이에 작년 겨울 10월에 문중의 의론이 연보와 문집을 한글로 풀어서 후손 누구라도 알 수 있도록 보급하는 것이 타당하여, 이에 발간을 마치게 되었다. 가장 공이 있는 자들로는 성학(性鶴), 성길(性吉), 성돈(性敦) 족숙이요, 변역과 교정에 노심초사한 자로는 문규(文圭)와 용규(用圭) 족제이다. 나도 후손 중 한 사람으로 종종 가서 보며, 두 부군의 넓은 덕과 웅장한 문장을 무한히 경모하던 차에 불문(不文)을 돌아보지 않고 거친 한 마디를 권말에 쓰노라.

서기 1968년 무신 여름 14대손 영해공파(寧海公派) 찬규(璨圭) 삼가 발문을 짓다.

발(박영각)

　무릇 處世에

　先祖를 追慕하고 子孫의 繁榮을 圖謀함은 人生의 常事인지라 特히 禮義東方이라 稱하는 우리 國家나 民族으로서는 더욱이 此美德을 讚揚하며 實踐함은 贅言을 不要하는 바이다.

　先祖駱村公은 西紀一五○七年 丁卯에 서울 駱山下 現 梨花洞自宅에서 誕生하사 不倖히도 十五世에 早孤의 몸이 되셨으나 內로 母訓을 承順하시고 外로는 傳敎를 遵守하시며 多聞博學하사 일지기 登科하시어 入朝以來 君義臣忠과 牧民政治의 理念으로 國家大事에 獻身하여 偉大한 史蹟이 國史野乘에 昭載되어 千秋에 빛나는 不滅의 金字塔이 된 것이다.

　現在 本國과 中國 및 日本國等 外地에 居住하는 後裔가 約二百萬名으로 推算되니 可謂其麗不億이라.

　駱灌兩祖의 庇蔭이 을마나 至大한가를 追慕不已하는 바이다. 古語에

462

云 烏鳥도 反哺한다 하였으니 此는 우리 人生에 比한말이라 後裔인 吾等이 엇이하여 當該蔭德을 忘却하리오.

先祖의 偉大한 德業文章을 體得遵守하며 宣揚하여 處世上 模範을 해야 할 것이다. 今次發行하는 此文集及年譜國文解는 現世에 適應하여 後裔의 寶鑑이 되는 事業이니 많이 讚揚하며 銘心不忘하야 後孫個個人이 德望家 政治家 文學家 經濟家 事業家 되기를 敬望하는 바이다.

西紀一九六八年 戊申 流火月 十一代孫 華麓公派 永珏 謹跋.

저자 _ 박계현(朴啓賢)

자(字)는 군옥(君沃), 호는 관원(灌園) 또는 근사재(近思齋)이며, 본관은 밀양(密陽)으로 시호(諡號)는 문장(文莊)이다. 이조판서 낙촌(駱村) 박충원(朴忠元, 1507~1581)의 장자로, 중종 19년(1524)년 한성부 동부 숭신방(崇信坊, 현 동대문구)에서 태어났다. 명종 7년(1552)에 문과로 급제하여 중앙 조정의 청요직과 지방관을 역임하고 선조 13년(1580) 병조판서와 지중추부사로 생을 마감했다. 당색과 학파에 빠지지 않고, 화해의 정치를 모색했으며, 특히 회재 이언적, 충재 권벌 선생의 신원 회복에 기여했다. 그가 지은 시문들은 손자인 퇴우당(退憂堂) 박승종(朴承宗, 1562~1623)이 수습한 『밀산세고(密山世稿)』를 통해 전해진다.

역자 _ 박세욱

프랑스 E.P.H.E. IV(파리 소르본)에서 둔황문서로 박사학위(2001)를 받고, 귀국하여 동서양 문화교류를 중심으로 연구하고 소개하는 일에 전념하는 학자이다. 역서로는 『고문진보후집』(공역), 『양파실기(陽坡實記)』, 『양파유고(陽坡遺稿)』(공역), 『중국의 시와 그림 그리고 정치』(공역), 『실크로드』, 『안득장자언』, 『바다의 왕국들: 제번지 역주』 등이 있다.

정원에 물을 주며 관원 선생 문집 역주

초판인쇄	2020년 9월 11일
초판발행	2020년 9월 22일
지은이	박계현
옮긴이	박세욱
펴낸이	이대현
편 집	이태곤 문선희 권분옥 임애정
디자인	안혜진 최선주 김주화
마케팅	박태훈 안현진
펴낸곳	도서출판 역락
주 소	서울시 서초구 동광로 46길 6-6 문창빌딩 2층
전 화	02-3409-2060(편집), 2058(마케팅)
팩 스	02-3409-2059
등 록	1999년 4월 19일 제303-2002-000014호
전자우편	youkrack@hanmail.net
홈페이지	www.youkrackbooks.com

ISBN   979-11-6244-583-9 93810